Daheim auf Knipsel Castle

*Ein segensreicher Roman
von
Renate Pöhls*

© Text und Umschlagentwurf
Renate Pöhls
Juni 2016

Herstellung und Verlag
BoD – Books on Demand,
Norderstedt

ISBN 9783741210419

HEIMAT

> Herr, laß mich
> mit meinem Dasein
> einen Ort schaffen,
> an dem deine Engel ihren
> vollen Glanz entfalten können.

von
Renate Pöhls

* 1.11.1958 Berlin

für
Renate Pöhls

* 27. 3.1944 Hamburg –
† 31.10.1944 Hamburg

Mit Dank für die Heimat, die Wolfgang Döbereiner in der Münchner Rhythmenlehre nicht nur den vertriebenen Königen hinterlassen hat und dafür, daß seine Frau, Petra Döbereiner, sie bewahrt.

Der letzte ruhige Einblick ...

<> Zur Einstimmung   **7**
Diejenigen, die eine Heimat suchen ...

<> Erster Teil   **12**
Überall ein unhaltbarer Zustand!

<> Zweiter Teil   **138**
Heimat hat auch Grenzen?!

<> Dritter Teil   **233**
Daheim auf Knipsel Castle ...

...vor der serpentinenreichen Auffahrt
hoch hinauf nach Knipsel Castle!

Zur Einstimmung

DIEJENIGEN, DIE EINE HEIMAT SUCHEN

Vom verwunschenen Ort zur Heimat?

<> **KNIPSEL**
man möchte es ja dem kleinen Ort – den manche so garstig aus ‚Knirps' und ‚Schnipsel' herleiten – wünschen, daß er ein schönes, gediegenes Dasein für liebe Menschen bereithalten möge! Aber das ist nicht einfach, so stiefmütterlich, wie er allein schon von seinen größeren Nachbarstädten Kullerstadt und Vierecktal behandelt wird. – Aber nun doch: mit 'm Mal, mittenmang und mitten hinein, trudeln hier plötzlich ganz unterschiedliche Menschen ein. Vor allem Burg Hohenknipselstein – lapidar ‚Knipsel Castle' genannt – hat plötzlich wieder eine seltsame Anziehungskraft!

In deren Händen es liegt ...

<> **MARRÁ
VON FLAUSEN-TULPENSCHEITEL**
ihren Vorfahren gehörte Knipsel Castle.
Die schludrigen, selbst gebeutelten oder nur gleichgültigen Nachfahren dieser Vorfahren haben die Burg dann irgendwie vernachlässigt.
Nun soll das Castle aber auch im Interesse des ‚Gemeinwohls' wieder besser instand gesetzt, gehalten und genutzt werden. Die alte Adlige glaubt zuerst nicht, daß sie das bewältigen kann, weder – wie es heute heißt – ‚logistisch', noch finanziell. Doch es finden sich ‚Verantwortliche' aus der Hauptstadt an, auch die hiesige Gemeinde hat schon Ideen, was jetzt abgehen könnte auf Knipsel Castle ... – Ob Marrá die starken Nerven Ihrer Vorfahren geerbt hat und dem anstehenden Ansturm auf ihre Burg standhalten kann?

<> **LORBAS ZACKE**
pensionierter Verleger, den es vor Jahren in Knipsel angestrandet hat, weil er dort ein geerbtes Haus nicht losbekommen hat und nun selbst darin lebt.
Mit Marrá, die seit ‚Verwunschen in Knipsel' bei ihm wohnt, ist er befreundet – oder doch liiert …? – Lassen wir's mal offen! Er hat jedenfalls keine Ruhe für Zweisamkeit, denn er bekommt gleich unversehens Ärger mit den Nachbarn und dann noch viel Besuch …

**Brauchen einen eigenen Platz –
selbst im Vorwort …**

<> **GERWENICH NEKOLUP
GRAF VON FROHAMPEL – GERNE genannt**
der gut Dreißigjährige ist das zweite Kind von Königin Gertrulde aus Verhökerlande; Marrá von Flausen-Tulpenscheitel ist seine Patentante. Auch er will jetzt Verantwortung für Knipsel Castle mit übernehmen und hat dafür ganz eigene Ideen. Geheimnis und Abenteuer reizen ihn
– auch wenn er damit die Verhältnisse auf Knipsel Castle eher durcheinander bringt. –
Gerne ist so ein Smarter, dem man nie ganz böse sein kann – einmal geht's auch für ihn ins Auge …

<> **MINIMUS BALDI**
Musiker und so sensibel wie seine Geige ‚Nanett, die Zirpse'. Der hat Nerven, obwohl er keine hat, denn der Dreißigjährige ist auf der Flucht – seine Gründe finden aber nur wenig ‚Willkommenskultur'!

<> **ELINE BUNTLEDER**
die junge Frau hat sich der Literatur verschrieben und sucht den Erfolg dafür ausgerechnet auf Knipsel Castle – aber vorerst wird sie zum Einkaufen von Herrenunterhosen nach Kullerstadt geschickt …

**Diese Einheimischen kennt man schon,
aus ‚Verwunschen in Knipsel'. –
Finden sie jetzt ihre eigene Heimat?**

<> **PORTUS TÜPFELHUND**
Gemeinderat der Region entfaltet Ecken und
Kanten – gar nicht mehr der tumbe Beamte …
<> **PETTAR LASCHER**
Assistent des Gemeinderats – keine Flausen und
immer da, wenn die anderen etwas verpatzen …
<> **SANNA KLEIN**
ihr Friseursalon ‚Haar-Klein' macht ihr momentan
nicht mehr so viel Freude: die Kundinnen kritteln
an ihr herum und Everyone's Darling ist längst ein
anderer …
<> **BELIESA GLAUSACK**
Evangelische Pfarrerin – ganz offen für rigide
Maßnahmen der Nächstenhilfe!
<> **PATER BURKARD**
Katholischer Glaubensbeistand – immer zu
verhalten, um etwas Eigenes zu bewirken!
<> **GUNDI GRUNDLOS**
Alt-68erin mit kleinem Tante-Emma-Laden
<> **BAUER HARFE und FRAU HEGELTRAUT**
bewirtschaften Bauernhof mit Hofladen
<> **FRANZ STULLENSEGEN**
ihm gehört der Weingarten ‚Knipsler Hicks'
<> **HOBERT WATSCHE**
Wirt der ‚Knipsler Schwarte'
<> **IGOR-INDI-ITALO**
hat immer neue und sofort zu improvisierende
Ideen für die gehobene Schloß-Gastronomie!
<> **RABAUTZE**
Obdachloser mit Hang zu Hochprozentigem –
wer will es ihm verübeln, Knipsel nur so ertragen
zu können?! Seine Kumpels **BIKER-SCHORSCH**
und **BRESCH, der DÜRRE ZAUSEL** sicher nicht.
Aber stinkig kann Rabautze werden, wenn andere
in seinem Knipsel die Preise versauen wollen …

Und diese Menschen kommen von woanders her und bereichern – mehr oder weniger – Knipsel mit ihren ganz eigenen Ansichten von ‚Heimat' ...

<> **KÖNIGIN GERTRULDE VON VERHÖKERLANDE**
hat zwei Kinder: mit Tochter **ZERNIA** ist es ganz vertrackt, da macht ihr **GERWENICH NEKOLUP** geradezu Freude, auch wenn er wenig Verständnis für Mutters Liebesleben hat ... – keine Frage: bei solchen Problemen muß man auf Knipsel Castle landen!

<> **ARIB BOTABDENOSI**
er ist aus Pieselwesien und letzten Herbst, nach der Besetzung von Knipsel Castle durch Flüchtlinge, nicht weitergeflüchtet, sondern bei seiner Urlaubsliebelei Sanna Klein geblieben. Neben vielen anderen Talenten entfaltet sich hier nun auch sein künstlerisches ...

<> **NIKTA PRITZ**
ist die Leiterin des AVoKuZuAuMi, das ist das ‚Amt zur Vorbeugung gegen Kulturelle Zumutungen für Ausländer und Menschen mit Migrationshintergrund' – Knipsel bekommt ihr gar nicht, aber auch ihr **Chef BLÄTTERBROT** und ihre **Kollegin JANINE** sind so total uneinsichtig

<> **PRUWART FEGEPUSCH**
älterer Herr, Rechtsanwalt und Notar, er ist unterwegs im Auftrag der Adelskron Bank von Verhökerlande

<> **GREGOL GRÜTZIG, alias ‚GITTER-GRÜTZE'**
hat eine soziale Idee, mit der er sich unvermutet eine Watschen fängt ...

<> **MATTI KUHLEGUT** und **Freundin BRITTE**
die beiden sind etwas befremdlich, obwohl sie von nicht so weit her kommen – eigentlich nur von nebenan ...

<> **HAUPTMANN WATTELBAUSCH**
präsentiert mit seinen Jungens und Mädels den 'KP1 Strich Alpha Exit' – Opas Liebling!

<> **HAGO HAFERSTURM**
in Knipsel gerät seine Biographie durcheinander ...

Hören investigativ das Gras wachsen
<> **ZIPPA LINDWUST** und **DRUKS EGEL**
arbeiten als Reporter beim lokalen Radio- und TV-Sender ‚Hör das Gras wachsen'

Kurze, aber eindrückliche Begegnungen gibt es mit:

<> **ERNTE-WALDI und Ehefrau**
sie sind Marktständler und bekommen exklusiven Besuch
<> ‚**TERMIN'-JANINE**
bringt bei ihrer lieben Kollegin Nikta Pritz erst Ärger und dann eine Idee ins Rollen
<> **OSKAR, Küchenchef einer Amtkantine**
weiß eigentlich nicht, warum er etwas ausbaden soll, was andere verkleckert haben
<> **ZERNIA, PRINZESSIN VON VERHÖKERLANDE**
hält in ihrem Land die Stellung, während ihre Mutter Gertrulde, Königin von Verhökerlande und ihr Bruder Gerwenich Nekolup, privat woanders unterwegs sind ...

Immer im Flug – nie zu fassen ...

<> **CARMEN-ELISA**
ein entflogenes Huhn, was wohl auch eine neue Heimat sucht ...
<> **DER LILA GESTRÄHNTE**
– ich stelle mich später selber vor ...

Erster Teil

ÜBERALL EIN UNHALTBARER ZUSTAND!

Was paßt ins Puppenstübchen?	*14*
Hintergründe auf Knipsel Castle	*20*
Der Abend ist noch nicht zu Ende	*38*
Fahrlässig und flugunfähig	*47*
Endlich Ruhe ...	*53*
Auf dem Amt	*56*
Hör das Gras wachsen	*61*
Karriere als Schwarzes Schaf: Auf Abwegen hoch hinaus	*65*
Das Personal fiedelt	*70*
Seite an Saite	*78*
Wahre Kunst hat runde Ellbogen	*82*
Blanke Nerven in Kullerstadt	*86*
Vorerst durchlaviert	*89*
Ein ruhiger Sonntagmorgen	*91*

Fahren wir einen Gang zurück –
gehen wir in die Kirche!   *93*

Kollegen unter sich   *97*

Jause – aber keine Pause   *102*

Kunst – in Knipsel
eine haarige Sache   *106*

Ablenkungsmanöver   *115*

Noch mehr seltsame Bewohner
für Knipsel Castle   *122*

Alle bedenken die Zustände –
und sind bedient!   *125*

Was paßt ins Puppenstübchen?

„Lausch-Lügen-Lederläuse ...?! – Kann das sein?! – Was wollen die denn hier auf Knipsel Castle? ..." Gemeinderat Portus Tüpfelhund kneistet mit den Augen auf das Blatt, das vor ihm auf dem Tisch liegt und tastet mit der Hand nach seiner Brille, die irgendwo unter dem übrigen Bätterwust liegen muß. Tatsächlich – er findet sie. Aber weiterhin die Wort- und Sinn-Attacke auf dem Blatt anstarrend, gelingt ihm nicht gleich die richtige Kurve, um die Brille auf seine Nase zu satteln. Jetzt – endlich sitzt sie! Kurz versucht Tüpfelhund seine Augen für das veraltete Brillenglas durch Augenbrauen hoch- und runterziehen nachzujustieren, bekundet dann aber den drei übrigen, schweigend faszinierten Menschen am Tisch: „Nein, wird auch nicht besser – ‚Flausch-Flügel-Fledermäuse' ... – das gibt ja auch keinen Sinn!"
„Doch, doch, das sind die aus Pudernas ..." wirft Pettar Lascher ein. Mit seinen gut dreißig Jahren ist Pettar dynamischer Gemeinderatssekretär und geht leicht verschmitzt lächelnd über die Konfusion seines dreißig Jahre älteren Chefs hinweg, wartet aber, denn da kommt bestimmt noch ein unfreiwilliges Bonmot bei raus ... – und richtig ...
„Wieso ‚nasser Puder'? – Eine Kosmetikfirma?! – Na, die haben doch Geld, das wär' doch fein für uns!" jubelt Tüpfelhund.
‚Aufgelaufen!' denkt Pettar. Er sieht kurz in die Gesichter der anderen beiden Menschen am Tisch, die zwar nicht so feixen wie er, aber sein Spielchen durchaus bemerkt haben und sich auch amüsieren.
„Pudernas ..." setzt Pettar dann an „ist ein Randbezirk unserer Regierungshauptstadt und die wollten auch einmal etwas zum Vorzeigen haben, damit man sie nicht gleich als Provinz abstempelt. Haben sich dafür aber ausgerechnet Fledermäuse ausgesucht – die man nur im Dunkeln in irgendeinem Keller halbwegs als Sensation vermarkten kann. Davon haben sie ein

Rudel gezüchtet ... also ein Population angelegt, die wohnt im Rest ihrer historischen, mittelalterlichen Wehranlage ... und da platzt sie ihnen gerade aus den Nähten. Deshalb haben sie sich bei uns beworben, ob wir nicht hier in Knipsel – auf Knipsel Castle genauer gesagt – ein Türmchen für ihre Vampire frei haben, wo die ermatteten Dinger, wenn sie keine Lust auf enges Multi-Kulti am Rand der Hauptstadt haben, zwischenlanden können ..."
„Eine Dependance für Fledermäuse ..." überlegt jetzt Lorbas Zacke laut. Zacke, der sich vor Jahren als pensionierter Verleger eher widerwillig im kleinen Ort Knipsel niedergelassen hat, sitzt nun hier auf Knipsel Castle in diesem – soll man sagen ... Gremium?! – Also zumindest befindet sich Lorbas in der Runde der ‚Top-Entscheider' – und soll mitbestimmen, was man sich hinaufholt nach Burg Hohenknipselstein – kurz Knipsel Castle genannt – um das ganze Gemäuer aus dem Dornröschenschlaf wach zu bekommen!
Oder ganz schnöde gesagt: wen man ansprechen kann, um der Burg wieder auf die Sprünge zu helfen, ihren Unterhalt aus eigenen Kräften zu finanzieren und damit auch das kleine Knipsel wieder fescher zu machen für Freund und Fein... – nein ... – vielmehr für Freunde und Fremde – ... so ist die Lesart richtig! Also genau zu diesem Zweck haben sich diese vier Menschen heute hier zusammengesetzt.
„Ja, eine Absteige für Flattermänner ..." bezeichnet Pettar Lascher die Fledermaus-Anfrage jetzt eher lapidar. „Allerdings soll das eine besondere Züchtung sein, wie der Name schon sagt, ‚lauschen' und ‚lügen' die zwar nicht und haben auch keine ‚Lederläuse' – hoffen wir's mal – zeichnen sich aber aus durch irgendeinen kleinen Flausch am Flügel ..." Pettar kann es sich nicht verkneifen, daß vorhin von seinem Chef unterschlagene ‚F' noch einmal dezidiert zu betonen. „Also in der Fachwelt der Fledermaus-Experten sind das ganz tolle, einmalige, seltene Exemplare! – Was uns andererseits zum Argwohn berechtigt, daß die Flattermänner wenig aushalten und eben nicht zur zähen Straßenkötermischung

gehören, die mal ordentlich einen Knuff ab kann. Wenn die sich an unseren Zinnen den Flausch verbiegen und ins Trudeln kommen, weil sie vielleicht nichts Passendes zum Sich-Anbaumeln finden oder die rechte Biege verpeilen, sind *wir* von Knipsel Castle vielleicht noch schuld, ihnen Leuchtturm und Landebahn nicht artgerecht vorgegeben zu haben. Dann liegen da morgens vielleicht lauter schwarze Fläusche auf dem Burgvorplatz und die erste Besuchergruppe stolpert drüber ... – Da wäre unser guter Ruf ramponiert, noch bevor er da war!"
„Muß man eventuell nur richtig einfädeln ..." überlegt Tüpfelhund, indem er ganz den alten Fuchs raushängen läßt ... „da war doch eben schon mal was mit Tieren ..." und da er gut ausgerüstet, mit der Brille noch auf der Nase, nun gleich die Fährte im Papiergestöber vor sich aufnehmen kann, fischt der Gemeinderat auch sofort das heraus, worauf er hinaus will. „Hier haben wir's doch ..." noch sucht er die Details ... „es war dieser Motten-Mix ... da haben sich doch auch Motten bei uns für ein Zuhause, hier auf Knipsel Castle, beworben ..." Tüpfelhund ist jetzt ganz dicht dran, findet nur noch nicht die Stelle auf dem kleinbeschriebenen Blatt, die er meint ...
„Die Züchter der Marotten-Motte, die haben sich beworben, Seite fünfzehn in der Handakte!" gibt Pettar den anderen den heißen Tip.
„Ja," jubelt Tüpfelhund „da ist es, ich hab's! – Und das schönste ist: beide Vereine würden ja gut zahlen für die Unterkunft ihrer Lieblinge, da wären wir ja kostenmäßig schon fast aus dem Schneider! – Wär' das nicht nett: oben im Turm die Fledermäuse, unten im Keller die Motten oder meinetwegen umgekehrt – vielleicht würfeln die sich das auch untereinander aus, Tiere haben doch Instinkt ..." der Gemeinderat ist begeistert von seinem kalkulierten Arrangement und selbst Pettar findet das schon halbwegs pfiffig ...
„So wird das leider nicht gehen ..." Marrá von Flausen-Tulpenscheitel schüttelt den Kopf. Die alte Adlige ist die Vierte am Tisch. Auf ihre Initiative soll Knipsel Castle nun wieder etwas mehr belebt werden.

Vor allem hat sie sich auch selbst verpflichtet – finanziell, ideell und ganz praktisch – sich für den Wohnsitz ihrer Vorfahren, der einmal halb in staatliche Hand geraten, ziemlich heruntergekommen und verwaist war, wieder mehr einzusetzen. Zusammen mit der örtlichen, staatlichen Stelle, die Gemeinderat Tüpfelhund repräsentiert, soll das jetzt auf den Weg gebracht werden.

Gott sei Dank behält Marrá, zumindest in diesem Fall, die Übersicht und weiß, warum Motte und Fledermaus kein gutes Gespann für Knipsel Castle wären.

„Für Fledermäuse sind Motten so etwas, wie wir neulich in Kullerstadt gegessen haben, erinnerst Du Dich, Lorbas, wie hieß das gleich ...?"

Lorbas Zacke weiß sofort, was seine Bekannte – nein, mittlerweile gute Freundin – meint: „Der ‚Mega-Turbo-Snack' in dem Fastfood-Laden, ja klar!"

„Ja, genau! Motten – also verspeiste Motten – sind für Fledermäuse der ‚Turbo-Snack'!" Marrá muß lächeln.

„Hm ..." Portus Tüpfelhund sieht seine schöne Idee torpediert, aber als alter Trickster, fällt ihm gleich etwas ein. „Muß ja nicht unsere Schuld sein, wenn die Motten da dumm aus der Wäsche gucken bei dem Arrangement ... – ist es halt ein Irrtum vom Amt – aber eben nicht von unserem! Da kann ja keiner mit rechnen, daß die Motten den Flausch-Flüglern so gut schmecken ..."

„Doch ..." sagt Marrá streng „*ich* rechne damit und zwar schon hier am Grünen Tisch!" Etwas versöhnlicher fährt sie fort, als sie Portus' verdorbene Miene sieht, wie ein Bub, dem man den Kreisel geklaut hat: „Das bringt doch nichts, es eskalieren zu lassen – nachher gibt niemand mehr etwas vertrauensvoll nach Knipsel Castle, weil da immer Motten und Fledermäuse krepieren! – Das bringt nur einen schlechten Ruf und lauter tote Tiere!"

„Das habe ich auch schon mal gehört, daß Fledermäuse gerne Motten fressen!" nickt Lorbas Zacke.

„Die Fledermäuse würden doch sicher mit dem Motten-Turbo-Snack gut gedeihen ..." versucht es Portus trotzig noch einmal.

„Eben nicht, da hätten wir wiederum mit der Marotten-Motte auf das falsche Pferd gesetzt," behauptet Marrá „denn die Marotten-Motte – der Name ist Programm – hat sich, sagen wir es lässig: über die Jahrhunderte etwas einfallen lassen gegen ihren Erzfeind: die Fledermaus. Die Marotten-Motte ist nämlich giftig beim Verzehr! – Das heißt, wenn wir Pech haben, liegt dann im Burghof von Knipsel Castle ein Schlachtfeld von toten Motten *und* toten Fledermäusen herum! – Was wird passieren? Zuerst kennt niemand den Hintergrund, das nämlich die Marotten-Motte giftig ist und den Fledermäusen als Happen im Mund steckengeblieben ist. Deshalb wird es sofort Gerüchte geben, etwa ‚Ein Fluch auf Knipsel Castle! Die Burg, auf der nichts gedeiht! Nichts darf man hier essen: selbst die Fledermäuse rafft es sofort dahin ...'"

„Also vermieten wir doch am besten einen Fledermaus-Service für alte Wintermäntel, die von der Normal-Motte bedroht sind! Da könnten die Flauschflügler noch etwas Sinnvolles für uns tun. Ihr Leckerbissen wär' zwar kleiner aber eben nicht tödlich! Wer auf Knipsel Castle mit Kost und Logis seine guten Mäntel über den Sommer abhängen will, muß eben mit uns an einem Strang ziehen!" witzelt Pettar.

„Wer will einen Mantel anziehen, der zwar ohne Mottenlöcher ist, in dem sich aber Fledermäuse gesuhlt haben?!" überlegt Lorbas irritiert.

Marrá runzelt auch die Stirn, aber Portus, eben noch am Sinnieren über seine Sackgassen-Idee, hat beim Aufschauen von seinen Unterlagen etwas erspäht – wozu er noch nicht einmal eine ultraschallbewährte Fledermaus sein muß ...

„Apropos Essen ... ist das Erdbeertorte, die Ihr da mitgebracht habt, liebe Marrá, lieber Lorbas ..."

Marrá, Lorbas und auch Pettar, die noch ganz von Tüpfelhunds Turbo-Erwägungen der letzten Minuten

zur Nutzung von Knipsel Castle gefangen sind, wenden mechanisch die Köpfe zum Beistelltisch hinten in diesem Kabinett-Raum, wo in einer ganz unhistorischen Tupper-Torten-Box eine von Lorbas und Marrá selbstgebackene Erdbeertorte wie die Motte auf die Kaffeepause der Fledermäuse wartet ...
„Ja, gefüllte Erdbeertorte mit einem Schuß Grand Manier ..." verrät Marrá das Besondere dieser Kreation.
„Also stellen wir die Marotte mit dem Fledermäuse- und-Motten-Totschlag mal zurück und machen erst mal Kaffeepause ..." beschließt Portus gleich mal für die anderen mit. „Lascher, Sie haben doch extra Ihre alte Kaffeemaschine mitgebracht, daß wir nicht aus der Thermoskanne das Gebräu trinken müssen, legen sie den Schalter um und lassen Sie Kaffeeduft durch dieses alte Gebälk wehen – zugig ist es ja hier sowieso wie Hechtsuppe ..."
Pettar entspannt es immer, wenn sein Chef diese joviale Phase ‚Wir-gönnen-uns-mal-was' hat und will deshalb noch schnell eine kleine Anmerkung anbringen, als er dabei aber schon aufsteht, um zur Kaffeemaschine hinüber zu gehen. „‚Lausch-Lügen' war übrigens gar nicht so verkehrt, denn dafür hätten wir auch noch eine Anfrage: die Lage hier auf Knipsel Castle ist übersichtlich, abschottbar, unauffällig, aber prinzipiell gut erreichbar und das brachte wohl eine unserer kleinen, staatlichen Geheimdienstabteilungen auf die Idee, mal anzufragen, ob sie hier auch einziehen könnte – also *allein* einziehen könnte – zu äußerst guten Zuwendungen für uns. Man hat mir ein Memo zukommen lassen, auf ziemlich vielen Umwegen!" Pettar ist ein wenig stolz auf seine Kontakte.
„Knipsel Castle entweder belagert von Fledermäusen oder eine einzige große Wanze ...?! – Also ich glaube wirklich nicht ..." Tüpfelhund versucht die richtigen Worte zu finden ...
Pettar ist enttäuscht, daß man solche speziellen Sachen mit seinem Chef einfach nicht einfädeln kann und Zacke und Madame sehen auch nicht begeistert

aus ... dann gibt's wohl doch erst einmal Kaffee ..., wo war hier am Kaffeekocher der Einschalter ...? Pettar fingert ein wenig ungeschickt an dem Apparat herum.
„... wir sollten in dieser Hinsicht vorsichtig ran gehen," wägt Portus Tüpfelhund ab „wen wir nach Knipsel Castle holen, sonst knipsen wir uns das Licht aus, noch bevor ..."
Peng! –
Gerade bekommen noch alle vier Beratschlagenden einen ‚Puff' zu hören, ahnen noch kurz, wie aus der Kaffeemaschine eine kleine Qualmwolke steigt, dann ist auch das Deckenlicht aus und statt etwas zu sehen, ist nun das Riechen gefragt – leider nur Verschmokeltes statt des leckeren Erdbeertortenaromas ...

Hintergründe auf Knipsel Castle

Lassen wir die vier sich erst einmal berappeln, Kerze und Streichhölzer suchen oder Taschenlampe mit noch funktionsfähigen Batterien finden ...
Uns gibt diese Pause Gelegenheit zu berichten, wer und was sich darum reißt nach Knipsel Castle zu kommen und wieso eigentlich gerade jetzt ...
Noch vor einem halben Jahr – da war es Herbst – interessierte sich niemand für das Örtchen Knipsel, das, wie man ganz offen murrt und munkelt, geographisch zwischen Kullerstadt und Vierecktal liegt, dort eigentlich nur die Durchfahrt versperrt, und etymologisch – noch schlimmer – sich nur zwischen Knirps und Schnipsel entscheiden kann.
Das Sahnehäubchen von Knipsel – nicht weil so lecker, sondern nur weil oben drauf gelegen – ist Burg Hohenknipselstein, von den meisten nur kurz ‚Knipsel Castle' genannt. Aber auch diese Besonderheit riß die letzten Jahre und Jahrzehnte nur selten irgend jemanden vom Sitz, um es vielleicht mal zu besichtigen. Verstaubt, verweht, verpennt, schien hier bis jetzt alles zu spät ... So kam der beauftragte

Burgführer ständig unpünktlich zu den eh schon seltenen Burgführungen, die – erhöhter Schwierigkeitsgrad für Burgliebhaber – auch nur ab einer bestimmten Mindestbesucheranzahl stattfanden. Das allerdings machte es dann im vorigen Herbst einer Gruppe von geflüchteten Asylbewerbern unter der Führung einer toughen Organisatorin leicht, den Kustos auszubooten und im Handstreich Knipsel Castle zu besetzen. Aber auch für diese Ausländer war Knipsel nur die zweite Wahl, sie hatten in der Hauptstadt nach ihren Hier-und-da-Besetzungen nur noch genervtes Publikum und gingen sozusagen auf Provinz-Tournee. Knipsel Castle war dafür natürlich keine ideale Wahl, denn bis die Knipsler und unser zuständige Gemeinderat Tüpfelhund, der sein Büro im größeren Kullerstadt hat, mitbekamen, daß tatsächlich jemand die ungeliebte Burg besetzt hatte, verging einige Zeit.

Da Knipsel Castle so ziemlich das letzte Objekt ist, für das man bei Sondereinsatzkräften einen Notfallplan für eventuelle Besetzung hat, ließ man alles laufen. So trafen die einheimischen Knipsler und der überregionale Besuch das erste Mal zum Herbstfest auf einander. Und da gab es dann gleich noch Verstimmung, als die Asylanten kleine, bunt angemalte, aus Knipsel Castle herausgepickelte Mauerstückchen zum Kauf anboten – somit den Knipslern ihre eigene Burg verhackstückt verschachern wollten – wie man es streng genommen auffassen könnte ...

Aber wieder wäre es den doch recht mustöpfischen Knipslern selber gar nicht aufgefallen, was da vor sich ging, wenn nicht Marrá von Flausen-Tulpenscheitel, deren Vorfahren Burg Hohenknipselstein gehörte – sie selbst, die eben nur mal auf Durchreise war – wenn diese Frau die Mauerstückchen aus der Burg nicht erkannt hätte und sie die Verkaufsidee der Asylanten nicht offen angesprochen hätte.

Dann gab es noch ein bißchen Hin und Her: den Flüchtlingen wurde es zu dröge auf der Burg und die dahinterstehende Flüchtlingsorganisation witterte, daß

hier kein Blumentopf fürs neue Eigenheim zu gewinnen sei – so zog man ab ...
... hinterließ aber nicht nur eine wie von Wohnnomaden verhauste Burg, sondern nun doch ein zumindest lokal aufgescheuchtes Publikum. Der ungern für Knipsel zuständige, eher bequeme Gemeinderat, Portus Tüpfelhund, und sein sonst frisch motivierter Sekretär, Pettar Lascher, kamen nicht umhin, nun endlich einmal die dornrösigen Verhältnisse auf Knipsel Castle zur Kenntnis zu nehmen und irgendwie von Amts wegen darauf zu reagieren. Glück hatten sie, daß auch die rüstige Marrá als Nachfahrin der Eigentümer von Knipsel Castle sich ein Herz faßte, endlich in die Puschen kam und anregte, sich um Knipsel Castle zu kümmern – falls man ihr gemeindetechnisch nicht neue Dornenbüsche in den Weg schmisse.
Über die Jahrzehnte waren die Eigentums- und Gewohnheitsrechte um Knipsel Castle mit den jeweiligen Vorlieben von Öffentlicher Hand und privaten Eignern zugewuchert, weil sich jeder herauspickte, was ihm beliebte – aber die Burg selbst liebte eigentlich niemand ...
Als erstes zur Seite stand Marrá dann Lorbas Zacke, dessen zufällige Bekanntschaft sie in Knipsel gemacht hatte und bei dem sie seit ihrer immer wieder verschobenen Abreise auch jetzt noch wohnt.
Lorbas Zacke hatte es vor Jahren zu seiner Pensionierung selbst ungewollt in diese Gegend verschlagen. Weil sein in Knipsel geerbtes Haus nicht zu verkaufen war, beschloß er, selbst hier wohnen zu bleiben.
Im stillen Einverständnis der Zuständigen in der Hauptstadt des Landes, die froh sind, die Doppel-Peinlichkeit – der vor Residenz-Präsenz flüchtenden Flüchtlinge und der Vernachlässigung eines Kulturerbe-i-Tüpfelchens, nämlich des kleinen Knipsel Castle – nicht ausgewalzt zu sehen, setzen sich nun also Gemeinderat Portus Tüpfelhund und Sekretär Pettar Lascher, mit der adligen Marrá und mit Lorbas Zacke zusammen.

Frau von Flausen-Tulpenscheitel verpflichtet sich ihrerseits, ihrem bisher aus Interesselosigkeit und Unterstützungsmangel vernachlässigtem Erbanteil, dieser auch vom Staat so wenig gewürdigten Burganlage – ihrer quasi angefaulten Wurzel – jetzt endlich einmal die nötige Zeit, Aufmerksamkeit, Tatkraft und finanzielle Investition zu widmen, die diese Burg bitter nötig hat. Nun hat man sich also zusammengesetzt, um die Verteilung von Pflichten und Ressourcen zu besprechen ... – tappt aber, wie wir erleben durften, gerade wieder im Dunkeln!

Angefault oder nicht, wollen beide Seiten aus Knipsel Castle doch wieder eine Residenz machen, wo man gern präsent ist und auch Besucher zu moderaten Einlaßzeiten herzlich willkommen heißen kann.

Allein – so wissen beide Seiten – bekommt man das nicht gewuppt ... – so hoch oben wie Knipsel Castle geographisch und vernachlässigt angesiedelt ist. Also hat man sich nun nicht nur ‚vor Ort', sondern direkt mitten drin *am* Ort des Geschehens zusammen gesetzt, um sich genau dort inspirieren zu lassen und einmal in Ruhe zu überlegen, für wen man diese Burg noch interessant gestalten könnte, damit alles schön fließt, nicht nur der Geld- sondern auch der elektrische Strom.

Zahlungskräftiges Publikum muß her, damit man zum Beispiel auf der Rechnung für die Überarbeitung der Stromleitungen nicht selbst kurzschlußmäßig sitzen bleibt ...

Eigentlich läßt es sich gut an, denn wider Erwarten hat Knipsel Castle nach der Flüchtlingsflucht in der Presse gar nicht den verschlampten Eindruck hinterlassen, den man aus der Nähe hätte haben können. Vielmehr scheint sich ein Image des Kuriosen abzuzeichnen, des Adlig-Verstiegenen, was vielleicht für diese europäische Republik, in der das unpolierte, ehemals royale Schmuckstück liegt, doch nicht verwunderlich ist: kennen diese Republikaner doch Königtum nur aus ihren Nachbarländern oder Zeitungskiosken, wo es entweder steter Staats-Appendix oder aufgebauschter Blätterwald ist. Aus

ihren eigenen Adelsresten bezieht die Bevölkerung hierzulande höchstens skurrilen oder karitativen Unterhaltungswert. Diese milde Meinung könnte sich natürlich ändern, wenn da gepfeffert Geld der ‚Öffentlichen Hand' ‚in die Hand genommen' und in Knipsel Castle hineingesteckt werden müßte ...
So derartig gut eingebettet, wie alle Beteiligten im falschen Verständnis sind, ist es nicht verwunderlich, daß Portus Tüpfelhund Bewerbungen von Motten und Fledermäusen erhält, die auf Knipsel Castle gern von ihren Züchtern zwischengeparkt werden möchten.
Heute ist also ein besonderer Tag – nicht nur weil das Licht ausgeht – sondern weil man sich zum ersten Mal direkt zu viert hier auf Knipsel Castle getroffen hat. Man möchte sortieren, welche Interessenten es gäbe und wofür man die Burg noch öffnen, nutzen „... aber auch verquälen und verbrauchen könnte ..." – wie es Marrá grummelnd Lorbas noch heute morgen am gemeinsamen Frühstückstisch prophezeit hatte.
So gibt es eigene Ideen der Beteiligten, aber auch Anfragen, ja, eben so etwas wie Bewerbungen oder Angebote, die entweder bei Gemeinderat Tüpfelhund eingingen, auf Pettars Schreibtisch landeten oder bei Marrá ankamen. Es geht ganz profan um Geldgeber und Sponsoren, deren Investitionen auf den ersten Blick am verlockendsten wären – weil derartige Institutionen etwas für Knipsel Castle geben könnten, ohne direkt etwas nehmen zu wollen – aber eben auf Umwegen doch nur dann geben, wenn alles gefällt und sie wenigstens irgendeinen Vorteil um fünf Ecken abstauben können!
Aber es geht eben auch um konkrete Geschäftsverbindungen oder Dienstleistungen, die man vielleicht auf Knipsel Castle anbieten kann. – Ja, heute müssen auch Burgen und Schlösser selbst sich drangeben, um ihre Substanz zu erhalten – so arg ist das gekommen, gut zweihundert Jahre nach dem Zerhackstücken jeglicher Pracht, das in Frankreich seinen Auftakt nahm, und durch die anmaßenden Rächer eben nicht nur die egoistischen Veruntreuer von Ware und Wert traf, sondern auch die guten

Dinge selbst. Seitdem darf so ein Wort wie ‚Pracht' im großen Zusammenhang gar nicht mehr genannt werden.

‚Pracht' ist als dekadent verschrien!

Pracht ist also auf jeder Ebene ausrangiert! Aber Trauer darum bringt uns nicht weiter bei der Frage: Wer zahlt so gut, daß wir ihn nach Knipsel Castle lassen?! – Vor allem: Bewirbt sich ein Geeigneter freiwillig?!

Das Thema, dem sich die vier Entscheider – gerade bevor das Licht den Geist aufgab und noch vor der Fledermaus-Debatte gewidmet hatten – war auch schon so ein heißes Eisen: Essen nämlich!

Igor-Indi-Italo will unbedingt auf Knipsel Castle brutzeln! – Hurra – sind wir damit aus dem Schneider: Einheimisches findet Historisches?!

Nein, so einfach ist es dann doch nicht!

Igor hat die Frittenbude am Bahnhof, zugiges Eck, was ganz gut ist, damit das alte Fett nicht so müffelt. Ist das Fett gar nicht mehr zu gebrauchen oder Fritten waren im Großmarkt nicht im Angebot, gibt's Pizza-Kreationen. Zu Zeiten der von Flüchtlingen besetzen Burg, gab es auch schon mal ‚Pizza die Überbelegte', die oben bei den Burgbesetzern recht gut ankam.

Igor, der selbst auch von woanders her ist – deshalb auch der breite Fächer seiner Identitäten, der sich in der verschwenderischen Häufung seiner Spitznamen Bahn bricht – Igor also, hat es einfach raus, sich auf Bedarf gut einzustellen und Angebote dafür rauszuhauen. Deshalb hat er ganz offiziell beim hiesigen Gemeinderat beantragt:

„... wär prima, wenn Sie mir einen Camper auf'n Vorhof von der Ruine stellen, wo ich allen Touris meine neue ‚KNIPSEL-CASTLE-KNACK-UND-CURRYWURST' oder andere Speziale vertickern kann. Brauch ich aber noch Hiwi von Arbeitsamt, der unten den Bahnhof brutzelt ..."

Als Pettar Lascher den drei anderen in der Runde grinsend diesen Auszug vom fettverklebten, handgeschriebenen Blatt vorliest, das im

Gemeindebriefkasten lag, muß nur Tüpfelhund nicht lächeln.
„Der will den Bahnhof brutzeln, wo hier doch sowieso fast alle Züge durchfahren ...?!" ist vielmehr seine Frage.
Pettar stellt klar, daß Igor wohl eher meint, er brauche eine Bedienkraft für sein Stammgeschäft, damit er, Igor, selbst bei Bedarf oben auf der Burg expandieren kann.
Pettar wird ernst: „Zuerst belächelt man das, weil's scheinbar naiv daherkommt. Aber in der Hauptstadt ist das bereits vor Jahrzehnten so gelaufen: da haben die Cleveren unter den Zugereisten nichts besetzt, sondern schlicht angefangen Geschäfte zu machen. Nun ist bereits der Obsthandel in deren Hand und gerade übernehmen sie die Backwarengeschäfte. Sie können das, weil sie ihren zugereisten Vettern, Onkeln, Tanten und Nichten eben mitnichten einen nachprüfbaren Stundenlohn zahlen müssen! – Und hier in Knipsel zieht sich nun der erste das Monopol der Currywurscht-Buden an Land! Auch ganz pfiffig: der will nicht in die Burg hinein, sondern nur auf den Vorplatz, da kann er ganz leicht wieder verschwinden, wenn die Burg sich doch noch zur Ruine ruiniert und die Touris ausbleiben ..."
Alle anderen sind erstaunt, denn eigentlich kennen sie Pettar Lascher als eher oberflächlich und nicht so ernst analytisch – und schon gar nicht in dieser Art besorgt. Er bemerkt das und setzt ratlos hinzu: „Wer sich allein versorgt, weiß, daß man ein Minimum an Lohn für die simpelsten Rechnungen braucht, da spart man im Familienclan viel Aufwand ein! Und ich glaube auch nicht, daß wir alle, die wir schon vorher in diesem Land waren, zu faul sind, früh aufzustehen, um uns im Großmarkt Obst zum Weiterverkaufen abzuholen oder um vier Uhr früh Brötchen abzubacken – ich glaube eher, wir haben es verpennt, unsere Eigenart zu schützen, die eben anders Geschäfte machen könnte, als feilschend und immer verfügbar ..."

„Also wir werden hier nichts mehr verschlafen ..." wischt Portus Tüpfelhund die düsteren Gedanken weg „... eigentlich ist es ja auch immer nur Knipsel gewesen, das im Gegensatz zu Kullerstadt und Vierecktal so verpennt aus der Wäsche geschaut hat – aber damit ist jetzt Schluß!"

„Das glaube ich gar nicht, daß es an Knipsel liegt," wendet Lorbas Zacke dazu ein – ausgerechnet er: in Knipsel eigentlich nie richtig angekommen, verteidigt es jetzt! „Vielmehr hat sich Knipsel seine Naivität bewahrt und vielleicht kommen solcherart Unschuldige am besten davon, einfach weil sie nicht kalkulieren, weder für sich noch gegen andere!"

„Also Herr Zacke, irgendwelche Gedanken und Pläne muß man sich ja machen, sonst läuft nichts! – Ich habe hier immerhin auch einige formell korrekte Anträge: einmal vom Franzl Stullensegen für seinen ‚Knipsler Hicks', ebenso von Harfes ‚Hofladen' und einen weiteren von Hobert Watsches ‚Knipsler Schwarte' und ... – was das? ..." Tüpfelhund äugt Winkel wechselnd über seine Brille „... Gundi Grundlos ... ach, das ist die Öko-Tante, die allerlei Selbstgemachtes als ‚Tägliche Suppenküche' an den Mann bringen will – den Mann, den sie als 68er-Tussi nie abbekommen hat ..." der Hund in Tüpfel grinst. Aber schnell fährt er fort: „Also das sind eben alles Knipsler Gastronomiebetriebe, die irgendwie hier auf der Burg präsent sein wollen, sei's mit einer Weinverkostung im Burgkeller alle vier Wochen oder mit Gaststätte und Verkauf. Das wird man denen wohl nicht abschlagen können – oder?" Portus schaut über seine Brillenränder in die Runde.

„Also ich finde auch: das Einheimische sollte schon die Möglichkeit haben, dabei zu sein ..." Lorbas mag einfach mittlerweile sein Knipsel.

„Es wird aber immer die Frage sein, ob wir alle unterkriegen – Knipsel Castle hat vielleicht nicht für alles die entsprechenden Räume. So gesehen ist der Antrag vom Bahnhof-Brutzler auf einen Stand im Burghof eine gute Idee, vielleicht können wir die anderen auch dazu bewegen und der Burghof bietet

dann für Ankömmlinge gleich eine gute Übersicht über die einheimische Produktpalette und allerlei kulinarisch Interessantes!"
„Ja, prima, Frau von Flausen-Tulpenscheitel, gute Idee, so machen wir's – haben wir die schon mal ad acta unter Dach und Fach!" Für Portus Tüpfelhund ist die Wurst schon gebraten, der Wein verkostet und die Schwarte geknackt.
„Und was zahlen die dann an Miete? Was für einen Stand bekommt zum Beispiel die ‚Schwarte', die Essen richtig kochen muß und nicht nur was in die Mikrowelle schiebt, die will sicher auch Sitzplätze haben, die überdacht sein müssen ...!" wendet Pettar ein, der schon ganz recht vermutet, daß die praktischen Details wieder zum Ausbaldowern an ihm hängen bleiben werden.
„Lascher, Sie wirken immer so lasch, wenn Sie kleinknipselig werden!" Portus läßt sich seine gute Laune nicht verderben – noch nicht – aber da kommt schon ein Dämpfer, direkt von Marrá.
„Also lassen wir das Kulinarische vorerst mal im Dorf, so wie die Kirche. Da habe ich nämlich ein Schreiben erhalten: unsere Pfarrerin, Frau Glausack, wünscht sich die Nutzung von Knipsel Castle als Frauenhaus, ‚...weil weit und breit nichts getan wird für Frauen in Not ...' schreibt sie." Marrá schaut in die Runde und fixiert dann Portus streng: „Das sind wahrscheinlich die Frauen, die von dem einen, den sie doch mal ‚abbekommen' haben, eine getachtelt bekommen haben, wovon sie sich jetzt erholen wollen, Herr Gemeinderat?!" Das ist die Retourkutsche für Portus' Bemerkung über Gundi, die Alt-68erin.
Tüpfelhund wird tatsächlich etwas rot – aber nur kurz – dann fällt ihm der rechte Einwand ein: „Dafür die ganze Burg ..." mault er „... nur lauter piefige Burgfräulein – das wäre doch schade!" Portus meint das jetzt ganz unironisch eher wie ein kleiner Bruder, dem die große Schwester die Ritterburg mit rosa Puppenplüsch ausgerüstet hat ...

Marrá kann diese Naivität nicht fassen und will schon scharf etwas einwenden, da kommt ihr Pettar mit etwas viel Schärferem dazwischen.
„Zu dem Themenkreis lag bei mir auch etwas in der Post. Also um genauer zu sein, zwei Sachen aus der gleichen Richtung, da will einer eine ‚Dornröschen-Flirtschule' hier eröffnen und jemand anderes, der ist da wohl schon drüber hinaus, der könnte sich die Burg gut als Standort eines ‚Edel-Eskort-Service' vorstellen ..." Pettar schaut in die Runde. Alle schauen skeptisch zurück. So setzt der Gemeindesekretär aufmunternd hinzu: „Na, ich denk mal, die lassen sich den Spaß doch sicher gut was kosten!"
Immer noch schauen alle anderen distanziert – wobei jeder seine eigenen Gedanken haben mag. „Ich mein' ja nur ..." gibt Pettar klein bei „... weil's gerade um die Burgfräuleins ging ... – schon gut, Sie haben sicher bessere Vorschläge!" legt er seine gesammelten Notizen zum Thema Eskort-Service mit Burgfräulein beiseite.
„Wir dürfen nicht vergessen," lenkt Lorbas ein, dem Pettar, weil er mit wenig Anerkennung so bemüht ist, doch etwas leid tut „daß wir auch einige Auflagen mitbekommen haben, die wir sozusagen von Amts wegen beachten sollten ..."
„Stimmt," stöhnt Portus „uns sitzt ja die AVoKuZuAuMi noch im Nacken – ach, du kriegst die Tür nicht zu – die hatte ich ja ganz vergessen!"
„Verdrängt ... so nennt man das jetzt!" steuert Pettar lächelnd bei.
Die AVoKuZuAuMi ...
... ist ein besonderer ‚Verein'. Sie ist nämlich das neu geschaffene ‚Amt zur Vorbeugung gegen Kulturelle Zumutungen für Ausländer und Menschen mit Migrationshintergrund'! – Was soll man dazu noch erläutern?! Höchstens, daß dieses Amt dummerweise mit im Boot sein könnte, wenn es um die Einrichtung von Knipsel Castle geht. Denn Marrá muß sich vom Denkmalamt bis zur Landesregierung irgendwie mit allen ins ‚Benehmen setzen', wenn sie Knipsel Castle

irgendwie wiederbeleben will. Würde sie alles allein organisieren und ganz aus eigener Tasche bezahlen müssen, wäre das ein verflixt großes Risiko, was sie nicht unbedingt auf sich nehmen möchte. Aber nun ist es so gekommen, daß zuerst niemand diese Burg haben wollte und jetzt, wo alle sehen, es tut sich etwas, will fast jeder die Hand mit im Spiel und den Fuß im Burgtor haben! Denn falls sich da etwas irgendwie Lukratives entwickelt, etwas aufblüht, dann sollen nicht nur die **anderen** dabei sein und davon profitieren ... – so denkt es sich jede dieser Einrichtungen!

Für die AVoKuZuAuMi war es ja schon ‚Aua!', mit ansehen zu müssen, daß im letzten Herbst die Asylanten die Burg plötzlich nicht mehr spannend fanden und sich verzupften. Nun würde dieses Amt die ganze Burg am liebsten wieder mit Flüchtlingen und Zuwanderern besetzt sehen wollen.

„Die ‚Ach-da-kannst-Du-mich-auch ...'" erläutert Pettar grinsend das Akronym persiflierend „plädiert dafür, ein eigenes Büro auf der Burg zu bekommen, um immer präsent zu sein. Und wenn schon das nicht, dann will die ‚AVo...-Sie-wissen-schon' aus Knipsel Castle eine ruhige Bleibe für über das Ziel hinausgeschossene Flüchtlinge machen!"

„Hä? – Was soll das denn sein?" Tüpfelhund ist irritiert.

Pettar erläutert es: „Also unter uns und platt gesagt: ein Heim für Flüchtlinge, die schon mal ihren Fluchtinstinkt haben sausen lassen und statt dessen ihrem ‚Schlag-zu-Instinkt' nachgegeben haben!"

Alle schauen sich – ich sage mal ‚entgeistert' – an.

Pettar will beruhigen und fügt schnell hinzu: „Also wir haben auch Anfragen von **einheimischen** Knästen ..., also Justizvollzugsanstalten! Anfragen von einigen äh, ja, sogenannten ‚Geschlossenen Anstalten' verschiedener Couleur haben wir ebenfalls bekommen ..." Pettar sortiert seine Notizen und fährt dann fort: „Da gibt es Anstalten **für** Gestörte oder **gegen** Gestörte ... – also in jedem Fall **zur Genesung** Gestörter! Es bewerben sich

Einrichtungen für Jungkriminelle – und gegen Altersstarrsinnige ..., äh, nein, ‚Ge-ron-to-psy-cha-trie' heißt das, so habe ich es mir notiert, bis hin zu Kitas und Hundeheimen ... also ich nenn' das mal nur der Vollständigkeit halber in so absteigender Folge. Eine Dienststelle hat auch angefragt, ob man Knipsel Castle als Ruhestelle für Menschen aus anderen Staaten einrichten kann, deren Verdienste in verschiedenen Staaten eher unterschiedlich gewürdigt werden ... Soll wohl heißen: Knipsel ein Aufenthaltsort für Leute, hinter denen sie aus anderen Staaten her sind ... – also jetzt ist es klar – oder?!" –
Klar schon, aber wirklich beruhigen kann das die anderen nicht ...
„Ein Friedhof für Staatsmänner und -frauen, eine Art Gedenkstätte bietet sich auch noch an! – Also eher etwas Trauriges, etwas Erledigtes ..." wirft Lorbas aus seinen Notizen ein.
„Also das ist vielleicht ruhiger ..." wägt Portus ab „als wenn Knipsel ein Ort des stillen Meuchelns und Entführens würde, weil hier allerlei gesuchte, zwielichtige Geheimnisträger ihr Gnadenbrot fristen oder gar ‚zwischengeparkt' werden!"
Pettar überlegt weiter unbedarft vor sich hin: „Aber, Herr Zacke, glauben Sie nicht, man bettet wirklich bedeutende Leute an geschichtsträchtigere Orte als Klein-Knipsel?! Wer will hier begraben sein – wenn es schon kaum jemanden reizt hier zu leben!"
„Na, hören Sie mal, Lascher, ich habe fast mein ganzes Leben hier zugebracht – also wenn man das wirklich groß aufzieht, dann könnte ich mir das hier gut als Heldenfriedhof vorstellen!" Portus scheint es in Gedanken durchzuspielen, als verdienstvoller Provinzamtmann auf Knipsel Castle die letzte Ruhe zu finden."
Falls man diese Art von Helden dann wirklich noch findet ... – so kann ich still im Hintergrund nur hinzufügen.
„Also, wie bitte, muß ich mir diese ruhiggestellten Menschen, aus anderen Staaten, mit fragwürdigen Verdiensten denn vorstellen?" fragt Marrá sehr

skeptisch. „Ich hoffe, es ist nicht das, was ich vermute!"
„Dazu, liebe Marrá, bräuchten wir detailliertere, adlige Gedankengängen!" schmunzelt Portus.
„Ganz einfach," erklärt Marrá „entweder ist es eine Dependance für ausrangierte Spione, die keiner haben will oder für versteckte Mittelsmänner, um die sich noch einige reißen würden, wenn sie wüßten wo sich das Reißen lohnte! Oder es sind politisch und/oder vital bereits kaltgestellte Typen ... wie man sagt ‚Informationsquellen'! – Solche ‚Quellen' braucht Knipsel nun gar nicht. Diese Möglichkeiten finde ich inakzeptabel und möchte sie erst gar nicht bedenken! – Da nistet sich dann jemand hier bei uns als ewiger Stubenhocker unter diplomatischem Schutz ein – während er woanders wegen Mord und Totschlag angeklagt würde ... – also das wäre mir sehr unangenehm auf unbestimmte Zeit mit so jemandem unter einem Dach ..."
Pettar schaut die Adlige lächelnd an. „'Unter einem Dach' ... Sie wohnen doch gar nicht hier!"
„Stimmt ..." gibt Marrá etwas gedrückt zu „... kommt ja noch, wenn alles wieder etwas wohnlicher ist ..."
Pettar ist aber schon weiter: „Ich vermute mal, man hätte Knipsel Castle gern dafür ausersehen, beides mit einander zu kombinieren – dann wäre alles am besten vermauschelt und getarnt! – Also die würden uns glatt noch ein aktives Geheimdienstnest hier hineinsetzen! – Stellen sie sich vor: Hohenknipselstein wird rundherum abgeschliffen, bis es schließlich fünfeckig ist!" Pettar grinst in jugendlicher Freude.
„Das europäische Penta-Castle!"
„Ich hoffe, Sie haben das gleich abgeschmettert, Herr Lascher!" Marrá möchte da sicher sein.
„So etwas kann man nicht einfach vom Tisch fegen, weil es ja niemand aufs Tapet gebracht haben will! – Es sind Geister – Sie wissen schon ..." Pettar dämpft geheimnisvoll die Stimme „... diese ‚Flüster-Verpuster'!" Dann fährt er lauter fort: „Letztlich hat da aber niemand direkt angefragt und man selbst steht dumm da, wenn man gegen etwas ausholt, was kein

anderer wahrgenommen hat, dann landet man rubbel die Katz selbst auf Knipsel Castle, wenn es für die andere Klientel, nämlich die Gestörten eingerichtet worden ist – möchten Sie das? – Ich nicht! – Da muß man vorsichtig abwarten, ob was nachkommt und dann wieder bedächtig reagieren!" Pettar legt sein Notizblatt zu diesem Angebot mit säuerlicher Miene beiseite ...
Marrá beläßt es auch dabei.
Man sieht an diesem Beispiel: die Landesregierung hat – in so verknipselten Problematiken ungeübt – erst einmal allem, was sich halbwegs ‚Amt' schimpft, eine gewisse Mitsprache eingeräumt, natürlich auch dem Denkmalamt der Gemeinde von Kullerstadt und Vierecktal.
Diesem Amt ging das kleine, loddrige Knipsel ja schon immer auf den Senkel, also meint es nun, für seinen Langmut endlich einmal belohnt werden zu müssen und ‚prüft' – alle Ämter ‚prüfen' ja erst einmal ... – was denkmaltechnisch an Auflagen zum Drauflegen drin ist.
Einige andere Organisationen, die rechtzeitig den Zeigefinger hoben und den Daumen drauf legten, wurden auch mit Verständnis für ihre Belange beschieden, was noch eigentlich nichts bedeuten will, worauf man sich aber doch irgendwie berufen kann, wenn man vielleicht mal einen Ort sucht, an dem man ein neue Idee gern ohne eigenes Risiko ausprobieren möchte ...
So ist es auch mit dem ansässigen Naturschutzverein, dem Knipsel Castle samt Flora und Fauna zwar bisher so was von methangas-pups-egal war, der nun aber Oberwasser – vielleicht sogar Ober-Quell-Wasser – wittert, was er sich dann bitteschön als Entdeckung selbst ans Revers heften möchte. Dafür reicht natürlich kein Kemenatenzimmer im Turm, sondern dazu müssen Bohranlagen aufgestellt werden und ein bißchen mehr Strom als bisher muß dann hier oben auch ankommen ... – also etwas anderes hätte auf Knipsel Castle dann keinen Platz mehr! – Das auf den Zahnfühlen, ob Knipsel sich vielleicht bald ‚Bad

Knipsel' nennen könnte, hat natürlich vorerst keinerlei Gewißheit auf ein Tröpfchen Erfolg. Aber wer wagt es, diese Idee vom Burgberg zu schubsen, wenn sich dann nach Jahren mal herausstellen sollte, da schmort etwas Teures in der Erde – von Gold bis Erdöl kann ja alles dabei sein – aber allen ist es beizeiten durch die Lappen gegangen ...
Statt dessen hat man bis dahin vielleicht stoffbespannte Drahtgestelle vom Berg hüpfen lassen! Also das Angebot einer Drachenflugschule liegt auch noch vor ...
Ja, viele Angebote, Vorschläge, Offerten – alles changiert irgendwie zwischen Bitte und Drohung – wollen am liebsten für ihre Initiativbewerbung gleich noch bezuschußt werden – probieren kann man's ja!
Ich, als hauseigener Geist von Knipsel Castle freute mich schon auf ein feuerspeiendes Ungetüm, das endlich mal Leben und Erlösung in die Bude brächte, aber da mußte ich erfahren, daß eine ‚Drachenflugschule' und ein Paragliding-Unternehmen seltsam bescheuerte Menschen in falsche Fledermauskostüme steckt und ihnen eine hohe Höhe anbietet, aus der sie an starren Stangen abschmieren können – was für eine Enttäuschung!
Pettar Lascher wies dann die anderen noch darauf hin, daß es für einen derartigen Sport eine hohe Höhe sein muß, der Wind stets überschaubar aber beständig wehen sollte, das Gelände für Notlandungen entstrüppt werden müßte – und falls nur einmal einer, der schon die Haushaltsleiter meiden sollte, hier den ungelenken Kobolz schießt – Knipsel vielleicht auf ewig der Ruf einer Unglücksstadt anhängt. Es gibt ja durch medial verbreitetes ‚Mitfühlen' Städtenamen, an die erinnert man sich nur noch durch das eine große Unglück, das ihnen nachhängt, die bringt man nur noch in Verbindung mit Blumenmeeren, abgelegten Kuscheltieren und Ewiglämpchen ... – Dort macht dann niemand mehr Urlaub – egal was für'n Heilwasser dort inzwischen sprudeln mag ...

Langsam begreift man, was für eine heikle Aufgabe hier ansteht, Knipsel Castle möglichst geschickt mit Glück aber auch Geld bringenden Ideen zu bestücken.
„Also ich habe doch ein paar wirklich schöne Ideen!" meldet sich Lorbas Zacke zu Wort, als er merkt, niemanden hier baut etwas von dem bisher Vorgetragenen so richtig auf.
Pettar Lascher hatte sich schon vor Wochen erkundigt, ob er die Anfragen zu Kunst und Kultur, die im Gemeindebüro aufliefen an Lorbas weitergeben dürfe, denn als ehemaliger Verleger könne er manche der Anfragen sicher besser sichten, bewerten und dann vortragen.
„Also die Ideen rund um Kunst und Kultur sind zum Teil recht schön, finde ich," setzt Lorbas an „obwohl ich sie mir doch noch etwas origineller vorstellen könnte. Ich zähle mal auf, was es so gab, oft sind leider auch einige seltsame Gegensätze dabei. Da möchte eine Live-Spiel-Show etwas senden, der Titel soll heißen ‚Verlassen im Verlies – Container war gestern, heute ist Knipsel Castle'! – Also ich bin da nicht so recht daraus schlau geworden, ahnt jemand, was die meinen könnten?"
„Wir lassen's mal vorerst weg!" entscheidet Pettar. Portus und Marrá nicken zustimmend. „Du siehst hier nicht viel Fernsehen, lieber Lorbas, sei froh, so bleibst Du recht unbelastet!" setzt Marrá hinzu.
„Na, gut," fährt Lorbas fort „ es könnte auch ein Krimi-Theater hier aufmachen, das lädt Leute wie quasi zum Urlaub ein und die machen hier dann wohl zusammen Theater ... – das kann man sich doch kreativ vorstellen ..."
„Bis dann wirklich wer in die Odelgrube fällt!" schimpft Tüpfelhund. „Ich habe mich da neulich auch geirrt! Bei meiner ersten näheren Besichtigung schlug ich doch vor, liebe Marrá, aus der hübschen Einbuchtung hinter der Burg einen Swimmingpool zu machen – bis ich aufgeklärt wurde: das war einmal die Jauchegrube!"
Marrá muß lächeln, sie erinnert sich noch allzu gut an den zuerst so begeisterten Gemeinderat.

„Also im Moment noch kein Krimi-Theater …" Lorbas schaut in seine Notizen „…da möchte ein Modeschöpfer vielleicht Knipsel Castle als seinen schöpferischen Rückzugsort pachten – quasi ganz Knipsel Castle mit seiner Anwesenheit einkleiden, zu einem, so glaube ich, guten Preis! – Ist das nicht toll: kann nichts schief gehen und gern fahren welche vorbei, halten an in Knipsel, essen hier vielleicht eine Kleinigkeit, zeigen nach oben und sagen ‚Schau mal, da wohnt der Knipsler-Mode-Zar!"

„Ja, und unser einzelner Dorfpolizist, der kann dann alle die Verruckerten, die's zu weit treiben, vom Hochkraxeln und Selfie-mit-Modezar schießen wollen abbringen!" Portus hat für die personifizierten schönen Künste eher wenig übrig.

„Aber einen Burgschreiber können wir uns halten!" triumphiert nun Lorbas.

„Sehr richtig, Sie sagen es: den muß man ‚halten', wie ein Meerschweinchen: Karotten, Salatblätter, Heu, Stroh … und dann die Hinterlassenschaften – noch bevor er überhaupt etwas von Bedeutung über Knipsel Castle selbst hinterlassen hat! ‚Halten' andererseits auch im Sinne von ‚zurückhalten', bevor der die Knipsler Chronik geschrieben hat, wird er erst mal über die Stränge schlagen: zu viel essen, zu viel trinken, zu viel …na, sie wissen schon …!"

Dieser Einwand kam von Pettar, der's auch nicht so mit langweiliger Kunst hat. Der Einwand stachelt aber Lorbas nur noch mehr an, irgend etwas wird doch wohl dabei sein, was hier den Maßstab der schönen Künste erfüllt …

„Ja, für ‚na, Sie wissen schon …' ist auch was eingegangen, eigentlich zwei Vorschläge: ein ‚Alterherren-Verein', der nicht näher beschrieben wurde, möchte Knipsel Castle als romantisches Ambiente zum Erholen nutzen!"

„Lauter vergockelte, alte Hähne … nee, danke! Das kann ja von Lustmolch bis Ex-Spion alles sein …" ist ausgerechnet Portus sich sicher, diejenigen, die seiner Altersklasse am nächsten lägen, nicht haben zu wollen.

„Vielleicht nehmen die noch alte Hähne auf!" kann es sich Lorbas nicht verkneifen.
„Aber wie auch immer, es gibt noch die Anfrage dieses schon erwähnten Edel-Eskort-Service. Dafür bin ich ja auch nicht unbedingt, aber ..." wirft Pettar ein.
„Dann sind wir uns ja einig! Wissen Sie, was das für Kloppereien gäbe, wenn hier eine richtige Zuhältergang sich einnistete?!" Portus ist sich da ganz sicher.
„Dann eben Streichelzoo ..." trotzt Lorbas seinen nächsten Trumpf heraus.
„Durch Verhätscheln verstörte Kreaturen ..., wissen Sie, was die Tierschützer dazu sagen?!" will Pettar Lascher herausfordernd wissen.
„Dann eben – Kontrastprogramm – Dependance für Galapagos-Echsen – entweder als Skelett oder besser noch lebend!"
„Diese häßlichen Urzeitviecher – da können noch welche von fliegen und landen uns dann unten im Vorgarten – nee, Lorbas, bei aller Liebe zu Tieren!"
Da hätte Lorbas Marrá aber für couragierter gehalten.
„Avangardistische Töpferei ..."
„Matsch und Modder haben wir hier schon ..."
„Sprachenschule ..."
„Unverständliches und Fachchinesisch?! Dann hätten wir ja gleich die Asylanten hierbehalten können!"
„Nein, ein neues Programm, das nennt sich: ‚Ausländisch für Daheimgebliebene'!"
„Dieser behämmerte Multi-Kulti-Quatsch aus der Hauptstadt! Wollen Sie Knipslisch auf den Index für bedrohte Sprachen bringen?!"
„Gibt es das ... – ‚Knipslisch'?" Lorbas fühlt sich selbst gleich wieder als Ausländer – während Portus über den Erfolg seiner Bemerkung kichern muß.
„Aber eine historische Möbelwerkstatt, die kann man etablieren!" schlägt Marrá vor, eingedenk ihrer Freundin Gertrulde von Verhökerlande, die nach dem Königin-Job abends gern Möbel kreiert.

„Das Geschleife und Gequietsche der Sägen dröhnt dann bis runter nach Kullerstadt – bloß nicht!" kreischt Portus.
„Dann macht Euern Mist alleine!" schreit Lorbas seinen überpacten Mitstreitern zu.

Und dann kam eben noch die Nummer mit den Lausch-Lügen-Lederläusen ... dem Kuchen ... und dem Kurzschluß ...

So langsam hat keiner mehr eine Idee, aber alle ahnen, daß auf Knipsel Castle der Hund begraben und der Hase im Pfeffer liegt ...

Der Abend ist noch nicht zu Ende

„Heut bin ich ja froh, daß man von Knipsel Castle diese wunderbaren Kurven abwärts fahren kann, das bringt einen irgendwie ..." Lorbas zögert.
„...hinunter!" ergänzt Marrá trocken, die neben ihm auf dem Beifahrersitz mit in die Kurven gehen muß.
„Ja – wie sagt man heute ... – ‚es erdet einen' ..." sinniert Lorbas nachdenklich.

Der Kurzschluß war so schnell nicht zu beheben, aber man entschied sich, den schönen Kuchen einfach draußen am Vorplatz der Burg auf zwei Bänken sitzend zu genießen, diese schob man dazu aus der Vorhalle schnell hinaus.
„Schade, wir haben nichts zu trinken, dabei schmeckt der Kuchen wirklich wunderbar!" sagte Portus Tüpfelhund nach seinem ersten Happen wieder völlig versöhnt mit sich, der Welt und seinen Mitstreitern.
Marrá von Flausen-Tulpenscheitel stand daraufhin auf, verschwand in der Burg und kam nach kaum fünf Minuten zurück, mit zwei Flaschen Wein und vier Gläsern auf einem Tablett. Sie stellte alles auf einen Steinvorsprung am Mauerwerk und dann zog sie aus der Tasche ihres bauschigen Rocks noch einen Korkenzieher.

Pettar war der erste, der seiner Überraschung Ausdruck verlieh: „Ich sag's ja, in dem alten Kasten steckt mehr als man bisher dachte!"
„Wo kommt denn dieses Kleinod so schnell her, liebe Schloßbesitzerin?" Portus Tüpfelhund schienen die aufregende Diskussion über zukünftige Verwendungen von Knipsel Castel und der sich anschließende Kurzschluß doch eher belebt zu haben, denn so gut gelaunt kannte ihn sein Assistent Pettar Lascher in seinem Amtbüro in Kullerstadt nur selten.
„In so einer Burg gibt es noch manche Geheimnisse!" vermutete Pettar mal ins Blaue.
„Ja, gibt es," gab Marrá zu „und da kommen nicht einmal besetzende Asylanten drauf ... – und auch ich kenne sie wohl immer noch nicht alle ..."
„Gott sei Dank, der Wein ist exquisit!" erklärte Tüpfelhund nach seinem ersten, ausgiebigen Schluck.
„Es ist ein Wein, der sogar hier angebaut wurde, ein gefälliger Weißwein, der paßt sogar zu Kuchen!" erklärte Marrá.
„In der Tat!" bestätigte Tüpfelhund bei seinem zweiten, kräftigen Schluck. „Dann kann man hier auch Wein anbauen?" setzte er überrascht hinzu.
„Ja, früher, vor gar nicht so langer Zeit, hat man das gemacht. Meinen Vorfahren, den Besitzern von Knipsel Castle, hatten damals noch allerlei Ländereien drum herum gehört. Der Weinanbau warf nicht viel ab, aber für ein eigenes Schlückchen hat es gut gereicht! Man hat damals auch noch auf den Feldern Landwirtschaft betrieben, wohl auch für damalige Zeiten einige Spezialitäten aus selbst Angebautem zubereitet ... – da ist aber vieles in Vergessenheit geraten, eben auch durch heutiges Fastfood aus der Mode gekommen. Allein die Zubereitung dauerte damals bei allem sehr viel länger und das konnte man sich nur leisten, wenn man es über Jahre herstellte: Käse, Wein, was weiß ich noch alles ..." erklärte Marrá.
Tüpfelhund, gleich wieder beflügelt, überlegte laut: „Pettar, statt des Blumenfensters von Klemmchen

werden wir jetzt kleine Rebstöcke aufstellen – das lohnt doch eher!"
„Ich glaube nicht, das … ‚Klemmchen' das zuläßt!" erwiderte Pettar, sich die Szene vorstellend, wie Gemeinderat Tüpfelhund seiner Sekretärin, Armica Klemme, die Blumen von der Fensterbank fegt, um kleine Rebstöcke aufzustellen.
„Wenn Sie so weitersüffeln sicher nicht …" nahm Portus Tüpfelhund seinem Assistenten das Wort aus dem Mund und das Weinglas aus der Hand. „Sie dürfen nicht so viel schlotzen, Sie müssen mich und sich noch nach Hause kutschieren … – ha, köstlich der Wein!" und damit leerte der Gemeinderat Pettars fast volles Glas in seine eigene Kehle, sich durchaus des Gags bewußt.
Alle mußten lachen, selbst Pettar fand seinen Chef heute gut drauf, auch wenn es ein bißchen auf seine eigene Kosten ging.
„So ein Schloß hat doch eine ganz besondere Wirkung!" ließ Tüpfelhund die anderen dann noch wissen. „Irgendwie bringt es einen in die Mitte, das hat etwas … Magisches! – Haben wir schon Bussiness-Seminare und Zauberkünstler, die sich für unsere Burg bewerben?"
Selbst Lorbas lachte laut los, als Tüpfelhund sein Empfinden gleich wieder mit so praktischen Erwägungen verwob, auch weil allen tief innen – oder wo auch immer – klar war, das war saumselig aber recht gesprochen, denn da ist was dran …
Für die geschäftlichen Erwägungen vertagte man sich dann und verabredete, jeder werde die bei ihm eingegangenen Angebote, Vorschläge und Bewerbungen noch einmal kritisch sichten …

Von Knipsel Castle bis auf die Dorfstraße am Bahnhof von Knipsel braucht man doch selbst im Auto so einige Zeit – je nachdem, wie schnittig man sich in die Haarnadelkurven legt.
Unten auf der Knipseler Durchgangsstraße biegen Pettar und Portus mit einem lauten Abschiedungshupen in die Richtung nach Kullerstadt

ab, während Lorbas mit Marrá die entgegengesetzte Richtung zu seinem Haus einschlagen muß.

Als Lorbas nun vor seinem Haus mit dem vollblühenden Garten hält, ist man überein gekommen, noch die restliche Spargelterrine warm zu machen und den Tag auf der Terrasse ausklingen zu lassen. Auch Marrá wohnt mittlerweile seit dem Herbst hier. Aus einer Stippvisite von zwei Stunden, um mal kurz wieder eine Führung durch die Burg ihrer Vorfahren mitzumachen, wurde durch verschiedene Ereignisse ein Daueraufenthalt für die Adlige. Durch die Begebenheiten rund um die Besetzung der Burg ist Marrá dann nicht mehr dazu gekommen, länger als eine Woche zu sich nach Hause zu fahren, um die Sachen für einen ausgedehnteren Aufenthalt in Knipsel zu packen.

Lorbas – in seinem Pensionärsdasein etwas überrollt – ist aber dieser Logierbesuch einer bis dahin völlig Fremden, inzwischen eine herzliche Annehmlichkeit geworden.

„Ich bin mit dem, was wir besprochen haben, noch nicht sehr zufrieden ..." überlegt Marrá nun, während sie gedankenversunken den Suppenlöffel in ihrer Spargelterrine kreisen läßt.

Lorbas, der gerade mit einem Körbchen kurz aufgebackener Brotscheiben aus der Küche auf die Terrasse tritt und sich nun in seinen Gartenstuhl an den Tisch zu Marrá setzt, sieht das entspannter.

„Läuft doch alles ganz gut: es gibt viele Leute, die sich für Knipsel Castle interessieren und einen breiten Fächer unterschiedlicher Themen. Einige möchten die Burg jetzt endlich einmal wahrnehmen und gern etwas mitmachen ..."

„Jetzt sage bitte nicht, das seien doch ‚spannende Initiativen, die etwas bewegen wollen ...' – diese Plattheit wirst Du mir nicht antun wollen, Lorbas ..."

„Na, ja, ich meine, da freut man sich doch, wenn Knipsel mit Burg und Dorf in der Umgebung, wo man wohnt, endlich einmal gewürdigt wird ..."

„Du bist ja schon der knipsligste Knipsler! – Die spät Zugewanderten sind ja immer die ersten Auf-Deibel-komm-raus-Patrioten!" womit Marrá von Flausen-Tulpenscheitel darauf anspielt, daß Lorbas auch erst seit seiner Pensionierung in Knipsel wohnt. Noch im letzten Herbst, als sie hier auftauchte und noch kein Hahn nach Knipsel krähte, spazierte auch Lorbas eher naserümpfend durch das Dorf.
„Gar nicht!" beteuert Zacke etwas gekränkt. „Ich bin und bleibe ein kritischer Einwohner – auf jeden Fall!"
„Na, wenn das so ist ..." Marrá schaut ihn mit leicht geneigtem Kopf lächelnd an.
„Man kann sich doch auch mal freuen, daß sich hier etwas zu entfalten beginnt! – Portus Tüpfelhund ist jetzt auch viel angenehmer im Umgang!"
„Der Gemeinderat ist ja so euphorisiert, der sprüht selbst beim Kurzschluß noch begeistert Funken!" bestätigt Marrá lächelnd.
„Man muß doch nicht immer Angst haben, sich was zu vergeben! – Du hast doch jetzt sehr viel Handlungsspielraum, kannst Deine Burg neu gestalten!"
„Ich muß mich um Finanzierungen bemühen – die Burg muß sozusagen ‚arbeiten' – und das mußte sie in keinem anderen Jahrhundert – erst jetzt! Dann gibt es sogenannte ‚Auflagen': alle, die einen Heller hineinstecken, wollen auch sofort bei allem mitsprechen! So soll es für Kullerstadt eine runde Sache sein und für das ein paar Kilometer entfernt gelegene Vierecktal soll es quadratisch, praktisch, Klapptisch sein ... – und für Portus Tüpfelhund eine Quelle seiner Begeisterung!" Marrá zieht bei ihren Ausführungen etwas entnervt die Augenbrauen hoch.
„Da muß man nur souverän bleiben, man weiß doch, was man hat und was man ist ..." Lorbas hat seine Terrine schon geleert und überlegt, ob er sich aus dem hier auf dem Gartentisch abgestellten Topf noch einen kleinen Nachschlag auftun soll.
„Hier, hallo ... haaaallooo ...!"

Marrá und Lorbas schauen sich an, ob das schon die Quelle der Begeisterung ist, die da ruft ... aber es hört sich eher menschlich, dringlich, angestrengt an.
„Haaalloooo ..., wir sind hier, ist da keiner?!"
Das Rufen kommt eindeutig vom Gartentor, das hier, von der Terrasse aus, nicht einzusehen ist, weil es hinter einer blickdichten Hecke liegt. Da es obendrein schon langsam dämmerig wird, fragen sich die beiden Suppenkasper durch stumm-beredte Mienen: Wer will da was? – Und will der was von uns?!
„Als einer, der begeistert hier Ansässigen, wirst Du sicher wissen, ob man *uns* mit der Ruferei meint!"
Marrá schaut Lorbas fragend an.
„Ich schau vielleicht mal ..." sagt Lorbas eher lustlos-zaghaft, als es schon wieder und noch dringlicher tönt: „Haaaaallooooo ...?!"
„Ich komm' mal mit, daß Du nicht überbegeistert falsche Hausierer einläßt!" erwidert Marrá und erhebt sich auch.
Lorbas ist nun schon auf dem Sprung und beide schauen noch vorsichtig mit gestrecktem Kopf um die Hecke herum – da hat man sie aber schon erspäht und für Rückzug ist es damit zu spät.
„Herr Backe, Herr Backe, da sind Sie ja, wo waren Sie denn, wir rufen und klingeln schon wie wild!"
Drei seltsame Leute stehen vor dem Gartentor.
Direkt am Zaun ein junger Mann und eine ebenso junge Frau ... Was haben die in der Hand, was ist das? Zacke – gerade fälschlicherweise ‚Backe' gerufen – kann es im diffusen Licht erst erkennen, als er fast am Zaun ist: der Mann hält – eine lange Stange mit Metallring und Netzbeuteleinspannung – wohl einen Angelkäscher – in der Hand, mit dem er wild wedelt. Und die junge Frau ...? Schwingt die eine bunte Decke?!
Die beiden Leute sind Lorbas unbekannt, aber dahinter, etwas weniger aufgeregt, aber doch angespannt, steht seine Nachbarin, Frau Mettende. Die kennt er, denn die hat das Grundstück neben ihm.

„Mensch, wir müssen schnell machen, kommen Sie ..." ruft jetzt wieder die junge Frau und schwenkt die Decke.
„Was ist denn los?" ruft Lorbas und verfällt die fünf restlichen Schritte bis zum Tor in hektischen Trab.
„Das sind Matti und seine Freundin Britte, die Kinder der Kuhleguts von drei Häuser weiter, sie sind extra angereist, hüten das Haus der Eltern, die sind nämlich gerade im Urlaub ..." will Nachbarin Mettende erklären und die beiden jungen Leute vorstellen. Da fällt ihr die mit ‚Britte' bezeichnete Nervensäge aber schon wieder ins Wort: „Machen Sie mal auf, Herr Backe, wir müssen in Ihren Garten! Uns ist Carmen-Elisa weggeflogen!"
„Eine ‚My Fair Lady' vom Zigeunerstamm?!" fragt Marrá, die sich durch den merkwürdigen Namen sofort an zwei Musikklassiker erinnert findet. Mit ihrer Assoziation irritiert sie aber die gesamte Zaungesellschaft, so daß für drei Sekunden alle Hippeligkeit einfriert.
Die beiden jungen Leute sehen sich ratlos an. Der schicke Doppelname, Carmen-Elisa, scheint keine relevante Bedeutung für sie zu haben.
Lorbas allein kann sich einen Reim drauf machen und ist froh, es verstanden zu haben: „Ach, ist Ihnen Ihr Piepmatz weggeflogen und sitzt jetzt in unserem Baum ... – ach so, verstehe!" aber gleichzeitig geht ihm auf, daß weggeflogene Piepmätze schnell zum noch Weiterweg-Fliegen neigen. Um das zu verhindern, dazu paßt natürlich der Käscher. „Dann kommen Sie herein ... haben Sie ihn schon erspäht, Ihren Vogel? In welchem von meinen Bäumen sitzt er denn?" Dabei fingert Lorbas das von innen nur eingeklinkte Gartentor auf und gibt den beiden jungen Leuten freie Bahn zum Durchgehen.
Die lassen sich das nicht zweimal als Startschuß geben und preschen erklärungslos Richtung Terrasse durch. Marrá, die knapp hinter Lorbas steht, kann gerade noch Kinn und Bauch einziehen – Gartenwege sind ja immer so schmal ...

Matti und Britte wollen die verlorene Zeit dadurch ausheben, daß sie schnurstracks etliche Ecken abkürzen und über Erdbeer- und Akeleibeet drüberstürmen. Im noch weichen, frisch ausgesäten Rasengut-Pflaster an der Birke bleiben sie dann kurz zur Orientierung stehen und drehen beim rastlosen Umschauen ordentlich mit den Schuhen die frische Saat kaputt.
Frau Mettende, die das Sprintalter hinter sich hat, tritt bedächtiger aber auch wie selbstverständlich in Lorbas' Garten ein. In der Hand knebelt sie zerstreut ihren eigenen Haus- und Gartentorschlüssel und gibt Lorbas und Marrá nun erste ausführlichere Erklärungen: „Carmen-Elisa ist erst von Kuhleguts in meinen Garten geflattert, da haben Matti und Britte sie aber nicht stellen können und dann ist sie rüber zu Ihnen!" Da klingt fast ein leiser Vorwurf durch: ,Wie kann eigentlich Ihr Garten so grenzkontrollfrei für Flattergut in der Landschaft liegen, aber uns lassen Sie dann vorn vorm Zaun so lange die Füße in den Bauch stehen ...'
„Ach, so ..." erwidert Lorbas nur wenig verwundert, denn so weit hat er sich die Sache ja nun auch schon denken können.
Hinten im Garten geht es nun lebhafter zu:
„Sie muß doch hier sein! – Hast Du sie?"
„Nein, ich denke Du hast sie gerade gesehen!"
„Gesehen ... hier ist doch alles rabenrappel dunkel!"
Brittes Dialog mit Matti tönt durch den ganzen Garten.
„Da sollten wir dabei sein ..." sagt Marrá, die sich nun als Erste etwas aus der Überraschung des abendlichen Besuchs gelöst hat und geht eiligen Schritts wieder in Richtung Terrasse, formal besänftigend setzt sie hinzu „... vielleicht können wir helfen!"
Lorbas und Frau Mettende folgen ihr.
Auf dem großen Rasenplatz mit den Bäumen am Rand kann man jetzt durch die hereinbrechende Dunkelheit kaum noch jemanden genau erkennen – geschweige denn einen Vogel im Baum!

Marrá und Lorbas versuchen oben im Geäst der Bäume noch etwas wahrzunehmen, Nachbarin Mettende schaut sich lieber interessiert an, was da wohl auf dem Terrassentisch steht. „Ach, waren Sie beim Spargelessen? – Noch ziemlich früh für Spargel – der ist noch recht teuer ..."
„Nur ein paar Stangen für die Suppe ..." erwidert Lorbas, als müsse er sich aus dem nahegelegten Vorwurf, ein Verschwender zu sein, herausziehen. Wenn der eigene Garten schon Lockvogel für Nachbarvögel ist, dann noch als Prasser dazustehen – und das in Knipsel – scheint nicht angemessen ...
„Carmen-Elisa, bleibst du hier! – Britte, komm schnell, ich glaube ich hab' sie aufgestöbert!" Mattis gekreischter Ruf kommt von ganz hinten am Apfelbaum. Lorbas, Marrá und Frau Mettende laufen nun auch in diese Richtung los, da will man ja nun dabei sein, wenn Piepmatz Carmen-Elisa eingefangen wird.
Aber trotz hochgereckter Köpfe können Marrá und Lorbas nicht erkenne, wo der Vogel sitzt.
Das Leben scheint mitunter unruhig getimt: zuerst passiert nichts und dann alles auf'n Mal ...!
An dem Gucklöcher in die Luft starrenden Lorbas flattert von unten plötzlich etwas sehr Massives hoch, dann sieht Marrá, die gerade neben ihm zum Stehen kommt, wie der Käscher auf sie zufliegt und an ihrem Schienbein eine natürliche Bremse findet, jemand sprintet hinterher, Frau Mettende tritt vorsichtshalber zur Seite, worauf etwas hochschnellt und mit deutlichem ‚Plopp' gebremst wird.
Matti schreit laut auf: „Aua, Sch...! Britte, ich blute!" und etwas wild Flatterndes zetert wie festgetackert von derselben Stelle am Boden immer wieder abhebend aber nicht hochkommend: „Kiekeriki ...ki ...ki...rikiki!"

Fahrlässig und flugunfähig

Zwei Minuten später hat Lorbas die Beleuchtung der Terrasse angeknipst, um endlich die hereingebrochene Dunkelheit auszuschalten und zu sehen, was um Himmels Willen denn da in seinem Garten vor sich geht – aber am liebsten möchte er sie gleich wieder ausknipsen – die Beleuchtung – bei dem, was sie erkennen läßt ...
Ein irgendwie blutender Matti Kuhlegut wird von seiner Freundin Britte gestützt auf einen Gartenstuhl der Terrasse gebettet – dabei geht sein Gejammer in so etwas wie Gemaunze über, während Brittes Geschimpfe sich nun zielgenau auf Lorbas fokussiert und mit Regieanweisungen für Matti wechselt.
„Was haben Sie angerichtet! Sehen Sie sich das an ... – Matti, leg den Kopf in den Nacken ..., nicht wischen, Matti! – Wenn das kein Schleuder-Träumer wird ... oder wie heißt der Schitt ... – dann freß' ich 'n Besen! – In den Nacken, Matti! – Pflaster, Pflaster ...! Wo bleibt ein Pflaster, Leute?!"
Marrá ist die erste, die sich fängt und der aufgeregten Britte den Topflappen der Spargelterrine zureicht. „Hiermit drücken Sie erst mal drauf, ich hol ein Pflaster!" Damit verschwindet Marrá kurz im Wohnzimmer. Lorbas' Notfall-Apotheke ist im Bad, da wird sich ein Pflaster finden.
„So was auch ..., ich hab gar nicht mitbekommen, was passiert ist!" faßt es Frau Mettende zusammen und Lorbas ist froh, einstimmen zu können. „Ja, eben, was ist denn eigentlich passiert?"
„Das fragen Sie noch?!" Britte tupft den Topflappen, je empörter sie ist, desto rigoroser auf Mattis Stirn. Der jault von neuem auf.
„Jetzt lassen Sie mal von ihm ab, damit ich sehen kann, wo das Pflaster paßt!" Es ist Marrá die jetzt wieder auf der Terrasse steht, mit einem XXL-Heftpflaster im Anschlag – durchaus auch bereit es jemandem auf den Mund zu kleben. Britte lüpft kurz den Topflappen von Mattis Stirn und da sieht man, wo ein kleiner roter Striemen unter soviel Ach und Weh

gerade das Bluten eingestellt hat. Marrá ist schnell und geschickt und schon ist Mattis Blessur zugeklebt.
„Lassen Sie doch mal die Hände weg und die Brüsche in Ruhe, Sie Glucke, Sie gackern ja mehr als das arme Huhn!" entfährt es Marrá nun, als Britte das Pflaster gleich noch einmal umsetzen möchte.
Aber nun ist Britte immerhin ein paar Sekunden ruhig, weil eingeschnappt. Dann aber schmeißt sie den Topflappen auf den Steinboden der Terrasse und stampft mit dem Fuß auf.
Bevor jetzt vielleicht noch größere Verbände benötigt werden, hakt Lorbas ein: „Also es tut mir furchtbar leid, ich kann nur vermuten, Ihr Freund ist wohl auf die Forken der Gartenharke getreten und dabei muß der Stiel hochgeprescht sein und dieser hat ihm an der Stirn die Platzwunde verursacht!"
„Legen Sie immer solche Fallen aus für Ihre Nachbarn, die einmal um Ihre Hilfe bitten?!" ereifert sich Britte, die nun ihre Motorik nicht mehr durch Tupfen in Schach halten kann.
„Das war doch jetzt keine Absicht ..." will Lorbas beschwichtigen, denn er kann in seinem Gewissen forschen, solange er will: den Matti, den er ja gar nicht kennt – warum sollte er für den eine Harke als Falle auslegen, nur weil der sein Huhn nicht eingefangen bekommt. – Klar, die Harke hatte er beim Gärtnern morgens noch benutzt und dann an einen Baum gelehnt – keine Zeit, sie im Schuppen zu parken, weil man ja auf der Burg pünktlich sein wollte. Aber im eigenen Garten kann doch mal ein Gartengerät draußen liegen bleiben – man selbst weiß es ja, daß da noch was rumsteht, auch wenn man in der Dämmerung im Garten herumtappt ...
Wie aufs Stichwort meldet sich nun mitten hinein in Lorbas' Gedanken das Dritte aus dem Bund der Eindringlinge, das jammert und wohl das meiste Recht dazu hat: das Huhn!
Carmen-Elisa ist also nicht, wie von Marrá und Lorbas bisher stillschweigend vermutet, ein kleiner Piepmatz, sondern ein ausgewachsenes Huhn! – Das hätte man

ihnen vielleicht auch vorher mitteilen können, dann hätten sie es nicht in den höchsten Ästen vermutet!
Von Matti und Britte, vor Mattis verhängnisvollem Tritt in die Gartenharke, schnell noch unter den Käscher gezwungen, flattert und kreischt dieses Huhn nun ‚Kickeriki' zum Gotterbarmen.
„Nun lassen Sie das Vieh da doch mal raus!" meldet sich Marrá wieder zu Wort – auch um von Matti abzulenken, der ungläubig und mit langgezogenen Jammergeräuschen seinen Kopf betastet, ob der vielleicht noch eine andere matschige Stelle abbekommen hat.
Alle vier um ihn Herumstehenden wenden sich jetzt Carmen-Elisa zu, die unter der Netzhaube des Angelkäschers gefangen ist, der sich mit seinem Stock in einigen großen Klamotten des Steingartens verfangen hat, so daß das arme Huhn weder abhauen noch den Käscher zum entweichen Lüpfen kann.
„Ich dachte ja, Carmen-Elisa wäre ein Wellensittich!" versucht Lorbas zu erklären, warum er und Marrá immer nach oben in die Bäume geschaut haben, während die beiden jungen Leute mit dem Unterholz beschäftigt waren.
„Carmen-Elisa ist doch ein ganz altes Huhn und ich hab' sie noch nie über Zäune flattern sehen, deshalb bin ich ja von den Socken, daß sie erst in meinen Garten geflattert kam und dann auch noch über den nächsten Zaun in Ihren!" Es ist Frau Mettende, die nun – reichlich verspätet – ihren Teil zur Entwirrung der Situation beiträgt, immer noch ihren Schlüssel in der Hand zwirbelnd.
„Deshalb muß man aber keine Harken so gemein auslegen, daß Matti so schlimm verletzt wird!" wendet Britte gleich wieder ein. „Steh' mal vorsichtig auf, ob's überhaupt geht, Matti, wenn nicht, muß ich die Schubkarre von drüben holen, um dich hier wegzukriegen!" Britte läßt gern alle an ihren Überlegungen teilhaben, was Matti nun doch ein wenig peinlich zu sein scheint. „Geht schon …" matt winkt Matti ab „…laß uns ma geh'n!"

„Komm, stütz Dich auf mich!" bietet Britte ihrem Liebsten an.
Matti erhebt sich aus dem Gartenstuhl: „Nichts für ungut ... wegen der Umstände .... Herr Backe ..." raunt Matti auf dem Weg runter von der Terrasse zum Gartenausgang.
„Na, Du hast ja Nerven ... müssen wir morgen erst mal sehen, was da für Spätfolgen folgen können, wenn man da nicht hinterher ist, dann, dann ..." Britte sucht nach Worten, da fällt ihr etwas passendes ein „...dann kräht da sonst kein Hahn nach, wenn Du dadurch für's Leben gezeichnet bist!" Da fällt ihr noch mehr ein: „Frau Mettende, Sie nehmen das Vieh mit!" Britte reckt das Kinn in Richtung auf die unter dem Käscher gefangene Carmen-Elisa, während sie mit den Händen immer noch umständlich den schlappen Matti stützt.
„Ich?" Frau Mettende hat keine Lust, diesen so klatschträchtigen Abend mit einem hysterischen Huhn im Arm zu beschließen. „Nee, ich nich'!"
„Jetzt stellen Sie sich nicht so an: Käscher hoch, Carmen-Elisa gegriffen und ab durch die Mitte!" muntert Britte die Nachbarin schroff auf.
„Kommen Sie, ich helf' Ihnen!" bietet sich nun – oh, Schreck laß nach, denkt Marrá – ausgerechnet Lorbas zur Hilfe für den Huhn-Transport an.
„Nett von Ihnen, Herr Zacke, vielleicht können Sie's mir auf den Arm geben ...?!" überlegt die Nachbarin.
„Ja, haben wir gleich ..., wenn Sie mal vorsichtig den Käscher anheben ..." – Nachbarn ergänzen sich eben, so gut es geht ...
... das findet Carmen-Elisa auch, macht sich – sonst eher eine Matrone von Huhn – für einen Augenblick straff-schlank und schlüpft beim ersten Anheben des Käschers aus den Maschen! Bevor Lorbas oder Frau Mettende überhaupt noch ‚Kickeriki!' denken können!
Damit nicht genug, Carmen-Elisa übertrifft sich heute selbst und startet den dritten Flugversuch, der – sei's Übung oder die Gunst der Dämmerung – sie wohl durch den angestauten Streß noch viel weiter weg

kommen läßt als die beiden kleinen Hopser über die Nachbarzäune!
Das Flattergeräusch und ein befreites ‚Gackgack' im Gepäck, läßt alle Beteiligten in ihrem Tun innehalten und hilflos in den Himmel blicken.
Britte, die mit dem gestützten Matti schon fast am Gartentor ist, macht eine ruckartig ungelenke Bewegung in Carmen-Elisas Flugrichtung: "Ist das Aas schon wieder weg, verdammter Bockmist! – Frau Mettende, Sie ungelenke Henne, lassen das Biest einfach fliegen, das ist doch jetzt wer weiß wohin weg!" wieder stampft Britte auf.
„Aua!" schreit Matti kläglich.
„Was stell'st Dich denn so an?" herrscht Britte ihren um hundertachtzig Grad herumgerissenen Liebsten an.
„Du hast mir den Fuß verdreht und bist auch noch drauf gestiegen – jetzt muß ich mit dem angeschlagenen Kopf auch noch humpeln!" faßt es Matti weinerlich zusammen.
„So laß ich mich von Ihnen und Ihrer Schickse aber nicht behandeln, Herr Kuhlegut!" setzt Frau Mettende eins drauf, zieht auf dem Gartenweg an dem schief ineinander gehakten Pärchen vorbei und schmeißt dann noch den leeren Käscher, der ihr lästig ist, auf dem Rückzug ins Straßengebüsch.
„Frau Mettende, warten Sie doch, so hat's Britte doch gar nicht gemeint!" Matti will einlenken und ist nun der Motor, der hinter Frau Mettende den Garten verläßt, wobei er die grummelnde Britte – „Bist Du gaga, der nachzurennen ...?" – humpelnd hinter sich herzieht.
Ganz schnell ist Lorbas am Gartentor, zieht seinen Schlüssel aus der Tasche und schließt schnell hinter dem enteilenden, ungebetenen Besuch ab. „Was für'n Tag!" murmelt er entsetzt und geht schleppend zurück zur Terrasse, wo Marrá auf ihn wartet.
„So ist das," überlegt Marrá „man baut Schlösser ein, zieht einen Zaun ..., dann kommen zwei Fremde – nur ausgewiesen durch die bekannte Nachbarin – und man öffnet ihnen alle Zäune und Schlösser und läßt sie in den Garten stürmen! Nur, weil man sich gleich

ein wenig schuldig fühlt, deren Problemkram so auf sich gezogen zu haben, daß er ins falsche Revier geraten ist!"
„Das ist jetzt aber ein bißchen zu kraß gedacht ..." wendet Lorbas mit erschöpftem Lächeln ein. „Es ist ja eine Ausnahme gewesen!"
„Ach was, da gibt es so vielfältige Spielarten, die im selben Muster nie und nimmer als Ausnahme durchgehen dürfen: die Mutter mit dem greinenden Kind an der Hand und dem unausgesprochenen Vorwurf, daß der Gartenzaun ja wohl geradezu zum Drüberwerfen von Bällen einlade! – Jede Wette, lieber Lorbas, die läßt Du auch durchstürmen ... das begeisterte barfüßige Kind als erstes! – Da sagst Du der Mutter nicht: ‚Ziehen sie Ihrem Kind erst Schuhe an, vorher stürmt es hier nicht in meinen Garten, ich habe gerade die Rosen geschnitten, da könnte was Piekendes herumliegen ...' – vielmehr hört man dann schon die ersten Klagelaute von weiter hinten aus dem Areal!"
„Also, wirklich ..." Lorbas' schwacher Einwand verfliegt, denn Marrá läßt weiter Dampf ab: „Geschweige denn, daß Du das Gartentor entschieden verschlossen läßt und Mutter und Kind ausrichtest: ‚Warten Sie einen Moment, ich schaue nach, wo ich Ihre verirrte Kugel finde, dann schmeiße ich Sie Ihnen zurück!' – Der Piepmatz-Alarm war natürlich noch eindringlicher, weil das Mätzchen die Mätzchen des Wegfliegens so toll beherrscht! – Also ich meine nur: Herr im eigenen Revier zu sein – und zu bleiben oder sich überrennen zu lassen – hat nur vordergründig mit Schloß und Schlüssel zu tun. Als Erstes und Ausschlaggebendes ist es eine Sache des Selbstverständnisses! – Sich vorzunehmen: ‚Sei vorsichtig in solchen Situationen!' hilft gar nichts! – Es stimmt mich sehr nachdenklich, wenn ich an unsere Diskussion über Knipsel Castle denke und im nächsten Atemzug erlebe, wie leicht man andere ins eigene Revier hineinflattern läßt!"
Marrás Worte, die so aufschäumend begannen, enden jetzt sehr leise.

Endlich Ruhe ...

Jetzt noch ein Glas Rotwein auf den Schreck und dann ist Ruhe im Karton!
Das müssen die beiden nicht besprechen. Als sie in die Gartenstühle sinken, sind sich Lorbas und Marrá schon einig.
Gott sei Dank hatte Lorbas die Rotweinflasche mit den zwei Gläsern vorhin schon geöffnet und auf das Beistelltischchen an die Terrasse gestellt – für einen Schlummer-Schluck nach der Spargelterrine ... – nun ist aber der Wein der einzige, der hier schon entspannt durchgeatmet hat.
„Ein Glück, das niemand den Wein entdeckt hat" überlegt Marrá, während Lorbas sich mit Gläsern und Flasche auf einem kleinen Tablett zu ihr setzt. Das Terrassenlicht ist ja noch eingeschaltet, so daß die nun massiv hereinbrechende Nacht wenigsten hier in kleinem Umkreis erleuchtet ist.
„Deiner Nachbarin und dem Pärchen hätte ich es zugetraut, daß sie die Flasche zu ihrer Streßbewältigung schon halb leer gemacht hätten ..."
Lorbas will über Marrás Humor schon lächeln, als er versucht einzuschenken, aber aus der Flasche nichts herausfließt.
Beide schauen sich an – nach einem belasteten Tag wittert man plötzlich überall Verrat!
„Da kann aber keiner dran gewesen sein, wir waren doch mit Jagd, Pflasterkleben und Schuldzuweisen so beschäftigt, da konnte niemand eine Flasche aussüffeln – das zumindest hätten wir doch gemerkt! – Oder?!" Lorbas grübelt ernsthaft, wie weit er seiner Wahrnehmung trauen kann.
„Dann bleibt ja nur noch das Huhn, das nun weg ist und wohl mit seinem kurzen Schnabel zu tief in die Flasche geschaut hat!" So wie es Marrá sagt, klingt es nicht mehr nach Witz, sondern nach ernster Überlegung. „Wahrscheinlich hat es gerade dadurch den Schwips zum Aufschwung bekommen und konnte derart schnell entschwinden!"

Lorbas deutet versuchsweise ein Lächeln an, während er mit einem Auge in die Flasche schielt. Das sieht nun aus, als hätte er bereits einen im Tee und suche nicht erst noch danach ...
Lorbas hat es satt – so ohne etwas zu trinken: „Also wie auch immer, bevor wir hier gar nicht mehr zur Ruhe kommen, hole ich jetzt mal eine neue, eine volle Flasche ..."
„Ach, ja bitte ..." meldet sich da eine Stimme „die kleine Pulle war recht süffig – aber da geht noch was!"
Lorbas und Marrá zucken ungeübt aber komplett synchron zusammen und schauen zur Terrassentür, in der jetzt der Weinbesteller auftaucht.
„Gerne! – Was machst *Du* denn hier? – Wo kommst Du her? – Wie kommst Du hier herein?" Marrá von Flausen-Tulpenscheitel könnte nicht verblüffter sein und das ist ja eine Rarität bei ihr!
Lorbas schaut sprachlos erst zu seiner guten Freundin und dann zu dem hochgewachsenen, schick gekleideten Mann im Alter so gut über Dreißig mit dunklem, gelocktem Haar, das sich in einen strengen Faconschnitt fügt. Seine sonore Stimme läßt keine zitternde Vibration, nicht ein winziges weinseliges Lallen erkennen. Was – alles zusammen – diesem Menschen eine absolut gepflegte, souveräne Erscheinung verleiht. – Daß diese doch nur geliehen sein könnte, zeigt das leichte Schwanken der Person, was durch das lässige Anlehnen im Türrahmen wohl kaschiert werden soll. – Falls in diesem schicken Menschen die Promille einer schnell getrunkenen Flasche Wein drinstecken, könnte er allein gestellt, schnell aus dem Rahmen kippen. ‚Allein gestellt' trifft's, wie sich nun gleich herausstellt.
„Tante Marrá, schön, daß ich Dich gefunden habe – in diesem Popelnest! – Aber holen Sie ruhig erst mal das Fläschchen, Lorbasso, treuer Diener, Sie kriegen auch ein Schlückchen ab, zur Feier des Tages, daß ich meine Patentante wiedersehe und sie sich nun endlich mal um mich kümmern kann!"
Marrá ist jetzt doch heftiger aufgesprungen, als man es von dieser so strikten älteren Dame erwartet hätte.

„Gerne! – Seit wann bist Du hier?" herrscht sie den jungen Mann an. Lorbas ist immer noch sprachlos fasziniert von der Szene – so geht's also in Adelskreisen zu ... „So seit dem Spätnachmittag bin ich schon hier, ein Sprung übers Gartentor und dann durch den Garten flaniert. Bis plötzlich das erschöpfte Huhn landete, sich im Unterholz zum Verschnaufen zurückzog und dann ihr hier nichts ahnend eintraft ... und noch bevor ich Euch ‚Hallo'-Sagen konnte, schneien diese Schreihälse wegen des Kikeriki herein ..." überlegt der gefragte Jüngling, wobei seine Gleichgewichtsorgane sich nun doch leicht irritieren lassen. Als der zum besseren Überlegen kurz hochgereckte Kopf die Position ändert und der junge Mann versucht gleichzeitig zum Gartentisch zu gelangen, da torkelt er doch ein wenig. Aber der Neuankömmling schert mit seinem neugewonnenen Halt am Tisch gleich wieder aus, langt zur nebenstehenden Marrá hinüber und reißt ihre Hand hoch. Gewiß, seine Verbeugung ist nur angedeutet, aber sein Mund hält genau den Handkuß-Abstand zu Marrás Arm ein, der in Adelskreisen Etikette ist.

„Tante Marrá, bestes Stück im Adels-All!" haucht der mit ‚Gerne' titulierte. Dann läßt er sich mit einem vergnügten Plumps in den nächsten Stuhl fallen, um neue Anweisung an Lorbas zu erteilen: „Sehr umsichtig, Herr Zuckel, äh ... Herr Zacke! Nun aber gehen Sie und holen den Wein!" Da kommt ihm noch ein Gedanke, der ihn schmunzeln läßt: „Und fallen Sie nicht über den Tigerkopf, James-Lorbasso! – Da ist sie ja die Spargelterrine," der junge Mann beugt sich – jetzt wieder gut in den Stuhl gebettet – über den Tisch, schnappt sich einen herumliegenden Löffel und zieht sich den Topf heran, um gleich aus dem Vollen zu schöpfen. „Da kam ich vorhin nicht heran, weil ich Euch rücksichtsvoller Weise zuerst nicht stören wollte und dann dieser nervige Besuch alles an sich riß ... – aber die Flasche mit einem Glas konnte ich während Eurer Suchaktion wenigstens mopsen und mich Wein und an der allgemeinen Konfusion gütlich tun ...

– Hm, die Terrine schmeckt exquisit! – Ungezogene Lehnsleute waren das, Tante Marrá, platzen hier mit einem noch nicht einmal geschlachteten Huhn herein!"
Marrá hat sich jetzt etwas gefangen und tut das einzige, von dem sie weiß, es stoppt ihr Patenkind – sie zieht ihm die Spargelterrine weg. „Was Du hier willst und was für Schwierigkeiten Du noch im Schlepptau hast – das klären wir jetzt! – Vorher keine Terrine und auch kein Wein! – Lorbas, bleib hier, damit Du mein windiges Patenkind Gerwenich Nekolup Graf von Frohampel aus Verhökerlande und quasi Vantablack*-Schaf aus einem entfernten Seitenscheitel der Tulpenscheitels, damit Du diesen Mann – den man als Kind noch gern ‚Gerne' nannte – damit Du den gleich richtig kennenlernst!"

* Vantablack: das schwärzeste Schwarz
(Stand März 2016)

Auf dem Amt

„Gitter-Grütze, alter Feiler! Du hier?! Freigang überzogen oder mußte in 'ne Provinz einsitzen?" Rabautze, der erste – aber nicht einzige – Spritti in Knipsel, ist schier begeistert, als er mitten in der Eingangshalle des Kullerstädter Rathauses seinen Knastkumpel aus längst vergangenen Zeiten trifft.
Auch Gitter-Grütze, eigentlich Gregol Grützig, ist erst überrascht und dann begeistert: „Olle Bautzen-Sau, klopp' mir einer vor die Omme! Bist der letzte, nach dem ick hier ausgeschaut hätt'! – Wat'n Kaff is die Welt! – Und keine Acht an 'ne Pfoten – ausgebüxt oder Grufti geworden?"
Beide müssen in dieser lebendig-lauten Art lachen, daß es in den Ohren einiger anderer Rathausbesucher glatt als Grölen ankommt.
Aber da fallen sich die beiden Wiedersehenden als Paar schon an die Brust, klammern gleich darauf die Arme wie zum Hakeln zusammen, lassen sich wieder

los und nun schnippt jeder der beiden in streng vorgeschriebenem Rhythmus mit der Hand dreimal in die Luft – oder war's viermal?! – Je nach Alter und Herdenzugehörigkeit kann man diese Sequenz, die immerhin fast eine halbe Minute dauert und obendrein von beiden mit irgendwie verstümmelten Lauten – einem Hirschröhren ähnlich – begleitet wird, für großen Kindergarten oder kleinen Ganovenzirkus halten.

Wie auch immer, hier im Kullerstädtischen Rathaus, wo es keinen Schirmbemützten mit dem Wort ‚Security' hinten auf der Windjacke gibt, verfehlt so ein Auftreten nicht seine Wirkung: alle kleinen Bürger, die hier vielleicht für eine Bewerbung nach ihrem Führungszeugnis anstehen, schauen sofort empört zu dem lauten Menschenknäuel. Dann aber erkennen sie den in Allerleirauh-Leder gekleideten Rabautze – im Umkreis der Gemeinde für nicht gut Kirschenessen bekannt – der hier alle vier Wochen seine ‚Stütze' abholt, wie er es immer noch nennt. So machen alle Umstehenden schnell wieder den Mund zu – mit so einem wollen sie sich nicht anlegen – kommt eben auch nicht gut, wenn's Führungszeugnis dann vielleicht noch einen Zusatzeintrag wegen Tätlichkeit bekommen muß ... – Eine Tätlichkeit, bei der für blasse Kleinbürger, so ungeübt wie sie in Entschlossenheit nun einmal sind, nur ein blaues Auge herausspringen könnte. – Also übergeht man das übertriebene Hallo und gegenseitige Schulterschlagen der lauten Gesellen.

Aber selbst Rabautzes beste Freunde, Bresch, genannt ‚der dürre Zausel' und Biker-Schorsch, die ihn begleiten, sind überrascht, welche großen Nummern ihr Anführer so kennt. Aufmunternd, aber ein bißchen schüchterner stimmen sie ins Willkommensagen mit ein – klatschender Handschlag genügt aber in diesem Fall – schließlich sind sie nur die Accessoires, die die gute Stimmung polstern sollen.

Alle vier Männer sind sowieso nicht mehr die Jüngsten, aber durch viel Außenaufenthalt bei Wind und Wetter oder jahrelang zwangsweise nur Stubenhocken-Müssen, sind sie körperlich recht grob gegerbt – obendrein könnten einseitige Ernährungs- und Trinkgewohnheiten da auch noch mitgespielt haben ...

„Willste die Kullerstädter Kreissparkasse abräumen oder in Vierecktal die Taler von 'ne Juweliere mitgeh'n lassen?" Rabautze läßt in seiner begeisterten Lautstärke keinen Zweifel, von welchen Geschäften man sich kennt. Auch wenn die angesprochenen Vermutungen ins Schwarze träfen und bisher Gitter-Grützes geheimer Plan gewesen wären, hier verpetzt keiner den anderen und er, Rabautze, wäre sogar mit Zausel und Schorsch sofort begeistert bereit, bei allem, was mal Spaß in diese dröge Gegend bringt, mitzumachen.

„Nee, Alter, laß ma stecken mit die ollen Geschichten – sind ganz and're Projekte jetzte anjesagt!" Gitter-Grütze lächelt zufrieden.

„Seh schon, Du Penner, hast Dir sogar verkleidet!" Was Rabautze damit sagen will: in einem normalen Straßenanzug so wie jetzt – also nichts Schickes, nur eben bürgerlich – hat Rabautze seinen Kumpel Grütze eigentlich noch nie gesehen.

Grütze schaut an sich herunter, er steckt auch noch nicht lange in solchen Klamotten – es hat sich aber für seine neuen Aufgaben als sinnvoll erwiesen. „Bin ‚sehrjös' jeworden! – Sieht schnieke aus, wa?!"

„Alter hau' auf die Kacke – Du warst doch mal die erste Faust im piefigen Mief! – Oder hat Dich 'n Therapieheini verkorkst?" Rabautze könnte sich glatt Sorgen machen, wenn ihm die Psycho-Schleimer-Programme im vollen Zug des Vollzugs einfallen und er jetzt in Gitter-Grütze ein Opfer dieser sogenannten ‚Resozialisierung' erkennen müßte!

„Ich verrat' dir was, Bautze ..." Gitter-Grütze beugt sich gespielt tuschelnd zu seinem alten Kumpel Rabautze, aber sagt noch genau so laut wie eben „... icke bin jetzt selber eener!"

Rabautze schreckt zurück – und das ist ernst gemeint: „Glob' ick jetzte aber nich! – Wer **Dir** umpolen kann,

der muß doch die Psycho-Scheiße Summa krumm Klaue studiert haben..."
„Mir mußte keener umpolen!" behauptet Grütze stolz.
„Mir überkam die eig'ne Einsicht!" Gregol Grützig lächelt sanft und wissend, als er diese Mitteilung nicht nur bei Rabautze, sondern auch bei seinen beeindruckten Kumpels Schorsch und Zausel wirken läßt.
„Quatsch, wa, Du verschaukelst mir?! – Du bist doch nich' so'n Straßen-Murkser geworden, der alle vom Saufen und Rumhängen abbringen will – nur weil er selbst den Spaßß verlor'n hat ...!"
„Nee ..." schnauft Grütze.
„Na, man, bin ick aber erleichtert ..." Rabautze würde am liebsten seinem alten Kumpel noch mal um den Hals fallen, daß er im angestammten Camp geblieben und nicht abtrünnig geworden ist.
„... bin noch besser geworden, als die Strietwörker!" verkündet da Grütze.
Rabautze ist nun schon wieder mit den Nerven am Flattern – so'n Knacki-Karriere-Knick mischt eben jeden guten Freund auf. „Wat'n nu? – Biste uff der ander'n Seite ja oder nee ...?"
„Ick bin jetzte uff die richtje Seite jelandet!" entläßt Grütze die Katze aus dem Knast. „Hab' meine eigene Firma gegründet: ‚Rent-Dir-Deinen-Knacki'! – ‚Die Knacki Reso für Checker'! – Läuft mega! – Krieg auch überall Unterstützung für unsere Projekte!"
Rabautze wird wirklich blaß: „Det is aber nich der Scheiß, von dem ick neulich in 'n Glotze wat jesehen hab: Miete dir den Knacki zum Rasenmähen und Karre wienern ...?!"
„Doch!!!" Grütze ist begeistert, daß sich sein Projekt bis hierher in diese Provinz rumgesprochen hat. „Jute Arbeit, wa! – Und nu steig ick hier ein, will ma fragen, ob wa – die andern Jungs und icke – hier 'ne Zweigstelle aufmachen könn'n! – Deshalb heute Termin beim Gemeinderat, um Antrag zu stellen!"
„Solche abjerichteten, jezähmten Mitknackis vermiet'st Du an die bürgerlichen Ärsche – glob ick jetzte nich ... – Is' Dir die Grütze versackt, olles Schlau-Schwein?!"

Rabautze hat fast schon etwas Ärgerliches in seine Stimme und Stimmung bekommen, denn sein Kumpel hat ja den Namen ‚Gitter-Grütze', weil er eigentlich in seinen Kreisen als ein ‚Clerverle' gilt. Auch Schorsch und Zausel nicken ihrem Kumpel jetzt mit bitterer Miene zu – so geht das nicht: einfach die Seiten wechseln ... „Du, als Exknacki vertickst andere Knackis für bürgerlichen Kram und abkassierst dabei?!" Rabautze faßt es für sich und alle anderen in der Rathausvorhalle noch mal laut und deutlich zusammen. „Ay, Alter, is Dir der Arsch offen?!" stellt er dann saftig zu Grütze gewandt fest. Dann kommt ihm noch ein Verdacht, wenn das stimmt ... „Und wat willste hier für 'ne abgezweigte Stelle uffmachen?" Gregol ‚Gitter-Grütze' – die bedrohlichen Vorzeichen aus Knastzeiten nicht mehr ganz so gegenwärtig – sagt unbekümmert: „Na, die hab'n doch hier dieses Schloß, was sie wieder fit machen wollen und da eine Zweigstelle für ‚Rent Dir Deinen Knacki' – wär' doch geil authentisch!"
„Du Schleimpiepe, Du läßt die Griffel von Knipsel Castle! – Is schließlich *unsre* Burg! *Unser* Knipsel, da griffelt keiner dran rum – ham schon andre neulich probiert – is' denen nich' jut bekommen!" Rabautze hat sich mit wenigen Sequenzen gut in Rage geredet und ist dabei dem verdatterten Grütze ganz nahe auf die Pelle gerückt. – Aber wie gesagt: Grütze hat zwar Grütze für eine eigene Firma, aber die Knast-Reflexe sind ihm – der nun so gut eingebettet im Bürgerlichen ist – etwas abhanden gekommen, was Rabautze für pure Frechheit hält, deshalb kreischt er seinen arglosen Kumpel an: „Antrag abgelehnt!" Dabei trifft Rabautzes Faust Gitter-Grützes Auge wie ein Stempel den Ablehnungsbescheid!

Hör das Gras wachsen

„...unterbrechen wir jetzt unser Radioprogramm bei ‚Hör das Gras wachsen' für eine neue Live-Schaltung ins Rathaus von Kullerstadt. Wie wir vor einer halben Stunde berichteten, gab es mitten im Rathaus der sonst eher unauffälligen Kleinstadt eine Schießerei, hinter der man zuerst einen Terroranschlag und dann Amoklauf oder Geiselnahme vermutete. Das ist nun wohl nicht der Fall, wie uns, Zippa Lindwust, unsere Reporterin vor Ort berichtet. Zippa, wie ist die Lage? Hörst Du mich?"
„Ja, Druks, ich höre Dich gut! In der Tat wurde gerade eben die Warnung vor einem vermuteten Terroranschlag aufgehoben und auch eine Geiselnahme scheint sich hier nicht zu bestätigen! Tatsache bleibt aber, daß kurz nach elf Uhr im regionalen Polizeiposten eine Meldung einging, die zuerst von einem Überfall auf das Kullerstädter Rathaus berichtete. So seien mehrere vermummte Personen im Gebäude gesehen worden, die lautstark so etwas wie Forderungen in unverständlicher Sprache geschrieen hätten, so daß sich Anwesende aus Angst vor einer Geiselnahme ins Freie flüchteten und die, denen der Ausgang versperrt war, rannten ohne anzuklopfen, in die Amtsräume, was wiederum die Rathausmitarbeiter veranlaßte, Amoklauf oder Überfall zu vermuten. In dieser Konfusion traf dann ein Sondereinsatzkommando ein, das aus der Hauptstadt angefordert wurde, weil es in der Nähe keinen SEK-Stützpunkt gibt. Dann lief das wie in einem schlechten Film ab, denn das SEK verwechselte Kullerstadt zuerst mit Vierecktal und mußte noch durch das dazwischen liegende, langgezogene Dorf Knipsel preschen, bis es hier eintraf und die Situation als unscharf ..., also als entschärft oder vielmehr bis dahin nicht verschärft einstufen konnte. – Innen im Rathaus konnte man eigentlich aufatmen, nur draußen gab es durch die SEK-Anfahrt auf den Rathausplatz bei einigen Passanten Panikreaktionen. Stürzten die einen weg

vom Schauplatz, so hielten es andere für einen Filmdreh und rissen sich um Selfies mit den maskierten Einsatzkräften. Alles in allem muß man sagen, daß diese Kleinstadt sehr unprofessionell mit einer möglichen Bedrohung ihres Rathauses umgegangen ist! – So kann man sicher von Glück sprechen, daß es nur einen leicht Verletzten zu beklagen gibt. Das ist der bisherige Stand hier vor Ort im Kullerstädtischen Rathaus!"

„Dann ist ja eine Situation durch Entschärfungsversuche verschärft worden, die bis dahin gar nicht scharf war – so wie es jetzt aussieht – oder was ist wirklich passiert, Zippa?"

„Im Moment geht man davon aus, daß es sich um einen Streit zwischen Arbeitslosen gehandelt hat, die Männer wollten hier ihr Arbeitslosengeld abholen und gerieten wohl untereinander in Streit. Dazu muß man wissen, daß das Rathaus in Kullerstadt vom Gemeinderatsbüro bis zum Sozialamt alles unter einem Dach beherbergt. – Kullerstadt, ein Punkt in der Landschaft, aber recht zentral gelegen, muß in seinem Rathaus wie in einem Krämerladen viele unterschiedliche amtliche Kompetenzen bedienen, so daß auch sehr gemischtes Klientel hier zusammentrifft, da kann Reibung eben vorprogrammiert sein! Das ist aber ein Zustand, der schon längst hätte entzerrt werden müssen, wogegen sich das verschlafene Dorf und seine Gemeindevorstände wohl seit langem vehement gesperrt haben, was man ihnen in Hauptstadtkreisen viel zu lange hat durchgehen lassen, so heißt es aus einigen Quellen. Aber dieser Vorfall heute wird wohl Konsequenzen haben."

„Aber erst einmal können wir davon ausgehen, daß bis auf einen leicht Verletzten niemand zu Schaden gekommen ist?"

„Das ist richtig, Druks, vor wenigen Minuten hat das SEK vier Männer abgeführt. Nach unbestätigten Angaben haben Anwohner darunter stadtbekannte Langzeitarbeitslose erkannt. Aber da müssen wir die erkennungsdienstlichen Mitteilungen abwarten. Die

fünf großen Mannschaftswagen jedenfalls sind eben abgefahren, was noch ein kleines Chaos gab, da die verwinkelte Fußgängerzone, wo das Rathaus liegt, wohl sogar das Polizei-Navi verwirrte. Bis man aus diesem Kaff ... ich meine aus dem Karree der Gassen heraus war, dauerte es noch einen ganzen Moment. Trotzdem sind natürlich jetzt Kriminaltechniker, Staatsschutz und Polizei hier noch mit der endgültigen Klärung der Sachverhalte beschäftigt. Ein Deeskalationsteam und mehrere Katastrophen-Betreuer kümmern sich um Anwohner, Rathauspersonal und Besucher."
„Weiß man denn schon in welcher Weise und für wen diese Vorfälle, die ja von der ersten Meldung bis zum letzten Abrücken des SEK wohl ein ziemliches Desaster waren, jetzt Konsequenzen haben werden, Zippa? Immerhin ist die Region nun schon zum zweiten Mal in die negativen Schlagzeilen geraten!"
„Das stimmt, Druks! Die aufständischen Zustände der Knipsler Dorfbewohner, wegen der Zuflucht einiger Asylanten auf Burg Hohenknipselstein im vorigen Herbst und die Eskalation beim Besuch von Königin Gertrulde von Verhökerlande, so wie die Vertreibung der Flüchtlinge sind hier – und vor allem in der Hauptstadt – noch in unguter Erinnerung. So bin ich ziemlich sicher, daß sich die Gemeinde und deren Zuständige auf harsche Kritik gefaßt machen müssen."
„Danke Zippa! – Das war eine Live-Info aus Kullerstadt, wo es heute früh Terroralarm gab. Gottlob hat sich das nicht bestätigt. Wie es jetzt aussieht, gab es nur eine tätliche Auseinandersetzung unter Besuchern des Sozialamtes. – Und wieder haben Sie gehört: nur hier bei ‚Hör das Gras wachsen' sind Sie am schnellsten an der Info! – Mein Name ist Druks Egel! Und für Euch da draußen mache ich weiter mit einem Song, der fetzt und sicher bald ganz oben in den Charts ankommt ..." –
„Guten Tag!" sage ich.
Gundi Grundlos, mollige Alt-68erin, schneit gerade unbedarft mit einem Büschel Kräutern aus dem

Garten durch die offene Hintertür in ihren Tante-Emma-Laden und findet dort tatsächlich mich, einen grüßenden Kunden vor – einen *fremden* Kunden – was ihr wohl nicht so oft unterkommt!
„Äh, guten Tag …" antwortet Gundi etwas verwirrt, schaut auf meinen altmodischen Anzug und bleibt dann mit den Augen wohl an meiner lila Strähne in meinem sonst ganz grauen Haar hängen.
„… hab' Sie gar nicht gehört!" entschuldigt sich Gundi.
„Nein, Sie waren draußen, Kräuter holen!"
„Ja, da mache ich Pesto von … unser ‚Knipsel-Kräuter-Pesto', sehen Sie, dort im Regal!"
Ich gucke nur kurz in die angewiesene Richtung.
„Sind ja herbe Zustände bei Ihnen!" sage ich etwas streng mit dem Kopf auf das alte Transistorradio deutend etwas ins Blaue.
Aber Gundi ist immer noch von meiner lila Strähne fasziniert, die bei jeder Kopfbewegung etwas wippt und kommt dann auf ganz andere Gedanken: „Nein, es sind normale Zustände …" antwortet sie, wird aber gleichzeitig etwas blaß und ich erkenne, was sie wirklich denkt: ‚Ist das einer vom Gesundheitsamt? Lebensmittelkontrolle?' – Sie sollte hier nicht so mit den frisch gepflückten Kräutern durch die Hintertür in den Ladenbereich hineinrauschen, man hat sie da auf eventuelle hygienische Mängel schon mehrmals hingewiesen …
„Also bei mir ist alles in Ordnung …" sagt sie vorsichtig.
„Na, wenn ein paar Kilometer weiter das Rathaus überfallen wird, kann ja hier auch nicht alles paletti sein!" sage ich sehr sachlich – wohl wissend, daß Gundi beim Kräuterpflücken draußen nicht aus ihrem quakenden 68er-Transistorradio im Ladenregal hat hören können, wie das Gras wächst.
„Was?!" Gundi ist jetzt völlig perplex, legt das Kräuterbündel auf den kleinen Spülstein an der Wand, wäscht sich schnell, aber gründlich die Hände. „Das hab' ich noch gar nicht mitbekommen …" dreht sie sich wieder zu mir um.

Aber ich, der Lilagesträhnte, bin schon wieder verschwunden! Der kleine Ausflug, hinaus aus Knipsel Castle ist Abwechslung genug, denn bald geht es oben wieder turbulent zu.
Sofort springt Gundi aber die drei Schritte hinter den Ladentisch zu ihrer Ladenkasse ... – zwar muß sie jetzt, laut Verordnung, eine Registrierkasse haben, aber die Einnahmen vom Wochenende, die hat sie nur mal schnell in die unverschlossene Schublade darunter gelegt.
Sie sieht es gleich: die Schublade ist offen! ‚Oh, Gott...' – denkt sie.
Mit zitternden Fingern berührt sie die Schublade: die wenigen Fünfzig-Euroscheine und der eine grüne Hunderter ... alles noch da! – Selbst darunter die Zwanziger und Zehner ... nicht angerührt ... die Registrierkasse mit dem Wechselgeld offen, aber unversehrt und alles noch drin ...!
Langsam ihre Courage wiedergewinnend, setzt Gundi zum Spurt an, um aus dem Ladeneingang zu spähen, wo ich, der fremde Typ, geblieben bin ...
Aber nur die erste schöne Sonne dieses Frühlings scheint ihr entgegen und beide Richtungen der Landstraße, an der ihr Tante Emma-Laden liegt, sind so was von leer, wie Gundis Gedanken, die sich keinen Reim auf diese Begegnung machen können.

Karriere als Schwarzes Schaf:
Auf Abwegen hoch hinaus

Bei Marrá und Lorbas ist das Frühstück an diesem Tag zusammen mit Marrás Patenkind Gerwenich Nekolup – ‚Gerne' genannt – über weite Butter-Marmelade-Schmierstrecken nicht so aufatmend abgelaufen wie der verpuffte SEK-Einsatz in Kullerstadt.
Das lag auch daran, daß der Abend davor noch so lang geworden war, denn Marrá gab nicht auf, bevor Gerne nicht erklärt hatte, was ihn nach Knipsel getrieben habe.

Durch die Erklärung, die sie dann aufgetischt bekam, wurde seine Patentante leider nur fürs erste zufriedengestellt, so muß es sich Gerne eingestehen, während er jetzt in Lorbas' Auto die Kurven zu Knipsel Castel hinauffährt.

Er hatte sich folgendes zurechtgelegt: er wolle hier mal vorbeischauen, nachdem ihm seine Mutter, Königin Gertrulde von Verhökerlande, erzählt habe, was sich bei ihrem Besuch im letzten Herbst hier abgespielt hatte und ‚...da Tante Marrá jetzt vorerst in Knipsel wohne – so ganz ohne Unterstützung – wäre die Nachfrage, ob man hilfreich sein könne, vielleicht angebracht ...'.

Das hatte Gerne schon als Kind bei Tante Marrá ausbaldowert. Sie hielt ihn, Gerne, für ein kompliziertes Kind, das aus einer Angst-Bequemlichkeitsmischung gern flunkerte. So gingen nur die Erklärungen bei ihr als wahrscheinliche Wahrheit durch, die eben *nicht* an allen Ecken rund waren, die eben *nicht* wie diese schönen Serpentinen hoch zur Burg gut ausgefahren werden konnten, vielmehr waren ihr die Erklärungen glaubhafter, die hier und da ein Zaudern, ein Tränchen, einen Hänger hatten ...

Das machte das Flunkern für Gerne nicht unbedingt einfacher, aber als ein Kind, das im Rufe stand, kompliziert zu sein, verschaffte er sich schon den Freiraum, sich die passenden, quasi ‚gewünschten' Szenarien zurecht legen zu können. Gerne brachte seine hingebügelten Geschichten oft stockend, wie ertappt vor – und das glaubte man ihm dann – nicht nur Tante Marrá, alle anderen ließen sich auch am liebsten abspeisen mit den seltsam exaltierten Geschichten, die gerade dadurch sein Markenzeichen wurden ...

Vorsichtig war Gerne bei Fremden! Menschen, die sich eben *nicht* versuchten in ihn hineinzuversetzen, indem sie ein Quentchen ‚Der-Junge-ist-schwierig'-Bonus beigaben, sondern ihn geradezu befragten und auch ihre eigenen Maßstäbe nicht verbiegen ließen durch seine Vorgeschichte als Schwarzes Schaf im

Adel. Die eher bäuerlich einfachen Leute also – die gingen am seltensten über die Brücke seines Flunkerns. – Die Bauern hatten dem Adel eben auf lange Sicht schon immer am meisten mißtraut! Deshalb war Gerne natürlich auch nicht unvorbereitet in Knipsel aufgetaucht. Nachdem er von seiner Mutter, Königin Gertrulde von Verhökerlande, erfahren hatte, Tante Marrá halte sich in Knipsel auf – „In wo, bitte?", erst hatte er das Kaff mit der altbekannten Burg Hohenknipselstein gar nicht assoziiert ... – und sie wohne bei einem Herrn Lorbas Zacke ...
Dann hatte er aber schon versucht über den pensionierten Verleger einiges herauszubekommen. Was er sich aber hätte sparen können, wenn er gewußt hätte, welche aufschlußreiche Szene mit Huhn und Nachbarn er gleich an seinem ersten Abend hier mitbekommen würde.
Nachdem seine Patentante und ihr Gastgeber Zacke nicht im eruierten Haus anzutreffen waren, schwang Gerne seine halbe Tasche und sich selbst über den nicht allzu hohen Gartenzaun und verschaffte sich schon mal in Ruhe ein eigenes Bild von Tante Marrás derzeitigem Aufenthaltsort. Zuerst landete dann aber das aufgeregte Huhn im Garten, verfolgt von irgendwelchen Rufen aus dem Nebengrundstück, was ihn erschreckte und dazu bewog, sich durch die nur eingeklinkte Terrassentür ins Wohnzimmer zurückzuziehen. Gleich darauf kamen Patentante und Zacke angefahren, aber bis in die Stube noch so eloquent schwatzend, daß es für ihn kein günstiger Zeitpunkt zur Vorstellung zu sein schien. Und als nun die Spargelterrine so schön duftete, nervtöteten die hereinplatzenden Nachbarn die gerade sich entspannende Atmosphäre. – Was anderes blieb ihm da übrig, als unbemerkt hinter dem Wohnzimmervorhang die Flasche Wein ins Glas und dann in die Kehle zu leeren ...?!
Immerhin hatte er sich und seinen Ideen damit ein viel eindrucksvolleres Bild von den Verhältnissen in die seine Patentante hier geraten war machen können –

und auch vom pensionierten Verleger Lorbas Zacke – viel eindrucksvoller, als alles, was trockene Infos aus den ‚Sozialen Medien' hätten hergeben können. Schon gestern hätte er ‚Pareto' – 80 zu 20 – gewettet, daß er für heute von ‚Lorbasso' das Auto geliehen bekäme – natürlich unter Protesten von Tante Marrá. Aber auch ihr wurde die Diskussion dann lästig genug, also gab sie nach, als er hilflos nachfragend – „… wie heißt das Oberpiefdorf in dieser Gegend? Kullerndorf? Wie kommt man da denn hin …?" – darauf bestand, ergänzend zum Gepäck seines nur kleinen Suitcase sich neu einkleiden zu müssen – und dazu selbst rundgemacht schlecht nach ‚Kullerndorf' hinkullern könne … –.
Nicht ohne Hintergedanken war er mit dem Zug und nur ganz kleinem Reiseköfferchen gekommen: so ein Minimalismus liefert immer einen Vorwand für Besorgungen, die man allein erledigen muß, weil sie andere nur langweilen würden – und obendrein eben nichts angehen …
„Busfahren! – Wie wär's, wenn Du mit dem Bus fährst?" wandte Tante Marrá noch am Frühstückstisch ein.
„Der fährt hier aber nur *zweimal* am Tag, was man so hört!" erwiderte er mit aufkommender Panik in der Stimme – er war sicher, Tante Marrá erinnerte sich daran, wie ungeschickt er sein konnte und wie verloren, wenn er irgendwo verloren ging …
Aber sie sagte noch streng: „Jeder kriegt das hin mit dem Bus zu fahren!"
„Aber wenn ich das Ticket nicht aus dem Automaten gezogen bekomme …"
„… dann gibt's das beim Busfahrer, der stellt es Dir aus …"
„Weiß er dann auch, wie weit es gültig ist, nicht daß ich auf der Hälfte aussteigen muß …"
„Du sagst, wo Du hin willst …"
„Nach Kullerrund …"
„… -*stadt*… Kuller*stadt*! Aber da kommst Du nicht hin, wenn Du an der Haltestelle nach Vierecktal stehst!"

„Nicht ...?!"
„Vierecktal und Kullerstadt liegen gegenseitig am anderen Ende, Knipsel mitten dazwischen ..."
„Dann wäre ich ja auf dem falschen Dampfer, wenn ich im verkehrten Bus säße, gar noch mit einem ungültigen Ticket ..."
„Also dann nehmen Sie doch meinen Wagen!" erbot sich nun Lorbas.
„Siehst du, Lorbas" sagte Marrá „das ist es, was ich eben nicht glauben kann: zu dusselig zum Busfahren, aber mit dem Auto ohne Navi unangestrengt und in bester Laune dort ankommen, wo er hin will! – Da frage ich mich eben: Wo will er denn hin?!"
Aber Gerne sagte dann nur noch schnell und freundlich: „Danke, Herr Zacke, für Ihr Verständnis!" Und dann nahm er ohne Hast – da durfte kein geducktes schlechtes Gewissen durchschielen, in solchen Handlungen, die mußten vielmehr klar und entschieden wirken – den von Lorbas angereichten Autoschlüssel samt Papieren entgegen ... und weg war er!
All solch nette Dialog-Übungen lenkten auch gut von seinen wahren Absichten ab. So hatte er am Abend noch nach etwas Hin- und Hergedruckse eingeräumt, mal wieder Ärger am Hof von Verhökerlande zu haben, weil er wegen seiner Schüchternheit nur wenige Repräsentationspflichten übernehmen könne. Das nähmen ihm alle anderen Familienmitglieder übel – allen voran, Zernia, seine ältere Schwester, die Kronprinzessin von Verhökerlande. Unter diesem Druck und Eindruck suche er nach einer ‚Auszeit'. Diesen dämlichen Ausdruck brauchte man heute nur in die Runde zu schmeißen und schon schienen alle zu wissen, was los sei ...
Ihm war aber klar, daß Marrá – im Geiste ließ er die ‚Tante' immer weg, sie war ja nicht die schusselige Verwandte, die man veräppeln konnte – ihm nicht viel von seiner Geschichte abnahm, aber schlau genug war, abzuwarten, bis sie Näheres herausbekam. Sie kannte zwar seinen schnellen Überdruß an aller Routine, aber sie wußte auch um seine ausgefallenen

Einfälle, die er dann mitunter erstaunlich zäh durchsetzen konnte.
Um all das zu klären, hing Marrá jetzt sicher schon am Telefon und besprach sich mit seiner Mutter Gertrulde, der Königin von Verhökerlande.
Aber auch seine Mutter weiß noch nicht, warum er dieses Kuhdorf beehrt – sollen die beiden also ruhig spekulieren, auf die Idee, für die er sich jetzt in Knipsel eingefunden hat, wird vorerst niemand kommen – dazu ist sein Vorhaben zu entzückendversponnen ...
... was die beiden Frauen sicher anders sehen würden!

Das Personal fiedelt

Seine einzigartige Idee begeistert ihn immer noch, während er auf dem Parkplatz von Knipsel Castle das geborgte Auto abstellt, aussteigt und den ausgetretenen Stufenpfad zum Vorplatz hinaufsteigt.
Was er vor hat, ist so dolldreist und gleichzeitig genial, da kommt keiner drauf, der nicht – wie er selbst – in einer Schwarz-Schaf-Adelsposition ist!
Aber jetzt muß er sich zuerst inspirieren lassen ...
Einige Male war er wohl als Pubertierender hier. Das war vor langer Zeit, als die Burg noch von der Familie von Flausen-Tulpenscheitel genutzt wurde. Ein paar Wochen in den Sommerferien war er hier zu Gast gewesen, da hatte ihn der Kasten überhaupt nicht interessiert, denn zum Toben, Klettern, Versteckspielen war er schon zu alt, für alle anderen Möglichkeiten, die so ein Anwesen bot, noch fast viel zu jung ...
Ein paar Mal als Nach-Pubertierender hatte er dann Knipsel Castle besser nutzen können ... – aber das waren nur Episoden! Denn schon damals wurde das Gemäuer von den von Flausen-Tulpenscheitels nur noch selten genutzt, es sei denn, man machte mal Urlaub und lud die weitläufige Verwandtschaft, eben

auch die aus Verhökerlande, auf ein paar Tage zum Plausch ein ...
Dann kam eine neue Regierung – nichts Radikales in dieser Republik – aber die zog die Abgaben und Vorschriften an und so kamen die Eigentümer mit der Gemeinde überein, Burg Hohenknipselstein öffentlich zugänglicher zu machen, was dem Bürgertum Freude bereiten und die Abgaben für die adligen Eigentümer reduzieren sollte. – Aber durch die rigidere Mitsprache der ‚öffentlichen Hand' zur Verwendung der Burg stellten die neuen Regelungen doch eine kleine Enteignung dar. Das öffentliche ‚Benutzen' der Burg wurde dann unter der nächsten Regierung wieder zurückgefahren, aber inzwischen war die Verunsicherung darüber, wer was machen durfte und/oder sollte so groß, daß sich nun weder Adel noch Republik wirklich gern um den Kasten kümmern wollten, weil jede Seite ihn unter diesem Arrangement für ein Spundloch hielt – armes Knipsel Castle ... – so war das damals!
Aber, holla!
Heute ist Gerne zur Inspirationssuche hier wohl nicht der erste Besucher ... – nur daß er den Vorteil hat, sich die Frau in aller Ruhe anschauen zu können, die vor dem Eingangstor der Burg steht.
Einmal schaut sie zu den Zinnen hoch, dann mal wieder kurz um die Burgecke nach hinten und zwischendurch klinkt sie an der massiven Burgtür herum – aber nicht wirklich so, als wolle sie dieses Gemäuer erobern ... Also wird auch ihr Vorhaben, mit dem sie hierher gekommen ist, noch sehr unentschieden sein, denkt sich Gerne.
Wie alt wird sie sein? – Gerne schätzt sie von hinten und im Halbprofil, um die Mitte dreißig.
Wenn sie wüßte, *was* sie hier wollte, auch wenn sie noch nicht wüßte *wie* es zu bewerkstelligen wäre, sollte sie in ihrem Alter aber schon ein bißchen weniger hilflos sein!
Möchte sie hier wirklich in die Burg hinein kommen, hätte sie sich doch jemanden mitnehmen können, der wüßte wie's geht – falls da keiner ist, den sie zur

Verfügung hat, hätte sie erst kommen sollen, wenn sie sich sicher wäre, daß jemand zu Hause ist! – So aber steht sie hier umsonst herum – was ihr jetzt wohl auch langsam dämmert!

,Das sind die Starken im Lande,
die unter Tränen lachen,
ihr eigenes Leid verbergen
und anderen Freude machen!'

Irgendein Blödian hatte Gerne als Kind diesen Spruch einmal ins Poesiealbum geschrieben – damals fand er die Aussage Quatsch ... Aber ‚Freude machen' das könnte er hier ja einmal probieren ...

„Sie mag ihre Zipperlein haben, aber so werden Sie die Burgtür eher nicht aus den Angeln reißen!" Gerne hat sich gute fünf Meter hinter der Fremden aufgebaut – nahe genug, daß sie leicht erschrickt, aber genügend Abstand, daß sie ihn nicht als Sittenstrolch einstufen muß.

„Oh, hallo ..., hab' Sie gar nicht gehört ..." sagt die Brünette mit dem halblangen Haar, die in Rock und Blazer gekleidet, sich nun etwas erschrocken umdreht. „Gehören Sie hier dazu?" fragt sie dann.

Das ist immer eine feine Sache, eine Sekunde länger als der andere nichts zu sagen! Die meisten unsicheren Menschen reden lieber platt drauf los, aus Angst ihrem Gegenüber eine Lücke zu lassen, in die hinein es Druck und Drohung formulieren kann. Für Gerne hat es sich daher bewährt, seinen Impuls des schnellen Losschwatzens gezähmt zu halten. Seitdem bekommt er viel mehr verbale Vorlagen zum schönen Aufspringen, als er sich selbst hätte aus den Fingern saugen können.

Also läßt er die Frage, ob er dazugehöre, vorerst offen ... – Wozu auch ‚dazu' denn, bitteschön?! Zur Burg, zum Adel, zum Personal – gar zur Security, die hier unbefugten Klopfern auf die Finger klopft ...

Dieses Offenlassen legen sich neunzig Prozent der Fragenden allerdings als Bejahung auf ihre unklare Frage zurecht – ein üblicher aber übler Übertragungsfehler!

Auch darf man gerade auf die *erste* Frage nicht eingehen, sonst ist man wie beim Schach mit den schwarzen Steinen dran und bis man den Spieß umdrehen kann und selbst die Züge vorgibt ... zumal als Schwarzes Schaf mit schwarzen Steinen ... – das kann dann aber dauern!
„Sie haben einen Termin?!" erwidert Gerne mit einem ‚Fraus'-Rufezeichen. – Das ist das Ding, was halb Frage-, halb Ausrufezeichen ist und bei dem – wunderbarerweise auch gleich der typische Adressat angesagt wird: es geht um ‚Frau's' Anliegen, das wegen mangelnder Klarheit nachgefragt werden muß – so sieht es Gerne ...!
Auf die Fremde wirkt es wohl so, als würde er jemanden mit einem Termin erwarten, was ihr nun mehrere Möglichkeiten gibt – so scheint's ihr!
Auf die Frage: ‚Haben sie einen Termin?' kann die Frau ‚Ja!' sagen, dann muß sie aber auf dem Quivive sein, wenn's geflunkert ist, *was* für einen Termin *bei wem* sie hätte ...
Wenn sie ‚Nein!' sagt, müßte sie etwas Besseres anbieten, zum Beispiel *warum* sie sich hier herumtrollt, sonst ist sie raus – ausgeklinkt, im doppelten Sinne!
Gerne selbst kann aber immer noch sagen:
„Das trifft sich ja gut, ich habe auch einen Termin ..."
was beinhaltet, wir haben beide eine Verabredung mit einem Dritten. Dann aber Vorsicht: denn es könnte Konkurrenz heraufbeschwören, zum Beispiel wenn sich beide um die einzige Einliegerwohnung in dem Gemäuer bewerben wollten ... Es könnte aber auch zum Verbünden führen: ‚Ja, lassen Sie uns die Burg zusammen knacken und jeder nimmt mit, was er gebrauchen kann – genug Plunder ist sicher vorhanden!'
Oder Gerne könnte noch sagt: "Dann warten Sie also auf *mich*, Frau ..." – wenn sie etwas will, nimmt sie dieses Angebot an und sagt *wer* sie ist und *was* sie will – oder sie will oberschlau sein und beginnt selbst zu pokern ...

Aber er kann auch sagen: „Aha, Sie haben *keinen* Termin – aber *ich* habe einen!" – Was bedeutet: ‚Mach' dich vom Acker!'

Die Frau zögert für alles einen Tick zu lange – sie ist Schummeln nicht gewöhnt – was sie sympathisch macht, denkt Gerne – Gegensätze ziehen sich eben an ...

Er ist neugierig geworden, deshalb erspart er ihr vorerst eine Antwort und muß auch selbst nichts erklären. Statt gegenseitiger Vorstellung übernimmt Gerne jetzt die Initiative im Handeln: „Dann kommen Sie mal ..." sagt er jovial und geht gezielt zur rechten Ecke der Burg, dorthin, wo der Pfad zum Dienstboteneingang entlangläuft. Weiter hinten herum kommt man dann zum ‚Räubereingang', wie er ihn nach der Pubertät genannt hatte, dort, wo er später einige Male seine ‚Räuberinnen' einschmuggelte – um auf dem öden Kasten wenigstens etwas Abwechslung zu haben. Es sollte ihn sehr wundern, wenn der Eingang nicht offen wäre ...

Die Brünette ist so erleichtert, daß sie ihm flinkfüßig folgt und das allerlei Floskeln schwatzend untermalt – um vielleicht doch noch aufkommende Fragen bei ihm einzuschlummern ... – Hat sie also doch etwas zu verbergen! So sieht sich Gerne bestätigt – zumindest will sie nicht die Katze aus dem Sack lassen!

Gleich hinter dem Lieferanteneingang wird der Weg so uneben und struppig, daß hier niemand mehr einen weiteren Eingang erwarten würde – was ein wirklich prima Vorteil ist, für alle die inkognito und in aller Unauffälligkeit hier Einlaß suchen. Eine alte Tür – kaum zu erkennen als solche – eher wie ein Verschlag ... das ist der Räubereingang. Eigentlich war hier immer offen, der Trick ist nur, daß nirgendwo eine Türklinke zu sein schien. Vielmehr muß man an einer bestimmten Stelle hinter die Wand greifen und dort einen Hebel ziehen – früher sprang dann die Tür auf.

Gerne versucht es unauffällig und so schnell-geschickt, daß die Frau den Mechanismus gar nicht

mitbekommt – wer will schon jeder netten, aber unbekannten Anklopferin gleich alle Tricks verraten ...
„Oh, ..." wispert deshalb die Frau auch überrascht, als die Tür mit einem Ruck offen ist.
Gerne lächelt nur und bereitet sie vor: „Hier drinnen ist es zuerst etwas dunkel – Licht reicht nicht bis in diese Ecke – und der Boden ist uneben! Also bleiben Sie am besten mit einer Hand an der Wand, damit Sie nicht straucheln!"
„Ja, mach ich ..." sagt die Unbekannte merklich beeindruckt und folgt Gerne auf dem Fuß.
Es geht Gerne wie den meisten Menschen, die nach Jahren an einen bekannten und zeitweise intensiv genossenen Ort zurückkehren: der Geruch – sprichwörtlich ‚im Hinterkopf' – schmettert einen unvermittelt in Stimmungen zurück, als wäre man aus ihnen nur ein paar Minuten weg gewesen. Bei Gerne sind es doch nicht die schlechtesten Erinnerungen, die da hochkommen und durch das vorerst reduzierte Sehen, sind sie um so intensiver!
So sehr gelangweilt, wie er es vorhin noch zu erinnern schien, hat er sich auf Knipsel Castle wohl doch nicht! Hier gab es immer Überraschendes zu erkunden und zu entdecken, aber etwas seltsam Geheimnisvolles hält sich hier immer noch auf – früher hat Gerne es nicht anders gekannt und deshalb wohl nicht so speziell wahrgenommen – aber jetzt, nach all den woanders verbrachten Jahren, fällt es ihm auf. Frisch wie die Farben eines Bildes, wenn man es länger nicht betrachtet hat ...
„Das ist ja fast ein bißchen unheimlich hier ..." meldet sich seine Begleiterin zaghaft zu Wort, als wollte sie sich nur vergewissern, daß er noch bei ihr sei.
„Ach, was," Gerne sagt es etwas zu forsch, wie ein Kind im dunklen Keller „es ist eben ein alter Kasten, da ist nichts so wie im bürgerlichen Mietshaus ..."
„Na, ja, dann bin *ich* es nur nicht gewöhnt ..." gibt sich die Frau optimistisch.
„Apropos: ‚nicht gewöhnt' ... wie darf ich sie denn ansprechen?" Gerne sagt es extra so verklausuliert: wenn er die Verabredung der Unbekannten wäre,

müßte ihm ihr Name sicher bekannt sein – aber vorsichtshalber erkundigt er sich, nach *der Vorliebe* ihrer Anrede. In Adelskreisen ist das durchaus üblich, denn in dieser demokratischen Republik hier ist der Adelsstand zwar getilgt, aber die meisten aus ehemals adligen Familien lassen durchhorchen, daß sie's doch noch gern hören würden, wenn sie mit ‚Graf', ‚Durchlaucht' oder etwas ähnlichem angesprochen würden – wenn man schon mal mehr oder weniger ‚hochwohlgeboren' war, will man's auch ein bißchen bleiben ...
„Äh, ja ... mein Name ... hab' ich mich noch gar nicht vorgestellt ..."
Nein, Mädchen, denkt sich Gerne, hast Du nicht – und daß weißt du auch ganz genau – da liegt also mindestens *ein* Hase bei dir im Pfeffer ... „Ich hätt's mir bei Ihnen gemerkt, hätten Sie mir einen entsprechenden Namen zum Ansprechen gegeben!"
Gerne lächelt in die Dunkelheit des Ganges, die sich jetzt erhellt: vorn ist nämlich Licht und die Unbekannte hat sich entschieden, ihm ihren Namen zu nennen ...
„Eline Buntleder ... freut mich, Herr ... – wie war denn *Ihr* Name noch mal?"
Das ist ihr natürlich auch nicht erst jetzt eingefallen, merkt Gerne, auch wenn sie wie beim Kartendreschen versucht zurückzukontern. Gerne entschließt sich für die beeindruckende Variante: „Gerwenich Nekolup Graf von Frohampel, freut mich, sie persönlich kennenzulernen, Frau Buntleder! – Und somit kommen wir ins Licht!"
Gerne tritt aus dem dunklen Gang in einen Raum mit Fenstern. Kurz muß er sich orientieren, aber dann ist ihm klar: das ist der lange Flur, der auf Knipsel Castle die historischen Räume verbindet, die normalerweise für Besucher zu besichtigen sind.
„Ach, du kriegst die Tür nicht zu!" entfährt es Eline Buntleder, womit sie aber nicht die Magnum-Variante von Gernes Namen meint, sondern das Tohuwabohu, das hier allüberall zu bestaunen ist.
„Da bin ich jetzt auch etwas irritiert!" setzt es Gerne in hübsch adligem Understatement in Worte, tatsächlich

einer der wenigen ungeflunkerten, unkalkulierten Sätze, die er seit gestern Abend von sich gegeben hat.

In der Tat sind wirklich sämtliche historischen Möbel mindestens verschoben, in Unordnung oder sogar beschädigt. Kissen, Decken, alles irgendwie Verwerf- und Zerknüllbare liegt drunter, drüber, nebenbei, Schubladen sind herausgezogen, Dekorationen heruntergerissen ...

Bei aller Lebendigkeit, die man Schloßbesuchern würde bieten wollen, damit sie in der Führung nicht wegnicken, sondern sich beruhigt in der Ähnlichkeit zu den eigenen schlampigen Verhältnissen bei sich zu Hause suhlen mögen – diese Performance ist dem Designer aus dem Ruder geraten ...

Gerne hat natürlich über die Medien mitbekommen, daß im letzten Herbst – also vor etwa einem halben Jahr – eine Gruppe Asylbewerber Knipsel Castle besetzt hatte, das brachte ja die Burg erst wieder in aller Munde, aber das die Folgen derart gravierend sind und obendrein immer noch nicht beseitigt, erklärt ihm langsam den gereizten Zustand seiner Patentante Marrá!

Er schaut den langen Gang entlang, an dem sich Roter, Grüner, Blauer Salon, Kleine Bibliothek, Schreibzimmer, Boudoir und ähnliche Räume wie inzwischen glanzlos gewordene Perlen aneinander reihen.

Nun aber springt seine ererbte Contenance an und er witzelt zur immer noch sprachlosen Besucherin neben sich: „Keine Angst: Sie müssen das nicht aufräumen! – Dafür haben wir das Personal!" Gerne versucht souverän zu schmunzeln, aber es ist dieses Mal Eline Buntleder, die ganz trocken feststellt: „Ihr Personal scheint aber vorerst lieber zu fiedeln!"

Seite an Saite

Elines Einwand ist berechtigt: von überirdisch weit weg und schlecht zu orten, klingen Töne zu den beiden Burgbesuchern. Das hat den seltsamen Effekt, daß alles, was Eline und Gerne **sehen** furchtbares Chaos ist, während das, was sie **hören** wunderbar wohlgeordnet bei ihnen ankommt.

„Also, Herr Graf, ich kann verstehen, daß Ihr Personal lieber fiedelt als ein derartiges Durcheinander aufzuräumen ... – oder stellen Sie nur Stubenmädchen und Butler ein, die im ersten Beruf Musiker sind, damit Ihnen die Bediensteten die adligen Schlampereien wenigstens angenehm untermalen?!"

Gerne merkt, daß durch seine eigene Überraschung über diese lausig-lumpigen Zustände auf Knipsel Castle, seine Glaubwürdigkeit, hier einer der entschiedenen Entscheider zu sein, bei Eline Buntleder enorm gesunken ist. Deshalb sagt er so frank und frei wie's grade geht: „Kommen Sie, lassen Sie uns nachschauen, was das Personal vom Aufräumen abhält!"

„Ich kann es gar nicht genau lokalisieren, wo kommt das Geigenspiel denn her?" Eline lauscht.

„Ich vermute mal aus dem Burgturm! – Und da kenne ich den Zugang, Sie werden staunen!" Gerne hofft mit dieser Spontaneinladung: der Graf besucht mit Besuch das Personal ... – diese hier unvermittelt eingelassene Frau beeindrucken zu können. Gott sei Dank kennt er – auch noch von früher – den geheimen Zugang zu den Turmzimmern, der liegt nämlich getarnt als Regalwand in einem der farbig benannten Salons ... – Nur in welchem war das?! – Jetzt nur nicht Zaudern und sich die Unsicherheit anmerken lassen ...

So geht Gerne etwas umständlich aber scheinbar forschen Schrittes voran durch den langen Gang mit den aufgereihten Zimmern. Wenn er die Regalwand sieht, so hofft er, wird er sich an die Tür zum Turm

erinnern, denn als Halbwüchsiger fand er diese Treppe in die Turmzimmer wie im Schlaf ... – Klar ‚Schlaf'! Im *Ruhe*zimmer, dort führt die Treppe nach oben ... und das Ruhezimmer, kommt jetzt gleich hinter dem Blauen Salon!
Gerne läßt sich sein Aufatmen nicht anmerken, als er im herrschaftlichen Ruhezimmer über einige herumliegende leere, alte Pizzaschachteln steigt und gezielt auf die hintere Wand zugeht. Schnell probiert er den versteckten Hebel neben einem Regal aus ... – Jippie! Der funktioniert noch und läßt eine Tür aufgehen, hinter der gleich eine Wendeltreppe beginnt.
Munter wendet sich Gerne zu Eline Buntleder um und sieht erfreut, daß sie nun doch schon wieder beeindruckter ist und daß er mit diesem Simsalabim auf ihrer imaginären Grafen-Skala einige Punkte zulegen konnte.
„Ich geh mal vor!" sagt er wie nebenbei, denn was sich da oben abspielt – *wer* da was abspielt – möchte er vorsichtshalber als erster sehen!
Daß sie hier auf der richtigen Spur sind, ist klar, denn das Geigenspiel wird mit jeder Wendeltreppenstufe vernehmlicher.
Gerne weiß, daß sich mindestens drei oder vier Zimmer entlang der Treppe nach oben verzweigen. So wie es sich anhört, geigt es aber im allerletzten der Zimmer. Das wäre dann in der Kemenate, von der aus man durch die Zinnen nach unten auf den Burghof schauen kann – das ist das kleinste, aber sicher auch schönste Wendeltreppenzimmer ... – sobald man den wendligen Drehwurm gemeistert hat.
Je höher Gerne kommt, desto leiser versucht er sich zu bewegen, denn so viel ist ihm klar: der, der da spielt, den sollte man fix überrumpeln, damit er sich nicht noch schnell eine gute Legitimation basteln kann!
Das die Geigerei von Tante Marrá nicht legitimiert ist, da ist sich Gerne ziemlich sicher, in jedem Fall hätte sie eine Andeutung gemacht, wenn sie jemanden im Turmzimmer von Knipsel Castle geigen läßt, während

unten noch das volle Pfund Unordnung waltet ... – statt dessen war sie gestern Abend auf das Thema Burg weniger als einsilbig ansprechbar, so schien es Gerne.
Gleich hat das Wandeln auf der Wendel ein Ende! ... Die Zimmertür zur oberen Kemenate – so kann man schon erkennen – ist nur angelehnt. Gerne dreht sich kurz zu Eline um und legt lächelnd den Finger zum ‚Pst!' auf seinen Mund, als wisse er schon, wen er hier überrasche. Eline ist aber ebenso wie er wegen der Drehwurmtreppen mit Durchschnaufen beschäftigt und neigt deshalb nicht zu einem neckischen Kommentar.
So stößt Gerne mit einem plötzlichen Ruck die Türe zur Kemenate auf und das Geigenspiel bricht sofort erschrocken ab ...
Ein Mann, in der Statur um die Dreißig, dreht sich zusammenzuckend um, er hat tatsächlich Geige und Bogen in der Hand. Sein Gesicht wirkt jünger, weil unbedarft, sanft, verängstigt ...
„Wir wollten Ihnen zum Geigen den Marsch blasen – ist's recht?!" Gerne ist wieder voll in seinem Element, denn er ist jetzt sicher: der Fremde ist hier fremd und unerlaubterweise am Fiedeln – zumindest ist er, Gerne, in Auftreten und Präsenz fürs Erste besser ‚aufgestellt' – selbst nach dem leichten Drehwurm, der von der Wendeltreppe noch nachwirkt!
„Oh ..." mehr bekommt der Geiger vor Schreck gar nicht heraus.
Alles läuft gut, Gerne ist gespannt, womit der Mensch hier als Erklärung aufwartet. Aber da tritt Eline hinter ihm hervor und vermasselt irgendwie die angenehm überlege Situation, indem sie auch erst einmal "Oh!" sagt, aber bei ihr ist es ein bewundernder Ausruf des Erkennens!
„Herr Minimus Baldi?! – Sind Sie das? – Ich glaube, ich erkenne Sie von Photos wieder, kann das sein?!"
Die Art in der Eline Buntleder dies verkündet läßt für Gerne schon den Schluß zu, daß es sich hier nicht um einen ausgerückten Verrückten, einen dem Wegsperren Entkommenen oder einen zwielichtigen

Flüster-Zwitscherer handelt ... – vielmehr muß der Fiedelhans was Bewundernswertes haben – zumindest in der bunten Welt von Frau Buntleder!

Gerne durchforscht in seinem Gedächtnis kurz öffentlich verbreitete Fotos, aber so unauffällig blaß, wie der Typ hier steht, hätte er ihn sich sicher nicht gemerkt, selbst wenn er öffentlich bekannt sein sollte.

Also schaut er jetzt skeptisch zu dieser Frau neben sich, die ja immerhin auch noch nicht herausgerückt ist mit dem, was sie hier eigentlich Buntes treibt und vom Leder zieht. Irgendwie passen die beiden fremden Menschen zusammen: beide so sanft verwirrt und lieblich verträumt – obendrein langweilig! Der Geiger noch einen Ticken langweiliger als die Klinkenrüttlerin, aber beide sanfte Schäfchen im Quadrat – jedenfalls für seinen, Gernes Geschmack.

„Ja," haucht da nun auch noch der Fiedelbums „ich bin Minimus Baldi, Sie haben mich erkannt an meinem Spiel, waren Sie in einem meiner Konzerte?!"

„Nein ..." Eline zögert, es scheint ihr peinlich zu sein „ich war leider noch nicht in einem Ihrer Konzerte, ich habe Sie nur vom Zeitungsbild her erkannt ..."

Schon klar, denkt sich Gerne, viel lieber hätte sie dem anscheinend irgendwie populären Geigerich den Gefallen getan, ihn am Bogenstrich zu erkennen – denn nur das wäre ein wirklich schönes Kompliment für den wohl übersensiblen Musiker ...

„Bleiben wir mal hier nicht beim Komplimentieren stehen: wer sind Sie denn, Mann, und was fällt Ihnen ein, hier Knipsel Castle vollzufiedeln?" Gerne legt es absichtlich so ein bißchen grob an, damit man ihn hier auch mal wieder beachtet.

Das gelingt auch – allerdings so, daß die beiden anderen, nun wie verbunden in Weidwundheit, Gerne wie einen Scheußling anstarren.

„Sie kennen die tragische Geschichte dieses großen Musikers nicht? – Also, Herr Graf, Sie haben doch aber Kultur ... " beschwört ihn nun Eline Buntleder.

„Im Moment strapaziert mir *Ihr* Kulturanspruch nur meine gutmütige Seite, während *der* hier" – Gerne deutet auf den Musizierer – „nicht eine Saite in mir

zum Klingeln bringt! – Wer, bitte, soll das sein?" poltert Gerne nun richtig mopsig los.
„Da kann doch gar nichts strapaziert sein, wenn Sie mit so einem Talent – einem so viel*seitigen* Talent, wie Frau Buntleder – bekannt sind, dann können Sie doch nur ein Kulturgönner sein!" der Geiger lächelt Eline versonnen an.
Nun wird aber der Hund im Geigenkasten verrückt, denkt sich Gerne, jetzt wird der Bogenstreicher auch noch säuselselig! – Die kennen sich hier beide – aber bis jetzt wohl noch nicht persönlich – und er, Gerne, kennt niemanden und wird selbst hier immer weniger anerkannt ... – So weit kommt's jetzt aber noch!
Gerne unterstreicht seine Position in dieser seltsamen Runde so wie er es sonst als Adliger nur selten tut: er stemmt die Hände in die Seite! Blöder Trick, aber man sieht einfach aufgepusteter aus! Dann sagt er ohne Umschweif: „Sie werden jetzt hier beide aufhören, den Bogen zu überspannen – meine Geduldssaite hängt nur noch an einem Faden!"

Wahre Kunst hat runde Ellbogen

„Ist das *die* Geige?" fragt Eline mitfühlend und nähert sich Künstler und Instrument, indem sie Gernes Einwand ignoriert und seinen herausragenden Ellbogen geschickt umrundet.
„Ja ..." seufzt Minimus Baldi – alles bestätigend und gleichzeitig alles offen lassend.
„Sie haben sich doch nicht etwa bis hierher mit der Geige ..." Eline sucht nach einem Wort, was anscheinend nicht zu kraß ausfallen soll „... allen Widrigkeiten zum Trotz mutig durchgeschlagen?!"
Minimus Baldi nickt. Er drückt sein Instrument an sich – so gut die Bespannung diese Liebkosung zuläßt!
Aber jeder halbwegs Sensible erahnt, wie der Streß des Durchschlagens sich bei Baldi niedergeschlagen haben muß ...
Nur Gerne nicht! Der hat's jetzt dicke: „Nu reicht's aber mit dem Schmalz hier – die Fiedel wäre ja

kaputt, hätte sich da jemand mit **durchgeschlagen**! – Wie also sind Sie hier hereingekommen und was machen Sie hier, außer auf die Tränendrüsen von Frau Buntleder zu drücken – hä?!"
„Sie haben's wohl wirklich nicht mitbekommen – lebt unser Adel tatsächlich noch in Wolkenhimmel-Kuckucksheim!" Eline ist zu Gerne jetzt doch recht forsch und stellt sich damit auf die Seite des Geigers.
„Erklären Sie mir einfach, was Sie meinen und ich werde ja sehen, ..." Gerne könnte den Satz mit ‚ob ich drauf pfeife ...' beenden, er wählt aber klarere Worte „... ob ich aus Wolkenhimmel-Kuckucksheim eine Losung fallen lasse!"
„Na, hör'n Sie mal ..." begehrt der Geiger gegen die unästhetische Vorstellung vom Vogelklecks auf.
„Ich bin ganz Ohr, legen Sie los, was für ein Fiedelbum sind Sie denn nun?" läßt Gerne nicht locker.
Minimus Baldi will schon ansetzen, da legt sich Eline Buntleder wieder ins Zeug: „Sie wollen ihm seine Geige wegnehmen!" Für Eline erklärt das die Tragik der Sache eindeutig und ausreichend.
Für Gerne, der froh war, als seine Mutter ihm das Klavierspielüben ersparte, weil er im Knirpsalter bockte ... – also für Gerne erklärt eine weggenommene Geige noch gar nichts. „Ja, und ...?! – Spielt er eben Tuba, bläst das Horn oder haut auf die Pauke! – Oder besser gar kein Instrument! So bläßlich wie er ist, sollte er mehr an die Luft gehen ... für den ‚Iron Men' trainieren ... – aber da sehe ich hier auf Knipsel Castle gar keine Möglichkeiten!" Also Gerne gibt sich für seine Verhältnisse redlich Mühe, aus dem vorgegebenen Kenntnisstand die richtigen Schlüsse zu ziehen.
„Nein ... so ist es nicht ..." nimmt Minimus Baldi nun Anlauf etwas erklären zu wollen, aber Eline und selbst Gerne merken: er wird es zu kompliziert machen ...
„Herrgott ..." ächzt also Eline, nicht über Baldis anstehende Langatmigkeit, sondern über Gernes flapsige Unsensibilität „... die Bank will ihm die Geige wegnehmen, die Geschichte ging doch sogar durch

die Presse!" Na, jetzt muß es ja wohl jedem einleuchten, denkt sich Eline. An Gerne sind diese Presseberichte vorbeigelaufen – es hätte ihn auch nicht wirklich interessiert – hier zeigt sich einfach, daß Probleme Seerosen sind, die auf den individuellen Ozeanen des Bewußtseins ganz unterschiedliche Flächen dicht machen ...
„Wenn er zu wenige Saiten bespielen kann, um die Fiedel abzuzahlen, dann hat natürlich seine Bank den längeren Arm zum Einstreichen des Instruments – und sie wird nicht zuerst den Bogen pfänden ... – Als Kompromiß vielleicht einen Kuckuck drauf kleben?! – Wegen der Losung?!" Gerne bemüht sich immer noch redlich – aber seine Ironie kommt übel bei Eline an, die jetzt puterrot zu einer empörten Antwort ansetzen will.
„Es ist so ..." nimmt nun doch Minimus das Wort „die Geige gehört der Bank, weil das Instrument ein sehr teures Stück ist, was ich mir selbst mit viel ‚Fiedelei' – wie Sie es ausdrücken würden – erst zirka im achtzigsten Lebensjahr leisten könnte. So hat mir die Bank ‚Nanett, die Zirpse' – so heißt dieses einmalige Instrument – vor Jahren zur Verfügung gestellt, quasi als Dauerleihgabe ... – Jetzt aber geht es der Bank nicht mehr so gut und sie hat sich entschieden, ausländische Investoren ins Boot zu nehmen. Und das sind Schlitzohren ... aus dem Reich der Schlitzaugen – Verzeihung, ich habe da sonst keine Vorurteile – aber diese Menschen wollen nicht mehr, daß ich auf der Geige spiele oder nur, wenn ich die Leihgabe mietend bezahlen kann, sonst müßte ich sie zurückgeben ... – aber schlimmer noch: sie wollen ‚Nanett, die Zirpse' vielleicht sogar verkaufen! – Investition nennen sie das ..." Baldi wird jetzt hektisch im Erzählen. „Aber ich könnte es nicht ertragen, wenn so ein Stehgeiger auf ihr herumfiedelt oder einer aus einer Rockband! So eine wilde Truppe, die alle Instrumente nach einer Performance über die Bühne drischt und zerschlägt ..." Baldis Stimme wird brüchig „... deshalb habe ich Zirpse sozusagen ... entführt! Und weil Knipsel Castle doch jetzt durch die

Schlagzeilen ging und berichtet wurde, hier wisse noch niemand, wie's weitergehe, alles stehe leer ... deshalb habe ich mich und Zirpse jetzt hierher geflüchtet ..."

„Oh, mein Gott!" Eline springt sofort hinzu, als Minimus in der Rede abbricht und wie geknickt auch noch selbst auf einen Sessel sinkt. „Mein lieber Herr Baldi, nun machen Sie sich doch keine Gedanken ... alles wird schon werden ..."

„Na, das ist ja eine famose Geschichte ..." schnauft Gerne durch „... also ehrlich gesagt glaube ich nicht, daß Sie mit diesem Schlachtplan durchkommen – der schlachtet höchstens Sie selbst!"

„Das ist jetzt nicht besonders hilfreich ..." zischt Eline Gerne an.

Und wie zur Bestätigung läßt Nanett, die Zirpse ein gequältes ‚Pling' erklingen, als Minimus sie vorsichtig auf den kleinen Beistelltisch legt, weil er in ein von Eline angereichtes Taschentuch schneuzen will.

Gerne ist nicht gern ein Spielverderber – nur mitunter ein Spieler ... – aber von daher kann er recht genau einschätzen, wo im Leben man mit welchen Tricks durchkommt und wo's eng werden könnte ...

Aber er braucht einfach noch mehr Durchblick: wie zum Beispiel kommt dieser unpraktische Theoretiker mit seiner Geige hinein in diese Burg ...? – Aber von dieser Frage kommt Gerne völlig ab, weil er jetzt erst einmal die Klinkenputzerin einordnen will. „Und wie gehören *Sie* in den Verein, Frau Buntleder? Herr Baldi nannte Sie vorhin ein vielseitiges Talent?!" –

Noch bevor Eline etwas erklären kann, ist schon wieder der noch schniefende Minimus in seiner Begeisterung gepackt: „Frau Buntleder ist ein vielseitiges Talent ... – also nicht auf den ‚ai'-Saiten, sondern auf den ‚ei'-Seiten!" sagt er begeistert mit leuchtenden Augen und will's dabei belassen, bis er merkt: der grobe Mann mit den eingestemmten Ellbogen schaut ihn immer noch so verständnislos an. „Na, sie schreibt doch so wunderbar!" setzt er deshalb doch noch hinzu.

„Na, dann ..." erwidert Gerne, nun schon gewohnt, die verkündeten Selbstverständlichkeiten dieser beiden Menschen immer erst aufdröseln zu müssen „... wer schreibt ... reibt!" wandelt er den üblichen Spruch ab, um dann einzuschränken: „Wer schreibt – reibt ... sich auf! – Weshalb sind *Sie* also geflüchtet, Eline ... – Laptop abgestürzt?"
„Ihnen liegt wohl nichts am Herzen!" blafft ihn Eline nun an.

„Doch, einiges – aber ich muß mir ja hier bei Ihnen beiden alles an neuen Mitteilungsbruchstückchen zusammenpflücken und um mein kleines Herz herumgruppieren, damit jedes einen Sonnenplatz bekommt. – Sind Sie also auch wegen was geflüchtet: Mutti, Vati, Bälger, Job oder Ehemann? – Fiskus, Bank, Geheimdienst? – Vor fremdem Reglement oder eigenem Durchhänger? – Wozu also sind *Sie* hier? Was wollen *Sie* denn durch die Flucht vermeiden?"

„Ich will nichts vermeiden, ich bin auch nicht geflüchtet – ich möchte etwas bringen!" antwortet Eline.

Gerne ahnt es sofort und deutet mit einer lässigen Kopfbewegung zu Minimus hinüber: „Das wird sicher noch dramatischer als seine Story!"

„Ja," sagt Eline Buntleder nun mit gewollt fester Stimme „ich möchte mich hier als Burgschreiberin einbringen!"

Gerne stöhnt nun wirklich spontan auf: „Schreiber und Geiger ... – Knipsel Castle, alter Kasten, welche Splitter ziehst Du Dir da ins Gemäuer?!"

Blanke Nerven in Kullerstadt

„Hier? ... Hier ist alles ruhig!" behauptet Portus Tüpfelhund mitten hinein ins Telefon zum anderen Ende der Leitung, an der ein besorgter Staatssekretär aus der Hauptstadt hängt. „Nein ... wir haben hier alles im Griff ... – Ja, schon ... aber das war ja eine Ausnahme ... ein Mißverständnis!"

Der Staatssekretär sieht das wohl mit dem Überblick aus der Hauptstadt nicht so, denn es folgt eine längere Sequenz, in der Portus nur zuhört, auch wenn er ein paar Mal Luft holt, um zu versuchen, seine abweichenden Gedankengänge dem Menschen am Leitungsende zuzuleiten – aber er kommt ja nicht zu Worte.

So rollt der Gemeinderat mit den Augen, was Pettar Lascher, der ihm an seinem Amtschreibtisch im Rathaus von Kullerstadt gegenüber sitzt, signalisieren soll, was für 'ne Pfeife das am anderen Telefon ist, sich aus der Hauptstadt mitten in die Kullerstädtischen Angelegenheiten zu mischen.

Das Gespräch betrifft das Gerangel von Rabautze mit Gitter-Grütze im Kullerstädtischen Rathaus und wie es in der Hauptstadt ankam ...

Der handgreifliche Streit hatte ja binnen kurzer Zeit so ziemlich alle Rathausmitarbeiter und -besucher in Bann gezogen. Manche dachten an Aufstand, Anschlag, Amok und bis sich das alles als nicht relevant geklärt hatte, die Krakeeler und Zudrescher auseinander geklinkt werden konnten, war der ganze Eklat wohl schon bis in die Hauptstadt gedrungen und kommt nun als besorgtes Echo zurück. Aber die Verantwortlichen in der Hauptstadt sind nicht nur besorgt, wie sich jetzt gleich zeigt ...

„Nein, Herr Staatssekretär, wir brauchen **keine** Hilfe, wir können das alles selbst regeln! Die bösen Buben sind vorläufig in Haft, der eine ist ein stadtbekannter Säu... – säumiger Frührentner, der ist immer mal nicht so gut drauf ... kommt auch aus Knipsel, wohnt gar nicht hier in Kullerstadt ... und der andere ist auch so einer ..."

Tüpfelhund muß sich wieder länger unterbrechen lassen, weil das andere Ende sich seiner Meinung über Gregol Grützig, den Gründer der ‚Knacki-Reso' und Vorzeige-Aussteiger aus der schiefen Bahn, nicht anschließen will. „Ach so, ... ist **nicht** so einer ... – ach, was?!" Der Gemeinderat macht ein schmerzverzerrtes Gesicht zu Pettar hinüber, was so viel bedeuten soll wie: ‚So'n Sozial-Streber ist das also!'. Pettar zieht bedripst die Mundwinkel herunter.

„Grießgrütze?! – Ach, Gregol Grützig … nee, sagt mir so auf Hock nichts … *Was* macht der …?"
Wieder eine längere Erklärung aus der Hauptstadtleitung …
„Resozialisierung für entlassene Strafgefangene … aha … – naja, … wer keine Briefmarkensammlung hat für die Freizeit …" Tüpfelhund will ein joviales Lachen durch die Schnurlosigkeit schicken, aber es kommt wohl sogleich die Ermahnung zurück, gerade Provinz solle besser nicht so schnoddrig sein …
„Nein … klar ist das eine ernste Sache …, aber weil wir hier so wenig mit so was zu tun haben – Kullerstadt ist ja quasi kriminalitätsfrei – deshalb liegen mir Knackis ganz fern … – "
Wieder in die Nesseln gesetzt …
„Ja …, meine ich ja: Straf-ge-fan-ge-ne … also die liegen mir fern …"
Ganz ungeschickte Formulierung …
„Nein …, natürlich: mitmenschlich bin ich solchen Menschen stets verbunden, wenn sie mir nicht zu nahe auf die Pelle rücken oder mir penetrant als Gutmenschen rübergereicht werden … – "
Portus hat heute nicht direkt seinen diplomatischen Tag, wie das Echo im Telefon vermuten läßt …
„Was?! – Wieso *das* denn?!" Tüpfelhund sitzt plötzlich steif in seinem Sessel und wirft entsetzte Blicke zu Pettar hinüber. „Also das war doch wohl ein blöder Witz von diesem provokanten Grützerich, daß er Knipsel Castle mit seiner Knacki-Kolonne besetzen will …!"
Einspruch vom anderen Ende …
„Quatsch, ‚Soziale Projekte', dieses ganze durchtherapierte Geseiere – Knipsel Castle bleibt knacki-frei, solange ich hier im Amt bin!" Tüpfelhund haut mit der freien Faust auf den Schreibtisch.
…
„Was soll das denn heißen, ich hätte die Wahl …"
…
„Was? – Was soll'n wir denn mit *denen*?! – Das ist ja wohl nicht wirklich eine Alternative für Knipsel Castle: entweder Knackis zur Reso oder Übungsgelände zum

Scharfmachen von SEK-Leuten?! – Ihr seid wohl nicht mehr ganz dicht in Euerm Hauptstadt-Elfenbeinturm!" mehr aus Reflex als aus Überlegung knallt Portus Tüpfelhund den Hörer von seinem Diensttelefon in die Ladestation.
Dem entsetzt zuschauenden Pettar Lascher erklärt Portus empört schnaubend: „Schlägt der mir vor, auf Knipsel Castle entweder Abgesessene zu hätscheln oder Ausputzer zu trainieren – für irgendwas müsse die Burg herhalten! Den Ar...geigen in der Hauptstadt ist wohl 'ne Saite gerissen!"

Vorerst durchlavieren

Auch Gernes Nervensaiten sind zum Zerreißen gespannt, wie schon lange nicht mehr, als er am Steuer von Lorbas' Auto die Serpentinen von der Burg nach Knipsel hinunterbrettert.
Im Improvisieren hat er gewöhnlich ein gutes Händchen, aber den beiden Künstlern – dem Geiger und der Schreibse – vorläufig auf Knipsel Castle heimlich Quartier zu geben, ist eine heikle Sache. Niemand hat von seinem Ausflug auf die Burg eine Ahnung – er muß sich bei Tante Marrá also doppelt verstellen – und obendrein hat er selbst doch noch ganz eigene Pläne für Knipsel Castle in petto ...
Eigentlich ist *er* sonst derjenige, der weiß, wie man auf die weiche Tour – eben mit leichtem Jammern und Nölen – andere schnell zum Helfen nötigen kann, aber diese beiden Künstler haben ihm selbst wie einem Zicklein einen Strick ans Bein gebunden, ihn überrumpelt! Was seine Gegenwehr so platt machte, war vermutlich das Unberechnete an der Situation – keiner hatte einen Plan, nur aus der Not ihrer Leidenschaften haben sich die beiden ins Zeug gelegt. – Da mag man noch so abgefeimt sein, man hat plötzlich eine Beißhemmung den Hascherln gegenüber ... – was sich als ganz desaströs für alle erweisen könnte: denn die scheinbar Hilflosen sind auch immer diejenigen, die sich mit noch ein bißchen

Nölen plötzlich dort ein Nest machen, wo sie gar nicht hingehören – aber wer überreißt das schon, wenn er vom Sirenengesang gemartert ist?! Jedenfalls hat Gerne mit Eline Buntleder und dem Geiger technisch-praktisch abgesprochen, daß sie erst einmal bleiben können und sich auf Knipsel Castle einrichten dürfen – natürlich heimlich – seine Tante, die Eigentümerin der Burg dürfe das nicht erfahren ...! Damit stand er dann doch irgendwie als kleiner Junge mit Schiß vor den Erwachsenen da! – Aber egal ...
Eline hat ihr Auto auf dem Parkplatz zu stehen und damit kann sie zum Einholen fahren. Sie hat auch ihre Scheckkarte, Bargeld und ein Kleiderköfferchen dabei.
Beim ‚Fiddler on the Castle' ist es schwieriger, scheint doch die Geige mit mehr Anziehzeugs geflüchtet zu sein als er selbst: die Geige hat immerhin ihren eigenen Kasten mitgebracht, Ersatzsaiten, Pflegemittel – während ihm früh morgens sicher schon die frische Unterhose fehlt! – Gut, daß Eline Buntleder aus ihrem Idealismus heraus wohl wenigstens ansatzweise eine praktische Seite hat. Sie wird dem Typ morgen im Discount zwei neue Sechserpacks Slips kaufen, die sie dann vermutlich übermorgen umtauschen muß, weil der Sensible kreativ irritiert ist, wenn er als ‚Eingriffler' mal die geschlossenen Buxen verwenden soll – oder vice versa ... – Gerne muß schmunzeln: diese halben Männchen – kriegen nichts gebacken, aber jede Frau schmeißt sie pfundweise mit Streicheleinheiten zu!
Obwohl sich jeder ausrechnen kann, daß der Geiger seine Fiedel auf jeden Fall wird abgeben müssen: Flucht mit Entwendung einer Geige, das ist doch aberwitzig!
Aber egal – vielmehr muß Gerne nun erst einmal im Schweinsgalopp nach Kullerstadt düsen, um wenigstens mit einigen Einkaufstüten bei Tante Marrá und Lorbas Zacke wieder aufzukreuzen.
Bevor er entscheiden kann, was mit den heimlich untergebrachten Künstlern wird und wie er seine

eigenen Pläne umsetzt, muß er doch noch ein wenig vorfühlen, was denn hier alles sonst noch Unwägbares im Gange ist ... – in diesem scheinbar so verschlafenen Provinznest!
In Kullerstadt jedenfalls war heute wohl auch ein außergewöhnliches Remmidemmi – so stellt Gerne dann beim Einkaufen fest: ist doch der ganze Flecken noch aus dem Häuschen wegen irgendeiner Keilerei von Suffskis mitten im Rathaus! – Also es gibt Städte, die wären froh, wenn das den ganzen Tag über die *einzige* Rangelei im Sprengel wäre – aber dieses Provinznest ist damit schon schier kollabiert!

Ein ruhiger Sonntagmorgen

Es klingelt an der Haustür.
Alle schrecken zusammen – jeder aus seinen eigenen Gründen ...
Marrá, Lorbas, Gerne schauen sich über den reich gedeckten Sonntags-Frühstückstisch hinweg an, keiner sagt etwas. Der Gedanke liegt in der Luft: ‚Laßt es uns ignorieren!'
Es klingelt noch einmal – ein Klingeln, das mitteilt: ‚Nein, ich habe mich *nicht* am Klingelknopf geirrt, vielmehr möchte ich genau *hier* die Tür geöffnet bekommen!'
„Soll ich mal ...?!" sagt Gerne lässig, ist aber schon vor einer Antwort von Tante und Gastgeber fix aufgestanden und im Flur.
Nicht auszudenken, wenn der Mann mit der Fiedel aus seinem Burgversteck geflüchtet ist ..., weil er die Tragweite seiner Aktion nicht durchstehen kann, ... weil er Platzangst bekommen hat, ... die Gesellschafterin keinen vernünftigen Frühstückskaffee gekocht hat, ... etwas Salz zum pflaumweichen Ei fehlt, ... er sich ein frisches Hemd pumpen will, ... –
Erst jetzt fällt Gerne, ein, daß er den beiden blinden Passagieren auf Knipsel Castle seine Adresse nur ungenau genannt hat. Wobei ... – weiß man nie:

solche Unbedarften sind dann mitunter doch pfiffiger als man vermutet hätte!
Langer Flur – lange Gedanken!
Gerne zögert noch eine Zehntelsekunde, aber es klingelt zum dritten Mal, also öffnet er die Tür.
Erleichterung: es ist nur ein Dienstbote!
Der Postbote oder Paketmann ... – das sieht Gerne gleich, so hippelig vergrätzt, wie das Männchen vor ihm steht – ein Paket hat es noch keines in der Hand, wollte wohl erst einmal sehen, ob wer zuhause ist – so mitten am Sonntag!
Aber jetzt zuckt es zurück bei Gernes Anblick – es hat wohl jemand anderen erwartet – versucht aber gleich mit gerecktem Hals um Gerne drum rum zu gucken.
„Zacke oder die Madame nicht da?"
„Leute ohne Verben: Dienstboteneingang ums Eck!" repliziert Gerne – ganz strenger Adelssproß.
„Sie ja auch!" versetzt das Männchen patzig.
„Was?!" grollt Gerne.
„Ohne Verbum!" patzt der Klingel-Drücker unverdrossen zurück.
„Ich **wohne** hier! Sie haben Glück: Sonntagmorgen – meine Verben putzen sich noch die Zähne – sonst hätten sie schon zugebissen!" Gerne hat die Türe bereits halb zugeschmissen: aufmüpfiges Gesinde – oder ‚unflexible Dienstleister', wie man correctly heute sagen soll – mit denen muß er sich nicht abgeben ... – allzumal nicht Sonntagmorgen!
Da stemmt das Männchen frech den Fuß in die Tür! – Nicht zu fassen, denkt sich Gerne: dieses Knipsel-Kaff und seine bockbiestigen Überraschungen!
„Ganz schnell den Treter aus der Tür sonst rufe ich ..." ‚die Polizei' will Gerne eben sagen, da fällt ihm ein, Knipsel hat ja, wie ihm Lorbas Zacke erzählt hat, gar keinen eigenen Polizeiposten, also muß was Besseres zum Drohen her „... sonst rufe ich ... die Presse ..."
Das Männchen klemmt jetzt auch noch seine kleine Klaue in die Tür.

"... die Nachbarn rufe ich gleich!" Das ist gut, ist Gerne sich sicher und legt noch einmal nach: "Der Obergemeinderat von hier wohnt gleich nebenan!" Das war weniger gut, denn das Männchen – unser Portus Tüpfelhund – lacht aus vollem Hals und tritt Gerne gut taxiert vors Schienbein: "Schon da, Du Spinner!"

Fahren wir einen Gang zurück – gehen wir in die Kirche!

"Verdammte Domestiken ...!" jault Gerne auf und will dann selbst mit irgend etwas ausholen. Welcher Körperteil den Schlag führen soll ist noch nicht entschieden, denn vorerst sind alle beschäftigt: das angewinkelte Schienbein tut weh, die Hände halten es fest und das andere Bein bewahrt den Stand ...
"Gerwenich Nekolup, nimm dich zurück!" Tanta Marrá steht plötzlich hinter ihm und mit vollem Namen nennt sie ihn nur, wenn es nichts mehr zu diskutieren gibt! Aber sie ist auch immer so nett und erklärt – wenn auch in diesem Fall zu spät – weshalb: "Herr Tüpfelhund *ist* bereits das Oberste an Gemeinderat in der gesamten Gegend ... – drohe ihm also bitte nicht mit sich selbst!" Und zu Portus Tüpfelhund gewandt, schiebt sich Marrá in die Tür: "Nur herein, mein guter Portus! Mein Patenkind Gerwenich Nekolup ist zu Besuch aus Verhökerlande und noch nicht vertraut mit hiesigen Gepflogenheiten ..."
Gerne murmelt doch ein gegrummeltes "Konnt' ich ja nicht wissen ... – warum sagt der Typ denn nichts?!"
"Nichts für ungut – ist ja nichts passiert!" erwidert Tüpfelhund jovial und fängt sich Gernes zornigen Blick ein, als er Marrás mit Geste offerierter Einladung zum Durchtreten ohne Umschweif folgt und schon flugs in der Sitzecke der Küche Platz nimmt, wo Lorbas als letzter Überraschter die Stellung hält.
"Morgen, Zacke, neue Komplikationen!" verkündet Portus wieder die Verben sparend.

„Ach ..." sagt Lorbas und es klingt nicht nach 'Tatsächlich?!', sondern nach ‚War zu erwarten!'
„Marmelade ist selbstgemacht ...?!" schielt Portus auf den Frühstückstisch, was ihm immerhin ein Hilfsverb wert ist.
„'Gundis Gartengenuß' ..." erklärt Lorbas die Herkunft.
„Platz haben sie schon gefunden, Portus," sagt Marrá „dann schmier ich Ihnen ..."
Gerne – der letzte im Rückzug zur Küche – horcht schon auf: Juhu, jetzt schmiert Tante Marrá dem Stoffel doch noch eine Tachtel!
Marrá, die genau sieht, was Gerne durch die Gedanken zieht, sagt betont: „... ich *schmier'* ein schönes Brötchen mit der guten Marmelade, während Ihnen Gerne sicher gerne Kaffee einschenkt!"
Portus ist zwar kurz verdutzt, weil die Adlige sonst nicht zum Stottern neigt, macht sich dann aber den richtigen Reim, daß der junge Schnösel per Spitznamen als ‚Gerne' gerufen wird.
Während Lorbas den Gemeinderat noch auf den schöneren Platz mit der Gartenaussicht bugsiert, setzen sich alle anderen drum herum.
Was kann es Neues geben, daß Portus Tüpfelhund hier am Sonntag aufkreuzt? – Der Gemeinderat macht kein langes Geheimnis daraus, sondern tüpfelt gleich nach dem ersten Brötchenbissen los: „Is' es bis hierher durchgedrungen, der Aufstand vorgestern bei uns im Rathaus?"
Portus und Marrá nicken, Gerne zuckt die Schultern im ‚Was-soll's!'-Modus.
„Und gleich ein paar Stunden später bekomme ich noch einen Anruf aus der Hauptstadt, da war's schon rum, was bei uns passiert ist ... und irgend so ein Fatzke gibt mir zu verstehen, wir müßten auf Knipsel Castle was reinnehmen, was dem Allgemeinwohl dienen soll ... also wo alle so einen Schau-mal-an-Effekt zum Wohlfühlen haben. Wo jeder sofort weiß: das tut auch dem ‚Kleinen Mann', der ‚Kleinen Frau' und ihren murkligen Bälgern – und überhaupt allen gut, die nie und nimmer etwas mit Knipsel Castle am Hut hatten! – Ich hab' gleich aufgelegt! – Aber es kam

dann auch noch ein Fax mit einer Minimum-Order, was für soziales Zeugs wir da mit rein nehmen sollen! – Das kann doch gar nicht sein – haben wir nicht das Recht das abzuschmettern?!" Tüpfelhund hat sich so in Rage geredet, seine Empörung über das Reinreden der Hauptstadtregierung in die Gestaltung von Knipsel Castle loszuwerden, daß dem Brötchen bei all den wilden Gesten, die es in Tüpfelhunds Hand mitmachen muß, schwindlig wird und ‚Gundis Gartengenuß' einige Kleckse aufs Tischtuch tropft.
„Erst einmal Kaffee und Marmeladenbrötchen genießen, lieber Mitstreiter!" beruhigt ihn Marrá, die schon sehr genau weiß, daß sie Portus die Ruhe dann wieder etwas wegnehmen muß. Die Art wie der Gemeinderat jetzt redlich bei der Gestaltung der Burg mitmacht – obwohl ihm bis vor kurzem Knipsel samt Castle so was von schnuppe war – rührt Marrá doch an …
So läßt sie ihn erst einmal tüchtig zulangen, just hat Portus seinen ersten Kaffee runter und hält Gerne die Tasse zum Nachschenken gleich noch einmal hin.
„Hmmm, gut …" mampft er dann, den Geschmack von Brötchen und Marmelade erst jetzt bemerkend und weißt auf ein Glas mit Honig: „Bestimmt ‚Bienen-Genuß' …?!"
„…eigentlich ‚Verdruß' – ‚Bienen-*Verdruß*'! – Oder wie würden sie es nennen, wenn andere einfach Ihr mühsam Gesammeltes verschlingen?!" Gerne kann's nicht lassen, ihm geht der saturierte Gemeinde-Fuzzi auf den Senkel! „Tante Marrá wird Knipsel Castle finanziell sicher nicht alleine stemmen können, deshalb muß sie eben auch was reinlassen, was Klein- und Kleinstbürgertum entgegenkommt!"
„Gerwenich Nekolup liegt da nicht ganz falsch – auch wenn ich den zweiten Teil seiner Ausführungen anders formulieren würde!" Man merkt, daß Marrá die bittere Pille, über Knipsel Castle nicht allein entscheiden zu können, Tüpfelhund gern anders beigebracht hätte, aber nicht so schlimm, denn Portus – seine Sorgen hat er erst einmal abgeladen – ist

vorerst ins Honigbestreichen seines nächsten Brötchens vertieft.
Nun ist es Lorbas, der einen Aufschub der Diskussion für sinnvoll hält und dafür kommt ihm ein anstehender Termin gerade recht: „Portus, wir haben für vormittags den Besuch der Heiligen Messe geplant! – Danach wollen wir im Knipsler Hicks zum Frühschoppen – wie wär's?! – Vielleicht bringen gerade die beiden Abwechslungen uns auf ganz neue Ideen ..."
„Gottesdienst ...?!" schmatzt Portus. „War ich ja schon ewig nicht!"
„Na, dann wird's ja mal wieder Zeit!" erwidert Marrá und steht schon auf, um sich Schuhe und Jacke anzuziehen.
Gerne, der eigentlich nichts gegen den Gottesdienst – der heute ökumenisch gestaltet werden soll – einzuwenden hatte, ist jetzt nach den Mitteilungen von Portus Tüpfelhund doch etwas unruhig. Viel lieber würde er statt dessen zur Burg hoch, um zu sehen, wie die beiden Burgwächter sich halten und mal gemeinsam mit denen nachdenken, wie man sie zu besseren Möglichkeiten befördern kann, denn so wie es ist – das ist ihm jetzt klar – könnte es sehr schnell ein böses Erwachen bei allen Beteiligten geben ...
Gerne wägt kurz ab: mit so einer guten Tat wie ,Abwaschen-Wollen', um nicht mitgehen zu müssen, braucht er seiner Tante gar nicht erst zu kommen – das nimmt sie ihm nicht ab ...
„Ich werde mir besser Mütchen und Bein kühlen ..." murmelt er, indem er etwas zerknirschten Zorn durchblicken läßt und auf sein von Portus traktiertes Schienbein zeigt. Still will er sich in das für ihn hergerichtete Gästezimmer zurückziehen.
Marrá könnte es jetzt nicht benennen, aber irgend etwas sagt ihr: Gerwenich Nekolup will schon wieder seine eigene Marmelade einkochen – um im Bild zu bleiben, das der Frühstückstisch bietet ...
„Nee, nee, Du kommst mal mit zur Kirche und zum Frühschoppen, damit Du ein bißchen schnupperst, was hier vor sich geht ..."

Gerne schaut seine Tante Marrá vorsichtshalber nicht an, sonst wäre sie vielleicht so beunruhigt, daß sie selbst die Heilige Messe sausen ließe, um zu erkunden, was im Busche ist ...

Kollegen unter sich

Im Busche ist auch etwas in der Sakristei von Sankt Witzel, der katholischen Kirche von Knipsel. Knipsel ist privilegiert: es kann die Burg auf dem Berg lassen und die Kirche im Dorf! So hat es oben Knipsel Castle und unten Stankt Witzel, eine Kirche im schönsten Barock. Alle Kullerstädter und Vierecktaler müssen – manche Zähne knirschend – sonntags nach Knipsel, um die Heilige Kommunion zu empfangen – und heute geht es sogar ökumenisch zu – nur noch nicht in der Sakristei ...
„Ich weiß schon, was Sie denken, wenn ich an den Altar trete: ‚Die gehört da gar nicht hin!' – Frauen sind bei Ihnen nur zuständig für Kinder, Küche, Karriereknick! – Aber diese blöde Idee werden Sie nicht nach Knipsel Castle bringen: da kommt **kein** Priesterseminar rauf auf die Burg, nur über meine ... – also das können Sie sich abschminken!"
Beliesa Glausack, Pfarrerin für die hiesige Gemeinde – also ‚stockevangelisch' – ist schon richtig in Fahrt für den Gottesdienst, als sie ihren schwarzen Talar umschwingt.
Ihr katholischer Amtsbruder, Pater Burkard, hatte sie überirdisch-naiv gefragt, was sie denn davon hielte, wenn man auf Knipsel Castle ein Priesterseminar mit hineinnehmen würde – doch sicher ein schöner, inspirierender Ort für Menschen, die sich auf die Priesterweihe vorbereiteten ...
„‚Menschen'?!" hatte Beliesa geätzt „Männliche Menschen – **nur** männliche Menschen!"
Pater Burkard war dann doch sofort klar geworden, daß weder Ort noch Zeitpunkt zur Unterbreitung dieser Idee geeignet waren – und wahrscheinlich – so

ging ihm nun auf – die Idee als solche schon nicht ... zündete – außer Frau Glausacks Zorn!

„Ich mein' ja nur ... also heute können auch Menschen im Kloster Urlaub machen, einkehren – sogar bei Ihnen im Evangelischen ist das ja schon weit verbreitet." Pater Burkard versucht die Kastanien noch aus dem Feuer zu holen – aber zu spät: alles schon verkohlt, ein übergreifender Flächenbrand ...

„Eher hau' ich Ihnen die Hütte voll mit einem Frauenhaus!" Beliesa blättert brastig im Gesangbuch, sie findet das eine Lied nicht ...

„Das ist aber doch dasselbe in Grün: da läßt man ja nur Frauen rein ..." wagt Pater Burkard einzuwenden.

„Frauen, die von Männern traktiert wurden! Diese Frauen haben was Schlimmes mitgemacht und sind nicht solche Memmen, die sich vor der Verantwortung für Kinder und Familie drücken wollen!"

„Also das können Sie so aber auch nicht sagen, daß Priester sich da drücken wollen – es ist eben ein anderer Lebensweg, eine andere Berufung ... – wie sagt man so evangelisch: ein anderer ‚Lebensentwurf'!"

„Wenn Ihr Oberhirte sich seine Stellenbeschreibung mal etwas flexibler gestaltete und seinen Job gendergerechter durchziehen würde, dann hätten Sie hier unten in der steilen Hierarchie vielleicht ein paar bessere Lebensentwürfe zur Verfügung ... – und ... fertig jetzt? – Ihr Meßgewand wäre dann auch nicht mehr so uncool kompliziert ... – was sie da alles an sich befestigen müssen, Junge, Junge ...!" Beliesa zuppelt verächtlich an Burkards Zingulum herum. „Können wir jetzt? – Also wir beginnen mit ‚Lobet den Herrn', da können ja beide Fraktionen mit ... und was dann ...?" Beliesa überlegt. „Da gibt's doch das eine bei Ihnen im Gesangbuch, was nicht so verstaubt klingt ..." Beliesa stimmt die Melodie suchend an: „‚Wenn das Brot, was wir tei-len als Ro-se blüht ...'" Pfarrer Burkard nimmt begeistert den Vorschlag auf und stimmt mit ein:

„‚... und das Wort, das wir spre-chen, als Lied er-klingt, dann hat Gott un-ter uns schon sein Haus ge-

baut, dann wohnt er schon in un-ser-er Welt.' – Gotteslob Nummer 470!" ergänzt er fröhlich.
„Ja, also das nehmen wir danach! Das klingt wenigstens nicht so ... gejammert!" beschert ihm die Pfarrerin.
„Stimmt, für mich hat es etwas Aufmunterndes wie bei den Pfadfindern ... – Pfadfinder, die wären doch auch schön für auf die Burg!" fällt es jetzt Pater Burkard spontan ein.
„*ER* mag zwar sein Haus gebaut haben – das ist aber nicht nur reserviert für Priester und Pfadfinder! – Und wenn Sie jetzt gegürtet sind, finden wir vielleicht erst einmal den Pfad zum Altar!" Und damit fegt Beliesa schon aus der Sakristei hinaus.
„ ... ja, ich komme ..." murmelt Pater Burkard etwas eingeschüchtert. Hatte er nicht neulich gerade gelesen, das Christentum sei schon in sich zu zerrissen, als daß es noch mit Freude und Stolz seine Gegenwart feiern könne ...

„Habt Ihr das gehört?" zischt Gerne leise als seine Tante, Lorbas und der Tüpfelhund mit ihm in der Kirchenbank sitzen, nachdem sie gerade an der Sakristei vorbeigekommen sind. „Die haben sich ja richtig gefetzt, katholischer Priester und evangelische Pfarrerin – und selbst da geht es schon um die Wurst – also um die Burg! – Sie will ein Frauenhaus und er ein Priesterseminar! – Mußt Du das mit hineinnehmen, Tante Marrá?" Selbst Gerne reißen diese unterschiedlichen Optionen mit, für die jeder Knipsel Castle nun einspannen will, seitdem der Ort ein bißchen Publicity hat.
„Ich werde einiges vermieten oder hineinlassen *müssen*, damit es nicht heißt, da machen sich ein paar Adlige ein schickes Leben!" Marrá, die neben Gerne sitzt, sagt es so leise, daß er weiß, es ist vorerst nur für ihn bestimmt – und seufzt dann doch recht laut. „Auch würde sonst der Erhalt, beziehungsweise die Renovierung von Knipsel Castle eine zu große Belastung für die familiären Finanzen sein. Aber ich werde mir schon aussuchen, was hinein

paßt nach Knipsel Castle ... – und in mein Konzept, das ich aber noch finden muß ...! – Wir haben es jetzt innerhalb kurzer Zeit drei Mal erlebt, wie schnell man als Eigner im eigenen Revier überrumpelt werden kann."
„So? – Wie denn?" Gerne spitzt verwundert die Ohren, so eine Skepsis ist er von seiner Tante sonst nicht gewohnt.
Marrá schaut ihn an, um zu erkunden, ob er sich dumm stellt oder wirklich nicht überblickt, was sie meint ... – er überblickt es wohl wirklich nicht, also fährt sie fort. „Ein Huhn flattert über den Zaun und Fremde, die man sonst nicht einlassen würde, flattern durch die aufgemachte Gartentür hinterher – nur legitimiert durch eine neugierige Nachbarin – die froh ist, das blöde Huhn nicht mehr im eigenen Garten zu haben! – Wären die Fremden allein dagestanden, nicht nur ohne ihr entflogenes Huhn-Problem, sondern auch noch ohne die uns bekannte Nachbarin als 'Eintrittskarte', wäre man da vorsichtiger gewesen, hätte vielleicht gesagt: ‚Warten sie hier vor dem Zaun, ich frage mal das Huhn, ob es zu Ihnen zurückkommen will oder ob es andere Pläne hat ...'"
Marrá hält inne, aber Gerne, dessen Laune sich jetzt bessert, schaut sie schelmisch an: „Aha, und zweite Überrumpelung?"
„Dein Schienbein – schon vergessen?" erwidert seine Tante nur.
„Oh, nein ..." nickt Gerne, der erkennt, daß seine Tante die Dinge viel durchdringender bedenkt als alle anderen es ihr zutrauen. Trotzdem muß er nachfragen, was genau sie meint: „Aber Ihr, Du und Lorbas Zacke, Ihr kennt doch diesen Tüpfel-Rat – er ist ... – zum Freund wird's noch nicht reichen – aber doch ein ... ‚Verbündeter' geworden – so schien mir!"
„Auch verbündete Freunde schlecken einem mitunter im Streß halbe Honig- und Marmeladengläser ratzeputz leer ..." Marrá lächelt „... was ich meine: einmal eingelassen, benehmen sich auch Freunde über Gebühr dort zu Hause, wo sie's gar nicht sind – und das kriegst du nicht gebremst, solange die

Marmeladetöpfe noch einen Schleck hergeben! – Auch wenn man es gern gibt und den Menschen mag – man muß sich bewußt sein, was in der eigenen Küche verspachtelt wird ..."
Gerne muß schmunzeln über Marrás klare, unverklebte Analyse.
„Und, was ist der dritte Fall von Revierüberrumpelung?" Gerne ist gespannt.
„Ein uneingeladener, patenter Patenjunge, der mit Sicherheit Schwierigkeiten im Gepäck dabei hat – *mindestens* Schwierigkeiten, wenn nicht obendrein noch sein eigenes Süppchen kochen will ..."
Marrás und Gernes Blicke treffen sich – jeder weiß, was er vom anderen zu halten hat ...
„Mir fällt da noch ein viertes Beispiel ein," sagt Gerne langsam, als müsse er erst überlegen.
„So?" fragt Marrá arglos interessiert – was kann der Junge sich da denken?!
Gerne lächelt: „Ältere Dame – nur für eine Stunde im Kuhkaff auf Durchreise – übernimmt im Handstreich Burg und Pensionärsquartier!"
Marrá lächelt kühl zu Gernes überlegener Freude: „Ich suche kein verflogenes Huhn, vernasche nicht einfach uneingeladen die Marmelade, vielmehr gebe ich von dem eigenen Storch, den ich mir brate, noch die knusprigen Beine ab!"
„Heute will vielleicht niemand mehr Deine knusprig gebratenen Storchenbeine – die essen heute lieber ‚Chicken Wings' ..." Gerne grinst süffisant.
Marrá kann zu diesem ernsten Thema diesem witzigen Vergleich nichts abgewinnen. „Wenn ich hier wieder weggehe," erläutert sie leise „dann lasse ich hoffentlich diesen Ort mit etwas mehr Glanz zurück als er bisher hat – darauf gäbe man derzeit sicher noch keinen Pfifferling! – Damit sich das gut fügt, auch dafür gilt es heute zu beten!"
Bevor Gerne etwas erwidern kann, sind die Hirten beider christlicher Richtungen nun doch so weit zusammengerauft, daß der Gottesdienst beginnen kann – die Glocke läutet schon!

Jause – aber keine Pause

„Also ich will da auch rauf!"
Damit meint Franz Stullensegen nicht Kilimandscharo, Mont Everest oder auch nur die Zugspitze, sondern Knipsel Castle.
„Hör mal, ich denke, wir wollen *alle zusammen* da hoch und was machen ..." wendet Hobert Watsche etwas mißtrauisch ein.
„Na klar, wir haben doch auch zusammen den Antrag im Kuller-Rathaus abgegeben!" erinnert nun Bauer Harfe.
Also jeder scheint hier immer noch ein bißchen dem anderen sein Buhl ...! – Trau, schau wem – gerade wenn's alles alte Spezln sind ...!
Stullensegen hat den ‚Knipsler Hicks', den ortsansässigen Weingarten – in dritter Generation!
Watsche führt die ‚Knipsler Schwarte' – ordentlich deftige Hausmannskost!
Und Bauer Harfe mit Frau Hegeltraut haben ihren Bauernhof mit angeschlossenem ‚Hofladen'!
Jeder hat seine ‚Produkte' und ‚Kompetenzen', wie man business-gemäß sagen würde und alle waren bisher eigentlich auch untereinander bussi-frisch-verbandelt – also man respektiert sich, pfuscht dem anderen nicht drein und hat eigentlich genau deshalb auch für etwas Gemeinsames – eben ein Lokal mit Ausschank und Verkauf regionaler Spezialitäten auf Knipsel Castle – einen Antrag im Gemeindeamt in Kullerstadt eingereicht.
„Haben Sie unseren Antrag noch nicht bearbeitet? – Ich dachte, Sie wären deshalb heute hier?!" Franz Stullensegen sieht Portus Tüpfelhund fragend und schon halb enttäuscht an.
Portus sieht vielsagend Marrá an und sein Blick läßt seine Gedanken erahnen: ‚Sieh hin, liebes Burgfräulein, deshalb mische ich mich nicht gern unters Volk, allzumal sonntags. Sofort wird man ausgefragt, bedrängt, genötigt, mal die Katze aus dem Sack zu packen und soll – tabula rasa – mit ihr die Karten auf den Tisch legen – damit man später mit

Katz und Karten auf dem Tisch festgenagelt werden kann!'

Marrá, Lorbas und Gerne haben Portus nach dem Kirchgang überreden können, zusammen im ‚Knipsler Hicks' zu Jause und Frühschoppen einzukehren. Sie haben sich an einen der langen Biertische gesetzt und da gibt's ja noch reichlich Platz zum Dazusetzen.

Aber nicht nur dieses Quartett hätte einiges zu besprechen, sondern – wie's so geht – haben sich just an diesem Sonntag auch Stullensegen, Watsche und die Harfes, zur ‚Strategieverfeinerung' des gemeinsamen Knipsel-Castle-Projekts hier im ‚Knipsler Hicks' verabredet. Da kommt der Gemeinderat zum Rede und Antwort stehen natürlich so was von gut angetüpfelt ..., daß die Gastronomengruppe ganz interessiert aber ungefragt den Kontakt sucht und findet ...

Obwohl eigentlich jedem – selbst im unbedarften Knipsel – klar sein muß, daß kein Gemeinderat feiertags am Stammtisch die Ergebnisse von bearbeiteten – in diesem Fall können wir verraten: noch *nicht* bearbeiteten – Anträgen verkünden wird! Aber es ist natürlich eine prima Gelegenheit, es dringlicher zu machen und noch mal ins Feuer zu blasen ...

„Also es ist doch wohl eine ausgemachte Sache, daß wir als Anlieger da auch mit im Boot sind! – Sie werden nicht zulassen, Herr Tüpfelhund, daß da irgendein Nobelschuppen aus der Hauptstadt sich auf der Burg breit macht und ... – na, was kochen die da immer ...?"

„... die kochen die Sterne vom Himmel – eh schon liederlich!" hilft Hobert Watsche, der heute auch im Gottesdienst war, den Ausführungen von Bauer Harfe nach.

„... ja, also das werden Sie doch nicht zulassen, daß so einer auf Knipsel Castle die Sterne abkocht ..."

„... die Sterne und *uns* abkocht ..." ergänzt Franz Stullensegen vehement. „Nach Knipsel Castle gehören *wir* Knipsler Gastronomen wenn's ums Essen und Trinken geht!"

Alle Blicke treffen sich bei Portus Tüpfelhund!
Dem Gemeinderat fehlt heute sein Assistent Pettar, den er antelefonierend heute morgen nicht erreicht hatte, als ihm einfiel, er könne bei Marrá und Lorbas mal auf dem kleinen Dienstweg hereinschneien ... – obwohl die natürlich heute auch Sonntag haben ...
Wieder unter uns: Pettar Lascher hat beim Läuten aufs Display vom Telefon geschaut ... – und es läuten lassen – der schlimme Bube!
So macht Portus gleich einen blöden Fehler, indem er verrät: „Sie sind ja auch nicht die einzigen, die ihre Häppchen hoch oben anbieten wollen, der Mann mit dem Schnellgrill und die Frau aus den 68ern, die wollen auch hoch hinauf!" Portus lächelt noch verschmitzt, was er als Gemeinderat alles für Angebote bekommt ...
Doch die gute Laune fällt ihm zusammen wie ein Soufflé im Luftzug ...
„Der platte Pizza-Heini mit dem angeranzten Fett, was uns ganz Knipsel vermüffelt und die APO-Tante, die will ihre eingemachten Kräuter-Popel da oben auch noch loswerden?! – Also die kommen uns nich' auf unsere Burg – kommt gar nicht in die Tüte!"
Hegeltraut Harfe ist da ganz scharf im Urteilen und alle ihre Mitstreiter nicken.
Nochmals will Portus clever sein: „Der Pizza-Mensch, der will nur vorn einen Camper aufstellen, zum Frikadellen Brutzeln und die Frau aus der Protestzeit, will süße Waffeln plätten – ist doch alles keine Konkurrenz für Sie, meine Herrschaften!" Portus Tüpfelhund – so kennen wir ihn: immer an den falschen Stellen jovial ...
Aber bevor sich neuer Protest der ‚besseren' Gastwirte erhebt, setzt Marrá mal einen Kontrapunkt.
„Bedenken Sie bitte auch, daß in der Burg noch einiges hergerichtet werden muß, bevor man da irgend etwas definitiv planen kann. Außerdem ist das oben dann ein zweiter Betrieb für Sie alle, für den Sie Personal brauchen, auch muß man erst einmal sehen, ob und wie viele Besucher kommen. Wir haben noch kein endgültiges Konzept, was wir auf Burg

Hohenknipselstein etablieren können. Einerseits soll es für die Menschen, die hier leben eine Heimat sein, andererseits soll es in der Existenz aus der Abhängigkeit von Zuschüssen heraus kommen, weshalb wir auch einiges für Einnahmen werden vermieten und verpachten müssen. – Also da entfalten sich jetzt erst die Möglichkeiten und wir sollten mal schauen, wozu unser Empfinden sagt 'Das paßt!'" Marrá schaut in die Runde – nur Lorbas nickt, die anderen denken ‚Schönen Worten werden krumme Taten folgen – so war's ja immer schon ...' Portus fallen siedend heiß seine aus der Hauptstadt verordneten ‚Miet-Knackis' ein – was ja schon wie neues Fastfood klingt – und dazu als Kontrast vielleicht noch die SEK-Leute! – Also den Fehler macht er jetzt nicht, zu verkünden, daß da auch noch ‚Auflagen' aus der Hauptstadt zu erfüllen sind, obwohl ... vielleicht würden die Gastronomen mit einem ‚deftigen Mittagstisch-Projekt' ganz gut bedient sein – Knackis und Soldaten brauchen keine vom Himmel herabgekochten Sterne – denn gleich so von der Hand in den Mund, pieken selbst die schönsten Sterne!
Während alle so ihren Gedanken nachhängen, wird es einem zu wohl und so geht er aufs Eis tanzen.
Es ist Gerne, der noch so gut wie gar nichts von Knipsel weiß, obendrein dieses eine, elitäre Adels-Gen in sich hat, daß ihn mit der soliden Gewißheit ausstattet, exaltierte Originalität habe immer den Welpenbonus und sei damit unangreifbar ...
Gerne hält es also für einen hübschen Zeitpunkt, jetzt mal *seine* Katze aus dem Sack zu lassen – *eine* von denen, die er da drin hat ...
„Ich habe dazu eine ganz besondere Idee mitgebracht!" verkündet er.
Die Gastronomenclique entdeckt eigentlich erst jetzt, daß da ein Fremder zwischen Gemeinderat und adliger Investorin sitzt, den ihnen noch niemand vorgestellt hat ...
Marrá ahnt, daß gleich was schiefgeht und schaut Lorbas fragend an – aber der weiß auch nicht, wie

man's stoppen könnte – Gerne ist schließlich *nicht* sein Patenkind ...
Portus Tüpfelhund schließlich wartet mit gewissem Genuß darauf, wie der junge Wildfang sich nun das zweite Schienbein noch selbst anschrammen wird ...
„Ich bin nach Knipsel gekommen," so legt Gerne unbefangen los „um auf der Burg etwas ganz Einzigartiges aufzubauen! Es ist etwas, was wunderbar zu so einem alten Kasten paßt, was Besucher und Investoren anziehen wird und wozu ich prädestiniert bin, es zu leiten! Ich werde auf Knipsel Castle die erste Schule für Adelsexperten gründen: die ‚Knipsel Castle School for Nobility Experts'! – Sagen Sie nichts – ich weiß, das ist genial!"

Kunst – in Knipsel eine haarige Sache

Gestern war Sonntag, heute ist auch in Knipsel tatsächlich Montag, was die Sache aber nicht besser macht, denn in Knipsel müffelt's nach Provinz!
Das jedenfalls findet Nikta Pritz, als sie mit wehenden Haaren in ihrem kleinen, gelben Kabrio vor der etwas abseitig gelegenen Remise ganz am Ende vom Petunienweg vorfährt.
Muß man da den letzten Feldweg nehmen, wo's schon holpert, wenn man einen Ausflug ins schöne Knipsel macht?! – Sicher nicht, aber Nikta läßt in ihren lässigen Jeans und der flatternden Bluse im Ethnoprintstyle nur vordergründig die Ausflüglerin heraushängen – hintergründig ist sie die Leiterin des neu geschaffenen ‚Amt zur Vorbeugung gegen Kulturelle Zumutungen für Ausländer und Menschen mit Migrationshintergrund', das auch als Akronym nicht knackiger wird: das AVoKuZuAuMi also, ist in der Regierungshauptstadt ausgebrütet worden. Dort arbeitet auch Nikta Pritz normalerweise – vielleicht hat Provinz deshalb für sie immer etwas Miefiges ...
Und was ist das Anliegen dieses Amtes?
Dazu hat man sich in der Hauptstadt mit Überlegungen ganz besonders ins Zeug geworfen:

Menschen, dieses Landes, die mal kurz – vielleicht zu dem, was man Urlaub nennt – woanders hinfahren, hat die staatlich abgenickte Meinung jetzt schon jahrelang strikt darauf gebrieft, daß ihre Sitten und Gewohnheiten nicht überall willkommen sind!
So sollen wir – die Menschen aus der Republik dieser Geschichte – als Gäste an fremden Stränden zum Beispiel Sonnenliegen nicht dadurch für uns reservieren, daß wir unsere Strandhandtücher schon Stunden vorm Sonnen- und Meerbaden drauf schmeißen, um die Liege- und Lümmelgelegenheit anderen Menschen, die gerade *jetzt* baden wollen, vorzuenthalten. – Und auch wenn Menschen anderer Nationen das bequemerweise für sich praktizieren – *wir* gucken uns das nicht ab!
Oder beim Essen vom Buffet: sollen wir, vor allem dort, wo wir nicht zuhause sind, auf den Teller nur soviel aufhäufeln, wie wir auch wirklich verzehren möchten – eher weniger – lieber stellen wir uns später noch einmal hinter den anderen an. Auch auf die Gefahr hin, daß die ‚Mitbewerber' ums Buffet unsere dezente Art für sich einkalkulieren und uns die besten Happen unfair, ungehobelt, aber unwiederbringlich schon bei ihrem ersten Buffetgang wegschnappen – und uns auch noch für doof halten …
Ist das nun aber doch so gekommen, daß wir am Buffet nur noch zerzauselte Salat-Deko vorfinden und am Strand menschenleere Liegen, aber da drauf das volle Pfund Strandhandtücher *der anderen* …, dann sollen wir weder Hunger noch Frust in den Zorn schießen lassen, aus dem dann gemeine Handlungen hervorbrechen könnten! –
So weit – so sozial!
Alles Aufdringliche und Vereinnahmende kann man gefälligst als Sitte zuhause praktizieren – wo einem Liegestuhl und Kühlschrank sowieso selbst gehören und die Hackordnung auch für Vegetarisches im trauten Kreis eingespielt ist …
Kommen aber Menschen *zu uns*, nicht nur zum Urlaubmachen, sondern zum Dauernd-bei-uns-bleiben-Wollen, weil sie bei sich daheim ihre eigenen

prinzipiellen Aufhäufel- und Reservier-Probleme nicht lösen können, wollen, mochten oder die Lösung vertuddelt haben, dann ist das etwas ganz, ganz anderes mit den Sitten, die sie zu uns mitbringen dürfen ... – meint das AVoKuZuAuMi – so ganz grundsätzlich! Gerade jetzt gilt es für das Amt aber zusätzlich, gegen eine bei vielen Einheimischen aufkommende Tendenz anzugehen: da geben sich doch viele Bürger überrascht, daß hierzulande fremde Sitten, von den Ankommenden wie unsichtbares Übergepäck scheinen eingeschmuggelt zu werden, während sie auf die Mitnahme von Manieren wohl verzichtet hätten!
An diesem Punkt, so meinen nun die Regierenden dieser Republik in unserer Geschichte, sei es besonders wichtig, so ein Amt auch in der Öffentlichkeit Präsenz zeigen zu lassen! Es solle einen scharfen Blick darauf haben, daß die Leute, die dauerhaft bleiben wollen, *natürlich* ihre eigenen Sitten wie einen Stapel Strandliege-Reservier-Handtücher entfalten dürfen – wer dauerhaft bleiben will, dem soll man nichts verbieten, was er gewohnt ist – im Unterschied zu nur urlaubenden Spießbürgern ... Vielmehr sind also genau wir ‚Gastgeber' kritisch zu bekritteln, damit wir nicht auf die abwegige Idee kommen, unsere eigene Kultur – ‚Was für'ne Kultur eigentlich?' fragt dann das Amt – werde durch das Komplett-Paket der Eigenheiten, Sitten und Gewohnheiten unserer neuen ‚Dauergäste' wie mit einem Kuhfuß ausgehebelt.
Niemand habe die Absicht ... – so soll das Amt öffentlichkeitswirksam vermitteln – sich von ‚unserem' Kultur-Buffet, mit dem eh schon überschrittenen MHD, etwas auszupulen oder zu vereinnahmen. Man solle als Bürger – sei's in der Hauptstadt oder drum herum, bis hinein nach Knipsel – nicht meinen, daß Zuwandernde etwas an sich reißen wollten, was sie selbst nie waren, nie sein können, nie werden selbst erschaffen können – i wo! – Auch wenn manche Gastgeber zu erkennen meinen, daß unsere Art von

Strandliege den Flüchtigen doch ausnehmend gut gefällt und sie sie als neuen Vordergrund vor ihrem alten, desolaten Hintergrunde zu gern belegen möchten ...
So geht AVoKuZuAuMi also nicht gegen diejenigen vor, die außer Rand und Band geraten und von je her verblendet sind, weil sie sowieso noch nie etwas teilen wollten und das auch brutal durchsetzen – dafür hat man auch in dieser Republik Polizei und Justiz. Diejenigen, die in viskosen Lichtermärschen mitmarschieren, bekommen irgendwann Blasen an den Füßen; diejenigen, die neue Parteien gründen, fallen bald den alten Regeln anheim und die, die nur dumm gewalttätig mit ihren Stiefeln treten, wird man abstrafen – all diejenigen hat man im Griff und ihr Mitvolk wird sie genügend maßregeln ... –
So weit ist es auch verständlich, denn diese hatten sowieso nie etwas Eigenes – was sollten sie also retten?!
Aber ein Augenmerk muß man vielmehr auf diejenigen haben – so sieht es das AVoKuZuAuMi – die bis jetzt fast schüchtern im Hintergrund geblieben sind. Das sind diejenigen, die trotz so vieler ‚Dauergäste' sich bisher standhaft das Eigene nicht haben abnehmen, vernutzen und verhackstücken lassen, sich aus sich selbst nicht haben vertreiben lassen und die vor allem bis jetzt nur dadurch aufgefallen sind, daß sie vielleicht ihre eigenen Bücher schreiben ...
Genau diese weltfremde Erfahrung hat man aber letzten Herbst mit diesen Miesepetern hier in Knipsel gemacht.
Jenen also schaut das AVoKuZuAuMi auf die Finger und haut ihnen auch schon mal präventiv ins störrische Gemüt, um ihnen ihre bockigen ‚Befindlichkeiten' auszutreiben – die man sich jetzt und hier bei der Aufnahme so vieler neuer Fremder gefälligst nicht mehr leisten kann! –
Ja, sicher: man kann auch versuchen denen die dummen Ängste zu nehmen – aber das sollte auch seine Grenzen haben!

Damit es da letztlich zu keiner Irritation oder Zumutung für Zugereiste kommt, die sich selbst und ihre Sitten und Gewohnheiten selbstverständlich hier ausprobieren sollen im Zusammenspiel mit dem, was sie hier übernehmen möchten – darum bemüht sich das AVoKuZuAuMi
Also die hiesigen Leute, diese Staatsbürger, denen die eigene Kultur langsam blasser wird – gerade die, die noch irritiert mit offenem Protest zögern, aber schon geduckt und mit gesenktem Blick im eigenen Land herumlaufen – diese dem Staat peinlichen, murrenden Unbegeisterten ..., diese jetzt zum richtigen Willkommen für andere zu erziehen, das ist – positiv ausgedrückt – die Intention des AVoKuZuAuMi...!
Alles klar?!
Was für eine wunderbare Aufgabe!
... und mit der Umsetzung dieser schönen Aufgaben landet die Leiterin dieses Amtes ausgerechnet in Knipsel? –
So könnte man fragen ...
Tja, Knipsel, so klein und muffig ...äh, ... knuffig wie es scheint, ist eben – wie angedeutet – schon ein ganz renitenter Fall, wenn man hinter die Kulissen schaut ...
Letzten Herbst, als sich eine Gruppe von Asylanten Burg Hohenknipselstein als vorläufige Bleibe ausgesucht hatte, reagierten die Knipsler erst gar nicht, was die Ausländer sehr befremdete und dann, zum Herbstfest, als die Burgbesetzer angemalte, herausgebrochene Mauerstücke aus Knipsel Castle den Dörflern zum Kauf anboten, wurden die Knipsler auch noch stocksauer ...
Also schon damals sind die Knipsler ungut aufgefallen, als sie murrten, sich die eigene Burg in Bröckeln verkaufen lassen zu müssen ...
Um genau solchen Fällen auch vorzubeugen, dazu hat man in der Hauptstadt das AVoKuZuAuMi geschaffen – dieser Fall war ja exemplarisch!
Dummerweise war Nikta Pritz in diesem Fall erst informiert worden, als es schon zu spät war und die

Asylanten diesen ungastlichen Ort verlassen hatten. Ihren letzten Gruß, das Spruchband ‚Knipst Knipsel aus!', das dann an der Burg hing, das konnte man ihnen da wirklich nicht verdenken, denkt sich Nikta, als sie nun aussteigt und die paar Schritte auf die scheinbar allseits verschlossene Remise im Petunienweg zugeht.
Also das hier muß es sein, so hat man es ihr doch beschrieben. Der Termin ist telefonisch vereinbart worden, also müßte auch jemand da sein ...
An der kleinen Seitentür, die um die Ecke von der Front mit den beiden großen Flügeltüren liegt, dort lauscht Nikta vorsichtig ...
Aber es ist nichts zu hören.
Zögernd klopft sie gegen das Holz.
Sie wartet: einundzwanzig ..., zweiundzwanzig ..., dreiundzwanzig ... – immer noch nichts zu hören ...
Sie drückt die Klinke herunter, die Tür ist unverriegelt, nun einen Spaltbreit offen ... Zum Kopfhineinstecken schiebt Nikta sie etwas weiter auf. Innen ist der Raum viel größer und höher, als er von draußen aussieht, vermutlich weil der hintere Teil an den Wald anschließt und von vorn nicht sichtbar ist. Der Raum ist an den Seiten mit mattem Neonlicht beleuchtet, aber in der Mitte stehen drei oder vier mächtige Lichtstrahler. Sie beleuchten ein seltsames Ding ...
Nikta tritt erst einmal ein, schließt die Tür und – immer noch niemand zu sehen – ist irritiert von dem übermannshohen Bretterobjekt aus allerlei Holzzeugs. Von Weidepfahl bis Zigarrenkistchen scheint alles in die Höhe genagelt zu sein, was es so an Holzstückchen gibt. Vorsichtig berührt sie das Allerleirauh, die Grundfläche scheint eher schmal, aber wackeln tut nix! Ganz oben, da muß ein seltsamer Puschel sein ... – Nikta tritt einen Schritt zurück ... – Also so weit scheint sie hier richtig zu sein!
Da rupft etwas an ihr und gleichzeitig macht es schnipp-schnapp ...
Im erschrockenen Reflex dreht sich die AVoKuZuAuMi-Leiterin um und reißt den

dunkelhäutigen Mann, der plötzlich mit einer großen Schere hinter ihr steht, mit um ..., so daß sie beide hinplumpsen, auf den von Spänen bestaubten Boden. Der Mann lacht nur ...
Wo verdammt ..., denkt Nikta, ah, da ist es schon ... auf genau solche Situationen ist sie in ihrem Schubs-Schlapp-Verteidigungskurs immer wieder vorbereitet worden: ‚Einer greift dich überraschend an ...! – Nutze seine überschüssige Energie und laß sie schlapp ins Leere laufen, dann brauchst Du nur noch einen Schubs zum Wehren!' – Falls das *nicht* klappt: Benutz' Dein Pfefferspray! –
Hier bekommt das Pfefferspray den Zuschlag, weil es seit Einfahrt in dieses suspekte, doofe Dorf griffbereit in Niktas Ethnoblusentasche wartet. Aber auch das Spray scheint einen Schubs-Schlapp-Verteidigungskurs mitgemacht zu haben: gerade als Nikta die Düse drückt, verdreht der Mann ihre Hand und nun stäubt das Gas ganz knapp an ihrem eigenen Gesicht vorbei. – Vor solchem Bumerang-Effekt hat man sie im Kurs natürlich gewarnt ... – aber glaubt man ja nicht, daß ausgerechnet immer nur die Pannen planmäßig passieren ...
„Schei..." schreit Nikta und windet sich auf ihrem Angreifer liegend, wenigstens von der Rücken- in die Bauchlage. So kommt sie in den Vorzug, zum ersten Mal – wenn auch verschwommen – ihren Angreifer genauer zu sehen.
„Arib Botab ..." Niktas Zunge kommt ins Stolpern und ihr Gehirn ins Rattern. Wie war noch sein Fucking-Zuname? „Arib Botabdenosi ... sind *Sie* das?" kreischt sie.
„Jo!" jubelt der dunkelhäutige Mann, der jetzt zwar unter ihr liegt, aber den Daumen auf Ihrem Pfeffersspraydrücker hat.
„Du vom ‚AchWoKussDuAuMich'?!" schreit er fröhlich.
„Ja!" schreit Nikta weniger fröhlich zurück, um sich gleich zu berichtigen: „Nein, natürlich nicht!"
„Dann nix gut!" richtet sich der Mann so gut er kann auf und will schon das Spray bemühen, als Nikta

schnell aufklärt: „Es heißt ‚AVoKuZuAuMi' – ich bin Nikta Pritz, die Leiterin!"
„Erst Nein, dann Ja – wat nu? – Keiner hier sagt Wahrheit!" beklagt sich der Mann, läßt sich aber von Nikta, die sich schnell aufrichtet, das Pfefferspray wieder abnehmen.
„Vielleicht liegt das daran, daß Sie nicht alles richtig mitkriegen, Sie Checker!" sagt Nikta wütend sich berappelnd und die Späne von der Kleidung klopfend. Dann fährt sie etwas gemäßigter fort: „Sind *wir* also hier verabredet? – Sie haben sich bei uns gemeldet, weil Sie Künstler mit Migrationshintergrund sind und etwas ausstellen wollen ... – ist es dieses zusammengenagelte Lattenteil ...?" Dann fällt ihr natürlich das letzte ‚Check-yourself-before-you-blame-the-other'-Seminar ein, daß sie selbst maßgeblich initiiert hat. „Tut mir leid, Sie können ja nichts dafür, daß Sie zu den Ausgebeuteten gehören, auf denen immer herumgetrampelt wird ..."
Auch wenn Arib den Text wieder nicht ganz exakt versteht, der Ton sagt ihm: die Frau lenkt ein!
„Her-um-ge-rammelt, gut Idee ..." gibt Arib seine Version wieder und zieht Nikta mit einem wohl gesetzten Ruck, der jedem ‚Schubs-mich-schlapp'-Kurs Ehre machen könnte, von den Beinen, direkt wieder auf sich hinunter.
Die sonst so wendige Nikta platscht wieder voll auf Arib drauf wie man es einem nassen Sack oder einer allzu willigen Woman zugestehen könnte! – Dabei verliert sie auch noch ihren Pfeffersprüher ...
„Was fällt Dir ein, Mann!" fällt sie auch noch prompt ins ‚Du' – absolutes No-Go gegenüber ihrer Klientel ... – aber wenn der Typ sie doch behandelt wie im Buddelkasten ... oh, nein, da wo der jetzt seine Hand hinschiebt – da ist man schon längst raus aus dem Buddelkasten ...
„Hör mal," sagt Nikta jetzt schwach zappelnd und schwach empört, weil ihr alles mögliche andere durch den Kopf geht ... – also eben *nicht* nur durch den Kopf ...

Die Ethnobluse so flatterig, wie sie ist, hat alle Möglichkeiten zum Hochschieben und Eingreifen – die Arib Botabdenosi voll nutzt ...
Eingreifen ... denkt Nikta: ‚Jetzt mußt du *eingreifen*!' Weil das könnte ja in Unzucht mit Zugereisten enden ... aber der Mann unter ihr, der hat sie hier noch gar nicht nach ihrem ‚Nein' gefragt – nach ihrem ‚Ja' allerdings auch nicht ... jetzt ist der schon ... – wo hat der jetzt gerade seine Hände ... das ist doch gar nicht seine Hand ... – liegt sie, Nikta, jetzt etwa plötzlich unten – wie das denn? Der rauft und kabbelt auf ihr rum, aber immer an so ... sensiblen Stellen, angenehmer Druck ...
Plötzlich, unerwartet lüpft sich der Druck – schade ...
„Du dunkelschwänziger Springbock, daß du alles besteigen mußt ...!" kreischt plötzlich eine andere weibliche Stimme.
Nikta macht die Augen auf, die sie wohl geschlossen hatte: über ihr und über Arib Botabdenosi steht eine wütende junge, hellhäutige Frau und reißt anscheinend an Aribs Hosenbund. Dieser gibt prompt nach, weil er wohl vorn nicht mehr richtig verschlossen war, so daß Arib mit einem kleinen, unkontrollierten Plumps nochmals Nikta Pritz plättet, bevor er dann doch von selbst wieder auf die Beine kommt. Er richtet hastig seine Kleidung und erstaunlich kleinlaut, wie ein jammeriges Kind beginnt er unartikuliert zu lamentieren – gegen die Frau, die wild gestikulierend immer noch Beschimpfungsfetzen auf ihn los läßt.
In einer kurzen Pause, realisiert die hinzugekommene Frau nun Nikta Pritz nicht als Amtsleiterin, sondern vor allem wohl als Konkurrentin, die sich mit hochgeschobener Bluse unter ihren Lover gelegt hat. Und ihr zischt die Zornige zu: „Na, Spaß gehabt?! Du hast Dich ja gut vorgebeugt, Du kulturelle Zumutungsschlampe! Mit Migranten hintergründige Einführungstechnik üben, was?!"

Ablenkungsmanöver

„... das sind doch alles nur hierarchie-scheuende Plattheiten, daß eine Adels-Expertenschule dem Adel schade! Wenn man ein paar solide Adlige anwirbt, ist eine Adelsexperten-Schule der Renner, da bist Du wirklich etwas verstaubt, Tante Marrá! Das Volk mag Herausragende mit Tradition und Familiensinn, wenn sie sich hipp verkaufen!"
„'Hipp verkaufen' ... bist du noch ganz dicht?! – Guter Adel macht sich eben *nicht* gemein, kauft sich nicht überall dort ein, wo's clever scheint, rennt nicht den Volksidolen hinterher – auch schon deshalb nicht, weil so etwas für uns Adlige immer aufs Schafott führte! – Und Du willst das verhökern, was die Neider nebenbei noch übernehmen, runterwirtschaften und verbrauchen wollen, um dann wie selbstverständlich zu sagen: ‚Es war eh nichts wert!' – Sieh doch Hohenknipselstein: meine Familie hat es vernachlässigt – klar, eine grober Fehler! Dann aber hat es den anderen auch nichts bedeutet und sie haben es behandelt wie einen Kropf ..., wie einen Klumpfuß ... – lästiger konnte ihnen Knipsel Castle gar nicht sein, als ich vor einem halben Jahr herkam! Selbst als es Fremde besetzt haben: Na, und – wen hat's interessiert's von Kullerstadt bis Vierecktal?! – Niemanden! Jetzt erst, wo ich dort etwas tun will – da wollen nun plötzlich auch ganz Unberufene mitmischen! – Und Du willst es für die Unberufenen und Trittbrettfahrer auch noch interessant machen mit einer ‚Adelsexperten-Schule'! Wie jeck muß man sein?!" Marrá von Flausen-Tulpenscheitel redet sich selten in Rage, aber in letzter Zeit ist sie immer kurz davor.
Seit gestern Mittag geht das nun schon zwischen Marrá und Gerne: der Streit um Gernes Idee auf Knipsel Castle auch eine Schule für Adelsexperten zu gründen.
„Sieh es doch mal so: wenn *wir* nicht die Initiative ergreifen und das, was uns eigen ist – geschickt Einblick gewährend – bei uns behalten, dann

zerfleddert es der Pöbel, wie Du ihn nennen würdest – also diejenigen, die den Adel sowieso nie mochten! – Stell Dir das mal vor ... – wäre Dir das lieber, Tante Marrá?!"
„Etwas vermeiden zu wollen, indem man es als Unberufener, nur zur eigenen Bequemlichkeit dosiert regeln will, es selbst inszeniert vorwegnimmt, um es kalkuliert abhaken zu können, das ist ja wie ..." Marrá sucht kurz nach einem Vergleich „... ja, wie ‚Impfen' ist das! – Immerhin: dafür kleben sie jetzt ja auch schon Reklame an die Wände! Das ist die Gottlosigkeit, die so harmlos daher kommt! – Abgesehen davon, klappt es praktisch dann sowieso nie: alles, was machbar scheint, wollen andere ja auch machen – da bringst Du sie nur noch auf Ideen!"
Dieser Diskussionsteil der beiden Adligen findet gerade wieder auf der Fahrt hoch nach Knipsel Castle statt und Marrá von Flausen-Tulpenscheitel ist innerlich so aufgespult, daß sie äußerlich ziemlich rangieren muß, um in dem flotten Tempo, das sie drauf hat, Lorbas' Auto die Serpentinen zu Knipsel Castle ohne Touchieren von Bergwand – oder gar Abgrund – heil hoch zu chauffieren.
Lorbas ist heute zu Hause geblieben, weil er schon wußte, daß die heftige Diskussion um Gernes aus dem Sack gelassene Katze, die beiden adligen Gemüter hochkochen lassen wird.
Eigentlich hatte auch Gerne keine Lust seiner Tante ständig die Aussichten für seine geplante Adelsexperten-Schule in immer bunterem Royalblau zu schildern, damit sie die Idee endlich gut findet. Aber sie allein auf die Burg fahren zu lassen, wo sie ‚nach dem Rechten sehen' will und dann vielleicht gleich über Minimus Baldi, den Geigen-Geiselnehmer, stolpert und dazu noch die ambitionierte Burgschreiberin, Eline Buntleder, ihr in die Quere kommt, also das war Gerne doch ein zu großes Risiko. So bot er sich an, allein hinaufzufahren – vielleicht etwas zu vehement – denn das lehnte seine Tante sofort ab. –
Mitfahren immerhin durfte er dann ...

... auch nur, weil Marrá ihrerseits ihm unbedingt den Kopf waschen will und da ist so eine blümerant gestaltete Fahrt zu zweit im Auto eine gute Gelegenheit: keiner kommt weg – aber alle an ihre Grenzen!
„Wie stellst Du Dir das überhaupt vor: eine Adelsexperten-Schule? – Wer soll da denn ausgebildet werden? Die Adligen? Die sind doch schon gebildet – waren sie jedenfalls noch in meiner Generation – in Deiner wohl nicht mehr! – Oder die Experten? Sollen die gebildet werden? Worin denn, wenn sie doch schon Experten sind!" Marrá hat den Wagen eben auf dem Parkplatz unterhalb des Burgvorplatzes doch noch heil plaziert, den Motor ausgeschaltet und wirft sich nun in ihrem Sitz etwas zurück, indem sie Gerne so streng ins Gesicht schaut, als nenne sie ihn ermahnend bei seinem vollen Namen, Gerwenich Nekolup.
So sagt auch er jetzt recht grundsätzlich: „Tante Marrá, Du kennst mich ..." gleich geht ihm auf: kein guter Anfang!
„Eben ..." murmelt seine Tante dann auch.
„Gut, dann tu mal so, als kennst Du mich *nicht* ..." Gerne schmunzelt. Da kann sich auch Marrá ein kleines Lächeln nicht verkneifen.
Gerne fährt schnell fort: „Wenn Dir ein ganz Fremder, vielleicht sogar ein bisher feindlicher Paparazzi vorschlagen würde: 'Geben Sie mir doch mehr Möglichkeiten, Sie und ihre adlige Gesellschaft mal hintergründiger kennenzulernen, damit wir nicht immer nur die vordergründigen, blamablen Stories bringen müssen ...' – Wenn also so einer käme, würd'st Du doch auch überlegen, ob nicht eine solide Kenntnis über den Adelsbetrieb vieles einfacher machen würde. Und hättest Du da ausgebildete Leute an der Hand, läge es dann bei Dir, einen Einblick so zu gestalten, daß er zu Deinen eigenen Interessen – sagen wir es vorsichtig – ein gutes Verhältnis hat! – Wäre das nicht schön?! – Und auf jemanden, der Dir so einen Vorschlag näher bringt, müßtest Du geradezu stolz sein!"

Beide, Marrá und Gerne müssen sich anlächeln. Dann aber wird Marrá wieder ernst. „Niemand von der breiten Masse hat heute noch Interesse daran, den Adel, das Adlige – eben ‚das Edle vom Prinzip her' zu verstehen. Das ist auch unsere – des Adels und des Königtums – eigene Schuld, auch die Schuld meiner Generation. Wir haben das ..." sie sucht nach einem Ausdruck „... ‚versiebt', ‚verbockt' – so wie mir jetzt sprachlich kein anderer als ein lapidarer Ausdruck einfällt – so haben wir die Möglichkeit dran gegeben, eine differenzierte Lebensart durch eigenes Leben zu pflegen. – Statt dessen haben wir uns im Gesunden immer kleiner gemacht, das Kranke nicht mehr benannt, sondern aus Angst und Ohnmacht mit ihm geliebäugelt, ihm die Türen geöffnet, bis wir selbst es auch geworden sind: krank! So krank, daß wir jetzt in so vielen Dingen selbst beanspruchen gehätschelt und gepflegt zu werden – und wenn schon nicht das, dann wenigstens die Clowns zu sein über die man nur lacht – nur um nicht die Könige zu sein, die man köpft! – Was für ein furchtbarer Preis! – Also was würde ich wohl einem Paparazzi sagen, der mir vorschlüge durch eine Adelsexperten-Schule das Verhältnis zwischen dem Volk und seinem ehemaligen Adel zu verbessern, daß beide Seiten mehr Verständnis hätten, die persönlichen Zonen des anderen zu respektieren, weder im falschen Moment zu klicken noch wie wild zu prozessieren? – Ich hoffe, ich hätte den Mut ihm zu sagen: ‚Vergiß es! Denn entweder bist Du ein Unredlicher, ein Schleimer oder ein Geldschneider!' – Und dann müßte ich mich schon darauf gefaßt machen, daß er mich im nächsten Urlaub oder auch nur beim Einkauf – oder uns zwei hier streitend im Auto – blöd photographiert, Untertitel: ‚Marrá von Flausen-Tulpenscheitel, die ewig Uncoole, faltet Patenkind Gerwenich Nekolup – ungern ‚Gerne' genannt – zusammen. – Auch unser Adelsexperte bescheinigt ihr zur Zeit schwache Nerven, weil der Ausbau von Knipsel Castle nicht nach ihren Wünschen vorangeht!' – Also wozu, bitte, brauchen wir eine Adelsexperten-Schule! – Man kann sich

niemanden heranziehen, der immer nett berichtet – entweder lügt er oder er haut einen in die Pfanne – anders kann heute niemand mehr Geld machen!"
Marrá, durch ihre eigenen Ausführungen beunruhigt, trommelt mit den Fingern auf das Lenkrad.
„Man kann doch Hintergründe dokumentieren ... so wie Du jetzt versuchst, Knipsel Castle einzurichten, wie Du für Dich, für den Adel, da eine Verpflichtung siehst und aus allem möglichen Unsinn etwas auswählen mußt, zusehen, daß auch die dörflichen Gastwirte nicht zu kurz kommen und solche Geschichten ..."
„Junge, das interessiert doch niemanden, wenn Du es BWL-mäßig als Doku sendest. Das weiß heute jeder, daß ‚Graf und Co' – wie's immer heißt – sich nun auch wirtschaftlich nach der Decke strecken müssen. – ‚Recht so!' sagt der Plebs. – Und die, die Felder und Wälder schon verwirtschaftet haben, die sind die ersten gewesen, die sich als ‚Adelsexperten' verdingt haben! Die sind es heute, die immer um einen Kommentar gefragt werden, wenn wer mit einem ‚von' und ‚zu' sich irgendwo verheiratet oder ein Kind kriegt!"
„Du könntest Deine eigenen Adelsexperten ausbilden!" versucht es Gerne noch einmal.
„Die bei mir Ausgebildeten hätten doch keine Chance, man würde sie als zahme, vom Adel selbst abgerichtete Sprachrohre nicht ernst nehmen!"
„Dann nimm die mit Witz und Esprit, die sind pfiffig und nicht unkritisch!" schmettert Gerne eine nach der anderen Trumpfkarte heraus, die stets verpufft.
„Jede Art von ‚Adelsexperte' ist eine Rechtfertigung – und wer sich rechtfertigen will oder muß gegenüber einem anderen, der hat sich gerade auf dem Ast niedergelassen, den er absägen will! Das solltest Du versuchen zu begreifen! – Glaub doch nicht, daß irgend jemand Verständnis haben wird, nur weil Du Deine eigenen Experten gezüchtet hättest!" Marrá ist jetzt doch wieder recht laut geworden und Gerne setzt dem Bockigkeit entgegen: „Ich weiß gar nicht, warum ich mir so viel Mühe gebe, Dir das schmackhaft zu

machen – ich kann's auch allein durchziehen, dazu braucht's noch nicht mal Knipsel Castle – wäre halt nur nett gewesen, wenn man die Adelsexperten-Schule hier hätte einrichten können!"
„Also ich schau jetzt mal, ob alles in Ordnung ist! – Dauert nicht lange, Du mußt nicht mitkommen ..." verkündet Marrá und steigt aus dem Wagen.
„Doch, doch, ich komme mit ..." fällt es jetzt Gerne wieder ein, was er seiner Tante – oder vielmehr sich – als nächsten Ärger ersparen will ...

Über die kleine, ausgetretene Treppe vom Parkplatz hochgeschlendert zum Burgtor, überlegt Gerne, wie weit seine Tante wohl die Burg inspizieren will. Bis jetzt hatte er über diese dumme Diskussion hinaus gar keine Zeit, sich Gedanken zu machen, wie er den beiden blinden Passagieren in dem Kasten mitteilen könnte, daß Kontrolle im Anzug ist und sie sich nicht blicken lassen sollten ...
Aber das Blickenlassen – so bemerkt er jetzt – ist das kleinere Problem ... vielmehr fiedelt es wie von fern. Wer nicht darauf gefaßt ist, vernimmt es vielleicht nicht gleich, vermutlich sitzt der Geigerich oben im Turmzimmer und streicht der Buntlederenen ein Stückchen vor!
Die sind aber auch zu dumm, denkt Gerne, einer von den beiden muß doch vorher mal Ausguck halten, ob da wer kommt oder ob man unverräterisch losstreichen kann mit dem Bogen ...
Marrá will wohl doch eine größere Inspektion vornehmen, denn sie geht gleich zur Seitenecke der Burg und biegt auf den Weg ein, der nach hinten zum Dienstboteneingang und dann weiter zum kleinen Geheimeingang führt. Das Fiedeln ist ganz leise zu vernehmen, deshalb sagt Gerne recht gedehnt und mit den Schuhen laut über den Schotter schlendernd: „Sieht doch alles gut verschlossen aus – still ruht der See!"
„Du warst ja schon ewig nicht mehr hier ..." sagt Marrá – von Gernes gestrigem Ausflug hier hinauf weiß sie ja nichts. Gerne will schon etwas

Belangloses entgegnen, da bleibt Marrá plötzlich stehen, lauscht „...da ist doch was..."
Gerne bleibt wie lauschend stehen, scharrt aber mit dem Fuß, als habe er etwas unter der Sohle abzuwischen.
„Laß doch mal das Scharren ..." ermahnt ihn seine Tante.
„Hab' da wohl was am Schuh ..."
„... dann mach's später ab ... – hör' lieber mal mit!"
Marrá ist plötzlich ganz unruhig ruhig, lauscht ..., geht zwei Schritte, lauscht wieder ...: „Hier muß es doch irgendwo sein ..."
Beide – Tante, samt folgendem Patenkind – sind jetzt schon fast an der hinteren Ecke der Burg angelangt. Gerne versucht sich zu erinnern, ob seine Tante damals den hinteren, versteckten Eingang kannte. Ob sie ihn nun immer noch kennt oder vielleicht vergessen hat?! Dumm auch, daß er mit den beiden Schloßpiraten keine besseren Verabredungen getroffen hat, als nur die Ankündigung in den nächsten Tagen wieder vorbeizukommen! Er hätte denen ein paar Anweisungen geben oder wenigstens für Handy-Verbindung sorgen müssen, aber die Situation der beiden hat ja so etwas Entrücktes, daß praktische Dinge da einfach hinten runterfallen und in diesem verflixten Kaff war auch ständig was los ...
„Pscht ... Ruhe mal ...!" kommandiert Marrá leise und bleibt abrupt stehen. „Ist da noch was anderes außer diesem leisen Keckern ...?"
„Was soll denn da überhaupt sein?" fragt Gerne absichtlich polterig laut.
„Du sollst mal stille sein!"
Gerne fällt nichts weiter ein, um seine Tante vom Lauschen abzubringen, als einen Stolperer zu türken. Sie sieht gerade nicht hin, da gibt er sich einen Ruck und läuft auf Marrá auf, hält sich scheinbar bei ihr fest, indem aber er sie festhält, damit sie nicht stürzt. Sekundenlang gibt es ein kleines Gerangel, mit überraschten Ausrufen. Marrá bekommt den Zweig eines Busches zu fassen und hält sich so fest, daß nun Gerne fast den eigenen Schwung nicht bremsen

kann und auch noch schnell einen Buschzweig ergreift. Zweimal Erschütterung ist dem Busch scheint's zuviel und er fängt aufgeregt an zu gackern. So etwas gibt es nur auf Knipsel Castle!

Noch mehr seltsame Bewohner für Knipsel Castle

„Herrgott, Junge, paß doch auf und halt es fest!" ruft Marrá, während sie sich wieder ganz ins Gleichgewicht bringt.
„Hab's ja!" bekundet Gerne und versucht die gackernde Carmen-Elisa für sie und sich in eine bequemere Haltung auf seinem Arm unterzubringen.
„Ist das nicht das komische Huhn, weswegen Lorbas' Nachbarschaft den Garten gestürmt hat?" schlußfolgert Gerne verwundert.
„Das ist es wirklich!" bestätigt Marrá und beugt sich wohlwollend zu dem noch aufgeregten Federvieh auf Gernes Arm. So, als begrüße sie den ersten wirklich willkommenen Gast auf Knipsel Castle oder den zu ehrenden tausendsten Besucher der Saison, surrt Marrá fast im Gacker-Singsang: „Carmen-Elisa, das ist ja schön, daß Du Dir Knipsel Castle ausgesucht hast! – Ist ja auch viel schöner als bei den beiden Dumpfbacken unten im Nachbargarten! – Aber wo tun wir Dich denn hin? – Und Hunger hast Du sicher auch!"
„Das ist jetzt aber nicht Dein Ernst: meine Adelsexperten-Schule willst du hier nicht haben – aber eine freilaufende Broilerstation willst Du anzüchten?!" Gerne ist wie vor den Schnabel gehackt. Er will das blöde Huhn schon irgendwie den nächsten Abhang hinunterschütten ...
„Laß es ja nicht los! Und rede nicht so – es wird keine Broilerstation geben! Hühner bringen uns Glück!" Marrá schaut sich um. „Wir brauchen aber zuerst so etwas wie einen eingezäunten Auslauf ... da ist doch hier weiter hinten noch so ein Drahtverhau ... komm

mal mit ..." Marrá, wie mit frischem Elixier belebt – nach der unerquicklichen Diskussion vorhin – eilt weiter um die Burg herum. Zu Gernes Erleichterung noch an der Geheimtür hinten vorbei, so daß er ihr doch schnell mit dem Huhn im Arm folgt. Dann stoppt sie unerwartet vor einer kleinen Treppe – Huhn und Huhnhalter laufen fast auf sie drauf. Einige verwinkelte Stufen führen am steilen Abhang ein paar Meter hinunter und geben dann erst den Blick auf einen kleinen gepflasterten Platz frei.
Richtig ... – fällt es jetzt auch Gerne wieder ein – ... hier war früher Kleinvieh untergebracht! Das hatte er ganz vergessen. Mit Kleinvieh – das er früher als Junge bei seinen Aufenthalten immer versorgen sollte – mit solchem Viehzeug war er noch nie so dicke in Freundschaft verbunden ...
„Hier sind seit jeher die Kleintiere untergebracht ... auch damit damals – ganz früher – man von oben, aus dem Burgturm eine Übersicht hatte, was an Vorräten, zum Beispiel während einer Belagerung, noch vorhanden war ..." doziert Marrá, während sie behende allerlei Gestrüpp mit einer herumliegenden Harke beiseite rafft und tatsächlich ein huhngerechter Drahtkäfig in der Größe einer Vogelvoliere zum Vorschein kommt.
Gerne bringt das auf ganz eigene Gedanken: über das Gegacker mit dem Huhn hat er das Gefiedel aus den Ohren verloren – jetzt hört es sich so stille an, als würde gar nicht mehr gefiedelt ... und in einer leisen Ahnung linst er vorsichtig nach oben zur Burgzinne, während seine Tante mit dem Herrichten der zukünftigen Heimstatt von Carmen-Elisa beschäftigt ist ...
Tatsächlich: über die Zinne lugen verwundert die zwei bekannten Gesichter herunter und nehmen Anteil an dem, was hier unten geschieht! – Gott sei Dank, denkt Gerne: dann wissen der närrische Geiger, die Fiedel und Eline Buntleder bescheid, was hier unten abgeht und verhalten sich hoffentlich ruhig!
Aber nicht, daß die Vorwitzigen noch gesehen werden ... deshalb macht Gerne mit dem nicht huhnbesetzten

Arm eine stumme wedelnde Geste nach oben ‚Still und verzieht Euch!' soll das heißen.
„Du sollst das Huhn nicht kirre machen!" Marrá ist justament fertig mit Dekorieren des Huhngeheges und hat sich umgedreht. Gerade noch rechtzeitig verzieht Gerne das Gesicht und erklärt seinen wedelnden Arm: „Hab mir wohl die Schulter verzogen beim Stolpern!"
„Andere verheddern sich die Füße, Du verdrehst Dir die Schulter – Du bleibst ein seltsamer Vogel!"
„Setzt Du mich jetzt mit dem Flattermann noch in einen Käfig, was?!"
„Du bist viel zu unruhig für das Huhn, Du bleibst draußen, aber laß es mal vorsichtig hineinlaufen in den Käfig!" gibt Marrá Anweisung.
Gerne tritt an die Käfigtür, läßt Carmen-Elisa mit leichter Wurfgeste hineinflattern und hakt dann die Käfigtür schnell von außen zu.
„Was'n Hype um so'n blödes Huhn ..." sagt er nun wieder etwas lässiger, weil beruhigt, daß Tante Marrá so schön mit dem Huhn zu tun hat und kein überraschendes Gegeige dazwischenflöten wird.
„Paß mal auf, wir machen das jetzt folgendermaßen ..." die alte Adlige, so merkt man, ist voll am Planen und Überlegen, dann fällt ihr aber noch etwas ein und sie wendet sich Gerne direkt zu: „Sag nicht ‚Hype' für ‚Fürsorge' und schon gar nicht ‚blödes Huhn'! Das Tier – da bin ich jetzt sicher – wollte schon neulich zu uns, auch wenn uns vordringlich nur die Malaisen mit den Nachbarn auf die Nerven gegangen sind! – Es ist ein hervorragendes Omen, daß es Carmen-Elisa bis hier hinauf geschafft hat!"
Gerne muß grinsen – auch weil es ihn freut, daß seine Tante jetzt wieder so tough statt tadelig ist, wiederholt er lächelnd: „Gutes Omen ..."
„Sehr richtig! – Weißt Du auch warum?" schaut ihn Marrá nun gespielt streng an.
„Huhn ist vielseitig verwendbar ..." ist sich Gerne sicher „immer wieder verwendbar als Eierleger, nur einmal verwendbar für knusprige Pelle!"
„Quatsch, schnöde Kurzsichtigkeit! – Überleg lieber: was haben nicht nur die von Flausen-Tulpenscheitels,

sondern auch das Königreich Verhökerlande seit dem vermaledeiten Jahr 1789 oben links im Wappen?"
Gerne fällt's wie Federn aus dem Gefieder: „Ach, Mensch, ja ...! Eine aufwendige Hühnerzucht hat die Sippe damals weit weg aus Paris in der Provinz gehalten und vermutlich vor dem Ausgemerztwerden bewahrt ... erinnere mich – also an die *Erzählung* dieser Geschichte, nicht ans Erleben!"
„Dazu mußte wohl Carmen-Elisa *Dir* die Nachhilfe geben – Graf Adelsexperte!" lacht Marrá.

Alle bedenken die Zustände – und sind bedient!

„Jetzt wird die Fiedel mal beiseite gelegt und statt dessen etwas ausgemistet!"
Gerne – immer noch ein bißchen krätzig, daß seine Adelsexperten-Schule nicht gleich mit Brimborium eröffnet wird auf Knipsel Castle – gibt seine Bockigkeit gerade an Eline Buntleder und Minimus Baldi weiter.
„Das kann *ich* ja machen ..." bietet sich Eline zur Entlastung des Geigers an.
„Miss Buntspecht, äh ... Buntleder, jetzt lassen Sie den versteckten Herrn Fiedelbum auch mal wieder was Bodenständiges tun!"

Seine Tante Marrá hat ihn, Gerne, unter dem Motto ‚Paß mal auf, wir machen das folgendermaßen ...' vorhin noch schnell instruiert, wie sie sich die nächsten Aktivitäten vorstellt. Ein Glück: brachte doch die Entdeckung des hochaufstrebenden Huhns Carmen-Elisa die sonst so ‚strukturierte' Adlige von der weiteren Inspektion der Burg ab. Statt dessen entschloß sie sich, nach Vierecktal zum Einkauf von huhngeeignetem Kraftfutter und anderen Besorgungen zu fahren, weshalb Gerne verdonnert ist, allein in der Burg ‚nach dem Rechten zu schauen' und nachher den Weg ins Tal zu Lorbas Haus zu Fuß zu machen. In all den alten Adelsfrauen steckt immer noch das Selbst-Zupackende und die Freude am

Landwirtschaftlichen, denkt sich Gerne, über die Begeisterung seiner Tante am Huhn: stell ihnen Kuh, Feld und Wald wo hin und in der nächsten Stunde sind sie gerüstet mit Gummischuhen und Melkeimer, Sense und Säge. Wenn er sie mal derartig für seine Adelsexperten Schule begeistern könnte ... – ganz einfach: er stellt nur Hühner als Referenten ein! Bei diesem Gedanken muß er lächeln. Das irgendwie Schollen-Verbundene ist bei Tante Marrá genauso gegenwärtig wie bei seiner Mutter, Königin Gertrude von Verhökerlande, fällt ihm ein ... – Wenn er sich da mal nicht irrt ... – wir werden sehen!
Jedenfalls ist Marrá kaum weg, da ist Gerne auch schon bei den beiden verängstigten blinden Passagieren des noch in jeder zukünftigen Hinsicht sehr im Meer des Ungewissen treibenden Castle von Knipsel.
Die beiden haben sich die Zeit wohl mit viel Kennlern-Gerede vertrieben. Die doch praktischere Eline fuhr auch mit ihrem Auto zum Einkaufen, aber Minimus hatte sich ganz geigend verkrochen, was ihn fast noch depressiver stimmte, als er es bei seiner Ankunft hier eh schon war.
Dann schilderten die beiden den Schreck, als sie ihn, Gerne, mit einer fremden Frau unten im Hinterhof hörten – immerhin war Minimus dann von sich aus so schlau, das Fiedeln einzustellen.
Nun muß auch Gerne ein wenig Hintergrund erzählen – zumindest, wer seine Tante ist – und daß die natürlich keine Ahnung hat von den beiden hier im Turmzimmer.
„Oh, Frau von Flausen-Tulpenscheitel ist Ihre Tante ..." wiederholt Minimus Baldi versonnen „... das ist ja erstaunlich ..."
„So ...?!" Gerne schüttelt den Kopf – dieses Unikum von Fiedelbum!
Die Geschichte mit dem Huhn versteht der Geiger dann auch nicht sofort, obwohl sie der seinen doch recht ähnlich ist, mit Flucht und so ... – nur daß das Huhn keine Geige hat mitgehen lassen ...

„Also das Huhn ist unsere Geisel ..., also nein, so weit wollen wir nicht gehen ..." berichtigt sich Gerne „... vielmehr ist das Huhn unser Garant, daß hier nichts Unplanmäßiges geschieht und daß ich ein- und ausgehen und lästige Leute davon abhalten kann, hier herauf zu kommen! – Sie müssen das Vieh nur gut hegen – ist das verstanden?"
„Nein ..." erwidert Minimus prompt ganz hilflos und legt erst einmal seine Geige vorsichtig in ihren Kasten zurück. Dann schaut er Eline schmachtend an, sie möge ihm die harschen Worte des herrischen Adligen erklären.
Eline versucht es sich selbst erst einmal zu wiederholen, mit welchen Anweisungen Gerne sie beide jetzt hier alleine lassen will: „Also das Huhn wird gepflegt, weil es so etwas wie ein Enkel von Ihrem Wappenhuhn ist – in Ordnung! Ihre Tante hat das Huhn ins Herz geschlossen und sieht – weil das Huhn es bis hier herauf geschafft hat – darin ein gutes Omen für die Burg. Davon können auch wir partizipieren, indem wir Huhn und Tante bei Laune halten und uns vielleicht später als die qualifizierten Huhnpfleger offenbaren, um dadurch zu ungeahnten Meriten zu kommen oder wenigstens bei Entdeckung Gnade zu finden – falls es mal hart auf Huhn kommt! – War das jetzt richtig zusammengefaßt?!" Eline meint ihre Abschlußfrage durchaus ernst.
„Ja, so ist es! Glauben Sie mir: in Adelskreisen – also in echten, edlen Kreisen wird Loyalität sehr hoch geschätzt!" Gerne weiß aber auch um den praktischen Ablauf, der ihn momentan eigentlich viel mehr beschäftigt. „Ich komme also später noch einmal mit dem Hühnerfutter hochgefahren – das nehme ich Tante Marrá ab, daß ich mich jetzt um das Huhn kümmere ..." Gerne plant dadurch auch seine eigene Loyalitäts-Offensive – Charme allein reicht ja bei Tante Marrá nicht ...
„Brauchen Sie beide noch etwas? – Unten im Bahnhof gibt es auch eine Frittenbude, kriegt man Pizza und Pasta aus Dose für wenig Zaster ..." grinst Gerne über seinen Appetit anregenden krummen Reim.

„Danke, hatten wir schon gestern abend, ich bin den ganzen Tag nicht von der ... na, Sie wissen schon, runtergekommen!" Minimus, stöhnt schlapp auf.
„Haben sie Dünnpfiff ..." nennt's Gerne nun gleich recht unadlig aber anschaulich beim Namen.
Minimus verzieht schmerzlich das Gesicht – schon vom Ästhetischen her belastet so eine Sache sein Gemüt – und dann soll man noch ein garstig fedriges Huhn versorgen ...
„Ich hab' aus der Apotheke in Kullerstadt gleich gestern Nacht noch was dagegen geholt!" besänftigt Eline. „Danach habe ich den Wagen auf dem Burgparkplatz hinter dem großen Busch geparkt. Dort fällt er keinem anderen Parker so schnell auf!"
„Stimmt! – Gute Idee! – Wenigstens eine, die mitdenkt!" Gerne schaut vielsagend zu Minimus.
„Haben Sie sich beide schon überlegt, wie es weitergehen soll – also so ein Huhn ist keine ewige Tarnung! – Wollen Sie die Geige nicht doch der Bank zurückgeben ..."
„Auf gar keinen Fall!" fällt Minimus Baldi Gerne sofort ins Wort.
Gerne zuckt die Achseln, wendet sich an Eline: „*Sie* wissen aber sicher schon, wie's weitergehen soll?! – Wobei wir neulich durch die penetrante Präsenz der Ersten geklauten Geige noch gar nicht dazu gekommen sind zu klären, wie denn *Ihre* Burgschreiber-Karriere begründet werden soll, Frau Buntleder ..."
„Ich umsorge vielleicht erst einmal gut das Huhn ... wegen des Loyalitäts-Bonus, den man sich da erwerben kann ... dann klappt's vielleicht auch mit der Stelle als Burgschreiberin ... – abgesehen von der schönen Geschichte! Da ich ungebunden und freischaffende Autorin bin, vermißt mich auch niemand, wenn ich länger weg bin!" lächelt Eline.
Gerne will gerade nachhaken, da faßt sich Minimus Baldi an seinen grummelnden Bauch und stürmt zur Kemenatentür hinaus. Er weiß, der Weg bis zur Museumsbesucher-Toilette im Untergeschoß – der im

Moment einzigen einfach benutzbaren auf Knipsel Castle – ist ein weiter.
„Haben sie genug Verstopf-Pillen ... oder wie nennt man das gegen Durchfall?" erkundigt sich Gerne.
„Ja, ich habe reichlich Kohletabletten besorgt – alles auf schonender Naturbasis!" beruhigt ihn Eline und schiebt ihn sanft zur Treppe hinunter. „Dann sehen wir uns heute Abend noch einmal, wenn Sie mit dem Hühnerfutter kommen!"
„Ja, auf alle Fälle ..." antwortet Gerne, ist aber mit seinen Gedanken schon ganz woanders ...

„Darf's noch was sein, die Dame? – Wir haben auch was zu Essen – Hausmannskost! Heute ‚Verschnittene ...' äh, ‚Verlorene Eier'!" Hobert Watsche, der Wirt der ‚Knipsler Schwarte' ist nicht ganz bei der Sache und es liegt nicht allein daran, daß da an der weitgeschnittenen mit allerlei Afrika-Tieren bedruckten Bluse der jungen Frau, die vor kurzem bei ihm als Gast eingetreten ist, ein gewagtes Knöpfchen zu viel offen zu sein scheint. Vielmehr fehlt da bei ihr am Haar ein ganzes Stück Strähne und das irritiert wegen der Asymmetrie viel mehr als die Aussicht in die Bluse – findet Hobert.
Aber als er vorhin seine Frau hinter dem Tresen vorsichtig darauf aufmerksam machte, meinte die nur, das trage man jetzt so: eine Seite lang, die andere kurz, das sei schick, sie hätte sich das von Sana Klein der Knipsler Friseurin im Salon ‚Haar-Klein' auch schon immer mal so schneiden lassen wollen ...
„Da sei aber der Heilige Christopherus vor!" raunte Hobert zu seiner Ehefrau und brachte der fremden Dame schnell das verlangte Bier und den Schnaps an ihren Tisch. – Die Eier will Nikta Pritz nicht – auch wenn die nur verloren und nicht verschnitten sind ...!
Verschnitten sind ihre Haare, wie sie nach einem Blick auf der Damentoilette nun schon selbst feststellen mußte – deshalb hat der Wirt so geglotzt, wird ihr jetzt klar. Und auch daß der Typ in der Garage ihr ein ziemliches Büschel mit seiner Schere abgeschnitten hat ... das war das Schnipp-Schnapp, was sie noch

gehört hatte, vor ihrer ... Unterhaltung und dem Auftauchen dieser Furie, die wohl dachte, sie, Nikta, habe sich über ihren Loverboy hergemacht – wo's doch genau umgekehrt war! Aber da sieht man's mal wieder: Frauen verdienen nicht nur nicht so viel wie Männer – ihr Job bei der AVoKuZuAuMi ist da eine echte Ausnahme – Frauen fallen sich auch sofort in den Rücken bei solchen ... Gelegenheiten! – Männer hätten sich eine Frau geteilt – Frauen sind da einfach noch zu ... unsolidarisch, diese mucksche Tusse auch! – Nicht, daß sie, Nikta, das hätte durchziehen wollen ... – aber so prinzipiell sind Frauen eben unsolidarisch!

Nikta streicht hier in diesem queren Kuh-Mist-Dorf jetzt erst einmal nach Bier und Schnaps die Segel. Aber zu Hause in der Hauptstadt, in ihrem schicken AVoKuZuAuMi-Büro, da wird ihr etwas einfallen! Etwas ganz besonderes wird sie sich ausdenken, was allen hier einen Strich durch die Rechnung machen wird. Dieses alte Gemäuer, da oben auf dem Berg, wird sie für richtig bedürftige Asylanten einnehmen und nicht für so einen Haarabschneider, der sie angerufen hat, weil er meinte, sich eine ‚Nice-Emigration'-Kunstidee für den abgewrackten Kasten ausgedacht zu haben und vielleicht dieses genagelte Brettergerüst dort ausstellen will. Was genau der Typ nun wollte, auf diese Erklärung hat Nikta jetzt nicht noch gewartet – schließlich konnte er noch nicht mal seine Furie beruhigen ...

„Zahlen!" verlangt Nikta scharf. Als sie wieder zurück vom Klo am Tisch ihren letzten Schluck Bier im Stehen schnell hinunter kippt. Sie knallt einen gut bemessenen Geldschein beim Rausgehen auf den Tresen: „Stimmt so!" raunzt sie den Watsches zu und denkt sich: ‚Den Rest zahle ich Euch später heim!'

„Guckste denn der so nach – machen Dich jetzt schon verschnittene Haare an?!" muckt die Wirten zu ihrem Ehemann.

„Ich denk', die sind richtig so ..." Hobert Watsche schaut verwirrt zu seiner Frau, aber die ist schon wieder in der Küche bei den ‚Verlorenen Eiern'.

Die von Nikta Pritz gedanklich als ‚mucksche Tusse' Titulierte, ist Sanna Klein, die Chefin des einzigen Knipsler Friseursalons ‚Haar-Klein'.
Gerade sitzt sie aber weinend in einem ihrer Frisierstühle und schluchzt: von der Chefin zum Häufchen Elend – so schnell geht das mitunter! Seit sie letzten Herbst Arib Botabdenosi bei sich aufgenommen hat, seitdem geht der Abrutsch von der gutgelaunten Friseurmeisterin ins Schluchz-Hascherl immer wieder rasant schnell!
Es ist Mittagspause und der Laden Gott sei Dank geschlossen. Wie ein gereizter Tiger turnt Arib gerade um Sanna herum: „Immer Du jammerst, wenn mir mal gut gehen!"
„Gut gehen mit einer anderen Frau ..." Sanna will sich zusammenreißen, um der Diskussion gewachsen zu sein.
„Du immer kleinzugig! Wo wir uns in Urlaub kennengelernt, Du viel großzugiger!" Arib kann diesen Wandel nicht fassen.
„Damals hast Du auch nicht mit anderen Frauen rumgemacht!" Sanna schluckt wieder ein paar Tränen hinunter, weil sie an ihre zwei Wochen Urlaub in Aribs Heimat Pieselwesien auf dem ganz anderen Kontinent Garaffika im vorigen Sommer denkt. Dort hatte sie einen ganz anderen Arib kennengelernt: männlich, witzig, charmant – aber eben auch in der ihm vertrauten Umgebung! Dann kam dieses Flüchtlingschaos, letzten Herbst, in dem er sie in ihrer Knipsler Heimat tatsächlich aufgespürt hatte – und nach ein paar heißen Nächten irgendwie doch kühl kalkulierend bei ihr eingezogen war. – Seitdem klappte nichts mehr: weder im Bett – und außerhalb schon gar nicht!
Warum?
Weil sie ihn nicht versteht! – Sagt er ...
Das stimmt ja mitunter sogar ... rein sprachlich, muß Sanna sich eingestehen. Aribs – einmal kurz und knapp, dann eloquent und leidenschaftlich, aber grammatikalisch und vokabeltechnisch immer

eigenwillig – vorgetragenen Argumenten kann Sanna mitunter nur schlecht folgen: sprachlich und inhaltlich sowieso – und menschlich nun mittlerweile auch nicht mehr so recht ... – irgendwie sind diese Menschen ‚aus Weitweg' anders gestrickt – geflochten ..., toupiert ... –
Oder: ja, vielleicht sind *wir* anders als *die*, was aber im Ergebnis des zu einander Nicht-Passens – an bestimmten Orten ..., zu gewissen Zeiten ..., weil aus anderen Kulturen – Jacke wie Hose ist!
Aber, denkt Sanna, immer wieder: Wie würde es *mir* denn gehen, in einem fremden Land, in dem ich die Sprache nicht so recht verstehe?! – Da wäre ich ja auch oft frustriert ... – würde aber doch nicht immer gleich in die Luft gehen!
Das ist aber eben ihr eigenes, geducktes Naturell, denkt sie sich weiter. Das liege eben bei ihr und allen anderen, hier sonst noch Heimischen, daran, so hat Arib es ihr in einem süßen Moment des Verstehens erklärt, daß sie alle in seinen, Aribs Augen, so gar keinen Stolz hätten, so gar keinen ‚Arsch in Hose'! Immerhin, dieser Ausdruck war ihrem Liebhaber geläufig, was Sanna dann auch mit einem derben Klatsch auf ihren Popo nochmals ganz unintellektuell von Arib bestätigt wurde!
Doch aufgemerkt, Arib sagt gerade wieder etwas – da braucht's volle Konzentration!
„Wer König ist, hat mehr von Frauen! – Ich König! König und Kunstler!" Arib reckt sich ...
Sanna geht der irritierende Gedanke eines sich die brustbetrommelnden Affen durch den Kopf, den sie einen Moment lang – ‚Denken Sie nicht an rosa Elefanten!' – nicht abschütteln kann und damit hat sie ihre Argumentationslücke schon wieder verpaßt.
„Wieso stehen einem König mehr Frauen zu ...? Von denen er dann auch mehr ... Gunst hat? Oder was meinst Du?" will sie sich vergewissern, seinen Gedanken kapiert zu haben.
„Sag ja, Du nichts checken! – Euer paar Könige hier nur eine Frau haben! Aber bei uns in Pieselwesien, da nur König wer viel Frau hat! – Und ich da König!"

„Dann hast Du damals im Urlaub schon noch andere Freundinnen mehr gehabt neben mir ..." im Gemisch aus Schmerz und Gekränktsein fällt auch Sanna Klein jetzt immer häufiger in verballhornte Sprache. „Man wird aber nicht durch viel Frauen König, man muß schon erst wer sein und dann fliegen die Frauen auf Dich – so rum wird ein Schuh draus!" Dieser Anflug von Besserwisserei tut Sanna gut – nur wirkt ihr verkniffener Mund nun überhaupt nicht mehr sinnlich auf ihren ungestümen Arib.
„Schuh? Was mit Schuh? – Immer Du lenken weg ... – Die Frau weit von Hauptstadt her kommen wegen ich Artist! – Aber das Dir so what – gleichgegültigt!"
„Du hast im Zirkus gearbeitet?" irgendwie erstaunt der Typ sie immer wieder, denkt Sanna. Der hat viel mehr auf dem Kasten, als ich mir hier in meinem blöden Knipsel vorstellen kann. War er also beim Zirkus als Artist! – Tierbändiger könnte er schon sein, der schicke Arib ... „Aber was hat die fremde Frau damit zu tun? – Also von der Zirkusgewerkschaft ist die nicht!
„Wieso Du schwatz von Zirkus?" Arib kann's nicht fassen, wie er wieder mißverstanden wird. „Ich kein domtiertes Tier – wie Dir lieber wär! – Ich in Heimat Artist gewesen – du nicht mal begreif' Englisch – Ihr hier sagen ..."
„Ach, **Künstler**, du warst in Pieselwesien Künstler, das meinst Du mit ‚artist'!"
„Ich gesagt ...!"
„Aber die Frau ... das ist doch die von der Zumutungsbehörde für Ausländer, was will die mit Kunst von Dir, hat das mit Deinem Zusammengebastelten zu tun? Und warum schmeißt die sich dann an Dich ran ...?" fällt es Sanna jetzt wieder schmerzlich ein, sie hatte die arrogante Schickse im Herbst bei den Unruhen um Knipsel Castle schon kurz gesehen, wie sie sich erinnerte.
„Kommen von Hauptstadt, um mein Kunst zu sehen!"
„Das hohe Dingsbums, was Du da in der Garage mit Latten zusammengenagelt hast ... das ist Kunst?" Sanna meint es nur erstaunt, nicht ironisch. Weil sie

fand, Arib müsse einen Bereich auch ganz für sich haben, hatte sie ihm ihre alte angemietete Remise, wo eigentlich nur Krempel drinstand, zur Verfügung gestellt – aber natürlich nicht fürs Bums mit irgendeiner Dings ...
„Frau plant Kunst nur von uns Asylanten! Meine Freunde schon weg, aber ich geblieben und mach ganz besonders Kunst!"
Sanna fällt was ein: „Ach, schleppst Du mir deshalb immer die Eimer mit dem Müll aus dem Laden weg!"
Arib lächelt das erste Mal verschmitzt ...
... und das verleitet Sanna wieder zu einem Diskussionsfehler: „Du wirst Dich doch aber für den häßlichen Bretterturm bei der Tante nicht einschmeicheln wollen ...!"
‚Einschmeicheln' hat Arib noch nicht gehört, nur klingt es so ähnlich wie ‚eischemel', was auf Pieselwesisch ein ziemlich rüdes Wort für einen unmännlichen Mann ist ...
Sanna weiß nicht wie, aber sie fängt sich auf gut Deutsch, aber in der Auswirkung international verständlich, eine ziemlich klatschende Schelle ...

„Gefällt mir alles nicht!" sagt Marrá versonnen zu Lorbas Zacke. Beide stehen am Gartenzaun, Marrá schaut prüfend zum Hühnerfutter auf der Rückbank von Lorbas Auto, was sie gerade eingekauft hat und wofür Gerne – ausgerechnet er – sich erboten hat, es nachher noch zum Huhn auf die Burg zu bringen.
„So lange sollte man das Huhn auch nicht alleine lassen – es braucht Gesellschaft und jemand, der ständig da ist." Gibt sie ihre Überlegungen an Lorbas weiter. Aber hier hinunter, in Lorbas' Garten wollte sie es nun auch nicht mitnehmen. Das würde sicher neue Unruhen mit den Nachbarn bringen. Sie muß das alles auch noch einmal in Ruhe mit Lorbas besprechen, vielleicht wird ihr dann klarer, was hier irgendwie zum Himmel stinkt ...
„Die schicken mir die Arztrechnung ..." sagt Lorbas plötzlich irritiert. Er hat gerade die Post aus dem

Briefkasten gesichtet und bekommt dadurch wieder ganz andere Sorgen in die Hand.
„Welche Arztrechnung?" Marrá lugt seitlich in den Brief, den Lorbas verstört liest.
„Matti Kuhleguts Verletzung an der Stirn durch meinen ‚fahrlässig herumliegenden Metallrechen', schreibt sein Anwalt ..." Lorbas schluckt, er ist sich eigentlich keiner Schuld bewußt, aber bezichtigt zu werden, Menschenschaden herbeigeführt zu haben durch Unachtsamkeit, das setzt ihm zu.
„Was? Der kopflose Nachbar mit seiner dreisten Freundin, die hier rumgefuhrwerkt haben ... – ist der nicht krankenversichert?"
„Er hat noch einen Spezialisten aufsuchen müssen ..., schreibt er, Spätfolgen nicht ausgeschlossen, Schmerzensgeld wird man noch erwägen. – Das ist wohlüberlegt, der ist nicht kopflos ..."
„... wäre in diesem Fall aber besser gewesen – ohne Kopf hätte er sich keine Brüsche geholt!" erwidert Marrá todernst.
Lorbas findet das gar nicht witzig ...

„Nie finde ich hier was! – Klemme, wo ist meine Knipsel-Castle-Mappe, wo all die Anträge und Vorschläge drin sind?" Portus Tüpfelhund ist sauer – nichts geht voran, alles dreht sich um Knipsel aber nichts baut ihn, Gemeinderat Tüpfelhund, auf!
„Klemme!"
Armica Klemme, Portus' Sekretärin und in ausgewogenen Zeiten ‚Klemm*chen*' genannt, erscheint in der Tür: „Die hat doch Pettar!"
„Was will der denn damit?"
„Sollte er doch mal überarbeiten – haben Sie ihm doch gesagt ... wegen mal ‚klare Linie reinbringen', wie Sie das nannten ..."
„Und wo ist der mit der Mappe hin?" Tüpfelhund tigert unwirsch durch sein Büro, hebt hier einen Ordner an, zieht dort eine Schublade auf ... „Unordnung, überall Chaos – wie soll man da agieren?!"
„Sie sind eben so pflichtbewußt ..." will sich Frau Klemme wieder zum ‚Klemmchen' avancieren.

„Neulich haben Sie doch gesagt, der Gemeinderat in Krümpeldorf, der mache sich's einfach, der agiere nicht, der residiere nur, spannen Sie doch auch mal etwas aus, nehmen Sie die Luft raus und gehen Sie nicht gleich hoch ..."
Tüpfelhund stockt plötzlich in seinem Herumtigern und -wühlen. Sinnierend schaut er zu seiner Sekretärin und nun wird sie wieder zum ‚Klemmchen' befördert: „Manchmal sind Sie ein ‚Gutes-Ideen-Klemmchen' – ‚hoch gehen', das ist das Stichwort: ich werde jetzt mal richtig residieren ..."
„Sag ich doch ..., Käffchen und paar Kekschen zum Residieren?" Armica ist schon fast auf dem Weg zum Kaffeebrühen.
„Von wegen! – Schluß mit Krümel-Kekschen-Kram ..." Portus lächelt unbestimmt aus dem Fenster in die Weite schauend.
Armica Klemme lächelt nicht – ihre selbstgebackenen Kekse waren noch nie zu krümelig – bei denen stimmt immer das Butter-Eier-Mehl-Verhältnis ...
„Ich will jetzt das große Tortenstück ..." Tüpfelhund wirkt nun wie der Napoleon aus Kullerstadt.
„Torte?! – War Ihnen doch sonst immer zu fett, wegen Cholesterin und so ..."
„Muß man sich nur die richtige Umgebung zum Genießen suchen, dann nimmt's der Körper auch ganz anders auf – so ohne Streß!"
„Ach, ja ...?!"
Portus Tüpfelhund sieht Armica Klemme jetzt entschlossen an: „Ich werde jetzt täglich ein streßfreies Sahnetörtchen essen, während ich in meinem neuen Büro auf Knipsel Castle residiere!" Portus lächelt gewinnend und nickt bekräftigend. „Ich bin ja so selbstlos, wäge pflichtbewußt zwischen Fledermäusen und Motten ab, was man auf die Burg holen könnte – aber mir selbst dort ein gediegenes Empfangszimmer einrichten zu lassen – darauf komme ich in meiner Bescheidenheit gar nicht! – Bringt mich auch niemand drauf – muß ich mir wieder selbst einfallen lassen!" Oh, jetzt wird der Tüpfel-Ton gar etwas bitter, Armica weicht ein wenig zurück, will

aber durch Interesse aufmuntern: „Dann ziehen wir nach Knipsel Castle ...naja, ist sicher eine schöne Idee ... – aber wen wollen sie denn da empfangen – kommt doch auch hier kaum einer vorbei ...?"
Es soll ja keine blöden Fragen geben, wird ja immer behauptet, aber unbequeme Fragen, liebe Armica, die gibt es wohl doch und die bringen einen dann mitunter so was von in die Klemme ...
„*Ich* ziehe mir schon Leute zum Empfangen heran ..." mopst Portus auf „deshalb brauchen auch nicht ‚*wir*' nach Knipsel Castle zu ziehen, Sie und Lascher bleiben natürlich hier: Mappen verräumen bei Käffchen und Kekschen!" donnert jetzt das Wolfsrudiment im Tüpfelhund los.
Armicas Mund verzieht sich zu einem breiten, schmalen Strich ... – wie mit Büroklammern festgeklemmt, so sieht das jetzt aus und dabei schießen ihr stumme Tränchen aus den Augen.

Zweiter Teil

HEIMAT HAT AUCH GRENZEN?!

Ortstermin: *Da geht noch was ... – schief!*	*140*
Bilanz vom *'Tag des offenen Vorplatzes'*	*157*
Zwischenspiel ohne Geige	*165*
Verwirrende Marktentwicklungen	*167*
Eine Fleck-weg-Idee	*175*
Kopf durchlüften bei Vollmond	*180*
Unser Schloßgespenst *trinkt gern Champagner*	*186*
Ich weiß, wo Du schief liegst ...	*191*
Andere Saiten aufziehen	*194*
ZWISCHENDURCH ... *... doch mittendrin*	*200*
Der Schlüssel	*202*
Enttäuschte Neugier	*204*
Verordnete Kunst	*208*

Alles auf Eis 212

Umzug – Einzug – Hochzug 216

Das fehlt uns noch ... 221

Was steckt im ‚Goldrutenknödel'? 225

Ortstermin:
Da geht noch was ... – schief!

„Ich glaube nicht, daß das so sinnstiftend sein wird!" Portus Tüpfelhund ist skeptisch.
„'Sinnstiftend'?!" Pettar Lascher ist irritiert.
„Ja, ‚*sinnstiftend*' – tolles Wort, was?!" Tüpfelhund ist gleich wieder begeistert. „Habe ich in meinem neuen ‚Businesstrainer für Gemeinderäte' gelesen ... – alles was man tut, sollte ‚sinnstiftend' sein!"
Pettar ist baff, hätte er dem Alten gar nicht zugetraut: ‚Businesstrainer für Gemeinderäte'! Hat er, Pettar, da etwas verpaßt, daß er noch immer nur ‚Assi' ist? Nachdenklich schaut er einen Moment zu lange auf seinen Chef, der im Auto neben ihm auf dem Beifahrersitz plaziert ist ... und schon muß er scharf bremsen und einlenken, damit ihm hoch nach Knipsel Castle in einer Serpentine nicht der Sinn stiften geht.
„Passen Sie doch auf, Pettar!" beschwert sich Portus.
„Mach ich ja," gibt Pettar zurück, während er den Wagen nun wieder geschickt in die Mitte der Straße bugsiert. „Bin bloß mit der Sinnstifterei beschäftigt ..."
„Ja, eben *nicht*, sind Sie eben *nicht*!" ereifert sich Portus gleich wieder. „Sonst hätten wir ja heute wohl nicht diesen Ortstermin! – Alle mit 'm Mal, mittenmang auf einen Fleck eingeladen – geht doch schief!"
Pettar ist ehrlich gesagt – also ehrlich geschwiegen – auch nicht ganz wohl beim heutigen Ortstermin. Er wollte die Interessenten und Investoren für Knipsel Castle einfach und schnell sondieren können, deshalb hat er einige der wichtigsten für heute Vormittag hoch zur Burg eingeladen. Interessenten sollen sich heute einmal ansehen können, was sie erwarten würde, wenn sie hier auf Knipsel Castle investieren und mitmachen wollten. Man könnte mit diesem Ortstermin schnell und unverbindlich prüfen, ob die Gegebenheiten auf Burg Hohenknipselstein sich eignen würden für das jeweilige Anliegen der Interessenten. Es ist doch wichtig, so denkt sich Pettar – auch ohne ‚Businesstrainer für den kleinen Gemeindesekretär' – daß man die zur Verfügung

stehende Fläche so schnell wie möglich gut vermietet aufteilen kann! Zumal ja mit den ‚Irgendwie-Beteiligungen' – pekuniär und praktisch zupackend – zwischen Marrá von Flau...-und-so-weiter und den staatlich Verantwortlichen noch einiges im Argen liegt, was bei weitem noch nicht geklärt ist! Dazu gehört zum Beispiel auch: wer denn eigentlich ‚die staatlich Verantwortlichen' sind. Vom Landratsamt bis in die Regierung der Hauptstadt halten sich ja wechselweise alle und keiner für ‚zuständig' ... – je nachdem, was jeder sich gerade als Vorteil für sich, sein ‚Anliegen' und sein Image in einer eher abgeranzten Burg vorstellen könnte! Also ob da etwas ‚Sinnstiftendes' bei raus käme, das könnte man – so dachte sich Pettar – in so einem ‚Get-welcome-Vormittag' schon einmal sortieren! – Jetzt hat er aber doch leise Zweifel, ob er das nicht zu naiv gesehen hat ...

„Ich sag's Ihnen, das geht schief, mein Lieber!" nörgelt der Gemeinderat auch schon wieder los.

Pettar sagt dazu jetzt nichts, sonst würde es wieder in einem ewigen Ja-Nein enden, so ewig wie diese langatmigen Serpentinen, die hoch nach Knipsel Castle nicht enden wollen ...

„Na, da bin ich ja mal gespannt, was das wird ..." sagt zur gleichen Zeit Lorbas Zacke munter am Steuer seines Wagens.

Er, Marrá und Gerne befinden sich genau hinter Pettars und Tüpfelhunds Wagen und serpentinieren sich ebenfalls hoch zur Burg.

Man hatte verabredet, sich oben zu treffen, aber es traf sich, daß man zur genau selben Sekunde an der Einfahrt hoch zur Burg mit den Autos einbiegen wollte. Per Lichthupe hat man sich nun schon begrüßt und Lorbas ließ natürlich der Limousine des Gemeinderats mit Pettar am Steuer die Vorfahrt.

„Ich wollte, ich wäre nicht so gespannt ..." erklärt Marrá. „Erstens wird's ein Tohuwabohu geben, bei dem, was sich da alles einfinden soll, und zweitens werden mir all die Leute nicht gefallen ... Schau noch mal auf die Liste, Gerne! Wer soll sich da vorstellen?"

„Tante Marrá, ich glaube nicht, daß die sich alle ‚vorstellen' wollen – vielmehr müßt *Ihr* Euch *bei denen* ‚vorstellen' und vermutlich sie hofieren, damit sie *bei Euch* investieren!" Gerwenich Nekolup Graf von Frohampel, kurz Gerne genannt, sagt das mit einem gewissen Genuß, da er ja immer noch seine von Tante Marrá so schnöde abgeschmetterte Adelsexperten-Schule im Auge hat. Daher führt er gleich noch weiter aus: „Vielleicht wirst Du doch noch beglückt darüber sein, wenn man etwas anderes nach Knipsel Castle holen kann, als das, was da heute anbranden wird ..." er schaut auf die Liste mit den heute Vorstelligen, die Pettar schon vor einigen Tagen Lorbas gegeben hatte. Aber Lorbas hatte noch keine Zeit, sie durchzulesen und hat sie deshalb Gerne zum ‚Überfliegen' weitergereicht.

Gerne hatte sich schon köstlich amüsiert und läßt nun auch Marrá und Lorbas daran teilhaben: „Heute sollen wir oben die Gleitfliegerschule ‚Drachenaufwind' treffen, außerdem die staatlich geförderte Resozialisierungsmaßnahme ‚Rent Dir Deinen Knacki' und auch noch den Imbißstand ‚Igors Burger Burgableger' ..."

„Was für'n ‚Ableger'?" Lorbas ist erstaunt. „Igor ist doch der Imbiß-Fritze am Bahnhof ... der mit dem alten Fett ... der will jetzt wirklich sein Zeugs auch noch vor Knipsel Castle abbraten?! Der, dessen Antrag fast noch vor den eingesessenen Gastwirten auf Portus' Schreibtisch lag ... – Hast du den eingeladen, Marrá?!"

„Bin mir nicht bewußt ... hat wohl Pettar Lascher sich ein Ohr abbraten lassen ..." erwidert Marrá wenig begeistert.

„Tja, schauen wir mal, was der kleine Gemeinderat-Assistent noch auf die VIP-Liste gewuppt hat ..." will Gerne – der Pettar noch nicht persönlich kennt – schon weiter vorlesen.

„Danke nein! Warten wir doch lieber ab, was uns oben leibhaftig erwartet, bevor wir uns hier kirre machen ..." unterbricht Marrá nun Gernes genüßliche Aufzählung.

Sie weiß natürlich, worauf ihr Patenjunge mit seiner genüßlichen Aufzählung hinaus will ...
„Das heißt noch keinesfalls, daß eine Adelsexperten-Schule die bessere Alternative wäre – vielmehr die Traufe in die man nach dem Regen kommt!" Marrá bleibt ablehnend gegen Gernes Ideen-Flitz den Adel zu verheizen.
Gerne hat es ihr auch nach dem ersten großen Krach in den vorigen Tagen immer mal wieder häppchenweise versucht zu erklären, warum er am liebsten auf Knipsel Castle eine Schule einrichten möchte, auf der Leute zu ‚Adelsexperten' ausgebildet werden sollen. Und zwar wäre genau deshalb so eine Schule gut, damit *nicht* jeder, der zwei Semester Journalistik studiert hat, mal auf einem adligen Sektempfang gekellnert hat oder sich gar als verarmter ‚Von-und-zu' bei einem Paparazzi-TV-Format für Infos aus der High Society andient ... – daß also gerade so jemand *nicht* einfach halbe Lügen und ganze Unwahrheiten blind in die Welt streuen kann! Vielmehr sollte es eine Institution geben, die ‚professionell', gezielt und gediegen die ‚Voll-Wahrheit' – sozusagen ‚das schiere Pfund Wahrheit' – kundtut und kenntnisreich die Hintergründe dazu differenziert erläutert ...
– Im Wagen davor würde man das jetzt sicher ‚sinnstiftend' nennen ... –
Das also hatte sich Gerne für Knipsel Castle vorgestellt – ohne daß er selbst sich heute vorstellen muß ...
Er läßt die Einwände seiner Tante aber mal beiseite, denn man ist jetzt oben angekommen und die beiden Autos parken auf dem Platz unterhalb der Burg.
Alle steigen aus, man begrüßt sich. Gerne und Pettar schätzen sich ab, so wie sie sich heute zum ersten Mal begegnen. Vom Alter her sind sie die Jüngsten der Gruppe – wird das zu einer tragfähigen Gemeinsamkeit reichen?!
Alle sehen in den Gesichtern der anderen, daß sich die Vorbehalte für das heutige Vorhaben von

Serpentine zu Serpentine noch gesteigert haben müssen.
Wie um dem noch eins drauf zu setzen, deutet Portus Tüpfelhund jetzt zu der kleinen, krumpligen Treppe, die normalerweise zum Burghof hinaufführt.
Er muß gar nichts weiter sagen, denn alle sind mit ihm zusammen sprachlos – platt im Gemüt – so platt wie die Treppe geplättet ist. Zugegeben: die Steine waren ausgetreten, so daß man sich immer vorsehen mußte, wo man hintritt, um nicht zu stolpern ...
Bis zum Etikett ‚behindertengerecht – barrierelos' hätte die Treppe sowieso noch einen steilen Weg vor sich gehabt. Nun aber hat sie alle Wege hinter sich – die Treppe ist begraben! – Satt dessen ist eine staubige kleine Anhöhe geblieben, aus der die paar Katzbuckelsteine der ehemaligen Treppe unregelmäßig spitzig herausragen. Abgesehen davon, daß man sich fragen muß: wie kraxele ich den gut Ein-Meter-Höhenunterschied nun hoch, ohne mir die Hufe zu verknacksen, macht das alles auch den Eindruck, wie überrannt oder gar – erobert?!
Marrá schaut deshalb auch schnell gen Himmel. Aber die Zinnen von Knipsel Castle sieht man noch hinter dem dichten Baum- und Buschbestand, der den Parkplatz vom Burghof trennt – also Knipsel Castle selbst steht wohl noch!
„Ach, du lieber Himmel! Was ist denn hier passiert?" Tüpfelhund faßt damit eigentlich alle Eindrücke seiner Begleiter zusammen.
Marrá wäre die erste, die jetzt etwas sagen würde, aber sie kommt nicht dazu, denn von oben schaut schon jemand um die Büsche herum und springt elegant die abschüssige Stelle herunter, so wie eine super sportliche Gemse – was ja ein ‚blonder Schimmel' wäre, denn Gemsen sind schließlich immer das, was wir ‚sportlich' nennen! –
Es ist ein Mann, er wedelt vergnügt mit den Armen und kommt auf die Verwunderten zugestiefelt. ‚Zugestiefelt' im wörtlichen Sinne: er ist schon älter, grauhaarig, aber ein Drahtiger. Unten trägt er Schnürstiefel und oben ist er ein Farbiger ..., nein,

halt mal ... – er hat zwar eine grau-braun-grüne Kluft an, was ja noch nicht wirklich farbig ist – und näher besehen, hat auch das Gesicht nicht von Natur aus den dunklen Teint, den ein ‚farbiger' Mensch hätte, vielmehr ist sein Gesicht nur angeschmiert mit dunkler Tarn-Farbe! – Alles sehr bizarr ...
„Hauptmann Wattelbausch, grüße Sie!" schreit der Sportliche im Tarnanzug aus seinem getarnten Mund, aus dem die weißen Zähne nun hell aufblitzen, als er vor den fünf Verwunderten prompt zum Stehen kommt.
Er legt die platte Hand abgespreizt an die Schläfe – zu zackig, als daß es eine Geste des Nachdenkens sein könnte – es ist der übliche militärische Gruß. Gleich reißt er den Arm auch wieder runter und tritt zuerst auf Marrá zu. „Frau von Flausen-Tulpenscheitel, freut mich, Sie kennenzulernen, ich bin ein großer Verehrer von Ihnen und Ihren Projekten!" Man hätte jetzt fast einen Handkuß erwartet, aber der Hauptmann begnügt sich mit einem Händeschütteln.
„So, ... ja ..., danke ..." die sonst so couragierte Marrá muß sich doch erst einmal fassen, nach allem was da platt gemacht, getarnt und trotzdem profiliert sie gerade zu überrollen scheint.
„Klasse!" Gerne – immer der kleine Junge, wenn man ihn läßt – ist echt begeistert von dem Militärmann.
„Sie sind sicher das Sondereinsatzkommando ..."
Alle außer Pettar schauen Gerne verblüfft an: ‚Wieso Sondereinsatzkommando?!' steht auf den irritierten Gesichtern als Frage geschrieben ...
Gerne sieht die Schafblicke der anderen und erklärt: „Die bewerben sich auch für Knipsel Castle, eine SEK-Einheit! Die wollen hier vielleicht ein Trainingszentrum aufbauen! – So stand's auf der Liste von Herrn Lascher."
Aber genug der Erklärung, viel lieber möchte Gerne fachsimpeln, also fährt er gleich wißbegierig fort: „Dann haben Sie hier schon mal die Barrieren gerodet!" Gerne will damit gar nicht witzig sein – nur verbindlich – merkt aber, daß alle anderen seinen

Vorstoß bezüglich der platt gemachten Treppe wie einen Dolchstoß empfinden.

„Ja," sagt Hauptmann Wattelbausch, dem die geplättete Stimmung völlig entgeht „wir wären ja sonst mit dem Kleinen Gerät nicht hochgekommen!"

„Prima Sache! Sie werden sich sicher wohlfühlen auf dem Castle!" Gerne nickt mehrmals wohlwollend. Marrá versucht die Sache erst einmal einzuordnen, aber ihr geht nur durch den Kopf, ob sie als Patentante früher ihrem Patenkind Gerne vielleicht zu viele oder zu wenige dieser häßlichen Spielzeug-Panzer und -Abwehrraketen geschenkt hat – und damit entweder ein Defizit oder eine zu begeisterte Neigung geschürt hat. Denn wenn er jetzt, als junger Mann, so überkandidelt auf diesen Armeekram reagiert, dann ist da sicher etwas schief gelaufen ...

„Äh, ja, Herr Hauptmann ... Sie wissen aber schon, daß wir hier noch andere Interessenten haben, die mit Knipsel Castle etwas anfangen könnten ..." es ist Pettar Lascher, der nun das Wort ergreift, als fasse er in ein offenes Messer. Klar, hat er die SEK-Einheit eingeladen – einladen *müssen*! Das war ja nach dem Aufruhr im Rathaus neulich sofort als Anweisung aus der Hauptstadt gekommen: ‚Staatliche Organe' für die nationale – oder auch nur regionale – Sicherheit müßten sich auch die Burg ‚auf Verwendbarkeit' für ihre Zwecke anschauen dürfen ... – Daß diese Sicherheitskräfte als erstes die Zugangstreppe plätten, nun ja ... wie nennen die das immer: Kollateralschaden!

„Ja, die anderen haben wir schon begutachtet und im Griff!" antwortet Wattelbausch zuversichtlich.

„Im ... – äh – Griff?! – Wie darf man das jetzt wohl verstehen?! – Alle ins Burgverlies geschmissen?! – Tüpelhund, mein Name, ich bin hier der Gemeinderat!" Portus will es gleich genau wissen.

„Bin informiert, Herr Tüpfelhund! Freut mich!" wendet sich der tarngekleidete Wattelbausch Portus zu und schüttelt ihm kräftig die Hand. „Gibt's das auch," fragt er dann interessiert „ein ‚Verlies'?! – Wir haben bisher hinterm Haus nur die Odelgrube gefunden, ..."

„Und da sind jetzt die Mitbewerber drin!" Gerne jubiliert fast vor kindlicher Freude.
Marrá, Lorbas und Portus schauen ihn entsetzt an – Pettar nicht, der hält diese Möglichkeit eher für eine beinahe gute Lösung ...
„Nein, wo denken Sie hin ..." lacht Wattelbausch aber die Schmiere in seinem Gesicht glänzt ein bißchen bei diesem anregenden Gedanken „... wir sind doch zivilisiert ... – aber ein wenig Platz mußten wir uns schon verschaffen!"
„Dann gehen wir jetzt erst einmal hoch – falls wir da rauf kommen, über die platt gemachte Treppe – und nehmen mal diejenigen in Augenschein, die Platz gemacht haben!" schlägt Marrá vor und setzt leise hinzu „Vielleicht ist ihnen ja noch zu helfen ..."
„Ach, war diese Unebenheit echt eine Treppe?" stutzt Wattelbausch tatsächlich überrascht. „Na, dann haben Sie doch wirklich Glück, daß wir unsere kleinen Ricke-Racke-Raupen dabei haben, die machen alles platt – danach stolpern Sie über nichts mehr!" Wattelbausch ist einer, der sich auch immer selbst begeistern kann.
„Dafür kommt man aber dann auch nicht mehr das Gefälle hoch ..." gibt Lorbas verschmitzt zu bedenken.
„Na, komm' Sie mal, meine Jungs und Mädels helfen Ihnen hoch." Hauptmann Wattelbausch bietet das ganz jovial an.
„Ach," horcht Gerne auf „**Mädels** gibt's ja jetzt auch in Ihrem ..." beinahe hätte er ‚Verein' sagen wollen, verbessert sich aber schnell noch „... in Ihrer Organisation!"
„Na, klar, die sind vielleicht tough, werden Sie sehen!" schwärmt Wattelbausch und stapft mit weiten Schritten den Schutthaufen hinauf, der von der Treppe übrig geblieben ist.
„Bin ich ja gespannt!" schließt sich Gerne gleich an.
Oben am Burghof stehen auch schon drei, vier junge Leute ebenfalls tarngekleidete – tatsächlich auch junge Frauen. Gerne erinnert sich, irgendwann einmal weibliche Zentauren auf einem Wandgemälde eines Verhökerlander Schlosses gesehen zu haben. Aber von den imposanten Gestalten der Sagen ist hier den

jungen, meist zierlichen Frauen in Tarnklamotten oft nur noch die kleine Strippe Haarzopf am Hinterkopf geblieben. Der einst stattliche Pferdeschweif: geschrumpft und eine Etage höher gerutscht ... – Schade! So denkt sich Gerne.
Der gesamte Burgvorplatz scheint eingerüstet wie für exorbitante Ritterspiele ...! – So jedenfalls stellt es sich allen fünf Besuchern der Burg dar, die heute quasi Fremde im eigenen Revier sind, nachdem sie sich unter den festen Armgriffen der jungen Tarntruppe den Abhang hochgehangelt haben.
Von Fremden ins eigene Revier gewuppt ..., denkt sich Marrá irritiert.
Wieder bleiben ihr, Lorbas und Tüpfelhund, die Spucke weg, während Gerne gleich mitspielen möchte und Pettar erleichtert denkt: wird doch nicht ganz in die Hose gehen! Denn wie es scheint, haben sich die Eingeladenen wunderbar arrangiert und ergänzen sich in all ihren Darbietungen! – Verliese und Odelgruben mußten wohl nicht benutzt werden ...
Man muß wirklich schon genauer hinschauen und sich vor allem – wenn man eine Möglichkeit sieht – selbst einen Weg bahnen durch das bunte Getümmel.
„Wir haben das mal ein bißchen strukturiert, was sich hier noch so angefunden hat!" ist Wattelbausch stolz und geht dann gleich dazu über, den verwunderten Eignern die Aufteilung ihres Eigentums zu erklären: „Den Drachenfliegern haben wir vorn am Abhang die Kante gegeben, die sind noch dabei ihr Gerät aufzubauen und den Wind zu testen!"
Tatsächlich stehen an dem Teil des Vorplatzes, der steil nach unten auf Knipsel schaut und nach hinten zum Weg des Dienstboteneingangs führt, viele riesige, bunte Stoffbahnen scheinbar wirr über- und untereinander, dazwischen viel Gestänge. Völlig absorbierte Leute in teilweise halb herauf- oder heruntergekrempelten Overalls wuseln dort herum und scheinen Stoffe und Gestänge irgendwie verbinden zu wollen.
„Also die sind noch etwas überfordert, ihr eigenes Equipment mal auf kleinerem Raum an den Start zu

bringen – mehr Areal konnten wir ihnen nun aber wirklich nicht zugestehen. Das Sprunggelände sei wohl eine echte Herausforderung, meinte der Erste Kranich von denen!" Wattelbausch lacht und zeigt dabei die steile Kante hinunter, die mit Strauch und Strupps, mit Dorn und Dörr bedeckt ist und an deren Ende, weit, weit unten Knipsel zu liegen scheint. Also das ist nicht die Strecke mit den Serpentinen – hier geht's ganz unumwunden abwärts ...
Alle fünf Gastgeber recken vorsichtig die Hälse über die Kante.
„Wo wollen die da unten eigentlich landen? Doch nicht etwa auf der Durchgangsstraße von Kullerstadt nach Vierecktal?" fragt Lorbas etwas erschrocken.
„Der Obervogel von denen meint, sie müßten es mit dem Fliegen bis zur ersten Wiese hinten schaffen, das wär' zu machen!" Wattelbausch ist da zuversichtlich.
„Da wird sich Bauer Harfe aber freuen ..." überlegt Tüpfelhund trocken.
„Falls einer abschmiert ..." Wattelbausch läßt den Satz mal mit drei Punkten offen – für jedermanns Phantasie! Nun wendet er sich wieder der Mitte des Burgplatzes zu „... für den Fall also, daß einer da durchhängt, haben wir doch unsere kleinen Ricke-Racke-Raupen, die ich Ihnen jetzt zeigen will!" Mit begeistertem Schritt schreitet der Hauptmann aus dem Bereich von Stoffbahnen und Gestänge heraus und tatsächlich ...
... hier in der Mitte des Vorplatzes ‚parken' zwei, drei, vier ... – nein, fünf wendige, baggerartige Fahrzeuge. Wenn man direkt davor steht, muß man allerdings schon den Kopf heben, um oben – was ist das? – doch, doch, die Einstiegsluke zu erkennen!
Obendrein und untendrunter – eigentlich rundherum tragen die Dinger den muschelmaschel Partnerlook von Hauptmann Wattelbausch und seinen Jungs und Mädels – wenn *das* keine lebenslange Freundschaft ist zwischen Mensch und Maschine ...!
„Der ‚KP1 Strich Alpha Exit'!" stellt Wattelbausch seine Raupen vor, als wäre damit doch wohl alles Wesentliche erklärt! So läßt der Hauptmann die

Herumgeführten mit dieser Information und seinem strahlenden Lächeln vor ihm und den wild gefleckten Monstern stehen.
"‚*KP*1'! – ‚*K*apitaler *P*rachtbursche'?!" es ist Pettar, der nach angemessener Sprachlosigkeit seine scheinbare Freude über diese Art von Fahrzeug losläßt. Wattelbausch hat's doch gewußt: so ein schönes Teil – und dann im Fünfer Pack – kann niemanden wirklich kalt lassen, so erklärt er gleich weiter: "Eigentlich ‚*K*ontinental *P*rotektor 1 Strich Alpha Exit', das ist die amtliche Bezeichnung – bei uns aber nur ‚Kleiner Prinz' genannt!"
Damit tritt Wattelbausch an das erste der Fahrzeuge, tätschelt es auf einem seiner grau-grün-braun getarnten Scheinwerfer und sagt versonnen: „'Kleiner Prinz' ist Opas Liebling!" Dann, nach vier, fünf völlig andächtigen Sekunden – man wartet nur darauf, daß ‚KP1' seinen ‚Opa Wattelbausch' zurücktätschelt ... – wendet sich der Hauptmann wieder seiner Besuchertruppe zu: „Kennen Sie doch, diesen poetischen Roman von dem Flieger ..."
„... der's übertrieben hat und dann abgestürzt ist, ja kennen wir – das war aber ein ‚kleiner Lord'! Ob aber ‚Prinz' oder ‚Lord', es hilft uns leider hier nicht weiter!" Marrá ist die erste, die sich aus dem Wunderwelt-Kladderadatsch, den man ihr hier vor die Burg gestellt hat, herauswinden möchte. „Nettes Spielzeug, um den Kontinent zu protekten, ich glaube aber nicht, daß das für Knipsel Castle nötig ist, so viele Angriffe hatten wir hier in der letzten Zeit gar nicht, die es abzuwehren galt. Die stolperigen Stufen haben Sie uns ja netterweise schon eingeebnet, daß da keiner so schnell hinauf kommt – aber ansonsten können wir Ihnen für Ihre ... ‚Kleinen Ricke-Racke-Prinzen-Raupen' auf Dauer auch so gar keine Garagen zur Verfügung stellen!"
„Kein Problem, Madame, das macht sowieso der Koordinierungsausschuß in der Hauptstadt. Ich denk mir: hinterm Haus, da geht noch was, da kann man noch einiges platt machen, stellt 'ne Halle hin und da geht alles rein, was wir brauchen. Ansonsten ist das

Gelände für Außenübungen exzellent: kann man viel tarnen – aufspüren, einkesseln – befreien ... muß natürlich eingezäunt und abgesperrt werden, dann können wir hier eine wunderbare neue Sondereinsatztruppe ausbilden!"
Daher weht also der Wind! Tüpfelhund ist sich jetzt gewiß, wieso das so schnell ging mit dem Militär-Fritzen hier am Vorplatz der Burg: es ist eben doch die kalkulierte Retourkutsche aus der Hauptstadt für die Rauferei neulich im Rathaus von Kullerstadt, wo nicht klar war, wie übergriffig es in der Region wohl langfristig werden wird ...
Wattelbausch ist aber schon weiter: „Auf dem Kasten hier wollte doch wohl sowieso keiner mehr Urlaub machen ... – oder?! – Ha, ha ... das wär' ja wohl wirklich zu marode!"
Er bemerkt aber zu spät, daß er sich mit der letzten Bemerkung dann doch bei allen fünf Eigentümer-Gästen irgendwie in die Nesseln setzt.
‚Urlaub machen ...', da fällt Gerne über seine Begeisterung des ganzen Vorplatz-Zirkus-Programms doch ein, mal wie nebenbei nach oben zu den Zinnen zu schauen. Gott sei Dank, seine beiden speziellen ‚Urlaubsgäste', Eline und Minimus, schauen nur mit der Nasenspitze aus dem Turm heraus. Wer nicht ganz genau hinsieht, erkennt sie gar nicht und Gerne ahnt, wie blaß sie um die Nasen sind. Er hatte nach Pettar Laschers relativ kurzfristigem Anruf, er habe mal ein paar mögliche Interessenten der Burg zum Ortstermin eingeladen und Marrás Verordnung: "Die bleiben mir aber auf dem Vorplatz und kommen mir ja nicht in die Gemächer ...!" erleichtert aufgeatmet. Dann hatte er Eline bescheid gesagt. Man ist nun doch schon über eine Handy-Standleitung miteinander verbunden. Sie und Minimus sollten auf jeden Fall in der Burg bleiben, sich nicht rühren und sich nicht wundern – vor allem nichts ver*geigen* ...
So sind die beiden heute verängstigt nach diesem Aufmarsch in die oberste Burgspitze geflüchtet und haben schon lange auf einen beruhigenden Blick von Gerne nach oben zu ihnen gewartet ... –

„Kanonengulasch gibt's nur gegen Cash!"
Alle Betrachter der kleinen Prinzenraupen sind durch diesen spitzen Aufschrei aus ihren Überlegungen gerissen.
„Tja," sagt Hauptmann Wattelbausch „wenn Sie lieber diese Fraktion auf Ihrem Vorplatz haben wollen – man zu! Die haben sich hier den ganzen Morgen schon daneben benommen!" Damit weißt er auf den hinteren Burgplatz, von wo eben der Ausruf kam. Dort geht reges Treiben vor sich, es ist aber deutlich durch die Raupenreihe der fünf ‚Kleinen Prinzen' vom übrigen Areal abgeschottet.
„Der da ..." Wattelbausch zeigt auf einen Mann im seitlich aufgeklappten Campermobil „... bugsierte lustig seinen Camper hier hoch, auf dem frischen Weg unserer ‚Kleinen Prinzen' und wollte sich dann noch hier in der Mitte aufbauen ... und die anderen dort drüben, die waren schon da und das einzige, was die mit hatten ... – na, das sehen Sie ja! – Da würde ich mir aber an Ihrer Stelle überlegen, ob die Truppe noch Ausgang bekommt!" Wattelbausch beendet etwas eingeschnappt seine Erläuterungen.
Sie reichen auch tatsächlich, daß Marrá, Lorbas, Tüpfelhund, Pettar und Gerne im Bilde sind: es ist Igor-Indi-Italo, der da mit einem kleinen Camper – extra für Knipsel Castle – seine schäbige Brutzelbude aus dem Bahnhof mobil aufgerüstet hat.
Daneben die Typen auf dem spärlichen kleinen Rasenfleck am Rande des Burgvorplatzes, das sind – schon mit einem ordentlichen Zug Bier und Korn intus – unschwer zu überhören, Rabautze, Bresch, der dürre Zausel, und Biker-Schorsch, die heute ein paar Mann Verstärkung mitgebracht haben.
Man kann es ja verraten: es sind ein paar Aussteiger aus dem ‚Rent Dir Deinen Knacki'-Programm, dieser ‚Resozialisierungshilfe für Ex-Häftlinge, die Checker-Qualitäten haben ...' – wie es im Werbeflyer heißt.
Rabautze konnte es nicht lassen, nach dem Zoff im Kullerstädter Rathaus, seinem alten Kumpel Gitter-Grütze eins auszuwischen, indem er ein paar ‚Rent-Knackis' in den letzten Tagen wieder auf die alte Alk-

Spur brachte. Als die ihm dann noch verrieten, ‚Rent Deinen Knacki' wäre eingeladen zur Burg hoch ... na, da war doch alles so was von gecheckt ...
Gitter-Grütze, Gregol Grützig – jetzt deeskalationstrainiert – war dann hier mit den verblieben nüchternen zwei Mann, die er mitgebracht hatte, beizeiten wieder abgezogen, damit die nicht auch noch von Rabautze wie die Spundlöcher zum Mitsaufen verdorben wurden. Entweder das oder von den SEKlern mal eben als Dummies verbraucht und vielleicht zum Schluß sich gar aus Verzweiflung mit einem Drachengleiter vom Fels stürzen! – Also da liegt in den Knackis, die man ‚renten' kann, natürlich eine gewisse Neigung zu Rückfälligkeiten, der man eben Verantwortung zollen muß ... – auch mitunter so, daß man das Feld räumt!
Jetzt hat aber Igor die pöbelnde Rest-Truppe unter ‚Leitung' von Rabautze am Hals.
Als Igor, nun dummerweise begeistert ruft: „Kanonengulasch is' fertig!", sind es nicht die Mädels und Jungs vom Militär, die seinen Camper stürmen, oder die Drachengleiter, die angeflogen kommen, sich einen Happen zu holen, sondern statt dessen die recht vollgedröhnten Spritis, denen er vorher schon den gesamten Vormittag mit reichlich Bier und Schnaps die Wonderland-Show hier auf dem Burgplatz untermalt hat. Nun ist Rabautzes Budget für Spritkauf und das seiner Kumpels aufgebraucht und die schräge Truppe meint, Essen müßte es für sie eigentlich umsonst geben ...
„Kanonengulasch nur gegen Cash!" schreit also Igor nochmals aus vollem Hals und versucht die raubenden Rabautze-Raupen, die gerade dabei sind, alles an Brot, Würstchen, Käse, Fleisch – was Igor eben so in sein Kesselgulasch tut – zu plündern, in den Griff zu kriegen.
Igor hatte mal gehört, früher gab es diese Art Versorgungen auf dem Schlachtfeld und das hieß dann ‚Kanonengulasch' – oder doch ‚Gulaschkanone'?! – Wie auch immer ...

Aber so war das nicht geplant – daß sich alle selbst alles zusammenplündern. Igor teilt ordentlich aus mit Kochlöffel und einem Nudelholz – mit dem hat er vorhin die Würstchen geplättet, damit die Suppe sämiger wird – also voll das Nudelholz schwingend, haut er den Rabauken vom Rabautze auf die Finger oder was er zum Draufhauen findet. Es gibt auch allerlei ‚Auhaaaa!', weil die Rabauken schon einiges weggekippt haben hinter die durstige Binde, was die Finger-Wegziehzeit beim Plündern von Igors Stand erheblich steigert. Es ist aber die Überzahl der Spritis, die Igor letztlich keine Chance ließe, bis der erste von ihnen gleich im Camper und am großen Kanonengulaschtopf wäre, um selbst für ‚gerechte' Verteilung unter seinen Kumpels zu sorgen...

„Das hier können wir noch reintun, hicks ... hab' ick hinten jefunden ...!" Es ist Rabautze, der laut krackelnd von irgendwo hinter der Burg – wo auch der Kaiser zu Fuß hinging – zurückkommt.

Ist nun Rabautzes Gekräh am lautesten oder ist es das Hilfe-Kikeriki von Carmen-Elisa, dem armen Huhn, das der behirselte Spriti an den Pfoten gegriffen wie eine Trophäe schwenkt? Er hätte sicher keine Skrupel das Tier ganz, so wie es ist, im Federkleid, in Igors Kanonengulasch zu schmeißen – als zusätzliche Fleischeinlage!

Nein, am durchdringendsten ist der Schrei des lila Raben, der Rabautze wie ein Pfeil gefolgt ist und markerschreckend kreischt. Er bewirkt es, daß der aggressive Spriti das Huhn fahren ... fliegen läßt.

Weder Marrá, noch Lorbas oder Gerne wollen abwarten, was weiter ohne sie geschieht, sondern stürzen wie die kükenführenden Hennen auf Rabautze zu: Gerne rangelt ihn zur Seite, Lorbas fängt das flatternde Huhn auf und ... ja, es ist Marrá ... die schmiert dem Stadtstreicher eine, die sich gewaschen hat! – Die drei haben das noch nie geübt, aber es klappt auf den Punkt.

Sogar Hauptmann Wattelbausch ist beeindruckt von dieser Aktion.

Das sehe auch ich, als der lila Rabe, und ziehe mich auf die Burgzinne zurück, wo mich die beiden blinden Passagiere der Burg, Eline und Minimus, schreckvoll anstarren – aber die will ich ja nicht erschrecken. So schüttle ich den Vogelkopf mit leichtem Plustern und fliege einen Bogen, um mich dann wieder in der Burg unsichtbar zu machen und weiterhin als stiller Beobachter alles berichten zu können.
Carmen-Elisa ist gerettet und in guten Händen, das ist die Hauptsache!
Tüpfelhund und Pettar, die ja mit Carmen-Elisa noch nicht persönlich bekannt sind, stürmen auch noch hinzu und ‚sichern' gegen Rabautzes Kumpel, die gar nicht wissen, was ihrem Anführer geschieht und denen es jetzt hier doch zu heiß wird – nicht nur wegen des Kanonengulaschs. Einer nimmt als erster die Beine in die Hand. Als noch Wattelbauschs Mannen und Frauen einen Kreis um sie zuziehen wollen, halten die übrigen Betrunkenen das mit den Beinen in die Hand nehmen für eine gute Idee und verpis..., verzupfen sich nun auch.
Rabautze aber, empört wie er ist, wie man ihm ‚seine' Federvieh-Fleischbeilage abnehmen und dann noch eine Ohrfeige geben kann, erwägt kurz Protest, macht dann nur eine abfällige Geste mit den nun leeren Händen und läuft seinen Kumpels schreiend nach: „Ay, Ihr Schisser, ... wartet auf mich! Ihr seid genauso so 'ne Überflieger wie das blöde Huhn und hicks ... die Drachen aus Seiden... hicks ...schlüpperstoff! Ihr Är... wartet auf mich!"
Hauptmann Wattelbausch – Auseinandersetzung ist sein Element – hat sich am ehesten wieder gefaßt: „Was für ein Timing, Madame, wie Sie den vom Huhn entwaffnet haben! – Wir werden einen der ‚Kleinen Prinzen' nach Ihnen benennen: ‚KP 1 Strich Alpha Exit Flausener Tulpenscheitel'!"
Nun könnte die ganze aufgespulte Erregung ein Ende haben: weil Huhn vorm Tod im Kanonengulasch gerettet, Retter wieder zur Ruhe gekommen, Bösewichte zerstreut – obwohl man das auch alles nicht zu schwarz weiß sehen sollte – also alles könnte

sich beruhigen ... – aber statt dessen tut es richtig laut noch einen: „Puff!"
Einer der ‚Kleinen Prinzen' gibt damit auch noch seinen Senf zum Gulasch, als einer von Wattelbauschs Mannen – beziehungsweise Weibeln – wohl aus Versehen an den Böllerabzug kommt! Alle auf dem Burgvorplatz zucken zusammen! Ja, die ‚Kleinen Prinzen' können lauter als gedacht! Dummerweise erschreckt das auch die Drachenflieger und so schießt einer unter voller Staffage aus Versehen über den Burgfels hinaus. Weil man ja eigentlich erst in der Sondierung des Geländes ist und noch gar niemanden in die Tiefe schicken wollte, kommt er ins Trudeln! – Aber Glück im Unglück: der Drangehängte am Drachengleiter ist einer der Findigsten und der findet doch den best-gleitenden Weg nach unten und landet wohlbehalten nach eineinhalb Minuten auf der Durchgangsstraße von Kullerstadt nach Vierecktal, die im Moment glücklicherweise frei von Fahrzeugen ist.

„Tja," sagt Hauptmann Wattelbausch stolz, als doch alle erschreckt über die Burgfelskante schauen, was da abgeht mit dem Drachenflieger „wenn einer unserer ‚Kleinen Prinzen' pupst, dann ist da Schmackes hinter – Glück gehabt, daß wir heute nicht scharf geladen haben – sonst wären das Huhn und die Drachen nur noch Matsch – Hauptmanns Ehrenwort drauf, liebe Gnädige Frau!"

Marrá, der vor allem die Ansprache gilt, nickt seufzend: „Wir wissen das zu schätzen, Hauptmann Wattelbausch!"

Was aber niemand auf dem Zettel hatte: nach Getöse ums Huhn und dem Pups eines ‚Kleinen Prinzen', gibt es plötzlich, als sich alle Herangeeilten von der Burgfelskante umdrehen, ein Blitzlichtgewitter!

„Wo komm' die denn her?" fragt Gerne konsterniert, als er in die Kamera von Drugs Egel schaut, das Mikrophon von Zippa Lindwust vor sich hat – und sofort weiß, es sind Presseleute – : „Ein Ortstermin für Investoren von Knipsel Castle! Warum, Graf

Gerwenich Nekolup von Frohampel, halten Sie das vor der Presse geheim?"
Die kennen sogar seinen Namen! – Gerne wollte schon nicht in Igors Gulasch beißen, aber in den Fellbesatz des Mikrophons, das ihm nun hingehalten wird, noch viel weniger ... – klar sieht das so aus, als wäre ihm die Frage unangenehm!
Tante Marrá – momentan als ‚Adlige mit Huhn im Arm' – reißt die Chose auch nicht raus.
Dieses Mal ist es Lorbas Zacke, der sonst so schüchterne Verleger, der den Pressefuzzis den rechten Kommentar beschert: „Sie befinden sich auf Privatbesitz – no comment and no pictures, please!" – Mit Englisch kommt man selbst in Knipsel weiter ...
„... und wenn Sie sich nicht verziehen, pupsen die ‚Kleinen Prinzen' gleich noch mal – aber scharf!" blafft Wattelbausch das Reporter-Team rigoros an.
„Ungenehmigte filmische Dokumentation von Militärgerät steht unter Strafe! Im Kriegsfall gilt das Standrecht!" Dabei schiebt sich der Hauptmann direkt vor Zippa, indem er ihr das Fell-Mikro, wie ein lästiges Kuscheltier aus der Hand fegt.
„Danke für das Statement, das gibt unseren Zuschauern den Durchblick, den sie nur bei Kullereck-TV haben!" schreit Zippa Lindwust schnell noch mit einer Geste an die imaginären Zuschauer, die in Egel Drugs' Kamera sitzen. Dann sprinten die beiden Reporter davon.

Bilanz vom ‚Tag des offenen Vorplatzes'

„Kann man hier am Schalter drehen oder geht dann wieder Strom daneben?" Es ist Portus Tüpfelhund, der sich in die Runde von Marrá, Lorbas, und Pettar hinein erkundigt, mit der Hand am veralteten Drehschalter in der Eingangshalle von Knipsel Castle.
Nachdem nun auch die letzten ‚Burgbewerber' am einpacken sind – nur Gerne überwacht draußen noch die Rückzüge – haben sich die mehr oder weniger

entnervten Gastgeber in die Eingangshalle von Knipsel Castle zurückgezogen, zu dem was man ‚Manöverkritik' nennt!
„Den Schalter kann man benutzen, er ist vom Elektriker provisorisch überprüft worden!" erwidert Marrá trocken.
„Dann probier'n Sie mal, Pettar – Sie haben die geringeren Widerstände, wenn's da funkt, ist's nicht so schlimm!" schlägt Tüpfelhund seinem Assistenten vor, als er doch ein Zögern in Marra's Antwort zu bemerken scheint.
Nun schauen aber alle mit innerlich angespannten Sicherungen auf Tüpfelhund wegen der feigbequemen Bitte, die er so nonchalant an seinen Sekretär richtet.
„Ich geh' mal draußen noch helfen!" verdrückt sich Pettar schnell durch die angelehnte Burgtür zu Gerne auf den Vorplatz. Die beiden haben sich in Alter und jugendlicher Verspieltheit in diesen aufregenden Abenteuerstunden gleich auf den ersten Blick gut verstanden.
Portus immer noch am Drücker, der in diesem Fall ein Schalter ist, lächelt dem flüchtenden Assistenten verschmitzt hinterher: „War ja nur'n Witz, Pettar!" Diese Aussage muß er nun allerdings auch bestätigen. So dreht er doch selbst am Schalter ...
Aber immer noch mit spitzen Fingern, in der Hoffnung, schnell wegziehen zu können, falls der Schalter dem Elektriker einen Streich gespielt hat ... Aber nein, der hohe, schwere Deckenleuchter leuchtet plötzlich tapfer was das Volt hält und die Ampere hergeben.
Damit scheinen die Lichtverhältnisse nun erleuchteter als die wackeren Erschöpften.
„Na, das war wohl unterste Schublade auf der obersten Burg, was Pettar da eingeladen hat!" nimmt Tüpfelhund seine Gedanken wieder auf. Trotz – oder gar wegen – all dieser Ereignisse scheint der Gemeinderat eine gewisse Gelassenheit erlangt zu haben, mit der er sich auch prompt bequemen in einen Ohrensessel an der Treppe plumpsen läßt.
„Aber ich würde sagen," setzt er hinzu „wir wissen

durch diesen Ortstermin immerhin ziemlich genau, welche Vereine wir auf Knipsel Castle nun *gar nicht* brauchen werden – ist doch auch was wert – haben wir das Huhn von hinten aufgezäumt! – Was ist das überhaupt für'n adliges Kikeriki, daß Sie da so'n Geschiß drum machen, liebe Marrá?"

„Es ist Carmen-Elisa," erklärt Marrá während sie auf einem zierlichen Sofa Platz nimmt „sie hat sich neulich in Lorbas Garten verflogen und ihre unsensiblen, grobschlächtigen Besitzern fahndeten nach ihr. Wobei ich mittlerweile vermute, das kluge Tier wollte sowieso stiften gehen und hat sich, weil wir es vielleicht noch ausgeliefert hätten, dann erst einmal ganz vom Acker gemacht, um sich hier auf Knipsel Castle wieder anzufinden – dem selbst gewählten Ort, wo es nicht nur bleiben möchte, sondern – wesentlicher noch – hingehört!"

„Pettar lädt die ganzen Bewerber-Wichte hierher ein – und Sie haben schon beschlossen eine Huhnzucht-Batterie – oder wie man das nennt – aufzumachen, wo der Strom hier eh im Eimer ist ...! – Hätten wir uns den Streß mit Drachen, Raupen, Gulasch aber sparen können!" mault Portus.

„Ich will ja gar keine Hühnerzucht aufmachen ... – fällt jedem bei Huhn nur Legebatterie oder knusprige Pelle ein?! – In welcher Kultur leben wir eigentlich?!" gibt Marrá zu bedenken, da ihr ja neulich schon Gernes Reaktion aufs Huhn sehr profan vorkam.

„Alle weg und das Huhn wieder in der Voliere!" Es ist Gerne, der wie aufs Stichwort durch die halb angelehnte Tür der Burg in die Vorhalle schlüpft, Pettar folgt ihm, die Tür schnell hinter sich schließend. Kurz schaut er zufrieden zum erleuchteten Deckenleuchter. Gerne allerdings schließt die Augen und lehnt sich mit einem Seufzer gegen die Tür – so, als würde er jetzt nichts mehr einlassen – noch nicht einmal, wenn es sich mit knuspriger Pelle bewirbt ...

„Sie wirken ja wie auf der Flucht! – Als ich so jung war, wie Sie und Pettar, hätte mich das alles noch amüsiert!" gibt Portus zum besten und wippt dabei lässig mit einem übergeschlagenen Bein in seinem

Ohrensessel, in den er sich noch ein wenig mehr hineinkuschelt.
„In der eigenen Burg auf der Flucht!" kontert Gerne, der im Gegensatz zu den anderen hier in der Vorhalle noch nicht beruhigt sein kann, denn seine beiden geheimen Schützlinge sitzen im Turmzimmer fest, solange die Vorhalle okkupiert ist. „Aber Sie, lieber Gemeinderat, scheint ja heute der ganze Klamauk erst auf die richtige Betriebstemperatur gebracht zu haben!" Gerne öffnet wieder die Augen, schwingt sich dann mit dem Allerwertesten auf einen antiken Konsoltisch, stützt die Hände rechts und links auf und läßt die Beine baumeln – nun wieder ganz der pfiffige Knabe.
„Na, immerhin kann ich als Bilanz dieses ‚Tages des offenen Vorplatzes' sicher für alle hier sprechen, wenn ich sage: ‚Verrammelt das Burgtor! – Die bleiben alle draußen!' Sich nur erschöpft dagegen zu lehnen, Graf von Frohlampel, und zu hoffen, die Ungebetenen werden draußen bleiben, wird sicher nicht reichen, um solche Blödmänner und -frauen wie die von heute abzuschrecken!"
Gerne, natürlich Graf von Frohampel – nicht ...Froh*l*ampel – ist es schon gewohnt, daß sich Tüpfelhund Adliges nicht recht merken kann, deshalb antwortet er ein wenig gereizt: „'Verrammelt die Tür!' – so einfach wird's nicht gehen, liebster **Gemeindelrat**, denn meine Tante stemmt das Ding hier nicht allein, deshalb müssen eben auch ein paar Geldgeber hierher, die vielleicht nicht unbedingt in Ihr Konzept passen. – Ihre schicke Büro-Dependance, die Sie vielleicht planen, finanziert den Kasten eben nicht allein!" Gerne – obwohl seit dem Frühstück nichts gegessen – ist von Tüpfelhunds saturierte Art im Moment ziemlich satt.
Portus richtet sich ein wenig aus seiner gefläzten Haltung im Sessel auf. Hat Pettar da über seinen, Portus' Wunsch, vom VIP-Büro gepetzt, scharf sieht er seinen Assistenten an.
Pettar hat tatsächlich schon vorhin mit Gerne bei einem ersten Plausch – hinter Kleinen Prinzen und

vor großen Drachen – durchblicken lassen, welches Scheibchen sein Chef sich von Knipsel Castle selbst abschneiden möchte ... – aber das hätte Gerne nun auch nicht gleich zum besten geben müssen.

„Immerhin," so mault Pettar, der mit einer Pobacke die Eichentischkante wärmt, während er seine Einladungsoffensive rechtfertigt „wissen wir doch jetzt auf ziemlich eindeutige und schnelle Art, wie sich einige der beworbenen Sponsoren gebärden würden, wenn man sie hier schalten und walten ließe! – Und obendrein erkennen wir an den heutigen Ereignissen, daß wir eine Sache deutlich unterschätzt haben ..." so als müßten die anderen bereits vom eigenen Erkenntnisstand her wissen was er meint, läßt er den Satz offen.

„Was könnte das denn sein, was wir noch unterschätzt haben, außer der Penetranz und Ellbogenspitzigkeit mancher scheinbar solider Unternehmen?" fragt Lorbas fast mehr zu sich selbst als zu den anderen, während er mit den Händen auf dem Rücken ein paar Schritte auf und ab geht.

„Wir haben unterschätzt," verkündet Pettar „abzuwägen, wer zu wem passen könnte! – Allein für Knipsel Castle ein guter Mieter zu sein, reicht nicht, man muß sich auch mit den anderen, die sich hier tummeln, gut verstehen, sonst gibt's Streß für alle!"

So lapidar diese Einsicht ist, so grundsätzlich ist sie auch, so daß jeder der Anwesenden auf seine Weise nickend zustimmen muß. So fährt Pettar in seinem Gedankengang fort: „Man stelle sich nur mal vor: irgendwer, der hier gar nicht hergehört, findet sich an – bezahlt etwas, damit er bleiben kann – oder muß auch nichts bezahlen, wird subventioniert, wie die Alkoholkranken von vorhin – und setzt sich dann hier fest! – Wir hatten das in simpler Art schon im vorigen Herbst mit den Asylanten! Aber ich denke an Schmarotzer, die diese Burg auch noch als schönen Hintergrund für ihr Anliegen nehmen und dann nicht mehr abzuweisen sind, denn theoretisch könnten sich hier ja schon welche eingenistet haben ... politische Besetzer, Mietnomaden, fahrendes Volk, auch solche

die meinen, sie täten Gutes das zu besetzen, was andere nicht entsprechend nutzen ..."
„Das ist jetzt aber schon ein wenig übertrieben ..." Gerne versucht seinen Einwand obenhin und unverfänglich vorzubringen, um so die Bedenken anderer Zuhörer gar nicht erst aufkommen zu lassen. Er versucht dabei unauffällig einen plötzlichen Schreck-Kloß im Hals hinunter zu schlucken ...
„... sich eingenistet haben und nicht mehr raus wollen, das ist gar nicht so abwegig ...," bekräftigt Pettar jetzt nochmals „... denn die Drachenflieger hätten hier heute noch weiter geprobt und würden sicher nächstes Wochenende wiederkommen, dann würde das Gewohnheit werden! Und wie will man die dann rausschmeißen?! Wenn dann einmal jemand auftaucht, der hierher passen könnte, hat man bereits die Drachen im Pelz: erst stellen die schon mal ein Zelt zum Übernachten auf, dann – bei Regen – stellen sie sich mal eben hier drinnen unter ... – und schon sind sie drin – vorerst natürlich nur übers Wochenende!"
„Unter uns," nimmt Portus diesen Faden seines Sekretärs auf „da muß ich Pettar recht geben: die Devise ‚Eigentum ist Diebstahl!' wird heute auch von offizieller Seite schnell mal durch Hinwegsehen über Eigentumsdelikte unterstützt. Ratgebersendungen, öffentliche Talkrunden: alle beschäftigen sich erst einmal damit, wie ‚Mieter und Verbraucher zu ihren Rechten kommen' – daß Eigentümer im Rechtswesen zu kurz kämen, davon hat man schon lange nichts mehr gehört! Wer Eigentum hat, hat sich erst einmal zu rechtfertigen – auch wenn's eine runtergekommene Burg ist ... – im Gegenteil, da fragt dann alle Welt: ‚Wie haben Sie das gute Stück mit Ihren eigenen schnöden Interessen nur so ruinieren können?! Wo wir dieses Anwesen viel besser mit unseren gemeinschaftlichen, sozialen Hobbys und halbgaren Leidenschaften hätten vernutzen wollen?! Von der Schlittschuhbahn bis zur Therapiestätte ist da alles gemein Genützte drin!"

„Na, vielleicht sollte man doch regelmäßig hier vorbeischauen und kontrollieren, daß sich hier niemand einnistet – außer Carmen-Elisa! – Das könnte ich ja machen. Fahre ich regelmäßig her und überprüfe, daß es weiterhin leer steht!" Lorbas bietet sich gern und unbefangen an für solche Initiativen, die wenig Lorbeer versprechenden.
Aber heute eifert noch jemand um das Bewachen: „Also *ich* kann das machen, wenn ich hier schon so reingeschneit bin, kann ich ja auch etwas Nützliches dafür tun ..." lächelt Gerne und hofft, man merke ihm die Anstrengung das Thema entschärfen zu wollen nicht an.
„Wie auch immer, wir sollten jetzt vielleicht für heute hier die Zelte abbrechen, ich muß auch nochmals nachdenken ..." sinniert Marrá wie zu sich selbst. Dann setzt sie hinzu: „Also wenn sich eine SEK-Einheit hier ein Übungsgelände wünscht, eine Gleitschirmschule Burg Hohenknipselstein für absprungtauglich hält, ein Fastfood-Stand eine Zweigstelle plant und die Dorf-Spritis den Weg bis hier nach oben wagen, dann aber die ‚Prinzen-Raupen' unaufgefordert losdonnern, die Drachen über den Fels kippen, ein Lebend-Huhn von den sonst appetitlosen Alkis verwurstet werden soll, dann ... dann sind hier noch nicht die Richtigen zum dauerhaften Bleiben angekommen! Knipsel Castle war über Jahrhunderte ein irgendwie gesegneter Ort. Allen Querelen, die drum herum tobten, konnte es stets ein Schnippchen schlagen. Aber dann wurde die Burg heruntergewirtschaftet – ich nehme meine Familie da gar nicht aus der Verantwortung heraus – die Burg geriet in Vergessenheit, verlor ihren Glanz! Diejenigen Vorfahren, die in dieser Zeit hier wohnten, hatten irgendwie keinen Zugang zu dem, was an diesem Ort hätte hochgehalten werden sollen. Vielmehr lebten sie vom Renomée, waren aber selbst ein Durchhänger für die Familie und die Burg – und wenn da einmal der rote Faden irgendwie abgerissen ist, wird's anscheinend immer schwieriger ihn wiederzufinden und die Burg mit dem zu beleben, was hierher gehört.

– Ganz ehrlich: mir ist da auch noch nicht das rechte zugeflogen ..."
„Immerhin das Huhn, liebe Marrá ..." giggelt Tüpfelhund aus seinem Ohrensessel. Aber die Adlige bleibt mit einem kurzen, schiefen Lächeln zum Gemeinderat weiter bei ihren Überlegungen: „Ich sollte vielleicht nachstöbern, ob da etwas geschehen ist ...! Was hat Knipsel Castle so belastet, daß es überhaupt die Anziehung für so ein verqueres Tohuwabohu, wie es heute hier stattfand, ausstrahlt? Was haben wir – *ich*, als diejenige, die eigentlich hierher gehört – versäumt wahrzunehmen und anders auszurichten?" Marrá von Flausen-Tulpenscheitel sagt es wie zu sich selbst und wendet sich dann erst wieder den anderen zu: "Genau deshalb muß man nun wieder sehr sorgfältig auswählen, wen man mit welchem Zubehör hier hinein läßt! Man muß schauen, wer da das Gemüt mitbringt, für das dieser Ort überhaupt erst wieder zur Heimat werden kann. Und man muß durch die eigene Anwesenheit und den eigenen Glauben den Ort auch wieder stärker machen, daß er nicht für Hinz und Kunz und für alle möglichen Dekadenzen zum beliebigen Tummelplatz wird! – Das ist die Verantwortung, in der *ich* vor allen anderen hier Anwesenden stehe, in der wir zusammen aber in unserer Unterschiedlichkeit auch verbunden sind."
Über diese Betrachtungsweise von Marrá hängt jeder der Zuhörer seinen ganz eigenen Gedanken nach. Selbst Gerne verkneift es sich, seine Tante mit verschmitztem Lächeln zu loben, daß sicher vor hundert Jahren jeder Ritter angefeuert gewesen wäre, durch diese stärkende Rede, um im nächsten Spitz auf Knopf sein Bestes zu geben.

Zwischenspiel ohne Geige

Dieses Mal ist es anders:
Der Fremde, der zu Gundi Grundlos in den Tante-Emma-Laden tritt, hat einen Anzug an – der eigentlich zu warm ist, für die sonnigen fünfundzwanzig Grad, die der Sommer heute liefert. Der Mann ist schon älter, hat kurze, graue Haare und **keine** lila Strähne! Statt dessen hält er in der Hand eine kleine Aktenmappe – außerdem ist Gundi heute gleich im Laden und vorbereitet ...!
„Guten Tag!" sagt sie und es klingt ein wenig wie ‚Was immer sie hier wollen, bei mir ist alles in Ordnung!'.
„Guten Tag!" erwidert der Mann.
‚Mach nur ...!' denkt Gundi provozierend. ‚Wenn Du was auszusetzen hast, dann laß es vom Stapel – ich bin präpariert!'
„Ich suche etwas ..." rückt der Mann mit seinem Anliegen heraus.
„Dacht' ich mir!" sagt Gundi forsch und setzt gleich hinzu: „Aber meine ‚Knipsler-Bärlauch-Creme' ist einwandfrei hergestellt und beschriftet: Ingredienzien und Mindesthaltbarkeitsdatum – die Schrift sogar in bald vorgeschriebener, lesbarer Größe! Meine Creme kann man nämlich essen **und** einmassieren!"
Die Verbindung der beiden Optionen scheint den Mann zu verwirren: „... essen **und** einmassieren ..." murmelt er. Dann beugt er sich etwas umständlich über einige kleine Schalen Erdbeeren auf dem Ladentisch zu Gundi hinüber: „Einmassieren auch zur Geigenpflege?"
Gundi zuckt zurück. Auf alles hatte sie sich seit dem Schreck neulich, als ich, der Lila-Gesträhnte, plötzlich in ihrem Laden stand, vorbereitet – aber nicht auf so einen scheinbar schlüpfrigen Heini. Immerhin weiß sie von alten WG-Freunden aus der Hauptstadt schon seit längerem, daß diverse Ämter äußerste Außendienstmitarbeiter rumschicken – ob für Lebensmittelbeschaffenheit, Hygiene, Ordnung oder für was auch immer man bei ‚Nichteingehalten' amtlich abgezockt werden kann – so daß es diesem

maroden Staat noch ein paar Kröten einbringt! Solche ‚ÄuAudimis' – ‚Äußerste Außendienstmitarbeiter' – die sind dann besonders ehrgeizig, weil sie sich durch Aufdecken möglichst vieler Schludrigkeiten profilieren wollen. – Aber nicht mit ihr – nicht mit Gundi-68-Grundlos – und schon gar nicht auf diese verwichste Art!
„Zum Einmassieren für die Geigenpflege ... ach, so!" Gundi beugt sich, als habe sie jetzt erst begriffen – scheinbar Vielversprechendes in petto – ebenfalls über den Ladentisch und schreit dann: „Du wüste ÄuAudimi-Sau, ich spreng Dir die Saiten von Deiner Geige, aber meine Knipsler-Bärlauch-Creme ziehst du nich' in 'n Dreck!" Damit nimmt Gundi das kleine Gummischwein, das ganz harmlos auf dem Tresen steht, quetscht ihm mit der Hand die Seiten zusammen und prompt spuckt es vorne eine Fontäne Wasser heraus, mitten ins rechte Auge des perplexen Kunden.
Der zuckt zurück, klammert sich an sein Mäppchen und stürmt wie Pizzicato aus Gundis Tante-Emma-Laden hinaus.
Der hat's jetzt aber dicke, denkt sich Gundi stolz. Wenn ein Amt etwas von ihr will, soll's halt demnächst wen Besseren schicken ... – und mit dem wird sie auch noch fertig werden!

‚Das war jetzt oberungeschickt von mir!' denkt sich Pruwart Fegepusch als er in seinem Wagen mit Vollgas erst mal raus aus Knipsel prescht.
Man hatte ihn ja gewarnt, daß diese Außen-Aufspür-Jobs kein Zuckerschlecken sind, aber so altbewährt, wie er eigentlich Rechtsanwalt und Notar ist, wollte er doch gleich nach einem anonymen Tip die Geige aufspüren in diesem Kaff. Allerdings hatte ihm keiner verraten, daß diese Provinz mit solchen wassersprühenden Biestern gewaschen ist ... – da hat er vielleicht doch etwas zu lange Büroarbeit gemacht, er hätte viel früher wieder in die Außendienst-Feldarbeit gehen sollen.

Verwirrende Marktentwicklungen

„Ich nehm' dann noch ein Körbchen Erdbeeren und ein Töpfchen ‚Landlust-Oberschlag', bitte!"
„Na, klar, Herr Zacke, gern! – Ich lege noch ein Gläschen Honig dazu – ‚Knipsler Eifrige' – ist ein ganz neues Bienenvolk, das ist echt auf Trab, schmeckt ein bißchen nach grüner Wiese, wenn man so will – also der Honig von denen ... Aber probieren Sie's einfach mal – und schönen Gruß an die Frau Gräfin!"
Ernte-Waldi, der Marktständler ist heute auf dem Wochenmarkt in Vierecktal, wo auch unser Lorbas gern etwas einkauft und durch die Marktstandgassen vor dem alten Gerichtsgebäude schlendert.
Ernte-Waldi reicht die Waren über den Markttisch. Lorbas nimmt das Körbchen Erdbeeren in die eine Hand und verstaut dann Honig-Pröbchen und das Töpfchen ‚Landlust-Oberschlag' in seinem Einkaufskorb. Mit dem geschmeidigen ‚Oberschlag' – Ernte-Waldis eigens abgeschmeckter Kreation aus saisonalem Honig in einem Quark-Sahne-Gemisch – kann man dann die leicht gezuckerten Erdbeeren zudecken wie mit weißem Chiffon ...
Lorbas weiß, daß Marrá wie sie selbst sagt ‚...einen Narren daran gefressen hat ...', was ja ein subtiles Bild vor Augen führt, denn gute Narren waren schon immer rar und deshalb den Adligen etwas wert.
Dem frisch zugereisten Gerne schmeckt der ‚Landlust-Oberschlag' aber auch schon wunderbar – also das Töpfchen wird nicht alt!
„Danke, Ihnen eine gute Zeit, bis zum nächsten Mal, Waldi!" Lorbas ist schon fast am Weiterschlendern.
Der Marktständler lächelt ihm nochmals zu, den Gruß erwidernd.
„Ach, gut eingekauft, Herr Zacke?!"
Noch ehe Lorbas von seinem Einkaufskorb aufschaut, ist er sich gewiß: das soll keine nette Erkundigung werden!
Matti Kuhlegut und Freundin Britte stehen vor ihm – ihm quasi im Weg ...

Die beiden hat er seit dem Huhn-Desaster in seinem Garten nicht mehr gesehen.
„Herr Kuhlegut ..." stammelt Lorbas. Für die Freundin ist ihm keine ‚Sie-Bezeichnung' bekannt – wenn man von ihr spricht, ohne daß sie anwesend ist, sagt man einfach ‚Britte' – so sagen alle ... – hat die überhaupt einen Nachnamen?!
„Gibt's Erdbeeren mit fetter Sahne ... – Ihnen geht's ja gut! – Uns leider nicht ..." zischt Britte.
Den Nachsatz hätte sich Lorbas allein vom Ton her schon denken können. Aber was soll er erwidern ... ein ‚Guten-Tag-Guten-Weg'-Geplänkel wird hier nicht reichen ...
„Auf die Körperverletzung haben wir ja jetzt einen Anwalt angesetzt ..." Matti schiebt demonstrativ seine Haarlocke beiseite, damit Lorbas vom letzten verheilten, roten Striemchen der Schramme beeindruckt wird. Es ist die Schramme, die neulich Lorbas' herumliegende Gartenharke dem ungeschickt agierenden Matti zugefügt hat.
„Das tut mir alles sehr leid mit neulich ..., aber es ging eben auch so schnell, daß Sie wegen des Huhns in meinen Garten gestürmt sind ..." weiter kommt Lorbas nicht und es ist ihm sowieso klar, daß sein Vortrag – auch etwas lahm, weil nicht aus tiefstem Herzen redlich – das eh angeranzte Pärchen vor ihm nicht beeindruckt. Aber da könnte er sagen, was immer das Mitgefühl hergibt – es wäre nie reuig genug für die beiden Schlawiner. Das ist ja immer der Haken selbst bei diesen neumodischen Mediations-Gesprächen: was soll man tun oder sagen als Täter – es ist nicht rückgängig zu machen, aber manche Opfer fordern dann noch diejenigen Sterne vom Himmel, die sie vorher gar nicht hatten! – Reue ist nie genug, wenn das Opfer nur seine eigene Währung akzeptiert!
„Aber nicht genug, daß Sie Matti so böse verletzt haben ..." das ist Britte wieder, die das Wort ergreift und so unbelehrbar, wie sie auch neulich die Aufregung überkam, nicht mehr losläßt „... jetzt haben Sie uns auch noch das Huhn weggefangen, wollen damit selber züchten und den großen Reibach

machen – so einer sind Sie! Vermutlich haben Sie auch neulich schon das Vieh mit unlauteren Mitteln in Ihren Garten gelockt und Sie und Ihre Adels-Dulci dachten, das merken wir nicht! Aber wir sind auf dem Kiwi ..."
„... auf was sind Sie?" Lorbas hat es so schnell nicht begriffen, daß Britte das rauhschalige Obst – Kiwi – mit dem Berliner Ausdruck ‚Quivive' – für ‚clever' – verwechselt hat. So versucht er nur zu seiner eigenen Verteidigung, die Anschuldigungen in rechter Art mitzubekommen. Dann dämmert es ihm doch: „Ach, Sie meinen auf dem *Quivive* sind Sie ..."
„... jetzt tun Sie mal nicht, als seien Sie von was Besserem – noch sind Sie kein Prinzgemahl, auch wenn Sie schon immer drei Schritte hinter Ihrer Nasehoch-Freundin herdackeln ..."
„Jetzt lassen Sie aber mal Frau von Flausen-Tulpenscheitel raus ..." schon wieder packt Lorbas das, wo er immer ganz ungeschickt wird, wenn es ihn packt: seine Empörung!
„Aber das Huhn, das lassen wir Ihnen nicht durchgehen," schaltet sich Matti wieder ein „da können Sie Gift drauf nehmen, daß Sie einen drauf lassen können ... das ist nämlich preisprämiert!"
Wieder kann Lorbas der Logik des Pärchens nicht gleich folgen: ... seine Pupse preisprämiert ...?!
„Ja, schauen Sie mal nicht so verkantet – wir wissen jetzt, *wo* Sie die Henne versteckt halten: auf dem Kasten von Ihrer Principessa! – Ha, da staunen Sie, ertappt haben wir Sie! – In Knipsel geht alles rum – man hat das Vieh flattern sehen! Sogar Militär bewacht es mit scharf schießenden Panzern!"
„Nein, mit falschen Prinzen, Britte!" legt Matti nun wert auf korrekte Information.
„Wer sagt denn was von Prinzen – sind wir im Märchen, Du Frosch?!" Britte muß lachen – der Vergleich von Matti mit Frosch liegt für sie anscheinend recht nahe ...
„Der Brutzler vom Bahnhof hat's doch erzählt, da wären kleine Prinzen gewesen ..."
„Panzer, Matti! – ‚Kleine Panzer – *keine* Prinzen!"

Matti zuckt vorerst nur mit einer Achsel – er weiß zwar: seine Argumentation – einmal ins Straucheln geraten – kann sich dann nur noch selten gegen Brittes Statements durchsetzen, aber so ganz klein beigeben möchte er auch nicht, wenn er doch sicher ist, daß Brutzler Igor was von ‚Prinzen' erzählt hat ...
„Vielleicht hatten die Prinzen Panzer dabei ..." schlägt Matti nun vor – oft stimmen ja sogar unterschiedliche Info-Fetzen, wenn man sie richtig zusammensetzt ...
... nur dieses Mal in diesem Zusammenhang, in dieser Zusammensetzung, stimmt's eben nicht!
Lorbas ist abgesehen von der Huhn-Beschuldigung gerade ganz fasziniert zu beobachten, wie Gerüchte entstehen: alles ein bißchen richtig, aber falsch zusammengesetzt ... – oder alles fast falsch und dann passend hingeschlenzt ...
„Mensch, ich werd' verrückt, komm ma bei vorne, Erne!" Es ist Ernte-Waldi, der so vor der Plane des Marktstandes stehend, seine hinter den Kulissen arbeitende Frau nach vorne zitiert. Bisher hatte sich der Marktständler noch verdutzt dem überraschenden Dialog der beiden Parteien vor seinem Stand hingegeben, aber nun ist jemand Interessanteres aufgetaucht.
„Erne, wo bleibst'n, komm' ma' schnelle!" Waldis Vermutung, seine Frau endlich mal begeistern zu können, soll nicht durch deren zu spätes Erscheinen verpatzt werden.
„Was'n los, schreist'n so?" Erne steht nun doch schnell hergescheucht mit einem neuen Tablett voll Eingemachtem neben ihrem Mann.
„Guck ma, wer da is ... hier mitten in Vierecktal ..." instruiert sie Waldi zum Hinschauen, indem er auf einen schlanken, in jeder Hinsicht auffallenden Mann unbestimmbaren Alters zeigt, der die Marktgasse entlang geschlendert kommt, hinter ihm rechts und links wie zufällig einen Schritt später eingetaktet, zwei sommersonnenbebrillte, schwarz gekleidete jüngere Männer.
„... ich werd' nicht mehr ... das ist doch ..."

„... eben genau ..." sagt Waldi und nun starren alle – Britte, Matti, Waldi und Erne – wie hypnotisiert auf den Mann, den wohl alle kennen. Nur Lorbas, dem der Fremde auch irgendwie bekannt vorkommt, ist immer noch perplex, was diese Gesellschaft alles weiß ... – und hält sich lieber raus ...
„Tatsache, das ist er!" auch Britte weiß jetzt bescheid – wie immer vor Matti: „Ihr kennt den ...?" sagt der nur verwundert. – „Also richtig wie von hier sieht der aber gar nicht aus!"
„Ist er doch auch nicht, denn das ist doch der ..." Britte kommt gerade nicht auf den Namen „... früher hatte er 'nen Pferdeschwanz und heute nur Pony ...!"
„Also bevor ich vom Pferd nur den Schwanz habe, da ist ein Pony schon besser – oder?! Aber mit nur *einem* Pony züchten ... – geht das denn?" Mattis Gedanken hängen offenbar immer noch halb im Huhn-Thema.
Die anderen VIP-Kenner – Britte, Ernte-Waldi und Frau Erne – sind schon weiter:
„... vorige Woche ... also drei Tage her ... gab's grad noch 'ne Sendung über ihn, die hieß ... wie hieß die doch gleich ..."
„Nee, das war weil der 'nen Orden bekommen hat ..."
„... keinen Orden doch nicht, einen Preis hat er bekommen für seine Musik ..."
„... doch nicht für Musik, der singt nicht, der ... schreibt doch Bücher ..., aber dem ist nichts genug, alles muß besonders sein ..."
„Also, nein, Bücher schreibt der doch nicht! Die Auszeichnung hat er für's Abnehmen bekommen – der war mal dicker!"
„Ich hab' auch gerade abgenommen – drei Pfund – weil mir das Wegkommen des Huhns so zugesetzt hat – aber ich hab' dafür gar keine Auszeichnung bekommen!" wundert sich nun Matti wieder, während Erne, Waldi und Britte alle ihre Blicke weiter auf dieses Unikum eines famosen Mannes richten.
„Der ist auch berühmt, Matti – du nicht ...!" unterrichtet ihn Britte schnell.

„Ist sein neues Pony, dann berühmter als unser altes Huhn ...?!"
„... daß der jetzt auch Ponys züchtet – also dem gelingt wirklich alles!" Waldi ist verblüfft über die neue Information.
„Hühner oder Ponys waren das nicht ..." überlegt Erne. „Nein, der kocht doch ein ... – für eine Firma kocht der doch haltbare Magersalate ein, für die hat er Werbung gemacht und davon hat er dann abgenommen ..."
„Wie kann man Magersalate einkochen ... waren die denn so ungenießbar, daß er dünn geworden ist ...?!" Matti ist erstaunt.
„Ach, Quatsch, Matti, gerade haben wir Dir doch gesagt, wer das ist und was der alles kann ... – nun mußt du doch bescheid wissen!"
„Nein, habt Ihr mir *nicht* gesagt!" Matti bockt ein wenig, aber dazu bleibt jetzt weiter keine Zeit, denn der allseits bekannte Fremde kommt ... – oh, glückliche Fügung – mitten auf den Stand von Ernte-Waldi zu.
Zwei Meter vor Einmachgläschen und Oberschlag-Pröbchen bleibt er stehen: „Einen wunderschönen, guten Tag!"
Es echot viermal: „Guten Tag!" – Lorbas Gruß echot verunsichert einen Tick hinterher.
„Sie bieten Oberschlag an, sehe ich!" Der Fremde tritt noch einen halben Schritt näher, man läßt ihn nun die Auslagen in voller Fülle sehen und so wie Matti und Britte lächelnd beiseite treten, könnte man meinen, auch sie seien Eigner des bevorzugten Marktstandes.
„Dann hätte ich gern davon mal drei verschiedene Gläschen, bitte!"
„Möchten Sie's zuerst probieren!" bietet Waldi zaghaft an.
„Nicht nötig, ich vertraue auf Ihren Geschmack – das wird kein übertriebenes Risiko sein!"
„Ja, klar ...äh, nett von Ihnen ... – nun mach' schon Erne, pack was ein ..." Waldi rempelt seine Frau fast in die Rippen, die weiter völlig verzückt den von allen erkannten Unbekannten betrachtet.

„Ja, ich mach ja schon ..." schickt sie sich nun an, aber ein Mondkalblächeln, was in ihr Gesicht tritt, verzögert nochmals diese Ankündigung.
„Schön, daß wir Sie hier in Vierecktal begrüßen können. Hoffentlich gefällt Ihnen alles, können wir Ihnen behilflich sein, suchen Sie etwas Bestimmtes?" Es ist Britte, die nun einen Ton auf Ohrenhöhe anschlägt – von den Promis muß man sich schließlich nicht verunsichern lassen, kann man ganz normal mit umgehen ... – sind wie ich mit dir und du mit mich!
Matti kennt die Art seiner Freundin, die ist immer direkt – und ihm hat sie auch wiederholt eingebleut, er solle nicht so schüchtern herumdrucksen, wenn mal wer Fremdes dabei ist. Das hat sich Matti nun endlich zu Herzen genommen und legt gleich eins drauf: „Wir wissen nämlich wer Sie sind!" Aber was pfiffig klingen soll, kommt bei Matti immer etwas einfältig heraus.
Der schlanke Mann, unbestimmbaren Alters, nimmt Matti in seinen Blick: „Ach, ja, das ist ja schön! – Da bin ich jetzt ganz neugierig: wer bin ich denn?"
‚Mensch, Matti, Vorsicht, bau kein Bockmist!' denkt sich Britte noch ...
Aber schon zu spät ...
Matti verkündet nun wirklich selbstsicher sein bisheriges Sammelsurium an Kenntnis über diesen Mann: „Für Ihre Pferdeschwänze haben sie einen Preis bekommen, aber der war Ihnen nicht genug, deshalb sind sie auf Magersalat von Ponys umgesattelt, dann haben Sie Musik zum Einkochen geschrieben und für die Werbung haben Sie sich einen Orden verdient!"
Zweifellos kann diesen Werdegang kaum noch jemand übertreffen – alle Anwesenden sind sprachlos. Der so beschriebene Mann ist der erste, der sich wieder aus der Verwunderung fängt.
Er läßt das von Erne gereichte Tütchen mit den verpackten Oberschlaggläschen von einem seiner Begleiter entgegennehmen, den er nur mit einem kurzen Blick dazu auffordern muß. Nun erwidert der Fremde süffisant zu Matti hinblickend: „Mein Bester, diese bemerkenswerte Vita ist zwar nicht meine, aber

sie enthält ein paar ganz kreative Geschäftsideen, haben Sie recht herzlichen Dank für diesen geistigen Oberschlag! – Und Ihnen ..." er lächelt Erne und Waldi zu „... Dank für den realen Anteil Freude!" Damit zieht er einen großzügigen Geldschein aus einer geschickt verborgenen Taschenfalte seines Anzugs und legt ihn auf den Markttisch. „Ihnen allen noch einen ganz erfrischenden guten Tag!"
Als er sich umdreht, raunt Hago Hafersturm – denn niemand anderer ist dieser Mann! – einem seiner Begleiter zu: „Das ist ja ein drolliges Dörfchen, in seiner Einfalt schon wieder originell! – Hat nicht unsere gute Freundin Truldi da mal was von einer Burg erwähnt, in die man sich einmieten könnte ... – Werde ich mal drüber nachdenken, ob das Oberschlag-Potential hat oder nur kalter Kaffee ist ..." Na, wird das was oder hat Knipsel Castle seinen Promi-Bonus verspielt, noch ehe der sich voll entfalten konnte ...?!
Manche Probleme lösen sich von selbst – und mitunter merkt man's ja gar nicht, welcher Kelch an einem vorbeigegangen ist, denkt sich Lorbas und sieht zu, daß er seiner Wege gehen kann, bevor das ‚Pärchen Tunichtgut' ihn wieder am Wickel hat.
Aber Britte hat ganz andere Sorgen wegen des Unsinns-Lebenslaufs, den sie gerade anhören mußte: „Du bist wirklich das dümmste Huhn mit Pferdeschwanz im Magersalat, Matti! – Du verdienst echt den Oberschlag-Sahneorden!" wütend stampft sie auf, stapft davon und läßt einen nun auch seelisch angeschrammten Matti zurück.

Eine Fleck-weg-Idee

"*Deine* Sauerei – also kümmer' *Du* Dich ums Wegmachen! Ich hab nicht auch noch die Zeit zur Reinigung zu stiefeln!" Damit ist Termin-Janine aus dem Bürozimmer und hat gleich noch die Türe zugeschmissen.
Was bleibt, ist neben dem Klang von Janines hingeworfenen Worten auch ihre hingeschmissene Bluse, die sich auf dem Schreibtisch von Nikta Pritz recht deplaziert ausnimmt. Janine muß sie in Windeseile gegen ein T-Shirt getauscht haben, was sie wohl für solche Fälle im Aktenschrank liegen hatte – sicher schon jahrelang, denn das Ding spannte sich über Janine wie heute Mittag in der Kantine der Darm über die Blut- und Leberwurst ...
So resümiert Nikta Pritz grollend hinter ihrem Schreibtisch sitzend.

Was haben wir verpaßt?
Kantinenmittagessen in einem Hauptstadtgebäude mit vielen Ämtern und Unter-Ämtern ... viele Amt-Damen achten auf ihre Figur und nehmen neben dem kleinen, fetten Antipasti-Teller doch noch viel Rohgemüse ...
Nikta gehört dazu, sie löffelt sich drei Cocktailtomaten mit auf den Teller ... –
Vierertische, ja, klar: gerade alle voll besetzt, es ist Essenszeit ... –
Aber muß sich die dusselige Termin-Janine – immer bei allem zu spät – noch ausgerechnet an Niktas Tisch klemmen ...?!
Nikta wäre mit Hefter-Hansi, der stets und überall mit Ordner auftaucht, aber vor allem auch mit seinem Bürokollegen, dem italienischstämmigen Carlo, ‚Das Sixpack' genannt ... – mit denen wäre Nikta lieber allein am Tisch geblieben ...
‚Sixpack' nennt man Carlo übrigens gerade *nicht*, weil er so viel Bierbauch hat, sondern vielmehr weil er gut trainiert ist, da um die Mitte – wohl auch unter der Mitte ... – wenn man dem weiblichen Flurfunk glauben darf!

Vielleicht ist es Janines ewig plappernde Art, das Leuchten in ihren Augen und das Brust-raus-Durchstraffen, noch in der feschen Bluse, was Nikta dann unglücklich auf ihre Tomate beißen läßt ...
Jedenfalls landet ein scharfer Tomaten-Eingeweide-Strahl direkt aus Niktas Mund – noch druckgesteigert durch einen nur winzigen Lippenspalt – auf Janines Bluse ...
Den Rest können sich auch alle Uneingeweihten, Uneingeschmadderten sicher lebhaft vorstellen!
Wie Janine nun allerdings in einem schrill hysterischen Drall aufspringt – denkt man an den Nebentischen bei dem roten Fleck auf der gelben Bluse: unflätiger Klient – Attentat – Amoklauf!
Nur weil Nikta – nun selbst tomatenrot im Gesicht – mit aufspringt, kann wohl eine Panik verhindert werden, so scheint's ...
Dann geht's noch fast ans Eingemachte, als Nikta der bespritzen Janine mit ihrer kleinen Mittags-Papier-Serviette den Tomatenmatsch – erstaunlich: so viel Schlabber in einer Cocktailtomate – vom Busen tupfen will! – Die Zuschauer fragen sich nun: ist das Streit oder Ekstase zwischen den beiden Damen?
Nein, Janine will nicht betupft werden und rennt deshalb hinaus – vermutlich zur nächsten Damen-Toilette ...

Nun also – eine halbe Stunde später – landet die gelbe Termin-Janine-Bluse mit saftiger Reinigungsaufforderung auf Niktas Schreibtisch.
Aber Nikta will das blöde Damen-Oberbekleidungsstück auch nicht auf sich und ihrem Schreibtisch sitzen lassen, schließlich weiß sie, wie man mit Messer und Gabel ißt – genau deshalb hat sie die blöde Tomate ja aus der Hand in den Mund geknautscht – weil ganze, kleine, runde Cocktailtomaten sich immer dagegen wehren, mit Messer und Gabel bearbeitet zu werden! Obendrein war das Ding auch schon so wabbelig – wie es eigentlich in Amts-Kantinen nicht geduldet werden sollte!

Und deshalb tütet Nikta jetzt die doofe Bluse in ihren leeren Frühstücksbeutel mit dem Zipp-Verschluß ein – keine Angst, war nur der Becher Magerjoghurt drin – und erhebt sich damit von ihrem Amtschreibtisch. Gott sei's gepriesen und gepfiffen: sie hat ein eigenes Büro, denn ein Rudel feixender Kolleginnen würde ihr jetzt gerade noch den Tag versüßen ...
Mit der Bluse in der Tüte begibt sich Nikta nun zum Fahrstuhl: die Kantine liegt im dritten Stock!

Oskar, der Küchenchef, **Amtkantine**-Küchenchef – das ist ein Unterschied – räumt gerade noch ein paar Brötchen weg und sieht schon, was da auf ihn zukommt ...
Denn klar: was da mittags abgegangen ist, hat auch er brühwarm mitbekommen. Er weiß noch nicht *wie*, aber die wird ihm Ärger machen, die ‚Spitze Pritz', wie Nikta im Hause genannt wird. ‚Spitz' weniger deshalb, weil man sie sexuell für unersättlich hielte, sondern eher weil sie die Nase immer so hoch hat, in ihrem hippen, neu geschaffenen ‚Zumutungsamt', dem AVoKuZuAuMi.
Mit der Vermutung des Ärgers liegt Oskar gold richtig, wie sich gleich herausstellt!
„Das ist heute während der Mittagsmahlzeit passiert! – Sie haben es sicher mitbekommen!" sagt Nikta ohne Einleitung und hält nur die Bluse in der durchsichtigen Tüte hoch.
Oskar hat noch die Hoffnung, mit ein wenig Humor davonzukommen: „Sieht ja aus, wie ein Tatort-Asservat! – Aber es ist wohl niemand wirklich zu Schaden gekommen!" Der Küchenchef fegt ein paar letzte Krümel vom Tisch.
„So leicht wie Ihre Krümel läßt sich die beschmutzte Bluse der Kollegin Feinhoff leider nicht unter den Tisch kehren!" erwidert Nikta, gleich mal hier auf die vielleicht zu laxen Hygienezustände anspielend.
„Niemand will etwas unter den Tisch kehren, der Fegedienst geht später durch, wenn alle Stühle hochgestellt sind, Frau Pritz!" Sauberkeitszweifel darf

kein Küchenchef humorig nehmen, das ist Oskar klar wie Kloßbrühe und so wird auch er jetzt ernst.
„Ich habe die Aufforderung bekommen, die Reinigung dieser Bluse zu bezahlen, aber ich werde das nicht tun!"
„Aha ..." Oskar ist ernst aber noch ratlos, worauf's hinauslaufen soll.
„Schließlich trage *ich* kein Verschulden an der Verschmutzung!"
„Aha ..." Also Oskar – leider war er beim Vorfall gerade hinten in der Küche – wurde es im Lauffeuer anders berichtet.
„Auf Risiken muß gerade im Lebensmittelbereich besonders hingewiesen werden und hier, in Ihrer Kantine wurde das sträflich verabsäumt!"
Nun kommt Oskar sogar sein ‚Aha!' abhanden. Was will die denn von ihm, die Spitze Pritz, denkt er nur.
„Welches Risiko denn? – Gekleckert wird doch überall mal!" Kaum ist es raus, würde sich Oskar gern auf die Zunge beißen – der Ausdruck ‚gekleckert' kommt gar nicht gut bei der Spitzen Pritz an.
„Ich kann sehr wohl, sehr gut ganz ohne ‚Kleckern' – wie Sie es nennen – eine Mahlzeit zu mir nehmen! – Man muß mich allerdings darauf hinweisen, daß gewisses Verzehrgut minderwertig ist ..."
„... minderwertig ...?!"
„Ja, minderwertig! – Tomaten mit zäher Haut und matschigem Innenleben kann niemand einwandfrei verzehren! Und wenn Sie schon keine anderen bereitstellen, dann müssen Sie etikettieren, das diese Früchtchen Auslaufmodelle sind – im wahrsten Sinne des Wortes – in die man nicht hineinbeißen kann, ohne daß es auf der anderen Seite schon einen Sollbruchriß mit Spritzstrahl verursacht! – Darauf bin ich aber nicht hingewiesen worden – weder schriftlich noch mündlich und deshalb werde *ich* die Reinigung dieser Bluse nicht übernehmen und schon gar nicht bezahlen!" Damit schmeißt Nikta die eingetütete Bluse auf den von Oskar entkrümelten Tisch.
„Sie glauben doch nicht, daß *ich* die Bluse ..." Oskar verschlägt es die Sprache.

„... ob *Sie*, Ihr Rohkost-Smutje, Ihre Versicherung – wer auch immer – ist mir piepegal!"
„Nein!" schreit Oskar völlig entsetzt, hilflos überrumpelt. „Ich hab' doch gar nichts gemacht ... – wenn Sie in eine Tomate wie in einen Apfel beißen, was kann *ich* dafür?! – Das sind ja kulturperverse Verhältnisse! Kommt's auch in unserem Land noch so weit, daß man den Warnhinweis braucht: ‚Mikrowelle nicht als Indoor-Karussell für Hund und Katze benutzen – Verschmokel-Gefahr!'?!" Oskar sagt es panisch – er will in diesem Moment gar nicht witzig sein, denn er weiß, daß – einmal der Fleck eines ranzigen Verdachts – in dieser Branche alles kleben bleibt ... kleben wie Tomatenschlabber!
„Seien sie froh, wenn Sie mit der Reinigung des Fetzens davonkommen!"
„Wie ...?" Oskar schiebt gleich Panik, was denn obendrauf noch kommen könnte?
„Wie Sie schon erwähnten, könnte es sein, daß ich in der Kollegenmeinung nun als jemand gelte, der nicht sauber essen kann ... – Eine, neben der man nicht sitzen möchte beim Kantinenmittagstisch – schlußendlich eine, die man auch in ihrer Arbeit als Zumutung betrachtet: 'Wenn die schon nicht sauber spachteln kann!'" – Da kommt Nikta – so in Fahrt – noch eine Idee: weil sie ja schon von Berufs wegen mit Zumutungen zu tun hat ...
„Nein, nein ..., so ist das doch nicht!" stöhnt Oskar gerade.
„Doch genau so könnte es kommen ..." klärt ihn Nikta jetzt auf „... Rufschädigung einer Mitarbeiterin beim Kantinenessen! Und dafür muß Entschädigung her – *Reparation!*"
„Reparation?! – Sie sind doch plem..." nein, lieber nicht noch die Silbe verdoppeln, beißt sich Oskar auf seine sensible Kantine-Koch-Zunge.
Nikta beugt sich leicht vor, lächelt wie zum Dank für den hübschen Gedankenblitz, der sie gerade getroffen hat und flüstert: „Sehen Sie: genau deshalb! Wunderschöne Vorlage, Sie Sternchenkoch mit dem ... wabbelweichen Saftsack!"

Oskar will gar nicht mehr wissen, ob damit nur die eine Tomate gemeint ist ... – Nikta, Spitze Pritz, ist eh schon hinausgestiefelt ...

Nach einer halben Stunde im Büro hat Nikta als Leiterin der AVoKuZuAuMi ihre neue Idee schriftlich fixiert und sendet sie an eine befreundete Parlamentarierin, von der sie weiß, die packt die Dinge an:
‚... könnte ich mir vorstellen, daß die Idee umgesetzt werden sollte, Burg Hohenknipselstein – da für die Gemeinde auf Dauer sowieso zu kostenintensiv im Unterhaltung – nicht nur wie bereits versucht als Asylantenwohnheim herzurichten, sondern vielmehr noch einen mutigen Schritt weiter zu gehen und das ganze Gelände einem ausgewählten, existenzbedrohten Land als Reparationszahlung zu übereignen ...'

Kopf durchlüften bei Vollmond

„Ihr glaubt nicht, wer heute auf dem Vierecktaler-Marktstand war ..." so kam Lorbas nach Hause und war schon im Erzählen, während er noch den Oberschlag auspackte ...

Lorbas Zacke ist auch so ein Herzchen ..., denkt sich Gerne, als er jetzt schon in der Abenddämmerung unter dem Vorwand, noch Hühnerfutter an Carmen-Huhn zu verfüttern und ‚nach dem Rechten' zu sehen – mal wieder im Auto auf dem Weg hoch nach Knipsel Castle – diese Szene Revue passieren läßt ...

Er mag Lorbas richtig gern und er sieht auch, daß er Tante Marrá gut tut – aber ein bißchen naiv ist der Typ schon ... – konnte noch nicht mal sagen, **wer** denn nun der tolle Fremde gewesen war! – Die anderen hätten es auch nicht gewußt, behauptete er dann noch rechtfertigend.

Immerhin kam er, Gerne, dann zusammen mit Tante Marrá aus der durcheinandergeratenen Vita doch sehr schnell auf Hago Hafersturm – obendrein weil sie beide ihn flüchtig von Festlichkeiten am Königshof von Verhökerlande kennen. Ein Unikum, aber auch, wie man heute sagt ‚ein Kreativer' – aber nicht ohne ... und vor allem nicht ohne Niveau ... – Schon erstaunlich: dieser Nonchalante kommt doch nicht für Ernte-Waldis Oberschlag nach Knipsel! – Will er vielleicht sondieren, ob an der Burg was dran ist ... etwas zum Sich-Kreativ-Niederlassen?! – Gerne witterte gleich Oberschlag ... also Oberwasser für seine Adelsexperten-Schule, denn mit Hago wär' wer mit Fortune dabei!
Was ihm Marrá als Gedanken sofort ansah und zischte: „Mach Dir bloß keine Hoffnung: die Adelsschule kannst Du Dir abschminken!"
„Adels*experten*-Schule – das ist was ganz, ganz anderes ..." grinste Gerne nur, und ließ selbstbewußt davon ab, seiner Patentante Hago Hafersturm, den Kreativen, schön zu reden ... – sie fand ihn nämlich auch nicht ohne!
Dieses überbordende Allround-Talent, Hago Hafersturm! Angefangen hatte er wohl mit Haare schneiden, weil ihm sein Pferdeschwanz eigener Haare von anderen nicht richtig beschnitten wurde, so daß er auf eine Pony-Frisur umstieg, dann stichelte er in Mode herum, später wurde er dicklich, da interessierte er sich für Ernährung. Vor kurzem gab ihm dann ein Bekannter eine Katze in Pflege, die machte Hago zur Kultmieze – was dann wohl doch noch nicht bis nach Knipsel gedrungen war – und kombinierte sie mit seinem momentanen Interesse für Malen und Photographieren ...
Also überall tappte er als Neuling hinein, hinterließ aber immer seinen kreativen Print, der Goldesel-Qualitäten hat. Hago ist dann aber schwups auch wieder raus aus einer Sache, wenn sie anfängt gewöhnlich zu werden oder wenn er vielleicht tiefer gehen müßte, um weiter erfolgreich zu bleiben ...

Eben gerade neulich hatte Gerne von seiner Mutter, Königin Gertrulde von Verhökerlande, gehört, der Hafersturm ‚mache jetzt in Möbeln'. Genau deshalb hatte die Königin ihn zu sich eingeladen, um ihn für ihr Hobby, das Antike-Möbel-Aufmotzen zu begeistern und beide designten wohl schon – was Gerne so gehört hatte – zusammen an einigen von der Hipp- und-Adelswelt mit ‚Oh!' und ‚Ah!' bestaunten Möbeln herum.
Und dieser Hago holt sich heute drei Gläschen Oberschlag aus Knipsel! – Na, hallo, denkt sich Gerne immer noch beim Hinauffahren nach Knipsel Castle! Geht es diesem originellen Genius wirklich nur um die cremige Oberschlag-Schmiere oder sondiert der Vogel hier wirklich etwas anderes ...?!
Immerhin: für Lorbas Zacke, sein verqueres Nachbar-Pärchen mit dem Huhn und das Verkaufsständler-Ehepaar reichte wohl schon der eine Auftritt, um völlig aus dem Häuschen zu sein. – Weiter denken die hier ja gar nicht ... – resümiert Gerne für sich – Provinz läßt sich ja sofort ins Bockshorn jagen!
Meine Güte, denkt Gerne weiter, während er oben auf dem Parkplatz ankommt, dieses Kaff macht einen noch kirre, von was die hier aus dem Häuschen sind und wo sie andererseits kalt bleiben wie Hundeschnauze! – Erstaunlich! Für ihn, Gerne, müßte da schon mehr passieren, daß es aufregend würde ...
Aber immerhin, seine beiden Schützlinge, Eline Buntleder und Minimus Baldi, ja, gut, die bringen schon ein bißchen Abenteuer-Potential in dieses öde Gezerre um die Burg.
Und weil er noch ein wenig über Lorbas Oberschlag-Erlebnis nachdenken mochte, hat er sich schnell noch mit dem Vorwand nach dem Huhn zu sehen, aus dem Staub gemacht. Eline und der Geiger erwarten ihn eigentlich erst morgen Vormittag – vielleicht sind die sogar schon in den Federn – so was darf man seit Carmen-Elisas Auftauchen auch nicht mehr ungefiltert denken – denn das setzt ja ein gerupftes Huhn voraus – mehr als eins ...

Eline und den Geiger, diese beiden frommen Lämmchen, wird er noch ein bißchen beruhigen – so verängstigt wie sie momentan sind, nach dem bunten, aber desaströsen Treiben auf dem Vorplatz – das sie nur mit der Nasenspitze über die Zinne gestreckt – beobachtet haben. Allerdings wird es nun vielleicht doch bald Zeit, zu überlegen, was mit ihnen geschehen soll. Ewig kann er seiner Tante Marrá die Fremdlinge nicht unterschlagen ... also irgend etwas muß da mal beschlossen und umgesetzt werden: entweder die beiden verschwinden aus der Burg – genug Abenteuer für solche Zauder-Schluppen wäre es bis jetzt schon allemal – oder ... – Tja, was sonst?!

Schon ist Gerne über all seinen Überlegungen am Hintereingang der Burg angelangt, die leicht verkantete Tür, die man so gut öffnen kann, wenn man nur weiß, wie man an ihr ruckeln muß. Dann führt erst einmal der längere, dunkle Gang ins Innere der Burg, bis man sich auf dem Quergang wiederfindet, der die verschiedenen Zimmer im Erdgeschoß verbindet, die auch zum Ausstellungsweg gehören.
Er muß dann aber noch in den einen Turm hoch, denn bei seinen letzten Besuchen waren Eline und Minimus ganz weit nach oben entrückt und hatten sich jeder eines der Mansardenzimmer hergerichtet zum Wohnen und Schlafen. Also wie erwähnt, die Aufregung, die mit der Präsentation verschiedener ‚Waffengattungen' – ‚Kleine Prinzen', Drachen, Gulaschkanonen – also möglicher neuer Mieter von Knipsel Castle einherging, hat die beiden Künstler doch sehr verschreckt. Ihr gepumptes Revier – sowieso in jeder Hinsicht fremd für sie – scheint nun noch unsicherer zu sein: die Panzer, die schon einmal den Weg nach hier oben platt gemacht haben, könnten wiederkommen und die Burg überrollen, die Drachenflieger könnten auf den Zinnen landen, die Gulaschkanone lebende Hühner herausschießen ...

Wahrscheinlich haben die beiden Buddelkisten-Abenteurer nun auch langsam die Nase voll von alledem! – Gerne wird heute mal mit ihnen ernsthaft reden, daß sie sich nicht weiterhin solche Abenteuer zumuten müssen – mit dem kleinen zerfetzten Nervenkostüm, das sie von Natur aus mitbringen! Dann werden sie in ein paar Tagen abziehen, jeder zurück in seinen Piepvogelkäfig und dort können sie dann den anderen Spatzen berichten, sie hätten einmal ein paar Nächte im Schloß kampiert! Auch deshalb ist es gut, daß Gerne heute noch einmal vorbeischaut – manche Dinge müssen vorsichtig aber eben beizeiten in die Hand genommen und geklärt werden! In der Wendeltreppe zum Turm hoch, ist wie abgemacht, nach Sonnenuntergang das Licht ausgedreht, damit nicht irgendein Dorfbewohner unten im scheinbar unbewohnten Castle was leuchten sieht. Nach hinten raus, zum offenen Land hin, so haben sie ausgemacht, kann man das Licht auch nachts anmachen – sehr unwahrscheinlich das jemand dort etwas sieht und dem auch noch Bedeutung beimißt ...
So tastet sich Gerne auf der dunklen Treppe weiter nach oben. Er kennt ja den Weg – bei dieser steilen, schmalen Wendeltreppe kann man nicht so einfach vom Wege abkommen, aber die Stufen sind ausgetreten und man sollte die Füße heben. Mehrmals strauchelt Gerne leicht und hat es nun auch wirklich satt, hier immer den Beschützer zu spielen: soll Minimus, der Klampfentyp, seine Zirpse an die Bank zurückgeben und gut ist's! Nimmt er halt eine normale Fiedel, geigt er in Matineen und Klavierabenden mit herum ... – wo bitte ist das Problem? – Nur weil Leute immer sentimental und zu zart besaitet sind – Künstler eh schon, hysterisch geradezu ...
Wieder ausgerutscht ... gerade kann sich Gerne noch mit der Handfläche vorm Hinfallen aufstütztzen ... verdammt, das tut weh ... ist sicher abgeschürft. Zu gern würde er doch mal Licht anschalten, aber der

eine Schalter ist unten am Fuß der Treppe und der andere erst wieder oben ...
Leise schreit Gerne auf, als er sich die Handfläche reibt ... ganz klar: die Besetzer fliegen hier jetzt raus, er selbst hat von Stufe zu Stufe weniger Lust auf so simple Abenteuer wie im Dunkeln eine ausgetretene Wendeltreppe hinaufzutappen! – Und irgendwer hätte sein Ankommen ja nun auch schon mal bemerken können, bei dem Schiß, den die beiden vor allem Fremden haben ...
Seltsam aber ... hatte sein kleiner Schmerzensschrei ein Echo? Irgend etwas war doch da zu hören ...
Lauschend steigt Gerne weiter nach oben – jetzt selbst ein bißchen leiser, um Geräusche zu vermeiden. ‚Tickst du noch ganz richtig, dich von den Blinden Passagieren hier anstecken zu lassen – diese Burg kennst du schon dein Leben lang ...!' so ermahnt er sich.
Da ... – schon wieder: ein Stöhnen, ein Ächzen ...
Früher ging mal die Geschichte, es lebe hier ein Geist, der käme nicht zur Ruhe, ein alter Vorfahr, in Lila gekleidet, dem etwas Unerlöstes bis über seinen Tod hinaus sozusagen noch auf den Nägeln brenne und der darauf warte, daß jemand komme, der alles, was damit zusammenhinge, wieder ins rechte Dasein brächte ...
Aber bitte sehr, denkt Gerne, daran glaubt man, wenn man dreieinhalb ist ... – oder?!
Jetzt ächzt es aber wirklich-unwirklich ... es kommt von weiter oben, aus dem obersten Turmzimmer ... dem sich Gerne nun in seinem Aufstieg nähert. Ganz kurz – aber wirklich nur ganz, ganz kurz – durchzuckt ihn der Gedanke umzukehren ... er könnte morgen wiederkommen ...
Bestimmt ist es nur das Gebälk, was da knarzt. Selbst wenn unten kein Wind geht, hier oben an der Burgzinne geht immer ein Lüftchen und altes Gemäuer mäuert eben ... also ‚arbeitet' wie man sagt ... das muß es auch, weiß Gerne, nur dann bleibt es geschmeidig – also ein ganz normales, gutes Zeichen wenn es irgendwo knarzt!

Plötzlich *schreit* es aber weiter oben!
Gerne zuckt zurück! – Also die beiden Einsitzer sind es nicht, da ist er sich sicher – solche Geräusche kann keiner machen, der selbst bei jedem Hauch zusammenzuckt! –
Dieses Stöhnen, da ist es wieder ..., ist überirdisch! Jetzt saust und braust es in einem Stakkato, einmal hoch und einmal tief.
Gerne will jetzt doch umkehren, aber er kann nicht, er ist wie gelähmt: die enge Treppe, die letzten Stufen vor dem Turmzimmer ...! Was ist da oben, was da nicht hingehört?
Gerne hebt vorsichtig die Augen von den dunklen Umrissen der Stufen etwas weiter hinauf – ein Lichtschein durch eines der oberen Seitenfenster – heute ist Vollmond – auch das noch!
Dann wird selbst der Schein des Vollmondes kurz verdunkelt – als habe man es darauf abgesehen, ihn, Gerne, im Dunklen zu lassen ...
Etwas flattert vor dem Lichtschein ... mal hell ... nun wieder dunkel ... halbdunkel, durchscheinend ... es kommt auf ihn zu, tänzelt ... dann plötzlich gleißendes Licht ...
„Ich hol noch mal Champagner!" – Das ist das letzte, was Gerne hört ...

Unser Schloßgespenst trinkt gern Champagner

„Tu mir bitte den Gefallen und hör auf zu geigen, Minimax!" Gertrulde, Königin von Verhökerlande ist gerade unsouverän genervt. „Wir müssen Gerne wieder zu sich kriegen!"
Aber Gertruldes Sohn, Gerwenich Nekolup Graf von Frohampel – familiär ‚Gerne' genannt – scheint sich schon wieder etwas zu berappeln, nachdem er gerade auf den letzten Stufen der Wendeltreppe einen Aussetzer, einen Schlappmacher hatte, was vielleicht kein Wunder ist, wenn man seine Mutter unvermutet im Tête-à-Tête mit einem Geiger antrifft ...

‚Junger Geiger bestreicht alte Fiedel!' – so war Gernes letzter Gedanke vorm Aussetzer. So können natürlich nur Kinder über die Leidenschaften ihrer Eltern denken ...!
Minimus Baldi ist sicher ein guter Geiger – aber auch ein Geigen-Durchbrenner! Und Gernes Mama, Gertrulde, verwitwet, ist reichlich älter als der Geigerich – sicher kein Argument, was der Liebe in die Suppe spucken muß – aber sie ist eben obendrein auch die Königin von Verhökerlande. Diese Position, zusammen mit der Geigenklauerei könnte unterm Strich in den Augen der Öffentlichkeit nicht so akzeptiert werden, daß alle Verhökerlander gewillt wären, wenigstens *ein* Auge zuzudrücken für die private Hingabe und Leidenschaft ihrer Königin. Ein Auge zuzudrücken, um mit dem anderen noch genußvoll die Verstiegenheiten der Yellow-Press zu dieser Liaison zu lesen ... – Also falls das raus käme, was Königin und Geiger wohl schon seit einiger Zeit treiben – denn ungeübt hörte sich das nicht an ... – wäre das ein dickes Ding ... – ein Riesenskandal wäre es! – ‚Denk' jetzt nicht an ‚dickes Ding', sonst wird dir gleich wieder schlecht ...' ermahnt sich Gerne, während er sich langsam berappelt.
Also kurz und grün, die Situation ist aus jeder erdenklichen Sichtweise im Moment für niemanden annähernd so befriedigend wie sie wohl eben noch für Königin und Geiger war. Und gerade das könnte eine Schar von Kritikern – falls sie es wüßten – mit so viel Munition versorgen, daß sie in anderer Hinsicht wunderbar zufriedengestellt wären!
„Schluß jetzt mit Fiedeln, bitte, Minimax!"
„Ich bin erschrocken und dann muß ich geigen!" Minimus Baldi weint fast, als er im kleinen Turmzimmer neben dem zerwühlten Bett auf Bitten seiner geliebten Königin seinen Geigenbogen vom Geigenkörper trennen muß.
So wie das Bett gerade noch Amüsementunterlage war und nun als simple Lagerstatt für einen Kreislaufzusammengeklappten Gerne herhalten muß,

so soll Minimus die Geigen-Harmonie unterbrechen und Erste-Hilfe-Dienste leisten?! – Profan!
„Du nennst ihn, ‚Minimax'?!" röchelt Gerne als erstes, während er am liebsten gleich wieder abtauchen würde, weil er sich aller unangenehmen Aspekte in der Gegenwart bewußt wird: „Minimax – ist großer Mist, wenn Du nicht zu Hause bist!' – War's nicht so?!" er schaut seine Mutter an, die ja noch nicht einmal auf Knipsel Castle angemeldet ist – zumindest nicht nach Gernes Neuigkeitsstand! Dann hat sie diesen wallenden Schlafanzug aus Seide an, der sie ihm auf der Treppe wie ein Nachtgespenst erscheinen ließ ...
Bei dieser ‚Konkurrenz' kann *ich* – als der Geist von Knipsel Castle – nur lila lachen!
„‚Minimax' war früher eine Feuerlöscherreklame!" erklärt Gertrulde ihrem Sohn, als sei er ein Hosenmatz von drei Lenzen.
„Weiß ich doch!" sagt Gerne und setzt jetzt trocken hinzu: „Für alte Scheunen, die brennen ..."
„Hier ist der Champagner ..." völlig außer Atem schaut jetzt Eline Buntleder mit zwei unter den Arm geklemmten Flaschen von der Wendeltreppe in die Kemenate.
„Wunderbar kommen Sie herein, meine Liebe, das ging ja fix ... ich hoffe wir haben hier noch ein paar mehr Gläser – Champagner aus der Flasche süffeln, ist nicht angemessen!" Gertrulde weiß: Dinge arrangieren hilft über manche Peinlichkeit hinweg.
„Ich habe mir ja wohl das größte Glas verdient!" – Für Gerne ist es eher das Stilmittel der Ironie, mit dem er neue Situationen am besten sortiert. So rappelt er sich jetzt vom Bett hoch: „Ist ja hier noch angewärmt" entfährt es ihm angeekelt „... ich setz mich mal lieber in den Ohrensessel, um einen kühlen Kopf zu kriegen!" Damit springt er ein wenig panisch aus dem Bett heraus, auf das ihn vorhin bei seinem Schreck-Aussetzer seine Mutter Gertrulde und ihr Begeiger Minimus zu zweit gezerrt hatten.
Fix ist er in den großen Lehnsessel gelümmelt.

„Geht's Ihnen besser?" fragt Eline mitfühlend. „Die Wendeltreppe hat's in sich, gelle!"
„Es war nicht die Wendeltreppe, die's in sich hatte ..." sinniert Gerne „... aber danke, daß immerhin *Sie* sich so nett erkundigen!"
„Es könnte sein, daß ich mir die Schulter verzogen habe, als wir Sie hier hoch schleifen mußten! – Das wäre gar nicht gut für's Spiel!" ächzt unvermittelt Minimus Baldi und rollt schmerz-versonnen vor sich hinblickend abwechselnd Kopf und Schulter, damit da wieder alles zusammenpaßt.
„Jetzt mal Schluß hier: Ihre Schulter haben Sie sich sicher bei was anderem verzogen! Aber damit paßt sie zu Ihnen – Sie verzogenes Geigenbübchen!" platzt Gerne nun doch noch der Kragen.
Königin Gertrulde will etwas sagen, aber im Moment kann sie weder als Mutter noch als Königin punkten.
Gerne braust nun doch noch zum Geiger hin auf: „Sie setzen sich hier mit Ihrer – zumindest unterschlagenen, wenn nicht sogar geklauten – Klampfe ins gemachte Nest, gehen ohne zu fragen allen auf den Wecker, kriegen nichts selbst auf die Reihe – aber dazu reicht's noch, mit meiner Mutter zu vö..."
„Gerwenich, vergiß dich nicht!" herrscht Gertrulde ihren Sohn beschwörend an. „Wir wollen doch die Formen wahren!"
„... wünsch' ich Dir auch, Mama! – Außer daß er mit Dir eine Affäre hat, ist er hier der Dauer-Loser und nachdem man ihm drauf kommt, beklagt er sich, er habe sich die Schulter verzerrt! Eine verzerrte Einstellung zur Wirklichkeit hat der – und die könnte nicht nur ihm demnächst ein bißchen was vergeigen!"
Gertrulde will etwas erwidern, aber ...
„Bin noch nicht fertig!" schnappt Gerne zurück. „Unten in Knipsel sitzt Deine langjährige Freundin Marrá und versucht den Kasten hier wieder flott zu bekommen – und da hängt wohl einiges mehr dran, als hier bißchen was zu renovieren und zu vermieten – an allen Ecken und Enden haben wir Schwierigkeiten – alles sperrt sich irgendwie, als stände irgend etwas unsichtbar im

Weg! – Und ich deck' den Typen hier – und Sie, Eline, Champagner-Kellnerin, Sie auch! – Daß die beiden hier Unterschlupf haben, an Tante Marrá vorbei, die das vielleicht nicht so locker sehen würde – oder könnte, weil das ja immer noch kein Privatvergnügen ist, was hier geschieht – dazu wollen hier zu viele rein, die nicht rein gehören ... – also daß die hier als Blinde Passagiere auf Knipsel Castle wohnen, ist auch auf meiner Gutmütigkeit gewachsen! – Aber der hier geigt noch auf mich ein, nachdem es mich schon aus den Pantinen gekippt hat! – Jetzt mach' *Du* Dir gefälligst Gedanken, Mama, Königin von Verhökerlande ...! Und die Flasche Champagner mit dem einzigen sauberen Glas, gehört hier dem einzigen Kreislaufschwachen, die ist nämlich nichts für Leute mit billigen Ausreden!"
Schwupps erhebt sich Gerne kurz und fischt in einem Zug seiner Mutter das letzte saubere Glas aus der Hand, daß sie gerade von der kleinen Anrichte genommen hat und stibitzt Eline gleich noch die Schampusflaschen weg. Dann läßt er sich wieder in den Ohrensessel fallen, gießt sich – die Flasche unfein am Hals haltend, einen guten Schluck erst ins Glas und dann hinter die Binde.
„Der Geist von Knipsel Castle trinkt auch gern Champagner – heißt es!" Gerne atmet tief durch nach der Erfrischung. „Und jetzt legt los, Leute! – Spart Euch Erklärungen – aber ich warte auf gute Ideen für Knipsel Castle!"
Also das mit dem gerne Champagner trinken, da hat er recht, der Graf von Frohampel ...

Ich weiß, wo Du schief liegst ...

Zwei Tage lang gibt es die sogenannten ‚klärenden Gespräche', die natürlich nichts klären, weil sie halb den rechtfertigenden Tenor haben, halb die trotzigschnoddrige Ansicht herausposaunen: ‚... das geht Dich alles gar nichts an!' und immer damit anfangen: ‚Ich weiß, wo *Du* schief liegst ...' – zwischen Marrá und Gertrulde fast schon im wörtlichen Sinne.

Abgesehen davon, daß Marrá den Portus Tüpfelhund – sozusagen als Amtsperson – ganz offiziell antelefoniert und darüber informiert hat, daß sich auf Knipsel Castle jemand mit einer entführten Geige festgesetzt hat, wird es vor allem in Lorbas Haus recht eng, als sich auch noch Gertrulde von Verhökerlande dort vorübergehend niederläßt.

Nimmt es Gemeinderat Tüpelhund – an Heikles im Zusammenhang mit Knipsel Castle nun mittlerweile gewöhnt – erstaunlich gelassen, sind alle anderen doch sehr gereizt in der angespannten Situation.

Minimus Baldi und Eline Buntleder, die das Wohnen auf Knipsel Castle nun schon beherrschen, sind deshalb auch verdonnert worden, oben auf der Burg zu bleiben.

Am meisten knirscht es aber zwischen Marrá und Gertrulde, die – zwar ewig befreundet – nun aber an der jeweils anderen unvermutete Ambitionen entdecken, denen dann noch nie geahnte Handlungsweisen folgten.

Gertrulde ist es schleierhaft, was Marrá um Knipsel Castle für ein Gewese macht. In Verhökerlande hat Gertrulde selbst einige Anwesen – auch mit Schloß oder Burg drauf: „...aber ich bitte Dich, laß die Burg renovieren, wohn' drin oder reiß sie ab, wenn sie zu marode ist! – Spundlöcher, verschlingen nur Geld! – Wo ist Dein Problem?!" versucht die Königin Marrás Zaudern um Knipsel Castle ganz locker zu sehen.

„‚Marodes Spundloch', gutes Stichwort!" erwidert Marrá nur – dieser Replik unter die Gürtellinie kann sie nicht widerstehen.

„Der arme Bürger Zacke hat kein Schloß, muß aber sicher auch bald renovieren!" schlußfolgert Gerne, als seine Mutter nach Marrás Spundloch-Bemerkung Zackes Wohnzimmertür von außen zupfeffert.
„Du bist auch ..." Marrá verkneift es sich.
„Wolltest Du jetzt zu mir sagen, ich sei auch ‚schuld'?!" zischt Gerne.
„... läßt fremde Leute da oben wohnen! – Das geht leicht: nett und großzügig zu sein, wenn's nicht die eigene Burg-Bude ist!" erwidert Marrá.
„Sie standen halt halb vor der Tür, halb waren sie schon drin – die beiden Blinden Passagiere! – Jetzt weiß ich auch, von wem der Geiger den Schlüssel hatte: da lag wohl noch ein altes Exemplar in Verhökerlande herum und Mutter hat es ihm zugesteckt, denn bei all ihren Verpflichtungen kam sie erst jetzt dazu, hier zum Stelldichein vorbeizuschauen!"
„Dann expediert man sie halt wieder ganz hinaus – die zwei Unwillkommenen! Halb wo angekommen zu sein, heißt noch nicht, daß man dort auch hingehört! Bei zwei einzelnen Menschen wird das Hinausexpedieren doch wohl rubbel die Katz gehen! Obendrein, wenn der eine noch mit Klau-Gut unterwegs ist! – Es gibt sogar Länder, die schicken Anbrandende wieder weg – geben nur schlicht etwas Proviant mit! – Da kommt es immer auf die Selbstverständlichkeit an, mit der man in solchen Situationen handelt. Aber Du ..." Marrá sieht Gerne direkt an „... Du suchst ja selbst die Abwechslung und so ein bißchen risikoloses Abenteuer, daß Dich nicht zu sehr hernimmt, aber etwas edler macht ... Eine Episode zum Immer-mal-wieder-dran-Knabbern, die man wie einen angebissenen Schokoriegel in der Schublade halten kann, das ist Dir gerade recht!"
„Jetzt bist Du aber ungerecht, nur weil Dir jetzt klar wird: Du hättest da schon selbst längst die Weichen stellen sollen, damit alle Beteiligten mal wissen, welches Signal auf Knipsel Castle angeknipst wird. Willst Du nun dort wohnen? Willst Du's vermieten? Willst Du die Gemeinde irgendwie mit hinauflüpfen –

oder was willst Du?!" Nun schaut Gerne verschmitzt zu seiner Tante. „Oder ist Dir der ganze Klumpatsch eigentlich zu viel und Du bist bockig, weil Dir die poppende Idee mit einem jungen Liebhaber noch nicht selbst gekommen ist?!"
Marrá ist nicht der Typ für's Türeknallen, deshalb sieht sie Gerne nur scharf an: „Genug Persönliches um die Ohren gehauen! Genug Kleinschrittiges Hin- und Hergerede! Ich rufe Gemeinderat Tüpfelhund an, wir müssen neu sortieren!"
Aber wie's so geht mit der ganz entschlossenen Entschiedenheit: das Telefon in Lorbas' Wohnzimmer klingelt noch bevor Marrá für ihren eigenen Anruf-Wunsch danach greifen kann.
So bekommt immerhin Lorbas, der bisher still am Tisch saß, auch etwas zu tun, er hebt den Hörer von seinem noch altmodischen Telefon ab.
„Zacke!" meldet er sich und lauscht.
Marrá und Gerne, mit ihren eigenen Gedanken beschäftigt, merken erst auf, als Lorbas sich ein wenig gerader aufsetzt, wie man das macht, wenn man mit Interesse oder Anspannung lauscht.
„Beruhigen Sie sich doch, mein Lieber, ..." will er durch den Draht das andere Ende besänftigen. „Nein, tun Sie jetzt nichts Unüberlegtes ... es läßt sich alles ... beschwichtigen ... alles wird heißer gegessen als es – ... ach, Unsinn ... – nein, nein, ich meine doch umgekehrt ..."
Inzwischen schauen auch Marrá und Gerne zu dem stotternden Lorbas.
„Warten Sie, ich gebe Ihnen mal Gerne ..., also den Grafen von Froh... – bleiben sie dran ..." damit streckt Lorbas den Telefonhörer wie eine matschige Banane dem überraschten Gerne entgegen.
„Ja? – Ja, ich bin's ja! – Was's los?" Gerne lauscht, lauscht weiter ... dann: „Sie machen nichts! Nein, gar nichts! – Sie lassen keinen rein ... – wenn er drin ist, schmeißen Sie Ihn raus ... schon klar ... dann bringen Sie eine Tür zwischen ihn und sich und die Tür ... die Tür machen Sie zu ... – wenn er sich die Finger klemmt ist es seine Schuld! ... Nein, nein, seien Sie

sicher: er wird kein Geigenspieler sein! ... Jetzt setzen Sie sich wo hin und tun nichts und sagen auch nichts ... Wir kommen, wir sind in ein paar Minuten da! ...
Was? – Nein, Sie bieten ihm nichts zu Trinken an ... nein, schon gar nicht die halbe Flasche Champagner – sind Sie noch bei Prost, Quatsch ... bei Trost?! – Schluß jetzt, wir sind unterwegs!"
Damit knallt Gerne den Hörer auf die Gabel des alten Telefons. Marrá und Lorbas sind aufgesprungen und dicht an ihn herangetreten, haben die andersseitige Rede aber nicht genau verfolgen können.
Gerne ist sichtlich beunruhigt: „Jetzt brodelt's auf der Burg: ein Anwalt hat Minimus aufgespürt – er will die Geige mitnehmen!"

Andere Saiten aufziehen

So oft hat Lorbas' Auto Knipsel Castle die letzten paar Jahre nicht gesehen, wie es jetzt in den letzten paar Wochen die krumme Strecke hochgejagt wird!
Gerade konnte man noch Gertrulde zurückhalten, mitzufahren. Letztlich war es Marrá, die dann sagte: „Schluß jetzt, Truldi! Alles, was Du da oben zum Besten gibst, wird Dir zum Schlechtesten ausgelegt werden! Für Deine geigende Romanze solltest Du niemandem diese Steilvorlage zur Kritik liefern – Du bleibst hier! – Laß uns die Dinge entschärfen, auch wenn sie dann vorerst nur geregelt und noch nicht gelöst sind!"
Und so sitzen jetzt Marrá und Lorbas grübelnd im Auto auf dem Weg nach oben, während Gerne das Gefährt rasant Kurve für Kurve zur Burg hinauf serpentiniert.
„Wie kann dieser Rechtsbeuger nur herausbekommen haben, daß der Baldi auf Knipsel Castle ist?" fragt Gerne düster brütend.
„Vielleicht hat schon jemand eine Konkurrenz-Adelsexperten-Schule eröffnet und der wußte besser bescheid als Du!" antwortet Marrá schonungslos.

„Wie soll man denn, bitte, vermuten, daß einem die eigene Mutter heimlich fremdgeht!"
„Bist Du ein Opfer eines Info-Lochs oder kennst Du einfach Deine Familie zu wenig?" fragt Marrá zurück.
„Du bist als beste Freundin auch ziemlich aus dem Takt gewesen, über die ungeahnte erste Geige im Orchester Deiner Jugendfreundin, Tante Marrá ... – was nicht mitbekommen oder Vertrauensdefizit mit Freundin Truldi?" kontert Gerne.
„Ich wisch Dir gleich eine, auch wenn Du am Lenkrad sitzt!" grummelt Marrá zu ihrem Patenkind. Lorbas ist sich nicht sicher, ob sie da eben aus der sonst so souveränen Rolle gefallen ist oder nur absichtlich kurz in Flapsigkeit gewechselt.
„Wir sind da!" verkündet Lorbas, als sie auf dem Burgparkplatz einfahren. Gerne stellt das Auto ganz nahe beim Aufgang ab, der von den ‚Kleinen Prinzen' so geplättet wurde, daß man nun zu Fuß ständig am kleinen Hang am Abrutschen ist und deshalb besser nicht im ‚Schuß' nach oben läuft, sondern nun auch hier lieber die kleine Serpentinen-Variante anwendet.
„Wir sollten vielleicht nicht zu viel ungezügelte Übereiltheit erkennen lassen," überlegt Lorbas „es könnte nach aufgescheuchten Hühnern aussehen ..."
„Gut, daß Du es erwähnst, Lorbas! Erinnere mich daran, daß ich nach der ‚Entschärfung' dieser Situation nach Carmen-Elisa schaue! Jetzt wohnen hier so viele Leute und sicher hat sich niemand um das Huhn gekümmert ..."
„... doch, ich habe Eline Buntleder Futter für das Vieh dagelassen – die wollte es ihm regelmäßig verfüttern!" beschwichtigt Gerne.
„An Leute mit einem Batzen von Problemen sollte man gar nichts delegieren – das geht schief! – Ich hoffe nur, sie haben es nicht zum Abendessen ‚verbroilert'!" Heute könnte Marrá kaum noch etwas positiv stimmen, so scheint es ...
„Die beiden Einsitzer hier sind eher zarte, geradezu verzagte Menschen – die fallen nicht über ein Huhn fürs Abendbrot her!" Gerne ist es ernst damit.

„Sieh' es mal so: der Geiger schnappt sich eine Fiedel, die ihm nicht gehört und eine Königin, der er den Ruf ramponieren kann ... – zart besaitet nur weil er immer ein wenig verhuscht wirkt?! – Glaub' mal nicht!" gibt Marrá zu bedenken. „Da schlackert man mit den Ohren, wie es solch armen Hascherln am Ende der Abenteuer noch immer so proper geht, während alle anderen sich aufgerieben haben ... Die scheinbar Schwachen sind auch nicht immer die Sympathischen und Netten, vielmehr nölen und geigen sie den anderen ordentlich auf den Nerven herum!"

„Vielleicht war auch meine Mutter diejenige mit der Initiative und hat sich den Geigerich geschnappt ... – obwohl ich mir als Sohn das nicht gern vorstellen will!"

„Wie auch immer ..., da scheint schon ordentlich was los zu sein!" Lorbas steht als erster vor dem Burgtor. Die große Tür ist zwar geschlossen, aber man hört deutlich streitende Stimmen dahinter.

„Die kennen wir doch die Stimmen ... dann war das auf dem Parkplatz eben doch der Wagen vom Gemeinderat!" zieht Lorbas überrascht seine Schlüsse.

Und tatsächlich, jetzt erkennen auch Marrá und Gerne, daß eine der streitenden Stimmen hinter der großen Tür die von Portus Tüpfelhund ist. Eine zweite, die nur eben mal zwischendurch zu Worte kommt, ist die von Pettar Lascher.

Gerne klinkt jetzt scheinbar beherzt die schwere Burgtür auf.

Gleich merkt man, wie dick solche Burgtüren sind, denn kaum geöffnet, bricht die ganze Lautstärke des wild entfachten Streits mitten im Entrée von Knipsel Castle auch über die drei Eintretenden mit voller Brachialität herein.

„Ich bin hier Gemeinderat und Sie haben auf meiner Burg gar nichts zu melden – nein, auch nichts zu beschlagnahmen ..."

Es ist Portus Tüpfelhund, der da so losbrettert. Denn heute hat ihn der Flitz gepackt, der Langeweile seines Kullerstädter Büros zu entfliehen, um sich auf Knipsel

Castle erstens schon mal einen bürogeeigneten Raum auszusuchen und andererseits den geigenklauenden Liebhaber einer Königin zu besichtigen, worüber Marrá ihn ja fairerweise in Kenntnis gesetzt hatte. So hat der Gemeinderat sich von Pettar Lascher herchauffieren lassen und beide sind justament – welch Timing – hineingeplatzt, in den frischen Zwist zwischen dem Geiger und dem Anwalt, der das Pärchen – den Geiger und die Fidel – hier oben aufgespürt hat. So ist Portus voll in seinem Element und läßt seinem sonst so beherrschten Temperament freien Lauf ... – oder gibt er ihm sogar noch die Sporen?! „Sie beschlagnahmen hier gar nichts!" schmettert er schon wieder dem Anwalt zu.
„Sie beherbergen hier aber einen Betrüger und Dieb, haben ihn hier versteckt, wo Sie meinen, keiner komme Ihnen drauf – das ist Hinterhalt ..."
„Herr Fegebusch ... nein, Fege*p*usch, ... also Herr Fegepusch ... beruhigen Sie sich doch erst einmal, ... man kann doch über alles ruhig ..."
Es ist Eline, die die Visitenkarte von Rechtsanwalt Pruwart Fegepusch in der Hand hält und versucht zu schlichten, was ihr jedoch nicht gelingt, denn schon tobt nun Minimus, der bisher noch im Hintergrund war, maximal los: „Ich gebe die Geige nicht her! Verschwinden Sie oder ich werde ..."
„Minimus, beruhige Dich ...!" versucht Eline den Geiger umzustimmen, aber der gebärdet sich mit wilden Gesten: stampft mit dem Fuß auf, will einmal auf Fegepusch los, dann wieder wendet er sich für einen Moment ab, scheint zu weinen, bis es wieder aggressiv in ihm rumort.
„Das kann man doch über den Amtsweg regeln – alles sicher nur eine Verwechselung ..." das ist nun wieder Pettar Lascher, der versucht, den formalen Weg anzuregen, was aber von niemandem ernst genommen wird, weshalb selbst Pettar jetzt – wie schon alle anderen – anfängt, sich durch ausladende Gesten und leichtes Gerempel mehr Nachdruck zu verschaffen. – Aber wenn's alle so machen, dann verpufft es im Rudel-Rempeln!

Die ganze Szene regt besonders Gerne an, gleich mitzumachen, weshalb er sich vor Fegepusch, diesem drahtigen, kleinen Mann aufbaut und schnaubt: „Sie haben hier gar nichts verloren!"
„*Verloren* habe *ich* hier sicher nichts – vielmehr ist etwas *entwendet* worden – eine horrend teure Geige! Und die bin ich beauftragt in meiner Eigenschaft als Rechtsanwalt und Notar, mit einem Mandat der Adelskron Bank aus Verhökerlande zurückzuholen ..."
„Ein ganz miese Note sind Sie!" kreischt nun Minimus optimal laut und wie ein bockiges Kind hochspringend, damit er über die anderen Beteiligten, aber weniger Echauffierten an Fegepusch herankommt, um ihn zu schubsen – oder gar Schlimmeres.
„Ich hab's geahnt ..." flüstert Marrá Lorbas zu „...die Adelskron ist die Hausbank in Verhökerlande! Wenn Gertrulde das gedeckt hat, daß der Geiger ‚Die Zirpse' mopsen konnte, dann gibt's eine richtige Staatsaffäre im Königreich!"
So aufgeregt man auch ist, versuchen Pettar, Portus und Eline doch, die beiden eskalierend Streitenden – Fegepusch und Baldi – von einander fern zu halten, was ihnen aber bei der ganzen Strudeligkeit des Geschehens immer weniger gelingt. Noch nicht einmal von den neu Eingetroffenen nimmt die verbiesterte Gruppe besondere Notiz.
„Geben Sie jetzt die Geige raus, seien Sie vernünftig, Herr Baldi ... alles andere regeln die Anwälte! – Und da kommt sowieso noch einiges auf Sie zu ...!"
„Damit Sie sie wegsperren können, damit sie nicht mehr klingen kann ..." ereifert sich Minimus Baldi sofort „... Zirpse bleibt hier, muß hier bleiben, nur hier will sie spielen ... sie meint, sie muß *hier* spielen – nein, sie geht nicht zurück – ich auch nicht! Verschwinden Sie, Sie Geigen-Geier ..." Minimus hat sich nochmals einen Zacken schärfer in Ekstase geredet, stampft wieder wütend auf ...
... und das wird zur Überraschung aller mit einem dumpfen Knarren beantwortet, das aus dem Fußboden zu kommen scheint, der genau an dieser

Stelle nicht mit Steinplatten, sondern mit Holzpaneele belegt ist.
Für einen Moment ist Ruhe und alle lauschen wie erstarrt, wo dieses Geräusch denn herkommen mag.
Nur Minimus will sich so gar nicht darauf einlassen, sondern stampft und trampelt statt dessen weiter ...
... und wieder knarrt es ...
„Sie *will* nur hier spielen, Zirpse, *kann* nur hier spielen, nirgendwo anders ..." Minimus springt für den Nachdruck nochmals an derselben Stelle wild in die Luft und landet mit einem Dröhnen wieder auf dem Holzboden des Vorzimmers.
Der aber gibt – man glaubt es kaum – nach und würde Gerne von seinem Standpunkt an der Eingangstür nicht schnell hinzuspringen, um seinen besonderen Schützling noch am Arm zu packen, würde der in ein Loch stolpern, daß sich mit seinem Gestampfe unter ihm durch das Einbrechen zweier Bodenbretter auftut.
Plötzlich scheinen alle bisher Streitenden einen einzigen Entsetzensschrei auszustoßen und springen instinktiv weg von diesem Fleck, an dem die zwei Bretter gebrochen sind!
Obendrein staubt jetzt eine Wolke hoch, so daß wirklich jeder Anwesende mit Husten statt Hadern beschäftigt ist.
Dann ist es ausgerechnet Portus Tüpfelhund, der sich neugierig als erster über das Loch in den beiden Fußbodenbrettern beugt: „Was das denn?" fragt er wie zu sich selbst, als sich der Staub nun verzieht.
„Da liegt doch was im Mauerwerk unter den Brettern ... das ist ja ..."
Nochmals kommt eine Staubwolke nach oben und erstickt, was Portus sagen wollte ...

ZWISCHENDURCH ...
...doch mittendrin

Jetzt wird's ja mal Zeit! All die Gestalten, die sich so bemühen in dieser Geschichte, nicht nur einfach die Seiten zu füllen, sondern mit Mut und Freude für den Leser lebendig zu werden und mitzuwirken an dem Geschehen, so daß es dem Betrachter zur Klärung auch seiner eigenen Malaisen beitragen möge – all diese Gestalten haben jetzt einen Moment Ruhe verdient.

Wenn ich schon als Lila-Gesträhnter, als Rabe und vor allem als Erzähler überall auftauche und dann wieder verschwinde, will ich jetzt auch erklären, in welches Fettnäpfchen der zornige Geiger hineingetreten ist, welche Büchse der Pandora er geöffnet hat ...
Erlösung oder Verderben?
Wird einem etwas offenbart, ist man zwar erstens dafür reif, steht aber zweitens gleich wieder vor der Herausforderung, es in seiner Bedeutung erfassen zu müssen, um es dementsprechend lösen zu können, er/ösen zu können – und meist vorher entschärfen zu müssen.
Da ist also dieser Ort Knipsel mit seiner Burg.
Sehr lange ruhte er, kam dabei in der Substanz herunter, aber vor allem wich das Lebendige von diesem Ort. Niemandem mehr war dieser Ort wichtig, den meisten nur lästig. Deshalb schützte ihn auch niemand, als die falschen Leute, die dort nicht hingehörten, sich über ihn hermachten – nur weil er im Zusammenhang mit der Flüchtlingskrise erwähnt wurde.
Immerhin: die Umgebung wird unruhig – will aber nur ihre seichte Ruhe wiedergewinnen! – Ganz zurückzudrehen auf ‚Bequemlichkeitsmodus', ist es nun schon nicht mehr!
Denn ein paar Menschen finden sich hier an, die ahnen, sie hätten hier etwas zu tun ...
Doch noch herrscht Verwirrung: viel geschieht – wird gebremst, beschleunigt ... so als käme das

Schmelzwasser den Berg herunter und fülle langsam das Flußbett. Nun ist es nicht mehr zu übersehen: da entfaltet sich etwas, kommt etwas auf alle zu ... – zumindest als Verwirrung und Unbehagen.
Jeder wird unruhig, aber niemand weiß so recht: Was soll's? Worauf – im wahrsten Sinne – läuft's hinaus? Wohin führen uns die Serpentinen? Nur daß uns oben Knipsel Castle im Wege steht?
Was trennt uns alle von dem Ort, daß erst so viel Falsches anbranden muß? Etwas, was sich nicht erlösen konnte, macht alle unruhig, etwas, was den Zug verpaßt hat und Züge fahren sowieso – wie wir erfahren haben – am liebsten ohne Halt an Knipsel vorbei.
Eine Erfahrung hat sich hier nicht lösen können, ist verwunschen und braucht jemanden, der ihr wieder in die Veränderlichkeit hilft, damit sie sich vielleicht lösen kann.*
Marrá, diejenige, der die Fäden in die Hand gegeben sind, ist abgelenkt – verzettelt sich lieber, als sich dieser Sache gleich zu stellen! Beim Verzetteln scheitert man nie, man ist vielmehr immer hier und da und irgendwo, taucht auf, taucht ab, was soll's?!
Doch dieses eine Mal käme es darauf an, das zu tun, was endlich einmal wirkt, statt nur Effekt zu zeigen.
So wird auch Marrá noch erkennen, daß man eine Heimat nicht in halber Verantwortung und aus sicherer Distanz entstehen lassen kann.
So weit, wie sie sich eingelassen hat, kann sie den Hinweis in der Bodendiele nicht mehr ignorieren.
‚Wahr-nehmen ist der Schlüssel.
Suchende finden ihn nicht.
Die ihn finden, hatten ihn schon.'

* *Gedankengut der Münchner Rhythmenlehre von Wolfgang Döbereiner.*

Der Schlüssel

Es ist Marrá, die sich jetzt bückt und in den Hohlraum unter den zerbrochenen Dielenbrettern greift, um vorsichtig das, was darin liegt herauszuziehen. Es ist ein kleiner Stapel Papiere in einer etwas zerschundenen Mappe.
„Das ist ja richtig was Amtliches, da sind ja Wappen und Siegel drauf!" stellt Pettar fest – wieder ganz ‚Assistent der Geschäftsführung'.
„Ja, das sieht vielleicht danach aus, aber ein Wappen und ein bißchen Siegellack konnte früher jeder irgendwo drauf stempeln – das muß man schon erst amtlich prüfen!" sagt Pruwart Fegepusch sachlich und setzt hinzu: „Aber interessante Sache, wenn so etwas an so ungewöhnlicher Stelle verborgen wird!"
„Na, hören Sie mal ..." fährt Portus den Notar immer noch ein bißchen kompetenzrangelnd an „... glauben Sie, man hat hier früher in unserer Gemeinde Schmu gemacht mit amtlichen Sachen?!"
„Nicht mehr als heute, Herr Gemeinderat, wenn Sie bedenken, daß man heute für den Empfang eines Päckchens seine Unterschrift auf ein rutschiges Display setzen muß, dann würde ich dem damaligen Siegeln fast eher trauen – aber man muß sehen, *was* da besiegelt wurde ..."
Jetzt beugt sich auch Gerne zu den Papieren in Marrás Händen. „Das ist das Wappen derer von Flausen-Tulpenscheitel ... – schon mit dem ergänzten Huhn in der einen Ecke!" stellt er voller Schatzsucherfreude fest. „Das heißt, es ist noch nicht so sehr alt – vielleicht steht wirklich was Wichtiges drin, nun mach' schon auf, Tante Marrá – ich bin gespannt!" Er schaut seine Patentante voller Tatendrang und Abenteuerlust an.
Marrá legt schnell die eine Hand vorsichtig aber bestimmt oben auf den etwas zerschlissenen Deckel der Papiere: „Es könnte etwas Persönliches sein ..., etwas Geheimes ... – sonst hätten wir es vielleicht ganz einfach offen zugänglich auf dem Sekretär im Schreibzimmer gefunden!"

„Nun sei doch nicht so streng!" bettelt Gerne mit neugierigem Blick auf die Papiere. „Wir verraten auch nichts ..." setzt er begeistert hinzu – alle anderen Anwesenden großzügig und ungefragt mit einbeziehend.

„Ich schon!" poltert Minimus da los. „Wenn es meiner Zirpse nützt, verrate ich alles!"

„Du blöder Vogel! – Nie was eingesetzt, nur heimlich die Drahtbespannte geklaut, damit geflüchtet und meine Mutter kirre gemacht ... – Du hast hier gar nichts zu melden! Du fliegst hier achtkantig raus!" wütet Gerne los, der durch des Geigers offene Einlassungen die Befriedigung seiner Neugierde gefährdet sieht, und wären nicht die beiden unübersichtlich eingetretenen Bodenbretter zwischen ihnen, ginge er Minimus jetzt an die Gurgel.

Pettar Lascher, der vielleicht als Altersähnlicher sich Gerne verbunden fühlt, seine Neugier nachvollziehen kann und sich noch an die Abenteuerspiele der Kindheit in alten Ruinen erinnert, packt den Adelssproß und hält ihn am Arm zurück.

Bevor nun Minimus, der jetzt auch zu allem entschlossen scheint, die Bodenunebenheiten überwinden kann, ist es Pruwart Fegepusch, der zur Sachlichkeit zurückfindet.

„Der zerschlissene Aktendeckel hat eine blaue Farbe gehabt, das ist noch zu erkennen und so weit ich mich aus unseren Archiven erinnern kann, sind solche Hefter vor gut hundert Jahren verwendet worden. Solche Art Aktendeckel wurden verwendet, wenn es um **nicht** geheime oder brisante Akten ging ..." er zögert „... also richtiger: um Akten, die nicht nur **einem** bestimmten Personenkreis zugänglich sein durften ... – über die letztgültige Brisanz sagt das natürlich noch nichts aus!"

„Sie sind also auch neugierig!" biegt es Gerne für sich hin, alle Wortbeiträge jetzt nur noch seinem Interesse unterordnend.

„Schon gut ..." Marrá hat das Hickhack satt und bricht entschlossen das Siegel auf.

Man sollte es nicht glauben, aber alle Hälse der Drumherumstehenden recken sich wie von einem Faden gezogen – auch die Hälse derer, die sich nie als abenteuerlustig oder gar neugierig bezeichnen würden ... –
Eline hat noch eine gute Idee: „Wir sollten nach hinten gehen und einen geeigneten Tisch suchen! Es sieht ja ganz nach einem alten Dokument aus und das sollte man sorgfältig behandeln – man weiß nie, ob es noch mal wichtig wird und deshalb sollte sein Zustand geschont werden!"
Alle wenden sich genervt – wegen der neuerlichen Verzögerung – der Burgschreiberin zu, können den Einwand aber nicht vom Tisch fegen, an dem sie ja noch nicht sitzen.
Marrá handelt als erste und schreitet mit dem gefundenen Papierbögen voran den langen, langen ... – für Neugierige viel zu langen – Gang entlang und überlegt zwischendurch laut: „Hier sieht's ja noch aus wie Kraut und Rüben, wir werden in die Küche gehen, da steht ein großer, stabiler Tisch, nehmen wir den zum Ausbreiten!"

Enttäuschte Neugier

„GOLDRUTENKNÖDEL
HOHENKNIPSELSTEINER ART

Nütze fünf bis sieben lange Stiele geputzte Lila Goldrute (Solidago violet).
Die Blüten davon vorsichtig in Warmwasser geben, aufquellen lassen. Inzwischen die Stengel und Blätter klein schneiden aber nicht hacken! Die Stengel koche kurz auf, die Blätter lege beiseite, um sie erst später über das fertige Gericht zu streuen.
Dann gilt es, sich sechs bis sieben große Kartoffeln bester Beschaffenheit auszusuchen, zu schälen und zu kochen, wenn du drei bis vier Gäste erwartest, ist das genug, um sie gut zu sättigen.
Die abgekühlten Kartoffeln zerstampfe dann.

Den Stampf mit etwas Milch, Muskatnuß und geriebenem Hauskäse vermengen. Aus der Hand forme nun Halbschalen des Kartoffelstampf und bestücke die entstandene Mulde mit den Goldrutenblüten, die du aber vorher mit angeschwitzter Zwiebel und etwas fettem Speck vermischt hast. – Sei bedacht: die Goldrutenblüten nicht zusammen mit Speck und Zwiebeln anschwitzen, das wird dir sonst bitter! Nun schließe geschickt mit einer anderen, gehöhlten Kartoffelstampfschale die herrliche Innerei ein und ..."

Das Wort ‚bitter', das gibt wohl den Ausschlag, daß sich bei Gerne heftige Enttäuschung nach der hohen Erwartung Bahn bricht: „Das kann doch nicht wahr sein!" donnert er los, viel zu heftig für die Ohren aller Beteiligter, die sich noch gespannt über den Küchentisch in Knipsel Castle beugen und sich deshalb in unmittelbarer Nähe von Gernes Ärger speiendem Mund befinden. „Ein Rezept für unkrautgefüllte Klopse! – Wer von Deiner Verwandtschaft, Tante Marrá, hielt sich denn da für einen Feinschmecker, daß er meinte, man müsse diese kulinarische Schatzanweisung unter den Dielen verstecken, damit allen anderen Gourmets dieser Genuß vorenthalten werde ..."
Gerne könnte gut und gerne noch weiter vor Sarkasmus triefen, aber Portus Tüpfelhund ist wunderbar amüsiert und wirft keck ein: „Na, hallo, was für Feinschmecker-Flausen haben wir denn da entdeckt!"
Lorbas, der das Rezept bis hierhin Wort für Wort entziffert und vorgelesen hat, bremst beide ein bißchen ein. „Also mir läuft auch nicht unbedingt das Wasser im Munde zusammen, aber es könnte vielleicht – gut gewürzt – ganz pikant schmecken ... zu einem guten Rinderbraten ... oder Weihnachten zur Gans, da könnte ich es mir auch vorstellen ..."
Lorbas hält kurz inne, um wohl im Geiste noch andere Gerichte-Varianten zusammen mit den

,Goldrutenknödeln Hohenknipselsteiner Art' vorbeiziehen zu lassen.
„Also ich finde das ganz entzückend! – Es ist das erste Mal auf diesem Kasten, daß mich etwas wirklich zu einer Geschichte inspirieren könnte!" Es ist Eline Buntleder, die von den ‚Goldrutenknödeln' in dieser Art angesprochen wird.
„Einen ‚Goldruten-Walzer', wenn man den komponieren könnte ... so wie sich Goldruten im Winde wippen und wehen, dann wäre das vielleicht recht bekömmlich zu diesem einfachen Mahl..."
„Das ist mal wieder maximaler Mini-Mus, den Sie da wieder von sich geben ...!" empört sich Gerne, bei dem Minimus Baldi so was von unten durch ist ...
„Man biete ihm Kompositionsanregung und dann ist selbst dieser sensible Künstler wieder ausgeglichen! – Also ganz ehrlich, meine Herrschaft: das Rezept hat sich doch schon jetzt bewährt, wenn jeder in seinem eigenen Süppchen schwelgt!" wendet Notar Fegepusch aufgeräumt ein – auch selbst überrascht von dieser Erkenntnis. Es besänftigt ihn etwas, nachdem er vorhin schon fast panisch wurde, in welche fanatischen Kreise er hier geraten sei ...
„Also, es mag ja schmecken oder nicht ... – aber da muß ich Gerne zustimmen – bisher war da noch nichts bei, was versteckt oder geheimgehalten werden müßte!" wendet Marrá ein und betrachtet nochmals die jetzt auf dem Küchentisch ausgelegten Seiten des gefundenen Skripts.
„Siehste, selbst Du bist enttäuscht!" hält Gerne es für bewiesen, nicht allein dazustehen.
Pettar – er liest gern mal einen guten Krimi – denkt in eine ganz andere Richtung und hebt deshalb vorsichtig eine Seite des Skripts an und hält sie gegen das Licht. „Es könnte ja sein, daß das Rezept nur als harmloser Vorwand dient, um vielleicht etwas im Wasserzeichen des Papiers oder mit Geheimschrift gemalt, zu verstecken! – Aber ich kann eigentlich nichts erkennen!" Um ganz sicher zu gehen, prüft Pettar auch noch die anderen Papierbögen in dieser Art auf versteckte Mitteilungen.

Dabei kann es Gerne, der an diese Möglichkeit nicht glaubt, nicht lassen: „Ja, klar: der Genuß von ‚Tausendschönchen-Pudding' zum Nachtisch ... das war's, was die verrückten Flausen-Tulpenscheitels den anderen durch Aufzeichnung mit Geheimtinte vorenthalten wollten, diese ausgekochten, geizigen Süßschnäbel!"
Eline muß kichern. „Langsam bekomme ich einen schönen, historischen Roman zusammen, mit vielen abgedrifteten Protagonisten und ihren ratlosen Nachfahren!"
„Niemand von meinen Vorfahren war ... ‚abgedriftet'!" Marrá ist es durchaus ernst. „Die wußten schon, was sie taten und das wird sich uns auch noch erschließen!" Dabei sieht sie Eline streng an.
„So war's ja nicht gemeint ..." Eline wird gleich wieder ernst und verschränkt ein wenig schmollend die Arme vor der Brust.
„‚Die wußten schon, was sie taten ...' und ‚So war's ja nicht gemeint ...' ..." wiederholt Notar Pruwart Fegepusch gedankenversunken und durchsucht dabei vorsichtig auf dem Tisch die verschiedenen Blätter, auf denen wohl wirklich nur noch andere Rezepte verzeichnet sind. Dann nimmt er aber versonnen ein einzelnes in die Hand. Er hält es nicht wie Pettar gegen das Licht, sondern liest, was dort in anderer Schrift als letzte Anmerkung steht:
„‚Alle Zutaten zu diesen Rezepten – vor allem die Lila Goldrute – befinden sich auf Burg Hohenknipselstein und sind wie Berg, Burggebäude und säumende Umgebung solange der herrschende Eigentümer anwesend ist, um diese in Besitz zu nehmen, von jeglicher Requirierung und Zwangsenteignung ausgeschlossen, da das Geschlecht derer von Flausen-Tulpenscheitel die Kultivierung dieser Pflanzen exklusiv befördert hat. Diese Zusage ist gemacht achtzehnhundert..."' der Notar hält das Papier etwas schräger, kneist die Augen zusammen und konstatiert „... kann ich ohne Brille nicht entziffern ... aber da steht noch abschließend: ‚... und verbürgt zu Burg Hohenknipselstein durch Wendifried

Großherzog von Vierkullereck.'" Fegepusch schaut von diesem Blatt auf und in absolut erstaunte Gesichter. „Ich bin ziemlich sicher, aus meiner Erfahrung als Rechtsanwalt und Notar, daß *dies* der wahre Grund ist, weshalb Ihre schlauen Vorfahren das Dokument unter den Dielen aufbewahrten, Frau von Flausen-Tulpenscheitel! Es geht im Gegensatz zur gemeinen, gelbfarbigen Goldrute um die seltene *Lila* Goldrute, die zwar auch gelbe Blüten hat, aber wenn man den Stiel aufschneidet, ist sie da im Gegensatz zur gewöhnlichen Goldrute lila gefärbt – nur *sie* hat diesen einzigartigen Geschmack für's Essen! Also mit diesem exklusiven Zertifikat, das die von Flausen-Tulpenscheitels mit der Lila Goldrute verbindet, könnten diese paar Blätter wirklich ein goldener Knödel sein – der zwar nicht für jeden gleich ersichtlich – aber um so effektvoller den Widersachern von Burg Hohenknipselstein im Halse stecken bleiben könnte! – Es geht nicht ums Rezept, noch nicht einmal um die Züchtung der Lila Goldrute, sondern darum, daß Knipsel Castle dadurch zugesichert wird, vor Übergriffen in besonderer Weise bewahrt zu werden!"

Verordnete Kunst

„Ich ging davon aus, daß Ihnen dieser Beitrag des Regionalsenders ‚Kullerweg' bekannt ist ..."
„'Kuller**eck**' ..."
„... -eck – wieso -eck ...?!
„Das Regio-TV bei denen da unten heißt ‚Kullereck'! Die verballhornte Zusammenfügung von **Kuller**stadt und Vier**eck**tal!" Nikta Pritz wird immer pingelig wenn sie verunsichert ist.
Da sitzt sie jetzt bei ihrem Ressort-Chef Blätterbrot im Büro und der zeigt ihr voller Stolz, was er gefunden hat. Ein Interview aus diesem piefigen Regio-Sender ist ihm untergekommen, wo zwei Super-Investigativ-Reporter – richtig: da fallen uns nur Druks Egel und Zippa Lindwust ein – einen ausländischen Künstler in

der Provinz aufgespürt und vor die Kamera geklemmt haben ... – auch hier trifft unsere Ahnung ins Schwarze: es handelt sich um den aus Pieselwesien zugereisten und hiergebliebenen Arib Botabdenosi!
„Ich meine das ist doch etwas, worum Sie sich als AVoKuZuMauMi kümmern sollten ..."
„... -*Au*Mi!"
„... -*Au* ...?"
„Ich leite das ‚Amt zur Vorbeugung gegen Kulturelle Zumutungen für Ausländer und Menschen mit Migrationshindergrund' ... – für *Au*-sländer, nicht für *Mau*-sländer ..." Nikta schlägt in ihrem Stuhl die Beine über einander und lehnt sich stocksteif zurück. Dieser Fatzke von Blätterbrot: sonst null Unterstützung von ihm! Aber einmal was gehört, muß er sich gleich aufpusten ...
„Mit diesem ... ‚Künstler' habe ich übrigens schon ... Kontakt gehabt. Man sollte seine ... Künste nicht überbewerten!" fügt Nikta hinzu.
„Aber, was der da allein in einer Garage nur aus Latten und aus Brettern zusammengezimmert hat, so wie's rüber kam in dem Beitrag – alle Achtung – also ich könnte das nicht!" Der kurz vor der Pension stehende Blätterbrot ist vergnügt begeistert von diesem jungen Talent, was er via TV ausgemacht haben will – obendrein ein Asylant!
Etwas für einen Asylanten zu beanspruchen, ist derzeit in jeder Hauptstadtbehörde so etwas wie ein Joker, ein Hole-in-one ... – Blätterbrot spielt bei schlechtem Wetter Skat, bei gutem ist er auf dem Golfplatz anzutreffen!
Wofür man sich mit Meriten-Aussicht engagieren kann, da muß man auf dem laufenden bleiben: eine zeitlang war es die Kältehilfe für die Tippelbrüder, mit der man die anderen Ressorts überpunkten konnte. – Das ist aber schon länger her und brachte auch nicht viel, denn wenn so ein Tippel mal mitarbeiten und ein paar nette Worte ins Interview-Mikro sagen sollte für seine empfangene Hilfe, kam dann oft nur ein Rülpser raus! Das ist für den Initiator der Hilfe dann immer recht ärgerlich, denn Alkis – zudem einheimische –

kann man ab einem bestimmten Punkt für die Fördermittel in der Konkurrenz zu anderen Ressorts nicht mehr als ‚unverschuldet in Not geraten' auftischen. Die Frauen in den Behörden erkoren dann eine Saison lang die Prostituierten für sich aus, wenn sie sich und ihre Behörde durch Hilfsbereitschaft verdient machen wollten. Das war eine blöde Zeit, denn als Mann war man dabei außen vor, weiß Blätterbrot noch sehr genau, weil man viel zu leicht ins schiefe Licht kommen konnte, falls man sich hätte für Bordsteinschwalben mit engagieren wollen – wegen der ‚Gunstbeweise', die einem gleich unterstellt wurden! Aber jetzt, mit der Asylanten-Hilfsbezeugung ist es wieder besser verteilt, da dürfen auch wieder Amt*männer* jemanden zum Hilfeeinfordern aus dem Hut zaubern. Muß man natürlich aufpassen: irgendwann wird das auch inflationär! –
„Ich glaube nicht, daß dieser Arib die Fertigkeiten eines Künstlers hat, da gibt's sicher ganz andere, die man fördern könnte ..." Nikta weiß, sie sollte versuchen, Blätterbrot eine Alternative anzubieten. Aber sie ahnt schon, da ist nichts zu machen, der hat sich eingeschossen ... – also vielmehr versteift ..., nein, bitte, nicht – dieser alte Sack ...
„... und deshalb finde ich ..." Blätterbrot entwirft schon seine neue Bretter-Arche „...man sollte auch mal was Aufbauendes tun und zeigen, was uns eben schon alles gelungen ist an ‚Zumutungen' ... nein, Unsinn – also an ‚Vorbeugungen' ... nein, auch daneben ... an ‚Kulturellem' – meine ich ... oder was, sagten Sie, haben wir noch drin in diesem Amt ...?"
Nikta schweigt, soll er mal selbst buchstabieren ... –
„Ja, ‚Hintergrund' ..., ‚Hintergrund' und ‚Kultur' haben wir noch drin! – Also was uns ‚kulturell' schon so an ‚Hintergrund' gelungen ist – man muß ja nicht immer die Zumutungen zeigen ..."
„Das ist aber eine Zumutung, seine Latte ..." verhaspelt sich nun Nikta unüberlegt in ihrem Ärger „... also diese zusammengenagelten Latten zu einem

Bretterturm, die sind nur räumlich hoch, aber sicher noch keine hohe Kunst!"
„Liebe Frau Pritz, andere Länder, andere Sitten – andere Kunstwerke!" Blätterbrot will ehrlich aufbauend sein. Diese jungen Karrierefrauen sind ja immer etwas spröde, zugeknöpft und eigen, die muß man mal jovial ermutigen – findet er ... deshalb hat er sich auch schon etwas überlegt und fährt gutmütig fort: „Deshalb kriegen Sie jetzt einen kleinen finanziellen Sonderposten und organisieren davon ein schönes Event."
Nikta glaubt nicht richtig zu hören ...
Aber Blätterbrot führt aus: „Sie haben doch da diese Ruine, um die sich auch diese Adelstante kümmern will – noch sind wir als Staat da wohl mit beteiligt – ideell, finanziell, auf die Schnell ...! – Und deshalb pushen wir den Künstler mal mit einer eigenen ..." Blätterbrot schaut auf ein Notizblatt, er hat sich doch just dafür vorhin einiges herausgesucht aus seiner neu gekauften Englisch-CD „... ja,... wir pushen ihn mit einer eigenen ‚Ex-hi-kjuschen ..."
„*Wie* ...?" Das findet Nikta nun doch ein bißchen übers Ziel hinausgeschossen, falls ‚Execution' übrigbleiben soll, wenn sie sich den rechten Reim auf Blätterbrots Pidgin-English macht ...
Auch Blätterbrot kommt's jetzt selber seltsam vor und er schaut noch mal auf seinen Spickzettel ..., er hatte da einige wohl in frage kommende Worte gefunden, mußte sie aber noch mal sortieren ..., hatte sie sich dann auch extra in Lautschrift aufgeschrieben, die er aber – zugegebenermaßen – auch nicht in allen Feinheiten parat hat: „*'Ex-hi-büschen'* ...!" Er schaut strahlend zu Nikta Pritz, jetzt fügt sich alles zusammen: „Wir ‚bepuschen' ihn mit ein ‚büschen' ‚Exibüschen' – auf dem Burgvorplatz ..." setzt er strahlend ob des gelungenen Wortspiels hinzu.
„Eine Exhibition! – Eine Ausstellung?! – Für **den** seine vernagelten Bretter?!" Nikta Pritz kann's nicht glauben.
Blätterbrot ist sehr zufrieden, daß er seine junge Mitarbeiterin so beeindrucken konnte: „Das hat jetzt

aber gepaßt ‚puschen' und ‚Exhibüschen'! – Tja," fügt er verschmitzt hinzu „Sie haben einen echt coolen Typ als Chef, Frau Pritz! – Nun machen Sie mal in Kreativ! Ich versprech' Ihnen ich komm' auch auf die Exhibüschen und mach' die Ansage! – Na, ist das ein Angebot!"
Nikta verschlägt es ganz cool die Sprache!

Alles auf Eis

„Schmeckt's Dir nicht, Tante Marrá?!" Gerne löffelt wie ein kleiner Junge schmatzend das kalte Cremige aus seinem Eisbecher, indem er den langen Löffel hineinversenkt und das hohe Glas mit den Ellbogen auf den Tisch gestützt, wenigstens nach drei Seiten abschirmt. Nicht, daß Lorbas und Marrá ihm das Vergnügen stibitzen wollten, sie haben ja selbst jeder eine kalte Kreation vor sich zu stehen – eben von der Kellnerin im Eiscafé ‚Süßer Kuller' hier draußen an den Tisch serviert bekommen.
„Das ist die erste Adresse für Eis in Kullerstadt!" erklärt Lorbas ein bißchen stolz.
„Mag sein," murmelt Marrá „aber müssen die wirklich eine ‚Knipsler Kanone' anbieten? – Das ist doch die Nachwirkung von dieser vermaledeiten Gefechtsübung neulich auf dem Vorplatz ..."
„Sei doch froh," gibt Gerne zu bedenken, ohne von seiner Löffelei aufzuschauen „daß der andere Eisbecher – der mit Nugatkugel in rotem Kirroyal – daß der nicht ‚Getroffen und versenkt!' heißt!"
„... man muß solche eher verpatzten Gelegenheiten doch nicht gleich hernehmen, um damit Geschäfte zu machen!" findet Marrá.
„Die Kellnerin hat mir vorhin erzählt, die ‚Knipsler Kanone' sei der Renner ... was ist da drinnen, Lorbas?" Gerne muß es wieder genau wissen, ob er vielleicht etwas verpaßt hat.
Lorbas hatte sich bereit erklärt, eben diese Eis-Variante auszuprobieren, die aus den bis Kullerstadt

gerollten Gerüchten über den ‚Knipsler Tag der Offenen Burg' kreiert wurde.
„Also, habt Ihr ja gesehen, wie's ankam: fünf große Kugeln gemischtes Eis sind auf einem Teller so drapiert, daß man sie für eine alte Kanone halten könnte ..."
„... spätestens bei den kleinen, runden Waffelblättern, die an der Seite die Räder der Kanone andeuten, wird's ja klar, was es sein soll – aber das riesige Waffelröllchen, was dann als Kanonenrohr schräg rein gesteckt ist, das ist ja ans Limit verschärft!" Gerne sieht doch einmal hoch in die Gesichter der beiden anderen und kichert. „Da muß man erst einmal drauf kommen!"
„Und drum herum liegen lauter kleine, verschiedenfarbige Melonenbällchen, das sollen wohl die Kanonenkugeln sein, oben drüber Kakaopulver – wohl Rauch andeutend!" Auch Lorbas kann jetzt – so rein künstlerisch – seiner Eisvariante einiges abgewinnen. Er schmeckt noch mal nach: „Ja, irgendeinen Likör haben sie auch noch drüber gekippt!"
Marrá legt ihren Löffel nun doch mit aufsteigendem Ärger beiseite und lehnt sich in ihren Stuhl zurück: „Ich formuliere es jetzt mal ganz bourgeois, damit's auch jeder kapiert: ‚Geht's noch – oder habt Ihr schon eine an der Waffel?!' – Das ist nicht so harmlos wie man denken mag! Alles verheddert sich immer mehr: Was nicht auf die Burg paßt bewirbt sich dafür hineinzukommen – Militär, Drachenflieger, Fastfood-Camper! Zufälliges, was man erst sondieren muß, sammelt sich als Durcheinander dort an – der Geiger und die Möchtegern-Stadtschreiberin! Etwas wirklich Passendes ist noch nicht aufgetaucht – außer das, was verborgen schon da war – das Goldruten-Rezept!"
„... und womit Du so eine Last hast, daß es Dir den Eisgenuß verdirbt!" Gerne mag es nicht, wenn seine Tante zu längerem Grundsätzlichem ausholt.
Aber Marrá wird gar nicht mehr so scharf im Ton, wie man es vermuten könnte. „Du hast recht, die Situation

macht mir zu schaffen, weil etwas prinzipiell falsch läuft und ich bin der Schlüssel dazu, es erschließt sich mir aber noch nicht, was es ist oder was ich machen sollte."
„Mußt Du mal locker lassen, dann kommen einem die besten Ideen ... sagst Du doch immer: man soll nicht an alles mit der intellektuellen Pinzette rangehen!" Gerne hat seinen Becher nun ausgelöffelt, sieht aber auf Lorbas Teller noch einiges liegen und fischt mit seinem Eislöffel hinüber. „Ich wisch mal mit einer der Kanonenkugeln ein bißchen Likör auf ... Was ist es?" Er schmeckt die rübergeholte Melonenkugel samt Eis- und Liköranhang ab „Hm, ... Grand Manier!" konstatiert er.
„Stimmt, das habe ich auch vermutet!" bestätigt Lorbas lächelnd, jetzt auch völlig in die süße Pracht versunken.
„Hey, spricht noch jemand mit mir?" grummelt Marrá.
„Ja, *wir*! – *Wir* würden gern mit Ihnen reden, weil Ihnen wohl einiges auf dem Herzen liegt, Frau von Flausen-Tulpenscheitel! Ich bin Zippa Lindwust von Kullereck-TV und gerade unterwegs für unsere Hörer von ‚Hör das Gras wachsen'! – Schön, daß man Sie noch wie einen echten Normalo in der Eisdiele treffen kann!"
Die drei Menschen am Tisch blicken erstaunt und erschrocken auf. Von etwas seitlich haben sich Zippa und ihr Ton-Aufnehmer für ‚Hör das Gras wachsen' eine gute Position verschafft.
„Haben sie uns belauscht?" fragt Lorbas naiv und geht schnell mal durch, was Marrá, Gerne und er selbst in den letzten paar Minuten von sich gegeben haben ...
„Herr Zacke, wir sind von der Presse, nicht vom Geheimdienst!" lacht Zippa unbekümmert und will gleich eine Frage anschließen, aber Marrá gibt der jungen Frau unzimperlich bescheid: „Dann wäre mir der Geheimdienst eigentlich lieber, der plaudert nicht alles aus, was er von hinten angeschlichen erfährt!"
Gerne kickt unter dem Tisch ganz leicht an den Fuß seiner Tante, was heißen soll: 'Laß sein! Deine Stimmung ist ungeeignet für Interviews!' – So

sinngemäß bekommt Marrá das auch mit. Zippas Antwort macht es ihr nochmals klar: „Es sind ja die **Bürger** aus Knipsel, Vierecktal und Kullerstadt, die gern erfahren würden, wie's mit Knipsel Castle weitergeht und da sind Sie definitiv meine Ansprechpartnerin, Frau von Flausen-Tulpenscheitel! Wird – wie man läuten hört – ein Kampfgeschwader die Burg übernehmen?"
Marrá schnappt tatsächlich nach diesem provokanten Happen. „Ein Kampfgeschwader?! – Sind Sie jeck?!"
„Sie selbst kommen immerhin aus einer ..." Zippa sucht kurz nach dem passenden Ausdruck „... aus einer Streit-Dynastie! Strahlen selbst noch diese Zackigkeit aus – da käme Ihnen die Verwendung von Knipsel Castle als militärischer Übungsplatz sicher entgegen – bestimmt auch finanziell, wenn Sie's gut an eine Abteilung des Verteidigungsministeriums vermieten können – vielleicht zahlen private Sicherheitsfirmen aber auch mehr, um einen exklusiven Übungsplatz zu ergattern ..."
Mehr braucht Zippa gar nicht an Stichworten zu zappen, Marrá könnte schon bei jedem einzelnen explodieren. Aber wie ein Hund, der überraschend in ein Rudel Hasen geraten ist, weiß Marrá so schnell gar nicht, wen der Langohren sie zuerst verfolgen soll!
„**Sie** kommen jedenfalls aus **keiner** zackigen Dynastie! Denn so wie Sie Ihre Informationen nicht entsprechend überprüft haben, täte Ihnen bei bißchen Drill ganz gut, Frau Lindwust!" lacht Gerne die Reporterin wie unbekümmert an. Und bevor sie sich fangen kann, fährt er wohlwollend fort: „Sehen Sie, ich habe mich gerade gut gestärkt an diesem vorzüglichen ‚Kuller-Hausbecher' und bin noch süß drauf, da wollen Sie mich in meiner Eigenschaft als Pressevertreter meiner Tante mit so einem unabgesprochenen Überfall-Interview doch sicher nicht sauer machen! – Wofür meine Tante Knipsel Castle zur Verfügung stellt wird die Öffentlichkeit ..." er sucht eine Zehntelsekunde nach dem gerade hippen Wort und hat es schon „... *zeitnah* erfahren. Zur Bekanntgabe suchen wir aber einen Ort, an dem

die Presse uns nicht Halbgefrorenes im Mund umdreht! Dafür werden wir's dann so laut sagen, daß auch Sie dafür nicht extra am wachsenden Gras lauschen müssen ...! – Als eine seriöse Journalistin, die stets die Persönlichkeitsrechte ihrer Interviewten wahrt, bin ich sicher, Sie sind dann mit von der Partie, Frau Lindwust! – Aber für heute wünschen wir Ihnen einen schönen Tag! – Vielleicht tüten die auch Ihnen hier ein Kügelchen Eis in 'ne Waffel ein!"
Zippa weiß: das hat der Typ in Text und Ton aalglatt hinbekommen – jeder kleine Krautwichtel in der Region stände auf seiner Seite, wenn sie jetzt noch insistieren würde! Deshalb lächelt sie geduckt und flötet: „Alles klar, danke für diese neuen Informationen! Ihnen einen noch schöneren Tag!" dann dreht sie sich zu ihrem Ton-Mann um und zischt: „Vergiß es, damit brauche ich Egel im Studio gar nicht anzukommen!"
So schnell wie sie gekommen sind, sind die beiden Reporter nun auch wieder weg. Trotzdem strahlt Gerne noch weiter wie ein frisches Sorbet, während er nachdrücklich flüstert: „Da wirst Du wohl doch mal was machen müssen in Richtung Öffentlichkeitsarbeit, Tante Marrá! – Hättest Du einen ausgebildeten Adelsexperten an Deiner Seite, wärst Du diese Sorgen schon mal los ..."

Umzug – Einzug – Hochzug

„Laß mich doch mitkommen!" bettelt Gerne.
„Nein, das muß ich erst einmal allein machen!" antwortet Marrá ihrem Neffen.
Beide stehen – einmal mehr Déjà-vu – auf dem Vorplatz der Burg, direkt vor der Burgtüre. Gerne will Marrás zwei Koffer gar nicht loslassen, eher leiert er sich die Arme aus.
„Ich kann Dir helfen, Tante Marrá!" gibt er zu bedenken.
„Also wenn Du schon zu so einem Argument greifst, dann ist es Dir ja wirklich wichtig!" muß Marrá lächeln.

„Was denkst Du denn?" fragt Gerne scheinbar pikiert.
„Ich denke, daß Du die Dinge durch Dein Tun in Gang bringen willst und das könnte dann gleich wieder die Sache überstrapazieren und nach hinten losgehen lassen, Du warst schon immer Muttis Tunichtgut!"
„Aber so schnippt *Dir* die Sache vielleicht wie ein wildes Gummiband um die Ohren – das kann lausig zecken! Manchmal muß man eben auch entschlossen etwas anpacken!" Gerne gibt nicht auf.
„Genau deshalb habe ich mich ja nun entschlossen, selbst hier einzuziehen! Damit sich die Geschicke der Burg entfalten können, muß ich selbst hier leben – das ist mir gestern nach dieser Reporterattacke klar geworden!" Marrá ist jetzt doch das, was sie sonst selten ist: gereizt!
„Das war sicher noch keine Attacke – da gibt es ganz andere Aktionen ... – und was spricht denn dagegen, daß auch ich hier lebe?"
„Du wirbelst immer alles auf und dann kann man den Grund des Sees nicht mehr erkennen – wenn Du verstehst, was ich meine!" Marrá überlegt kurz, dann fällt ihr noch etwas ein: „Ich bin ja im Moment die einzige, die hier geordnet einzieht und nicht hergeflüchtet oder zufällig angelandet ist!"
„Na und?"
„Das ist schon ein Unterschied! Obendrein gehört mir die Burg! Ich komme also gerade jetzt in meinem Eigentum an, ich nehme es in Besitz ... obwohl schon einige drin sitzen – denen es *nicht* gehört – die ich am liebsten erst einmal rausschmeißen würde, weil die mit ihren Belastungen, mit denen sie hier hocken auch das Klare trüben ... – jetzt setz' doch mal die Koffer ab!"
Gerne öffnet seine schmerzenden Hände und die Koffer machen einen Plumps auf den Kieselsteinchenboden. „Du kannst doch den armen Geiger und das schreibfidele Möchte-gern-Burgfräulein nicht auf die Straße setzen!" empört er sich gleich wieder die Hände in die Hüften stemmend.
„Warum sollte ich den Liebhaber Deiner Mutter, der hier die ruhige Natur mit Zirpsen-Übungen traktiert

und obendrein diesen Kuckuckskleber am Hacken hat, nicht genau so feuern können, wie die Initiativbewerbungs-Schreib-Klette, die die Burg für ihren nächsten Bestseller einspannen will?! – Wer hat sie gerufen?! Was ist ihr Verdienst hier sein zu dürfen, mit ihrem unausgegorenen Dasein, das schon woanders ausgespieen wurde?!" Marrá will sich schon umdrehen und dem Eingang zusteuern.
„Holla, Lady MacBeth, mach' mal halblang! – Dem Huhn hast du begeistert Unterschlupf gegeben!" entfährt es Gerne lachend doch im Ernst.
„Huhn ist Natur, das ist etwas, was uns Menschen anvertraut ist und das hat noch gut Instinkt, wo es hingehört – das kalkuliert sich nicht durch die Weltgeschichte. – Es ist ja auch nicht so, daß ich etwas gegen jemand im Einzelnen habe – aber so im Klüngel und mit allen Komplikationen können die Unausgegorenen nicht bleiben, wenn aus der Burg noch mal etwas werden soll! – Und da muß ich mich auch an die eigene Nase fassen, als diejenige – der das hier vom Schicksal anvertraut ist. Ich war bisher auch nicht gegenwärtig, um abzuwägen, was hierher paßt und was nicht! – Jetzt geht es darum, klar Schiff zu machen, wenn dir das was sagt!"
„Was willst Du? – Läuft doch alles gut: die Restauratoren und Maurer kommen nächste Woche, der Elektrikfritze auch, eine Putzmannschaft hast Du bestellt. Da haben wir doch fürs Gröbste schon mal was geordert und bis die Handwerker durch sind, bleibt doch hier am besten alles unter einem Deckel und wird nicht an die große Glocke gehängt ..."
„Aber ich will dabei sein, ich will sehen, was und wie hier etwas vonstatten geht! – Auch wenn ich mit meiner Unsicherheit und Ungewißheit danebenstehe! Das ist ein Riesenklotz, nicht nur hier in der Landschaft, auch mir am Bein, ich weiß noch nicht *wie* und ich weiß nicht *ob* ich das ...‚gemanagt kriege' – wie Du es nennen würdest – aber das ist es eben nicht! – Es geht darum, hier wieder Dasein aufleben zu lassen, zu sehen, ob dieser Ort Heimstatt werden kann, für das, was vielleicht noch in mir als der letzten

Angestammten liegt. – Wobei das eben nicht gewiß ist, vielleicht ist es jemand anderer, der her muß, vielleicht muß es auch verfallen ... Knipsel Castle! – Schon ... dieser blöde Name – früher hieß es eben Burg Hohenknipselstein – Sprache zeigt Verfall als erstes an!"
„'Knipsel Castle' ist bequemer, eloquenter ..."
„Durch die kalte Küche hingelogen ist es!" donnert Marrá ihrem Patenkind zurück. „Scheinbare Witzigkeit ist eben oft einfach gefällige Bequemlichkeit! – Vielleicht hängt hier auch noch etwas Ungelöstes fest! Das, was wir unter der Diele gefunden haben, hat mich doch sehr irritiert ..."
„Hallo ..." Damit geht die Burgtür auf und Eline Buntleder lugt heraus: „Hab ich doch recht gehört, ich hatte schien's mir, heftige Stimmen vernommen! Sie sind es, Frau von Flausen-Tulpenscheitel und der Graf Gerne!"
„Hallo, Schreib-Burgfräulein!" scherzt Gerne gleich los. „Wo ist Zirpses Ziehvater?"
„Hinten im Wintergarten, mit Ausblick auf das Huhn!"
„Ist es gefüttert worden, hatte es Auslauf?" erkundigt sich Marrá ohne viel Einleitung – ein wenig barsch vielleicht sogar ...
„Ja," lacht Eline „es hat sein Tagespensum in jeder Hinsicht erledigt! – Wir wollten uns hinten gerade ein bißchen auf die Terrasse setzen, Pruwart ..., Herr Fegepusch, hat uns gestern noch gezeigt, wie man Kaffee nach einer ganz milden Technik aufbrüht – noch bevor er mit Ihnen und Herrn Zacke abgefahren ist." Eline ist die Kaffeevorfreude anzumerken und so fährt sie auch fort: „Wie geht es denn unserem Herrn Kuckuckskleber – ist er beruhigt, daß hier niemand ausbüxt?"
Es waren vor allem Gerne und Pettar Lascher, die dem neu angekommenen Rechtsanwalt Fegepusch die glaubwürdige Zusicherung gaben, die Fiedel und den Fiedel-Mopser, Minimus Baldi, hier auf Knipsel Castle allein lassen zu können, um etwas bequemer unten in Knipsel bei Lorbas Zacke zu logieren – wobei es da nun auch schon etwas enger wurde. Heute

allerdings schafft Marrás Umziehaktion hier herauf unten in Lorbas Haus doch wieder etwas Platz ... – Fegepusch ließ sich wohl auch deshalb darauf ein, weil er dort Königin Gertrulde nahe sein kann. Als Rechtsanwalt der Adelskron Bank in Verhökerlande hat er zwar sehr oft mit dem Königshaus zu tun und ist besonders auch der Königin sehr gewogen, aber die neuesten Entwicklungen, die er jetzt erst hier in Knipsel mitbekommen hat – die Königin im intimen Verhältnis mit dem Geigen-Veruntreuer – also da die königliche Stimmung aus der Nähe mitzubekommen, scheint ihm schon wichtig. Er ist eben auch ein treuer Untertan – was er selbst keinesfalls als ‚untergebuttert' empfindet.
Aber – ob oben oder unten – es bleiben unübersichtlich unruhige Verhältnisse allenthalben.
„Vielleicht möchten Sie ja einen Kaffee mittrinken ..., wir würden uns freuen, kommen Sie doch ..." Eline macht lächelnd die Türe weiter auf, um Marrá und Gerne hereinzubitten. Da sieht sie die zwei Koffer auf dem Weg stehen. „Ach, ist das Baldis Gepäck, was er sich jetzt hat nachschicken lassen?! Wie schön, ... am besten Sie stellen es hier in die Vorhalle, Herr von Frohampel ..."
„Es ist *mein* Gepäck! – Und jetzt gehen Sie zum Kuckucks-Geiger und scheuchen ihn mal auf, daß der bleibende Besuch der Eigentümerin im Anmarsch ist!" Eline bleibt der Mund ganz offen und sprachlos stehen, als Marrá die Türe weiter öffnet und sie selbst schlicht beiseite schiebt.
„Sagen Sie jetzt nicht noch, ich soll mir die Schuh in meiner eigenen Burg gut abputzen ...! – Dann, meine Liebe, können Sie den Kaffee gleich im Bahnhofsimbiß trinken!" – Mit Marrá ist heute einfach nicht gut Kaffeetrinken ...

Das fehlt uns noch ...

„Halt, halt ... nicht zumachen!"
Vom Parkplatz kommt eine schnaufende Stimme über den kleinen Hügel hinauf, dann erst erscheint der Kopf des Rufers. „Macht nicht zu ...!"
Es hört sich an, als wolle da jemand, der die Feinde dicht auf den Fersen hat, noch schnell die sichere Burg erreichen.
Marrá, Eline und Gerne drehen sich um – es ist Portus Tüpfelhund, der entgegen seinem sonstigen Auftreten etwas ungeschickt sich eilend auf die Burgtür zugelaufen kommt.
Ein paar Meter vorher stoppt er seinen ungelenken Galopp und schnauft schon erklärend los: „Nicht zumachen – gibt doch keine Klingel hier! Da bekommt ja niemand mit, wenn ich mir hier die abgelaufenen Beine in den Bauch stehe! – Gibt was Neues ..." er verschnauft kurz in seiner Rede, jetzt wo er die Tür so erreicht hat, daß man sie ihm nicht mehr vor der Nase zuknallen kann.
„Nanu, Portus, was ist denn los? – Knipsel Castle wird als Treffpunkt immer beliebter, scheint's ..." begrüßt ihn Marrá, froh, mal jemanden zu sehen, der noch ein eigenes Heim woanders hat ...
„Ganz was Blödes ist los ..." verkündet der Gemeinderat, immer noch etwas außer Puste. „Die drücken uns ein elendiges Event mit Kunstzeugs auf!"
Alle schauen sich verunsichert an, dann meint Gerne optimistisch: „Event ist doch immer nett: was zum Gucken, was zum Gluckern, was zum Schwatzen, was zum Schmatzen ... – was kann da dran blöde sein, Herr Tüpfelhund?"
Bevor der Gemeinderat antworten kann, sagt Marrá kopfschüttelnd: „Die können uns gar nichts aufdrücken, von wegen Kunst: wir haben unsere eigenen Maler und Handwerker bestellt – wir machen erst einmal unsere eigene Installation! – Danach können wir über Kunst reden!"
„Das habe ich eben gerade noch abwenden könne, daß es *drinnen* stattfindet, wegen immer noch

unaufgeräumt und demnächst Renovierungsarbeiten – habe ich denen aus der Hauptstadt schon verklickert! Jetzt will die Tussi es aber draußen machen ..." Tüpfel schnauft immer noch in erhöhter Frequenz.

„Welche Tussi denn? – Wir haben keine Tussi in der Hauptstadt!" wendet Gerne neckisch ein.

„Die Ziege von der Ach-wo-die-Kunst-mich-auch-mal-kann... – also von diesem ‚Schöne Asylanten Verein' ... nein ..." Tüpfelhund überlegt und verhaspelt sich nochmals „... ‚Schone die Asylanten daheim', so heißt das ... – also ist auch egal, dieser staatlich verordnete Verein hat einen ausländischen Künstler hier bei uns entdeckt und der soll hier oben auf dem Vorplatz was selbst Gebasteltes aufstellen!"

Nun schauen sich die drei anderen ratlos an.

„Künstler ...? – Hier in Knipsel? – Wo soll der denn hergekommen sein – zumal von außerhalb?! – Hier gibt's ja noch nicht mal einheimische Kunst-Bastler! – Also das hätte selbst ich ja mitbekommen ..." wendet Gerne ein, als lebe er schon die letzten zehn Jahre in diesem Kaff.

„Nein, nein ..." überlegt Marrá „da war doch beim vorigen Herbstfest einer, der hiergeblieben ist, als die anderen abgezogen sind ... wohnte der nicht bei der Friseurin?" Marrá versucht sich zu erinnern. „Aber daß der Künstler ist, war mir entgangen!"

„Na, jedenfalls hat der sich beim Hauptstadtverein gemeldet ... – weil er hier in Knipsel zu wenig Zuspruch bekäme ..." erklärt Portus.

„... und dafür bekommt er jetzt gleich eine Ausstellung?" nun ist es Eline, die erstaunt ist.

„Warum darf *ich* dann nicht als erstes einmal öffentlich aus *meinen* Werken lesen – und muß mich hier immer hinten anstellen?"

„Sie sind nicht ausländisch und Sie haben sich zu wenig beklagt! – Kann's daran liegen ..." zwinkert ihr Gerne zu.

„Das ist nicht witzig!" beschwert sich Eline. „Ich bin als Autorin sehr wohl in der Hauptstadt bekannt – in ein paar Szene-Cafés ..."

„Vielleicht ist Vorlesen was anderes als Basteln?" gibt Portus zu bedenken. „Jedenfalls soll der heimliche Heimwerkel-Mann was Größeres für den Vorplatz haben und am übernächsten Wochenende soll das einen Nachmittag lang hier aufgebaut werden ... und die Amttante kommt mit ihrem Chef und Gefolge aus der Hauptstadt zum Anschauen vorbei ..."
„Wenn republikanische Regierung ‚Gefolge' hat, ist was faul im Staate! – Und wieso nur einen Nachmittag?" überlegt Marrá. „Löst sich das Gewerkel dann von selbst auf – oder wohin soll's?"
„Ganz simpel: es steht nur einen Nachmittag hier auf dem Vorplatz im Freien, erstens terminlich für den Besuch und wohl auch deshalb, weil es Wetter nur begrenzt verträgt! – So hat man's mir erklärt! Bei naß und windig ist es empfindlich, so hat's geheißen von der Ach-wo-kannst-du-froh-was-ausstell'n-Tante'!" Als die anderen verwundert gucken, fährt Portus fort: „Also mehr war nicht drin, was man hätte vermeiden können – ich habe immerhin durchgesetzt, daß in der Burg selbst nichts stattfinden kann, weil Handwerker zugange sind und da braucht man unter der Woche hier den Vorplatz zum Be- und Entladen! – Also kann's nur einen Nachmittag rumstehen!" Tüpfelhund ist so wie er's sich selbst erzählen hört doch begeistert von seiner Cleverness. „Bin ich gut, was?!"
„Ja, doch ... – aber der Vorplatz hätte ja auch noch so unbefestigt wie er ist, für öffentliche Veranstaltungen mit Publikum zu stolperig sein können – dann wären wir den wilden Kreativen gleich ganz los gewesen ..." dämpft Gerne das Eigenlob des Gemeinderats.
„Das hätte man mir nicht abgekauft!" gibt Portus zu. „Und danach soll es, so hoffen die in der Hauptstadt, vielleicht an Sponsoren verkauft werden und muß nicht mehr auf Staatskosten wieder abgefahren werden, was nicht die offizielle Lesart ist ... – wohl auch klar!"
„Konnte man diese verstiegene Kunst-Fest-Nummer den zuständigen Banausen nicht komplett ausreden?" fragt Marrá seufzend zu Tüpfelhund gewandt.

„Was glauben Sie denn, was man denen in der Hauptstadt ausreden kann, wenn's um berstende Freude an Fremdem geht?! Das ist doch derzeit deren Favoriten-Gold-Kalb! Da kann man nicht strikt ‚Nein!' sagen, Vorwände bringen oder auch nur was verschieben wollen, da heißt es nämlich gleich, man wäre populistisch bis unbarmherzig. Schon wenn man mit den Zähnen knirscht, ist man zu wenig ‚ausländerenthusiastisch' ..." sagt Tüpfelhund murrend, was zeigt, daß er sich wirklich ins Zeug gelegt hat, dieses Kunst-Event von Knipsel Castle fern zu halten „... da fragt auch niemand, ob das vielleicht für Einheimische demütigend ist, sich einfach mal so was Fremdes von Unbekannten in den Vorgarten stellen zu lassen!"

„Es wird mir auch langsam klar, daß hier einzuziehen nur der erste Schritt ist," konstatiert nun Marrá „ich muß auch die Reinrederei der scheinbar hilfreichen Staatsstellen loswerden, denn was sie mir an Hilfe angeboten haben, wollen sie doch wieder über diese Nötigungen bezahlt haben. Ich werde es auch finanziell allein tragen müssen, was es braucht, um hier eine Heimat entstehen zu lassen. Solange mir ständig jemand Bedingungen stellen kann, gelangt hier ja nichts Eigenständiges zur Entfaltung."

Alle schweigen kurz, jeder denkt sich in diese neuen Mitteilungen hinein. –

Einer allerdings nicht ...

„Ich dachte, du wolltest mir Sahne zum Kaffee holen, Eline ...?" Es ist Minimus Baldi, der plötzlich aus den hinteren Zimmern nach vorn gekommen ist, um zu schauen, was denn Eline gehindert haben könnte, wieder nach hinten zum anstehenden Kaffeetrinken zu kommen. Der Geiger trägt eine ausgebeulte Hausjacke und schlurft auf wollenen Strümpfen daher.

„Nichts mit Sahne-Käffchen!" sagt Marrá streng. „Ich ziehe jetzt hier ein und ein Event müssen wir hier demnächst auch noch aushalten, da reduzieren sich die Kaffeepäuschen und Kaffeepläuschchen – auch für die Flüchtlinge, die bereits Nesthocker sind, Herr Fidel-Bums!" –

So was kann seine Tante gar nicht ab, weiß Gerne, wenn einer sich pflegen läßt und dann noch aus dem Mustopf kommt.

Was steckt im ‚Goldrutenknödel'?

Während man oben auf Knipsel Castle das Zurückziehen in die Komfort-Ecke gerade für tabu erklärt, um statt dessen ‚Stellung' zu **nehmen**, ohne reaktiv in Stellung zu **gehen**, ist es unten in Lorbas' Häuschen noch gemütlich: Pruwart Fegepusch, Königin Gertrulde und Lorbas sitzen auf der Terrasse und haben vor sich auf dem Gartentisch den kleinen Wust von staubigen Papieren zu liegen. Es ist das, was unter der zornigen Aufstampfaktion von Minimus Baldi in der Vorhalle von Knipsel Castle neulich zutage kam und was der verständnisvolle Notar Fegepusch inzwischen durchgesehen hat. In Kullerstadt hat er dann im Heimatkundemuseum noch die genannten Daten anhand der zugänglichen Ausstellungsstücke und Chroniken abgeglichen. Dazu hat sich Lorbas – ohne zu viel Katze aus dem Sack zu lassen – beim Museumsarchivar, den er von einigen Besuchen dort ganz gut kennt, noch über dies und jenes erkundigt. – Nun sieht es sehr danach aus, daß die gefundenen Dokumente echt sind.
Was das bedeuten und in welchen Zusammenhängen es stehen könnte, das sollten auch wir nun endlich einmal genauer erfahren, indem wir den Dreien über die Schulter lauschen ...
Pruwart Fegepusch hat sich nach dem überraschenden Dielenbodenfund der Goldrutenknödelrezepte – vermutlich durch die sympathische Verwirrung aller Beteiligten – bereit erklärt, zwischen der Adelskron Bank und Minimus Baldi für eine gütliche Einigung behilflich zu sein. Nun ist auch er in Knipsel gestrandet, wohnt auf Einladung von Marrá eigentlich auf Knipsel Castle, um die aufgespürte Geige zu bewachen, vertraut aber Minimus Baldi und vor allem der Zusage von Pettar

Lascher und Gerne, die ihm versicherten, auf den labilen Musiker aufzupassen. So kann der Anwalt hier unten bei Lorbas logieren, wo die Unterkunft doch etwas komfortabler ist als auf der noch so ungeordneten Burg. Daß Minimus sich weder mit Zirpse von der Zinne stürzt, noch mit ihr stiften geht, darauf geben auch alle anderen Beteiligten acht – wobei man andererseits sieht, was das schnell kränkelnde Sensible an Aufmerksamkeit für sich abzweigen kann! Erst einmal kann Fegepusch aber gelassen bei Lorbas Zacke auf der Terrasse sitzen. Die ganze Geschichte mit Geige, Burg und allen gebeutelten Beteiligten, hat ihn doch irgendwie berührt und mitgerissen und so nimmt der Anwalt Anteil an der unausgegorenen Situation aller Involvierten, indem er sein fachliches Wissen und seine Erfahrung zur Verfügung stellt ...

„Schauen wir doch mal, ob wir die Bedeutung dieser Dokumente erkennen können ..." sagt nun Pruwart Fegepusch. „Sie, Madame, mit Ihrem royalen Hintergrund, Herr Zacke, gut informiert durch seine Unterhaltung mit dem Archivar bei unserem gemeinsamen Besuch im Heimatkundemuseum und Kenner der Ortsgepflogenheiten und ich, mit meinem juristischen Wissen, wir sind doch eine pfiffige Gesellschaft." Gertrulde und Lorbas nicken und so fährt der Anwalt fort: „Schauen wir uns am besten noch einmal diese seltsame, scheinbar belanglose Bemerkung am Ende der Rezepte an:

„'Alle Zutaten zu diesen Rezepten – vor allem die Lila Goldrute – befinden sich auf Burg Hohenknipselstein und sind wie Berg, Burggebäude und säumende Umgebung, solange der herrschende Eigentümer anwesend ist, um diese in Besitz zu nehmen, von jeglicher Requirierung und Zwangsenteignung ausgeschlossen, da das Geschlecht derer von Flausen-Tulpenscheitel die Kultivierung dieser Pflanzen exklusiv befördert hat. Diese Zusage ist gemacht achtzehnhundert... und verbürgt zu Burg Hohenknipselstein durch Wendifried Großherzog von Vierkullereck.'"

„Naja, da hat einer einen Faible für Goldrute gehabt und wollte sich den Knödel nicht vom Teller nehmen lassen ..." überlegt Lorbas.
„Es geht wohl doch um ein bißchen mehr, denn es werden ausdrücklich ‚alle Zutaten' erwähnt, also was möglicherweise noch in den anderen Rezepten aufgeführt ist, vielleicht Gewürzpflanzen oder ähnliches und eben die Übersicht, die man meint darüber zu haben, um sie gekonnt kombinieren zu können ..." gibt Fegepusch zu bedenken.
„Vielleicht war manches an Gewürzen damals auch seltener als heute, wo sie bei uns zuhauf und in beliebig vielen Sorten in jedem Supermarkt liegen!" denkt sich Lorbas laut voran.
„Nein, nein, warten Sie mal, Lorbas ..." wirft Gertrulde ein „... ich ahne, worauf Sie hinaus wollen, Herr Rechtsanwalt! Da will sich vielleicht jemand beim Großherzog viel mehr verbürgen lassen, als die scheinbar harmlose Sicherung von Kochzutaten. Es ist der Hinweis auf die kluge Kennerschaft, die unangefochten im Besitz derer von Flausen-Tulpenscheitel ist und bleiben soll und durch die man sich gegebenenfalls auch von höherer Stelle gegen An- und Übergriffe protegieren lassen will.
Nicht nur wegen der schönen Goldrute oder einiger Gewürzpflanzen, die in der Umgebung wachsen, hat man diese Zusicherung als kostbares Dokument aufgehoben. Die Burg samt Anwesen ist ein pracht- und machtvoller Besitz, den es zu schützen und in der Familie zu halten galt, damit er nicht ohne weiteres von Feinden angegriffen, von Aufsässigen gestürmt oder von Unrechtmäßigen untergebuttert werden konnte! Kann man aber zum Beispiel ausweisen, daß man die Eignung zum *Ideenausbrüten* hat, um sich dort um ein spezielles Kulturgut zu kümmern – allein schon einmal dadurch, daß man als Eigentümer anwesend ist und sein Besitztum eben auch pflegt – kann man vielleicht unübersichtlichen politischen Einflüssen und chaotischen Veränderungen vorbeugen ... – Ist es das, was sie meinen?"

„Ganz genau, Madame! Der Terror der Französischen Revolution hatte sich als Schreck und Unwägbarkeit in *allen* Gemütern niedergelassen – auch in denen derer, die ihn angezettelt hatten und denen er dann aus dem Ruder gelaufen war. Es war nicht so übersichtlich und stabil wie heute gerade noch, was die Aufteilung der Landverhältnisse betraf. Willkür, sei sie von dem oder jenem, von hier oder dort – so mußte man damals einsehen – könnte schnell alles an sich reißen, es in falsche Hände gelangen lassen oder gar zerstören! – Da war es sicher keine Garantie, Grund und Boden dauerhaft als Bestand zu sichern, nur weil man es als Eigentum auswies – und obendrein ein prima Knödelrezept kochen konnte. Aber es war vielleicht eine geschickte Möglichkeit, sich sein Eigentum – und auch das darauf entfaltete Dasein – wenigstens in den eigenen Reihen vor unrechtmäßigen Zugriffen und vor allem vor Ränkespielen zu schützen, indem man sich selbst und die eigenen Qualifikationen ganz grundsätzlich damit in Zusammenhang brachte, denn damit wurde auch wichtig, *wer* auf der Burg residiert!

Und so hat man vor allem sich selbst und dann erst das Knödelrezept zum Ansehen der Familie in bestimmten Kreisen sicher gut ‚vermarktet' – so würde man heute sagen. Zwar ist es heute in Vergessenheit geraten, aber das Renomée derer von Flausen-Tulpenscheitel, liegt wohl besonders darin, das, was man *kann* mit dem, was man *besitzt* in Verbindung zu bringen – vielleicht ist es das, was wir auch heute noch irgendwie als Schmiß und Courage bei der Burgherrin empfinden!"

Königin Gertrulde und Lorbas lassen sich diese Überlegungen Pruwart Fegepuschs durch den Kopf gehen und nicken dann bedächtig.

Lorbas hat dazu noch eine Ergänzung: „Dazu paßt ja auch, daß ich im Heimatkundemuseum diese Notiz in einer der Chroniken gefunden habe, die das ‚Goldruten-Vorrecht derer von Flausen-Tulpenscheitel' erwähnt! – Allerdings gibt es noch den Zusatz, daß die Goldrute eine ganz bestimmte, nur hier

vorkommende Züchtung sei, eben die sogenannte ‚Lila-Goldrute', weil der aufgeschnittene Stengel einen lila Saft absondert, der eine einzigartige Süße hat. Das findet man – so behauptet es die Chronik – nur hier im engeren Kreis um Knipsel Castle, also um Burg Hohenknipselstein herum – nirgendwo sonst, zumindest nicht in der damals überschaubaren Gegend. Marrás Ururur...-Onkel war es wohl, der es beim damaligen Großherzog deshalb so eingefädelt hat, daß er seinen Besitz besonders schützte. Der Besitz war damals übrigens wesentlich größer und reichte über das heutige Knipsel hinaus bis hinein nach Kullerstadt und Vierecktal. Seltsamerweise wurde davon nicht besonders viel Aufhebens gemacht. Es ist zwar in der Chronik verzeichnet, aber für alle hier Ansässigen war das normal, daß Knipsel – heute nur Durchgangs-Appendix – damals quasi den Ton angab, denn hier steht die feste Burg, die damals für Schutz und Beistand ganz wichtig war. Vielleicht gab sie sogar Zufluchtmöglichkeit bei einem Angriff oder Überfall oder welche Gefahren sich hier so versammeln konnten ... "
„Vermutlich" so setzt Pruwart hinzu „hatten die Beteiligten auch nicht die Absicht, ihren geschickten Schachzug an die große Goldrute zu hängen, denn die Vereinbarung sollte ja niemanden herausfordern, jetzt besonderes Augenmerk auf die Züchtung von ‚Lila-Goldrute' zu lenken. Der Schutz des Hauses von Flausen-Tulpenscheitel hatte Priorität."
Pruwart Fegepusch hält kurz inne. „Ich muß sagen, es ist ein sehr geschickter Schachzug: elegant, unaufwendig und – was verwundert und erstaunt – er ist bis heute in aller Stille unwiderrufen!"
„Aber es gibt heute hier in dieser Republik keine Großherzöge mehr, sondern Parlament und Regierung! Die werden sich wohl kaum noch an den ‚Lila-Goldruten-Vertrag' halten ... obwohl auch in Republiken mitunter Gesetze auftauchen, die sehr alt sind, nicht widerrufen und auf seltsame Art immer noch gelten können! – Aber andererseits findet man ja nun nicht mal mehr ‚Goldrutenknödel' auf den

hiesigen Speisekarten, wie mir Lorbas bereits versicherte. – So wie wir es gestern Abend auch erlebt haben ..." Königin Gertrulde muß lachen bei der Vorstellung ihre Freundin Marrá liefere Lila Goldrute an die ‚Knipsler Schwarte'!
Hatten sie gestern Abend doch alle zusammen schmackhaften, aber ganz gewöhnlichen Schweinsbraten mit Sauerkraut und Knödeln in der ‚Schwarte' gegessen und als er aufgetragen wurde pulte doch jeder als erstes an der runden ‚Sättigungsbeilage' herum – um vielleicht doch einen ‚Goldknödel' zu finden. Als das jeder beim anderen bemerkte, war das Gelächter natürlich groß. Sie hatten dann auch noch Hobert Watsche, den Wirt, gefragt, ob er um historische Goldruten-Rezepte wisse. Der hatte erst noch seine Frau kommen lassen, weil ihm selbst so etwas völlig neu war. Aber die ‚Schwarten'-Wirtin – im Gegensatz zu ihrem Ehemann, eine echte Knipselerin, hier geboren und aufgewachsen – konnte sich erinnern, von ihrer Großmutter darüber mal als Kind eine Geschichte gehört zu haben: daß die Goldrute in Knipsel und Umgebung eine willkommene und gesegnete Pflanze sei. Weil sie als kleine Enkelin aber lieber Prinzessin-Sein spielte und die Zukunft als Gastwirtin ihr damals noch fern lag, vergaß sie diese Goldruten-Sage auch bald wieder, so erzählte sie gestern Abend unter allgemeiner Heiterkeit.
Das Interesse an gekröntem Adel und nicht an prämierten Pflanzen brach sich auch beim Essen noch Bahn, als die Wirtin sich dann doch nach der Unterhaltung mit den Gästen vorsichtig erkundigte, ob die Dame – sie meinte Gertrulde – wirklich die Königin aus Verhökerlande sei ... und ob sie dann um ein Autogramm bitten dürfe ... – Das wurde ihr natürlich gewährt. Die ganze Gesellschaft bekam zum Abschluß noch einen guten Verdauungsschnaps vom Haus – aber auch der war wohl aus selbstgebrannter Zwetschge – ganz ohne die legendäre Lila Goldrute.
„Ja," erwidert Pruwart in Erinnerung an gestern „schon damals waren und sind immer noch die hübschen

Prinzessinnen interessanter als ein wohlabgewogener Schutz des Daseins!"
„Es gibt aber auch eine wenig bekannte tragische Komponente, die ich nur als kleine Anmerkung in der Chronik des Heimatmuseums gefunden habe ..." wirft Lorbas jetzt ein „... Marrás besagter Urur-zum-Quadrat-Onkel, ein Pater Domdolus, katholischer Geistlicher, der Knipsel Castle auch dann bewohnte, wenn die anderen im Krieg oder auf ihren übrigen Gütern waren, soll von herumziehenden Landsknechten heimtückisch ermordet worden sein – gerade als er ein stärkendes Tonikum der Lila Goldrute extrahieren wollte. Goldrute hat ja, so heißt es, Nieren stärkende Wirkung. Und so könnte eine wohltuende Medizin unentdeckt geblieben sein. – Manchmal – so wurde es später erwähnt, als die Zeiten schlechter wurden, soll dieser Pater Domdolus in der Umgebung von Knipsel Castle immer wieder einmal auf seltsame Weise erschienen sein ... immer irgendwie mit etwas Lila an Kleidung oder Aussehen! – Zur Warnung derer, die hier beheimatet sind, sei er so ruhelos unterwegs, denn sie sollten sich mahnen lassen, ihre Heimat, die durch den Segen der Lila Goldrute so lange in Ruhe gedeihen konnte, zu bewahren – heißt es!" Lorbas wird nachdenklich: "Aber auch da hat man den Eindruck, eine pinke Prinzessin würde sicher mehr hermachen als ein lila Pater und eben nicht nur in einer Fußnote der hiesigen Chronik als Legende erwähnt werden ..."
Pruwart Fegepusch scheint das eine besondere Überlegung wert zu sein: „Aber das ist ja noch einmal ein eigener Hinweis: die Lila Goldrute war vielleicht nicht nur eine pikante Knödeleinlage, sondern könnte auch als Heilpflanze wichtig gewesen sein – wenn man ihre Anwendung kannte! – Wäre das möglich?! – Dann wäre der für uns heute recht plump wirkende Aufwand für das Lila-Goldruten-Knödelrezept vielleicht nur ein Vorwand, weil die enger Eingeweihten wußten, der Pater mischt aus der Lila Goldrute etwas Heilendes zusammen – und das heilkundige Experimentieren und die gewonnenen

Erkenntnisse, die waren das eigentlich Schützenswerte!"
Gertrulde, Pruwart und Lorbas sind völlig versunken in ihre eigenen Gedanken zu dieser Möglichkeit ... –
... und da hätte ich ihnen gern noch ein bißchen mehr Zeit gelassen ...
... aber das Telefon mit seinem Klingeln reißt die Gesellschaft ganz unlila aus ihren Überlegungen heraus.
Lorbas erhebt sich etwas unwirsch und geht ins Haus, wo der Apparat gleich neben der Terrassentür auf dem Schreibtisch steht.
„Zacke!"
„Ich bin's, Lorbas, Marrá!"
„Hallo! Was gibt's denn? – Schon gut eingezogen auf der Burg oder möchtest Du wieder hier in unseren erlauchten Kreis zurück? Wir erzählen uns gerade Sagen aus Deiner Familie ..., wär' bestimmt interessant für Dich!" Lorbas könnte gleich noch weiter loslegen und Marrá das Herausgefundene über ihre Ahnen erzählen. Aber die unterbricht ihn ungeduldig: „Habt Ihr's nicht im Radio gehört ...?"
„Nee, was denn?" Lorbas meint noch nicht, so etwas Wesentliches verpaßt zu haben.
„Dann schaltet mal ein und sag Gertrulde in Brombata haben sie geputscht!"
„In Brombata ... geputscht ..." wiederholt Lorbas versonnen, den das alles nicht weiter aufregt.
Aber draußen prescht Königin Gertrulde von Verhökerlande vom Gartenstuhl wie eine Schnappfeder hoch: „Großer Gott, in Brombata haben sie geputscht?!" sagt sie entsetzt.

Dritter Teil

DAHEIM AUF KNIPSEL CASTLE ...

Zernias Zuckerstückchen	235
Kunst an den Haaren herbeigezogen	238
Impfpaß: Abgelaufene Immunität	241
Vorausverteilen	246
Puppenstübchen einmotten	255
Auf der Lila Goldrute ist kein Ausruhen!	258
Verquältes Organizing	261
Fehldruck	268
Frühstück auf Knipsel Castle	272
Fest-Erwartungen	276
Geht's jetzt los?	282
Wir tauschen uns aus ...	285
Stimmung	291
Das Feuer schüren	299

Federn lassen   *307*

Freigepustet!   *309*

Zernias Zuckerstückchen

„Plupp! – Treffer! – Versenkt!"
Kronprinzessin Zernia von Verhökerlande läßt ein Stück Zucker in ihre volle Kaffeetasse fallen, so daß das braune Getränk rundherum über den Rand platscht. „Man hat es sich ja denken können, aber daß es jetzt so megaschnell geht, ist auch wieder kraß! – In Brombata haben sie geputscht – aber wir machen was daraus!"
Sie sitzt am Schreibtisch ihres königlichen Büros in Hökerhaven, Hauptstadt und Regierungssitz von Verhökerlande. Es ist später Nachmittag und die Putschmeldung aus Brombata traf hier schon etwa zwei Stunden vor der offiziellen Bestätigung ein – Zernia hat ihre Kontakte! Das sollte man aber nach draußen besser nicht durchblicken lassen!
Die meisten Völkchen sind ja eher dann beruhigt, wenn die Obersten – die es eigentlich hätten früher und besser wissen müssen – mit ihnen zusammen aus allen Wolken auf den harten Boden der scheinbaren Überraschung fallen. Die Verhökerlander sind da keine Ausnahme …
Und nun, da dauernd Eilmeldungen durch TV und Internet huschen – jede Sondersendung nur mit einem ungesicherten Fitzel mehr als die vor einer halben Stunde – ist es für Zernia als managende Führungskraft wichtig, nichts zu übereilen. Denn das Völkchen soll denken: 'Oh, unsere Landes-Ersten sind schwer am Abwegen, was zu tun ist – die machen sich's nicht leicht!'
Daß man sich ‚da oben' mit Zuckerstückchen versenken erfreut und derweil ganz andere Intentionen hat – da gehört eben doch romanflausige Phantasie dazu (noch die mit ‚Ph'!) … Natürlich hat Verhökerlande eine Regierung und das Königshaus ist eigentlich nur fürs Bänder**knüpfen** oder Bänder**zerschneiden** gut – Bänder knüpfen mit Hoheiten anderer Länder, zerschneiden beim Einweihen von Kindergärten oder Krankenhäusern – aber Zernia ist da ambitionierter …

„Was wird jetzt passieren? Was wirst Du machen?"
Es ist Cornelis Varnhökker der das fragt. Er hat den hohen Posten des Diplomatenschlusels inne, diese in Verhökerlande einzigartige Stellung, die Regierungskreise mit allerlei auswärtigen Beobachtern verbindet – hat sich sehr bewährt, wenn man sie dezent bekleidet. Der ehrgeizige ‚Corny' ist noch nicht so lange dabei, hat aber mit seinen knapp dreißig Jahren – so alt wie auch Zernia ist – bereits mit wenig Erfahrung den Kniff raus, sich vorteilhaft zu positionieren.

Zernia sitzt er zwar momentan im bequemen Fauteuil gegenüber – Zweiersitzung zur Beratung der Krise in Brombata ... – aber sonst positionieren sich beide besonders gern zusammen im Bett.

Cornelis Varnhökker ist so gut wie verlobt mit der eher kühlen Kronprinzessin – und diese gesellschaftliche Positionierung ist ja auch nicht zu verachten ...

„Sag Du mir zuerst, wie der Stand der Dinge in Brombata ist!" gibt Zernia ihm vor.

Cornelis schießt los: „Brombata, ein Land weit weg von uns – in jeder Hinsicht ... – liegt geographisch in Garaffika – im buntesten Garaffika! Unter uns: dort sind Menschen beheimatet, die – sagen wir es mal dezent – mit Aggression anders umgehen als wir hier! Das ist bei allem, was jetzt noch kommt, im Auge zu behalten, darf aber nur hinter vorgehaltener Hand so gesagt werden, sonst bringt man die ‚Diskriminierung!'-Schreier im eigenen Land gegen sich auf! – Das zu vermeiden sollten wir geschmeidig genug sein ..."

Zernia resümiert: „Man haut in Brombata also schnell mal dem anderen eins auf die Glocke, wenn einem was nicht paßt!"

„Ach wo denn ..." grinst Cornelis „...man deeskaliert dort Konflikte nur etwas radikaler als wir hier, und versucht darin dem anderen irreversibler zuvorzukommen – sonst käme ja alles nur noch schlimmer, so denkt jede gegnerische Gruppe über die andere! – Also Putsch in Brombata ist an der Tagesordnung wie Blitz und Donner bei Gewitter –

eigentlich nichts Besonderes. Aber seit ein, zwei Jahren war's doch ein bißchen zu heftig, keine der unübersichtlichen Meinungsgruppen, Familienclans, was auch immer sich da traditionell oder aktuell zusammenklüngelt ... konnte sich in letzter Zeit so richtig berappeln – zudem gehen langsam die starken Führer und die weichen Alternativen aus, die das Land bislang gerade noch so zusammen hielten..."
„Komm zur Sache: was haben wir mit denen am Hut? – So weit ich weiß, haben unsere Vorvorväter Brombata mal kolonialisiert. Das hat den dortigen Umgangsformen kaum Abbruch getan – und uns hängt's obendrein immer noch nach, weil wir das quengelnde Brombata zwar vor gut drei Jahrzehnten in die Unabhängigkeit entlassen haben, aber ..."
Zernia läßt Corny den Satz beenden ...
„... es ist seitdem aus dem Stänkern bei sich und anderen eben nicht mehr herausgekommen! – Es quengelt immer noch und wo es kann, bombt es *bromba*stischer denn je! Nur dafür, daß es sich dann bei der Weltgemeinschaft beschweren kann, es bekomme nicht genug Unterstützung, statt dessen mischten sich alle bei ihnen in die inneren Angelegenheiten ein ... – Das sind diese ‚inneren Angelegenheiten', die bei wiederkehrenden Stammesfehden dann schnell mal über die Grenzen in die Nachbarländer geschwappt werden, damit die auch nicht zur Ruhe kommen. – Kurz gesagt: eine Pubertät in Endlosschleife!" Corny holt einmal Luft, was Zernia nun wieder zur weiteren Ausführung der Sachlage nutzt.
„So richtig eine gute Idee, die ganze Chose mal anders aufzuziehen, das vorzumachen, durchzuhalten, weiterzugeben, dafür hat sich in Brombata wohl noch keiner gefunden?"
„Richtig," nickt Corny „dafür fand sich bis jetzt niemand: die einen wollen schlicht irgendwie durchkommen und die anderen wollen nur die nachhaltige Macht ohne nachzudenken, gewaschenes Geld ohne sich naß zu machen und nachhaltiges Nachtleben ohne Verhüterli!"

„Und nun war's ein Putsch zuviel!" überlegt Zernia.
„Auch richtig! Brombatas Führung – egal welcher Couleur – ist schon seit längerem sauer, daß andere Länder in der Gegend es halbwegs gebacken kriegen, mit etwas Wohlstand mal durchschnaufen zu können. So beschweren sich die jeweils Regierenden immer wieder, es liege an unverschuldeten Umständen, daß immer ihr eigener Staat auf keinen Grünen Ast käme! – Andere seien schuld – vorzugsweise die, die dem Land Brombata zu früh die Unterstützung entzogen und es zu spät in die Unbeaufsichtigtheit entlassen haben! – So wird erschreckend vielen Brombatanern nach diesem neuen Putsch, der schon seit etlichen Wochen im Raum stand – an den aber niemand glauben wollte – die bomben-lastige brombatanische Welt zu klein werden und wo werden sie hin wollen, bei wem werden sie jetzt einziehen wollen ...?!"
Cornelis schaut grinsend von seinem kleinen Aktenhefter auf und zu Zernia über den Schreibtisch. Die lächelt: „Sie wollen zu Muddi! – Und genau da sollten wir jetzt mal mitmischen!" sagt die Königstochter trocken und es ist nicht zu erkennen, ob sie das allgemein meint oder ganz konkret auf ihre eigene Mutter gemünzt, die Königin Gertrulde von Verhökerlande.

Kunst an den Haaren herbeigezogen

„Da lassen Sie den armen Mann hier auffegen – Sanna, das ist nicht richtig! – Er hat's doch im Kreuz!" es ist Trude Winser, eine im doppelten Sinne sehr alte Kundin des Salons ‚Haar-Klein', die das sehr nachdrücklich, fast schon böse zu Friseurin und Saloninhaberin Sanna Klein sagt. Dabei lassen die fast trockenen Lockenwickler den eingerollten Schopf auf ihrem Kopf empört mitschwingen.
„Er kann das schon ab!" sagt Sanna Klein trotzig, aber ohne von ihren Auskämmarbeiten auf Frau Schrums Kopf aufzusehen. Dann nuschelt sie nur noch: „Er hat's nicht im Kreuz – er hat's faustdick hintern

Ohren!" Die ewigen Unterhaltungs- und Fön-Geräusche im Salon – Azubi Gritti plustert gerade mit Warmluft durch Frau Wetzels Haar – verschlucken den Nachsatz. Einzig Arib, zuckt bei seinem gemächlichen Zusammenfegen der Haarreste auf dem Boden schon wieder zusammen, als er sich ansatzweise etwas zu bücken scheint, um aus der Ecke unter dem Waschbecken ein Haarbüschel fortzukehren.
„Der arme Mensch," überlegt nun auch Frau Wetzel laut „aus so einem wilden Land geflüchtet, wo keiner ihm eine Chance gab – was hat der Mann alles versucht! – Wir mußten ja damals auch rübermachen ..., wir wissen wie das ist ..." – Niemand im Salon weiß so recht, welches ‚Rübermachen' Frau Wetzel damit genau anspricht, aber man schweigt ein paar Sekunden pietätvoll ...
‚Was hat der Mann alles versucht!', ist nun, nachdem Arib fast ein Dreivierteljahr hier in Knipsel bei Sanna Klein lebt, nicht mehr als Frage gemeint, sondern die Erkenntnis aus Aribs unterhaltenden Stories, die er Sannas Kundinnen schon zum besten gegeben hat – oder die die Damen sich zusammengereimt haben aus Aribs grammatikalisch hinkender aber gestisch und mimisch um so sprühender Erzählkunst.
„Stimmt," bekräftigt auch Frau Schrum und zählt auf, was sie behalten hat „Taxifahrer war er schon gewesen in seiner Heimat ..."
„... auf dem Fahrrad hat er Bekannte mitgenommen!" ergänzt Sanna ihre inzwischen herausgefundene Lesart von Aribs Erzählungen, während sie oben auf Frau Schrums Kopf nur deren Locken ordnen kann – an ihre Gedanken kommt sie ja nicht heran ...
„... einen Kurierdienst hat er aufgezogen!" schwärmt Frau Schrum weiter.
„... nichts als Drogenpäckchen vertickt ..." grummelt Sanna.
„... Privatfriseur für reiche Ladies war er!"
„... den Kopf hat er ihnen gewaschen bei seinen ‚Privatdiensten' ..." Sanna verzieht das Gesicht.
„... da drüben ist er eigentlich ein Prinz!"

„... noch nicht mal der auf der Kekspackung!" schnaubt die Friseurin jetzt etwas lauter.
„... und hier muß er so schuften! – Autsch!" faucht Frau Schrum zu ihrem Kopf hoch, wo Sanna gerade eine Locke legt. „Wie grob Sie sind, Frau Klein, passen Sie doch auf! – Aber mein lieber Arib, Du packst das schon noch!"
„Ab bald ich endlich Kunstler!" Arib, der schon ein Weilchen auf den Besen gelehnt dasteht und zuhört, ist verzückt von dem, was da Eindrucksvolles über ihn gesagt wird. Auch wenn er es sprachlich nicht ganz versteht, so sagt ihm der Ton doch, daß er sich da schon eine nette Fangemeinde aufgebaut hat.
„Wie wunderbar ... Künstler wirst Du! Hast Du die schöne Umgebung von Knipsel schon gemalt?" Frau Winser spekuliert schon auf einen ‚echten Arib' zu Hause über ihrer Eßecke ... – oder über ihrem kalten Witwenbett?!
„No, nich male – Installation-Artist! Groß Monument von mir, bekommt fettes Event vor Burgplatz – AVo-Kunst-Frau mir zugesagt!" Arib gestikuliert mit den Armen und schwingt vielsagend den Besen. Dabei lächelt er über beide Ohren und alle Haar-Klein-Kundinnen können sich gar nicht satt sehen an dem netten Jungen.
Nur Sanna zieht die Augenbrauen zusammen und greift zu fest in Frau Schrums Haar.
„Autsch, Sanna, sie Trampel! Wird Zeit, daß hier ein sensibler Mann das Kommando übernimmt!" kreischt die Geziepte.

Impfpaß: Abgelaufene Immunität

„Minimus Baldi? – Sie sind hiermit im Namen des Königreichs Verhökerlande verhaftet!" Damit gibt der etwas höher dekorierte Uniformierte, Bim Schrein, am kleinen Grenzübergang von der Republik zum Königreich Verhökerlande seinem einzigen Wachsoldaten einen zackigen Wink. Manni Vögelchen – weniger Pickerl auf den Epauletten-Überbleibseln als sein Befehlsgeber Bim – ist ein hochgewachsener Schlacks und stand bisher in der jetzt schnell anbrechenden Dämmerung wie ein langer Schatten hinter seinem Vorgesetzten. Nun springt er behende hinzu und möchte den forsch gewinkten Befehl genauso schick geschickt ausführen, weiß aber nicht weiter – er hat noch nie jemanden ‚in echt' verhaftet ...
„Das ist ein Irrtum!" schaltet sich nun Gertrulde von Verhökerlande ein. „Ich bin die Königin – Sie haben mich so schnell nicht erkannt – hier ist aber mein diplomatischer Paß ..." Gertrulde zieht ihr grün-rotes Paß-Heftchen aus der Handtasche.
Königreich Verhökerlande ist auf dem Kontinent der Vorreiter, was Ausweisdokumente betrifft: als erstes Land hat es Ausweisdokument *und* Impfpaß zusammengefaßt – da weiß man gleich, wann der Inhaber in jeglicher Hinsicht durchgecheckt wurde! Und man muß nur das eine Heftchen suchen, wenn man beide verlegt hat ... – Königreich Verhökerlande hatte schon immer eine eigene, bestechende Logik – aber keine bestechlichen Beamten ...
„Bei uns zieht das nicht, lassen sie den Impfpaß ruhig stecken!" erklärt Bim Schrein gleich streng, als Gertrulde, ihm ihr ‚Immunität-Heftchen' – bei ihr als Königin im doppelten Sinne des Wortes – vorzeigt und erläutert: „... die beiden Herren gehören zu meiner Entourage." Sie meint, damit wäre eigentlich alles gesagt, was Minimus Baldi und Rechtsanwalt Pruwart Fegepusch angeht.
Gertrulde muß natürlich wegen des Putsches in Brombata nach Hause, nach Verhökerlande,

zurückkehren: Präsenz, Anteilnahme und – wer weiß – vielleicht auch entschiedenes Handeln zeigen! Dadurch haben sie und die beiden Herren, Baldi und Fegepusch, sich nun obendrein entschlossen, erst einmal in Verhökerlande direkt die Sache mit der Geige zu klären, damit da reiner Tisch gemacht ist und niemand Minimus Baldi an den Karren fahren kann wegen seiner Kurzschlußreaktion, ‚seine Zirpse' entwendet zu haben, obwohl die eigentlich einer Verhökerlander Bank gehört. –
Mal ein ganz vernünftiger Entschluß ist das! –
Sollte man meinen ...
„Herr Baldi wird per Haftbefehl gesucht wegen schweren Diebstahls!" der Grenzer ist sich ganz sicher, schließlich hat man ihn und seinen Kollegen schon per amtlicher Anweisung auf so eine Konfrontation vorbereitet, denn Königreich Verhökerlande grenzt genau hier an diese Republik, in der die Ermittler den Geigendieb vermuten.
„Vögelchen ..." sagt Bim, merkt aber gleich: das hört sich in dieser Situation unangemessen an und korrigiert sich „... Gefreiter Vögelchen – festnehmen den Herrn Baldi!"
„Er will sich ja stellen, deshalb sind wir ja hier, also eine Festnahme ist nicht nötig!" Gertrulde wird jetzt etwas ungeduldig, schließlich wollen sie, Minimus und Fegepusch noch heute Abend im Palast ankommen.
Von diesem kleinen Grenzposten, in dieser malerischen Waldlandschaft, braucht man nochmals zwei Stunden Autofahrt bis zur Hauptstadt Hökerhaven, aber das sollte mit dem von Lorbas geliehenen Wagen kein Problem sein.
Diesen Wagen, neben dem nun alle Beteiligten stehen, hat Lorbas Zacke der Königin geliehen, damit Gertrulde nicht erst eine Limousine aus dem königlichen Fuhrpark ordern mußte – man kann da einfach mal flexibel sein!
Flexibel sein ... – im Gegensatz zu diesen beiden Grenzpfosten ... nein, Grenz*posten*, die ihre Arbeit so verbissen zu sehen scheinen. Aber die Königin hat auch Verständnis, denn gerade so kleine Rädchen im

Gefüge bekommen dann mitunter einen ungerechten Rüffel, wenn die großen Räder sie dabei erwischen, wie sie die Dinge mal versuchen einfach zu handhaben! Aber ‚einfach handhaben', das dauert bei den beiden wohl noch etwas ...
Denn man kann's auch übertreiben ...
„Gefreiter Vögelchen, nehmen Sie den Gesuchten jetzt endlich fest!" sagt Bim, der weiß: bei amtlichen Handlungen darf man der Gegenseite keine Zeit zum Luftholen lassen – sonst brüten die noch was aus ...
„Wie denn ... ‚festnehmen'?" raunt Manni hilfesuchend zurück zu Bim.
„Handschellen, Mann, Manni!" erwidert Bim nun schon etwas laut – weil genervt.
„Ich will nicht ins Gefängnis!" kreischt jetzt Minimus los und tut einen Schritt zurück hinter Lorbas' Wagen. Man muß sich wundern, daß der Geiger überhaupt so lange geschwiegen hat, bei seiner Neigung, seinen Nerven bei jedem Drama die Zügel schießen zu lassen.
„Du kommst doch nicht ins Gefängnis!" beschwichtigt ihn Gertrulde kopfschüttelnd über die Aufregung.
„Oh, doch, direkt von hier nach Susensasse!" da ist sich Bim immerhin sicher.
„JVA Susensasse doch sicher nicht ..." schaltet sich Fegepusch jetzt ein, da kommen ja keine Untersuchungsgefangenen hin. Das kann schon mal nicht stimmen!"
„Susensasse! – Nein, da sitzen ja die Schwerverbrecher!" Baldi weicht erschrocken noch einen weiteren Schritt zurück und drückt nun den Kasten, in dem Zirpse sich endlich einmal ausruhen darf, an die Brust.
„Jetzt ist's aber mal gut, lieber Mann, Sie haben jetzt Ihrer Pflicht zur Korrektheit Genüge getan! Sie lassen uns jetzt hier gefälligst einreisen, ich bin Ihre Königin und oberste Befehlshaberin – das muß ich ja wohl nicht betonen!" Gertrulde hat's jetzt satt, ist auch schon etwas müde.
„Sind Sie nicht!" sagt Bim Schrein.

„Ich bin Gertrulde von Verhökerlande, Sie werden mich doch mal im TV gesehen haben – oder in den Klatschblättern ihrer Frau!"
„Klar kenn' ich Sie!" behauptet Bim nun fast burschikos.
„Na, also, dann, bitte, gehen Sie aus dem Weg, damit wir hier durchfahren können – der Weg ist ja nur ein Waldpfad – und eigentlich wird hier schon lange nicht mehr kontrolliert! – Geschenktes Abkommen ... oder wie hieß das, Herr Rechtsanwalt?" fällt es Gertrulde auf. Bevor aber Pruwart etwas sagen kann, ist die Königin schon weiter im Inspizieren ihrer Grenzbeamten: „Sind Sie überhaupt sicher, auf dem richtigen Posten zu stehen?"
„Ich schon – aber Sie nicht!" kontert Bim.
Na, das geht ja denn doch wohl zu weit! Obwohl Gertrulde meint, eine ‚coole' Königin zu sein, die ‚ihren Job' gut ‚erledigt' – so wie es sich ihr Volk laut Presse wohl wünscht – glaubt sie sich jetzt verhört zu haben. Zur Bestätigung ihrer Verwunderung sieht sie Pruwart an, der als Anwalt sicher weiß, ob hier die Angemessenheit gesprengt wird.
Tja, der Anwalt steht auch mit offenem Munde da.
„Sagen Sie mal ..., wie heißen Sie eigentlich ...?" fragt Pruwart den patzigen Grenzer.
„Sie sprechen mit Obergendarm Bim Schrein!" sagt Bim steif.
„... ja, was fällt Ihnen denn für ein Ton ein, gegenüber Ihrem Staatsoberhaupt?!"
Und nun kommt diese Seite auch bei Bim Schrein zum Vorschein, die allen Geduckten eigen ist, über denen man den Deckel ein wenig lüpft und die dann sofort übermütig werden, weil sie endlich mal wer sein wollen ...
„Die ist ja keine Königin mehr!" Bim lächelt jetzt triumphierend, als er in die drei völlig konsternierten Gesichter der Einreiseambitionierten schaut.
„Also jetzt gibt's aber wirklich Ärger!" verkündet Gertrulde und meint immer noch das müßte reichen.

„Ja, für Sie! – Sie dürfen nämlich gar nicht mehr hier zu uns rein reisen, weil Sie nämlich mit dem Geigenklauer unter einer Decke stecken ... –"
Bim wird der Doppelsinn bewußt, er muß grinsen – das hat er nun tatsächlich im Klatschheft seiner Frau gelesen: „..., weil Sie mit dem Streicher auch noch was haben und sich von dem bestreichen lassen ..." – Jetzt will er, weil die Gelegenheit ja so günstig ist, doch zu viel in einem Satz unterbringen „... weil Sie den decken und er Sie deckt ..., deshalb nämlich ... – Stimmt doch Manni – oder?!"
„Ja, genau," meldet sich Manni jetzt ergänzend zu Wort „... dafür wegen hat nun Prinzessin Zernia das mal übernommen ... –" Manni schaut sinnierend zum Himmel, wie einer beim Gedichtaufsagen „... also im Memo stand: Prinzessin Zernia ist jetzt Interschlimm-Königin ..."
„Interims Königin ... – wenn schon!" murmelt Fegepusch, dem jetzt einiges schwant.
„... ja eben, weil Ihre Mutter mit dem da zusammen ..." Bim zeigt auf Minimus Baldi „... Staatseigentum veruntreut hat – diese kreischende Fiedel nämlich ..."
„Zirpse kreischt doch nicht!" schreit Minimus entsetzt, sein Gemüt wieder am Nebensächlichsten entzündend.
Aber Manni holt jetzt doch noch weiter aus – wenn's schon mit dem Festnehmen nicht so klappt ...
„... und dem Handlanger hinterhergeflohen ist sie auch ... – und der Befehl von heute sagt: ,... deshalb bestehen erhebliche Zweifel, daß die bisherige Königin Gertrulde ihre Amtsgeschäfte gegenüber dem Staat und seiner Bevölkerung noch unparteiisch, korrekt und ...'"
„,... mit der nötigen Souveränität ausfüllen kann!'" ergänzt Bim, dem jetzt der Wortlaut der Dienstanweisung auch wieder einfällt. „'Herr Minimus Baldi ist bei Einreise sofort festzunehmen und die von ihrer legitimen Nachfolgerin Prinzessin Zernia vorerst bis zur Klärung des Sachverhalts enthobene und aller Amtprivilegien verlustiggegangene Königin Gertrulde, ist an der Einreise nach Verhökerlande zu hindern,

denn ihr Status ist jetzt ... der einer abgesetzten Königin, die sich nur im Exil aufhalten darf – bei Grenzübertritt ist auch sie festzunehmen.' – So is' es richtig!" Bim schaut Manni an und beide freuen sich, als hätten sie das Weihnachtsgedicht doch noch zusammen hingestoppelt bekommen.

Vorausverteilen

„Minimax, bitte, hör auf zu fiedeln – bitte! – Das war einfach eine zu scheußliche Nacht, als daß ich das Quietschen jetzt auch noch ertragen könnte!" Minimax – Minimus Baldi – läßt den Geigenstock sinken, drückt Zirpse – sie darf so eine Aussage wie ‚Quietschen' doch gar nicht vernehmen – voller Schmerz an sich, geht mit ihr ins Wohnzimmer und kuschelt sich mit ihr vorsichtig wie ein Kind auf das Sofa. Dann fängt er leise an zu weinen.
Aber Königin Gertrulde von Verhökerlande – jetzt eigentlich: abgesetzte ..., nicht mehr ins Reich gelassene Königin ..., ins Exil katapultierte Königin, meinte ja mit ihrem Seufzer über die ‚scheußliche Nacht' nicht die Liebesqualitäten ihres Liebhabers Minimax – sondern die Erkenntnis, daß ihre eigene Tochter Zernia sie ausgebootet hat.
In Lorbas Küchensitzecke hat sich Gertrulde heute Nacht höchstens noch als die Königin des Kaffeekochens qualifizieren können!
Nach ihrem schnellen Entwischen aus dem Grenzbereich zu Verhökerlande und dem Einflußbereich der beiden einfältigen Grenzposten Bim und Manni, die sie sonst vielleicht samt Baldi und Rechtsanwalt Fegepusch noch festgesetzt hätten, ist man zusammen im Auto zurück nach Knipsel gerast.
Hier hat man einen völlig konsternierten Lorbas aus dem Schlaf gerissen, ihm alles brühheiß erzählt, oben auf der Burg noch Marrá und Gerne angerufen, die natürlich am liebsten gleich heruntergekommen wären, denen man aber nahelegte, man berede das alles morgen, zuerst brauche man jetzt einmal Schlaf

... – dann aber doch nicht vom Küchentisch und allen möglichen und unmöglichen Überlegungen weg kam.

– Also mit ‚Liebe machen' war da nichts – selbst purer Sex juckte angesichts dieses Eklats weder Gertrulde noch ihren Liebhaber – nur Zirpse mußte immer mal wieder herhalten für einen musikalischen Notschrei ihres Geigers, der dann durch den genervten flehendlichen Protest der übrigen am Küchentisch Sitzenden erstickt wurde.

Nun ist es halb zehn Uhr morgens und endlich sind alle auf dem gleichen erschöpften Siedepunkt, so daß niemand mehr meint – wie noch eben in der Nacht – analytisch ausgeklügelte Erklärungen, eine Beruhigung oder gar eine aufmunternde Idee zur Entschärfung der Situation finden zu können.

Es bleibt Fakt und schmerzkrümmende Erkenntnis: die ambitionierte, beim Volk schon längst vor Mutter Gertrulde oder Bruder Gerne favorisierte Kronprinzessin Zernia von Verhökerlande hat durch die Wirrnisse in Brombata einen wunderbaren Vorwand gefunden, die Krone zu übernehmen. Alle Disputanten in Lorbas Küchenecke mußten in dieser Nacht aber auch in jeden angebotenen Blickwinkel einräumen, daß man es der sowieso zukünftigen Königin Zernia eben sehr leicht gemacht habe, das Zepter schon jetzt an sich zu reißen. Die wahrlich vergeigte Sympathie von Gertrulde – man sah die Königin ja mehr ihrem ‚Fiedel-Heini' nachschmachten, als daß sie Kindergärten, Altenheime oder Blumenschauen besucht hätte – ist das größte Verhängnis. Aber gleich daneben: der wenig zu königlichen Pflichten motivierte Gerne! – Und dazu kam dann noch bei beiden die private Umtriebigkeit im Ausland bei weiterlaufender Apanage – ausgerechnet auch noch dann, wenn's in Brombata putscht – das alles wurde zu einer wunderbaren Vorlage für Zernias Krönchen-Stibitzerei! – Falls man es noch so niedlich sehen möchte ...

Ausgerechnet der Jüngste der Runde, Minimus schnappt jetzt vom Sofa her zwischen zwei

Weinkrämpfen: „Es ist aus! Nun kommt gar nichts mehr ..."
Just klingelt's an der Haustür!
„Jetzt holen sie uns!" schreckt der Geiger kurz und kraftlos auf, drückt dann aber nur seine Zirpse an sich, daß sich der Geige die Saiten sträuben.
„Wer kann das sein?" fragt Fegepusch. „Madame und Gerwenich doch sicher nicht, zu denen wollten wir doch später hinauffahren!"
Es klingelt nochmals.
„Ich schau halt nach ..." bietet Gertrulde locker an, weil ihr klar ist, wenn es Schwierigkeiten sind, die da klingeln, dann sind es ihre eigenen!
„Nein, ich mach' das schon!" erwidert Lorbas in einem Ton, der keine Einwände zuläßt.
„Ich komme mit!" sagt Fegepusch und schließt sich dem Hausherrn an in Richtung Haustür.
Da schrillt es schon zum dritten Mal.
„Komm ja schon ..." ruft Lorbas in der Diele und will dann die Haustür öffnen ... –
Und Pruwart Fegepusch setzt galgenhumorig, etwas leiser – nur für Lorbas – hinzu: „Wir geben nichts!"
Lorbas muß schmunzeln, dann fällt ihm ein: ‚Ach, die Haustür ist ja noch abgeschlossen ...!'
Weil man so als Quartiergeber für eine geflohene Königin sich doch irgendwie zurüsten muß, Häscher könnten ja die Türe malträtieren ..., deshalb hat der Pensionär gestern Abend mit dem Schlüssel doppelt abgeschlossen. Den Schlüssel hat er dann in seinen Mantel getan, der an der Garderobe hängt – nein, Einbrecher von hinten über den Garten sollten ihn nun auch nicht gleich auf der Garderobenablage finden und wieder nach vorn hinaus fliehen können ... – So raffiniert wird man als einfacher Mann, sobald man in zeitgeschichtliche Zusammenhänge hineingerutscht ist ...!
Weil er schon sein Kommen für die da draußen lautstark angekündigt hat, muß Lorbas nun aber doch um den Schlüssel zu finden erst kramen und kann sich nicht wieder in der Küche verschanzen.

Endlich, der Schlüssel ist gefunden, im Schloß, Lorbas dreht ihn um und ist mit dem nebenstehenden Fegepusch in gemeinsamer Spannung, wer da draußen steht.
Er zieht die Türe endlich auf!
Nein, keine Söldner aus Verhökerlande, keine hiesigen Polizisten – weshalb auch, die paar überschrittenen Blitzer von der Fahrt heute Nacht flattern erst später als Strafzettel ins Haus ...
Lorbas ist fast enttäuscht, als er nur die Geistlichkeit vor sich sieht!
So ist unser Land heruntergekommen, denkt Zacke kurz: evangelische Pfarrerin Beliesa Glausack und ihr katholischer ,Kollege', Pater Burkard, reißen ihn seelsorgerisch nun nicht mehr von den Socken, die in den Pantinen stecken, aus denen er vor Müdigkeit fast kippen könnte.
„Ach, Sie!" entfährt es ihm dann auch nur schlapp und fast enttäuscht.
„Guten Morgen, Herr Zacke!" es ist Beliesa die das Wort führt und ein Klemmbrettchen vor sich in der Hand hält. Sie lächelt, um die Sprachlücke zu füllen, denn die beiden Herren vor ihr machen auf sie einen arg verdatterten Eindruck. „Wir sind schon mal durch die Gartenpforte hier zur Tür hin, weil's bei Ihnen so lange gedauert hat mit dem Öffnen!" erklärt sie. „Wir kennen uns vom Sehen, ich bin Pfarrerin Glausack von der evangelischen Kirche und das ist mein ..." oh, da stockt sie, denn das geht ihr gar nicht gut über die Lippen „mein **Amtsbruder**, Pater Burkard, vom Katholischen ... Ordinariat. Wir möchten Sie gar nicht lange stören – zumal Sie noch recht müde aussehen!"
„Hm ..." brummt Lorbas gar nicht so unfreundlich. Zwar hat er mit der Pfarrerin wenig am Hut, aber sie ist eben auch kein schneller Sondereinsatz-Eingreiftrupp, der ihn hier überrennen will ... –
Darin könnte er sich allerdings irren, so stellt sich gleich heraus ...
„Aber Sie haben vermutlich so schlecht geschlafen, weil Ihnen die neuen Verhältnisse in Brombata die

ganze Nacht so auf der Seele lagen!" Beliesa lächelt eloquent.

Lorbas schaut Pruwart Fegepusch an – der schaut genauso verdutzt zurück – also doch eine SEK-Vorhut: Pfarrerin, Klemmbrett, Amtsbruder – kann das möglich sein?!

„Weil uns das alle so betroffen macht, dieser schlimme Putsch und die Verhältnisse der Menschen dort, darum haben sich jetzt die beiden großen, hier bei uns verantwortlichen Kirchen als erste entschlossen zu handeln!" Beliesa macht eine Pause, nur um in den Gesichtern vor ihr zu erforschen, ob da etwas angekommen ist. Eigentlich ist davon nichts zu bemerken, aber vielleicht klingelt's ja später noch und der Groschen fällt ..., also fährt sie fort: „Was Sie vielleicht noch nicht wissen ist, daß gerade Knipsel und Umgebung samt Kullerstadt und Vierecktal ausersehen sind, in besonderer Weise Hilfe zur Verfügung zu stellen ..."

„Aha ..." bei Lorbas fällt da nicht einmal ein Eurocent, er schaut Fegepusch an – bei dem ist auch nichts von Erkenntnis im Busche.

Beliesa schaut mal zur Abwechslung Pater Burkard an, der immerhin aufmunternd zu den beiden Herrn hinüberlächelt, aber zu Beliesa nur leicht die Schultern zuckt.

Also Beliesa macht's jetzt mal kurz, man hat hier bei den verschlafenen Rentnern schon genügend Zeit vergeudet: „Königreich Verhökerlande, was sich seiner einstigen Kolonie Brombata nun doch endlich noch verpflichtet fühlt – zu recht und immer noch viel zu wenig, wenn Sie mich fragen – also Verhökerlande hat zugesagt, aus Brombata flüchtende Menschen aufzunehmen ..."

Beliesa macht eine Pause – Häppchen für Häppchen für diese dösigen Herrn: „Und weil Verhökerlande eigentlich noch aus ungeklärten, alten Kriegswirren woanders als direkt bei sich im Land Enklaven hat, stellt es diese den kommenden Flüchtlingen aus Brombata zur Verfügung. – Diese Menschen sollen das dann auch selbst verwalten, weil mit so Sachen

wie Integration in verkrustete Altlastkulturen ... – hat das ja noch nie so richtig geklappt! Und die Lösung mit den Turnhallen, Containern und Freiluftzelten also die will ja auch keiner mehr haben – da müssen andere Innovationen her!
Unser Knipsel ist es, was jetzt wohl die Ehre bekommt, zur ersten Vorzeige-Enkalve für brombatanische Flüchtlinge zu werden: ein ganzer Landesteil, den die Flüchtlinge sich selbst gestalten können! – Das ist doch der Durchbruch!"
„So ...?!" Lorbas ist einfach müde und der Text ist ihm jetzt schon viel zu lang, als das Alarmglocken in ihm angehen könnten.
Anders aber Pruwart, bei dem sein Beruf des Rechtsanwalts und Notars auch bei Erschöpfung nicht schläft. "Was wollen Sie damit sagen, Frau Pfarrerin?" fragt er deshalb, Schlimmes ahnend.
„Knipsel und Umgebung, sollten ja vor Jahrzehnten eigentlich an Königreich Verhökerlande abgetreten werden, als Kriegsentschädigung ... – Ihre Generation müßte sich da eigentlich noch gut dran erinnern ...! Da gab's aber ein ewiges Hickhack und irgendwie wurde dann nichts aus dieser Art Reparationszahlung an Verhökerlande. Aber weil das immer mal wieder im Raum stand zwischen unserer Republik und dem Königreich Verhökerlande, hat die neue Königin Zernia unserer Regierung gerade vorgeschlagen, in einer gemeinsamen, schönen Aktion, dieses damals so umstrittene Areal jetzt zusammen den bald aus Brombata eintreffenden Flüchtlingen zu übergeben – zur Selbstverwaltung!"
„Wie, bitte ...?!" Fegepusch ist auf einmal hellwach und total konsterniert.
Beliesa Glausack kann ihn aber beruhigen – wie sie meint: „Sicher: das wird nicht reichen! Unsere jahrelange Gleichgültigkeit gegenüber den brombatanischen Verhältnissen wieder gut zu machen, da braucht's ja mehr ... – da gebe ich Ihnen vollkommen recht! Aber wir werden als erste die schöne Aufgabe haben, geflüchtete Brombataner aufnehmen zu dürfen und ihnen langfristig Knipsel

und Umgebung zur eigenen Verfügung stellen zu können – zum Aufbau ihres eigenen Staates ..."
„Sind sie noch ganz gescheit?!" Fegepusch kann nicht glauben, was die Pfäffin plappert. Auch Lorbas ist nun entsetzt, sieht aber die Auswirkungen noch nicht so schnell vor sich wie der Anwalt. „Einen eigenen Staat für die Flüchtlinge aus Brombata – hier in Knipsel?! – Sind sie vom tollen Mullah gebissen?!" Fegepusch will's jetzt genau wissen.
„Ja, da bin ich sicher! – Natürlich nicht, was Ihre diskriminierende Äußerung betrifft ... " Beliesa Glausack hat jetzt wieder ihren mahnenden Kanzel-Ton angenommen, der den verwirrten Glaubensschafen, die sie sonst auch im Gottesdienst immer mal wieder vor sich hat, klar sagt, wo's lang geht. „Eigentlich müßte man sich nur beschämt wundern, daß diese Initiative *erst jetzt* durchgeführt wird – bei all den Revolutionswirren in Brombata! Diese Menschen haben schon lange mal ein ruhiges Land verdient!"
„Und Sie glauben ernsthaft, die lassen ihren Krieg, ihre Mentalität und ihren aufgestauten Haß in der ehemaligen Heimat zurück?!" fragt auch Fegepusch nun scharf, als stünde er in einem seiner Prozesse.
Beliesa wundert sich, wie jemand das als Hürde sehen kann: „Ja, sicher: geben sie Menschen eine liebevolle Umgebung, dann entwickeln sie sich auch adäquat – das lehren uns immer wieder neue soziopsychologische Studien!"
Pruwart Fegepusch will Widerspruch einlegen, aber auf diese Biege in der Argumentation ist er nicht gefaßt, deshalb führt Beliesa jetzt zügig mal aus, wie man da praktisch weiter vorgehen will: „Deshalb haben wir also als Seelsorger die Aufgabe übernommen, schon mal vor Ort zu sondieren und eine Vorverteilung vorzunehmen ..."
Beliesa schaut jetzt auf den Zettel ihres Klemmbrettchens: „... nein, eins weiter ..." sie blättert die Seite um „hier hab' ich Sie ja: *Zacke, Lorbas ... achthundert Quadratmeter Grundstück, davon hundertdreißig Quadratmeter Wohnfläche im Haus'* ...

also wir haben Ihnen erst einmal eine, nein ..., *zwei* Familien zugeteilt zur Aufnahme!" Die Pfarrerin schaut begeistert lächelnd von der Klemme hoch, in die nun total verklemmten Gesichter der beiden Herren – da hatte sie aber doch mehr Vorfreude erwartet! Der beistehende Pater Burkard schaut auf seine Fußspitzen, irgendwie ist es ihm peinlich jemanden in dieser evangelischen Art zu nötigen – aber er schweigt ...
Also vielleicht kommt ja noch solidarische Freude auf, wenn man ein paar Einzelheiten ausführt, deshalb fährt Beliesa Glausack fort: „Zwei Familien bekommen Sie dann also zu Kost und Logis! Sie sind gut betuchter Pensionär, Herr Zacke, da gibt's den Zuschuß ... lassen sie mich mal sehen –" Beliesa dreht das Klemmbrettchen, um eine Tabelle besser einsehen zu können „... richtig: ‚Zuschuß KoLo PH ein Zehntel' ... – ‚Kost und Logis für Pensionärshaushalt' da haben wir's ja schon – und Sie bekommen ... ein Zehntel Ihrer Bezüge noch obendrauf, damit Sie den Leuten gut was vorsetzen können! – Na, ist das nichts?! – Bei zwei Familien ... lassen sie mich schauen ..." Klemmbrettchen wird wieder gedreht „... da geben Sie natürlich auch neunundvierzig Prozent Ihrer Pension den zugezogenen Menschen zur Selbstverwaltung ab ..." Die Pfarrerin ist begeistert von ihren Tabellenwerten. Und es gibt noch mehr Vorteile: „Sie sparen ... zum Beispiel schon mal das lästige Wegbringen alter Kleidung in die großen Container – können Sie den Leuten nun gleich persönlich geben – macht auch viel mehr Freude! Und wenn Sie die nett ansprechen, helfen die Ihnen sicher beim Einkaufen – Sie werden sehen, da stehen dann plötzlich auch ganz andere Gerichte auf Ihrem Speiseplan ... – Ja, ich sehe schon: Freude kann auch sprachlos machen!" ist Beliesa jetzt doch überzeugt, diese beiden alten Zausel ordentlich beglückt zu haben. Etwas fällt ihr aber noch ein: „Apropos ‚Sprache'! Wir werden natürlich so schnell wie möglich versuchen, Sprachkurse anzubieten, daß Sie sich mit den neuen Bürgern der ‚Brombatanischen

Enklave Knipsel' auch angemessen unterhalten können. Wir organisieren gerade die Kurse für ..." Klemmbrettchenblick, dann ist es klar „Sprachkurs ,Inventarisierte Nesthocker' – richtig! Das sind die Kurse für die ganz Verstockten, von denen man annehmen muß, daß sie – nie aus Knipsel raus gekommen – mit Sprache *und* Umgang in einem totalen No-Go-Bereich liegen! Diese Kurse umfassen erst einmal die Grundkenntnisse des Brombatanischen ... – daß Sie als in Knipsel verkrustetes Urgestein da so schnell wie möglich fit drin werden ... – Auch das gehört zum Heimatgefühl, daß wir verpflichtet sind, hier für die Ankommenden aufzubauen, indem wir sie in Ihrer eigenen Sprache willkommen heißen können! – Und dabei soll's ja dann nicht bleiben – Aufbaukurse ,Brombatanische Dialekte Band I und II' und ,Brombatas Business-Welt', ja und vor allem auch ,Brombatanische Bräuche üben und verstehen'. Das letzte halte *ich* ja für das wichtigste, denn wie schnell kann man jemanden durch unsensible Gesten verletzen ..."

„... *die uns* vielleicht als erstes, wenn sie sich hier alles gerade Passende herauspicken und für sich verprassen wollen?!" Pruwart Fegepusch geht die Hutschnur hoch ...

„ ... ja ..." stößt Lorbas den Anwalt in die Rippen

„...sag ihr das dann mal auf Brombatanisch!"

Die beiden Männer in der Haustür sind jetzt wie paralysiert und starren die Pfarrerin perplex an.

,Dröge Tränen, diese beiden alten Graupel!', denkt sich Beliesa, gibt aber nicht auf. Vielleicht, wenn sie die Familienverhältnisse mal näher erläutert, platzt da etwas mehr Eigeninitiative aus den beiden heraus ...:

„Also das sind ja jetzt ganz populistische Ansichten, die ich hier eigentlich nicht antreffen wollte!" Beliesa macht kurz eine mahnende Pause, dann fährt sie fort: „Also zwei brombatanischen Familien können wir diesen Privatbesitz dann zur Nutzung übergeben! Familien sind in Brombata auch viel schönere, weil größere Gemeinschaften als bei uns! Hier, wo sich ja jeder als Single isoliert – oder dazu genötigt wird ..."

Beliesas Seitenblick streift ihren katholischen, zölibatären Amtsbruder. Aber Pater Burkard schaut sie nur unschuldig an – hat die Anspielung so schnell gar nicht mitbekommen ...

„... in Brombata" doziert Beliesa weiter „umfaßt eine Familie eigentlich immer mindestens Vater, Mutter, Opa, Oma und drei bis vier Kinder ... – das sind bei zwei Familien dann so elf, zwölf Leutchen!" Sie schaut wieder auf ihr Klemmbrettchen: „Sie haben ja zwei Etagen mit je einem Bad und Naßzelle – Dusche oder Wanne – wie ich hier in den Unterlagen sehe ..." Wieder der Klemmbrettchen-Blick, da kommt noch was „... ja ... ach, unten auch noch ausgebauter Keller, ja, ja, da sind zwölf Personen passabel ... –" Beliesa lacht neckisch „... Sie sind dann der Dreizehnte!" – Dann wird die Pfarrerin etwas streng und schaut dabei abschätzig auf Pruwart Fegepusch: „Aber Logierbesuch, Herr Zacke, ... also privater Logierbesuch, den müssen Sie dann schon vorher anmelden, der kann nicht einfach so reinschneien ..."

Puppenstübchen einmotten

„Hier wird kein Knipsel als Reparation verramscht und Sie machen sich gefälligst mit ihrer voreiligen Aktion vom Acker!" Es ist Portus Tüpfelhund, der von der Gartenpforte jetzt auf Lorbas' offene Haustür in ungewöhnlich schnellem Schritt zuprintet, so daß man erst auf den zweiten Blick hinter ihm Marrá erkennt.

„Alles bleibt wie es ist, nichts wird hier requiriert und wir Knipsler sind auch keine ‚Inventarisierten Nesthocker' – die Reparation ist abgeblasen!" Damit langt Tüpfelhund jetzt bei den Vieren an der Haustür an und muß erst einmal durchatmen, so daß Marrá, die sich etwas mehr Zeit für den Weg gelassen hat und deshalb besser bei Atem ist, die weitere Erklärung für Beliesas anstehende Einwände übernimmt.

„Knipsel gilt ab sofort als Naturschutzzone und kann deshalb nicht mehr als alte Reparationsschuld oder neue Enklave für Asylanten und Einwanderer genutzt werden! Das ist jetzt amtlich bestätigt – sogar die Regierung in der Hauptstadt muß sich danach richten – was auch immer für romantische Einwanderer-Utopien diese dem eigenen Volk abhanden gekommenen Regierer hier hätten umsetzen wollen! Königreich Verhökerlande ist ebenfalls unterrichtet und muß die Finger weglassen von undurchsichtigen, bisher nie angemahnten Reparationsgaben oder voreilig zugesagten Landzuwächsen an Verirrte!"
Tüpfelhund, jetzt wieder zu Atem gekommen, setzt noch nach: „Auch Sie können unser kleines Abendland-Knipsel nicht mehr einfach nonchalant als Morgengabe verschenken! – Willkommen: wir bleiben bei uns daheim! – Und damit Tschüß, Frau Glausack!"
„Das ist doch alles ..." Beliesa sucht nach einem passenden Ausdruck „... Provinz-Propaganda von Willkommenskultur-Verweigerern, populistischen Adelsfaschisten und modrig-mumifizierten Gemeinde-Schranzen ..."
„Ihr neues Puppenstübchen, was Sie als Asylanten-Mutti hier auspolstern wollten, können sie einmotten!" schmettert Portus ihr dagegen. „Hier wird niemandem eine Einquartierung samt Enteignung verordnet! Wir bleiben, was wir sind und schon immer hätten viel besser sein sollen, weil wir endlich anfangen, uns an der eigenen Heimat zu erfreuen!" Tüpfelhund muß noch einmal Luft holen, so außer sich wie er ist.
„Ich kann das gar nicht glauben, daß das so schnell zurück und vorwärts geht ..." meldet sich nun auch wieder Lorbas wie zur Besinnung gekommen zu Wort.
„Doch, das kann schon passieren, daß schnell mal etwas amtlich festgestellt wird und dann hat anderes keinen Zugriff mehr" erklärt Pruwart Fegepusch „aber es muß schon ein besonderer Grund sein, weshalb Knipsel auf einmal Naturschutzzone wird!"
„Es ist die Lila Goldrute, der wir das zu verdanken haben und dem auf Knipsel Castle gefundenen Hinweis, daß es hier immer Lila Goldrute gab, die als

fast ausgerottet gilt, aber unter die seltenen – und selten wahrgenommenen – Heilpflanzen zu zählen ist. Da Knipsel Castle nun – wie es schon vor der Reparationsdiskussion vereinbart war – wieder in aufwendigerem Maße bewirtschaftet werden soll, was auch die Ländereien einschließt, wird man es nicht in andere Hände geben, sondern will es wieder zum eigenen Heim machen!"
„Aber das sollten wir alles drinnen besprechen – unter uns, in illustrer Runde – aber nicht in der zugereisten Großfamilie!" Lorbas gewinnt langsam über Müdigkeit und Schrecklähme sein Hausherrenrecht zurück.
„So leicht wird das nicht gehen, daß man Menschen in Not abschiebt und ausgrenzt!" zischt Beliesa. „Sagen *Sie* doch mal was, Burkard!"
„Ja, ich weiß nicht, manchen Dingen muß man den Lauf lassen, manchen Grenzen setzen – was wann zu geschehen hat, ist nicht immer gleich ersichtlich ... glaube ich ..." stammelt Pater Burkard etwas hilflos lächelnd.
„Oh, Mann Gottes!" Beliesa kann ihren Zorn nur schwer zähmen. „Wir müssen ein Zeichen setzen!"
„Sie setzen hier gar nichts mehr!" fährt Portus die Pfarrerin an. „Wir haben hier Kötel-Entsorgungspflicht! – Also wenn Sie schon was gesetzt haben, dann sammeln Sie es gefälligst gleich wieder ein – wir wollen hier keine Zeichen rum liegen haben – so 'ne nicht und andere auch nicht!"
Es fehlt nicht viel und Tüpfelhund käme mit Beliesa Glausack handgreiflich aneinander.
„Wir ziehen uns jetzt zurück ..." Lorbas tritt ins Haus, um auch Tüpfelhund und Marrá hinein zu lassen „... Sie haben, glaube ich, Ihr Anliegen sehr klar vorgebracht, Frau Pfarrerin und ich sag's mal in ‚Inventarisiertem Nesthockerisch': Jetzt verpflümen Sie sich mal!"

Auf der Lila Goldrute ist kein Ausruhen!

„Puh!" ächzt Marrá, als sie sich neben Gertrulde in Lorbas Küche erschöpft auf die Küchenbank plumpsen läßt – völlig gegen ihre sonstige Contenance. „Das war jetzt aber doch ein bißchen viel in den letzten Tagen und Nächten!" Dann wendet sie sich an ihre Freundin Gertrulde, die bis eben angespannt hinter der Fenstergardine stand, um die Unterhaltung an der Haustür zu verfolgen: „Sag' mal, was zieht Zernia denn da ab?"
Gertrulde von Verhökerlande – abgesetzte Königin im Exil – muß schlucken, um ihre Tränen zurückzuhalten.
„Ich weiß auch nicht ... ehrgeizig war sie ja schon immer ..."
„In die Richtung, Dich auszubooten?" Marrá ist überrascht. „Ihr habt doch Thronwechsel auch zu Lebzeiten, also Du hättest ihr doch sicher bald mal den Thron übergeben und Dich ins Privatleben zurückgezogen, da muß man Dich doch nicht wegen Thronverrats ins Exil katapultieren!" Marrá kommt das seltsam vor.
Gertrulde schnieft nur kurz und wendet den Blick dann dem schnarchenden Mann zu, den man durch die offene Küchentür auf dem Wohnzimmersofa – jetzt zusammengerollt unter einer Decke – pofen sieht. Es ist Minimus Baldi, den der Schlaf dort abgelegt hat.
Marrá kommt eine abstruse Idee: „Sag bloß, Zernia hat sich auch in diesen fiedelnden Jammerlappen verknallt?!"
Gertrulde schluchzt auf und muß sich bei eingekniffenem Mund nun doch eine Träne aus dem Auge wischen.
„Was habt Ihr beide denn für'n Geschmack!" entfährt es Marrá. „Zumindest Zernia steht doch mehr auf den Machotyp!" Marrá kann es sich immer noch nicht erklären.
„Na, ja, wenn sich einer in ihre Mutter verguckt, dann will *sie* eben das Männchen *auch* haben – selbst wenn es ein Lämmchen ist ..." entfährt es Portus, der

versonnen in seine von Lorbas zugereichte Kaffeetasse schaut.
„Lämmchen ...! – Dieser Typ, der immer nervt ... – und wenn er mal gebraucht wird, dann pennt er auf dem Sofa ein! – Was, bitte, könnte der ..." Marrá muß sich kurz besinnen, um keinen zu zotigen Vergleich auszusprechen „... jetzt aus dem Ärmel ziehen, was einen beeindrucken könnte?! – Was ich schon gesagt habe: die Schwachen sind auch nicht immer die Netten, im Gegenteil die können erbarmungslos an Deinen blanken Nerven reißen, wenn sie sich zu wenig gewürdigt fühlen!"
„Siehste ..." druckst Gertrulde schniefend „Dich interessiert er auch ..."
„Noch ganz gescheit, Truldi?!" fällt Marrá der Freundin ins Wort. „Durch diesen Mann ... dieses Männchen, das menschlich alles verstümpert, was eine Bindung geben könnte ..., den man nur ertragen kann, wenn er die Fiedel im Arm hat – weil er dann nicht zum Unsinn machen oder Hysterischwerden kommt – durch diesen Hempfling wirst *Du* den Thron verlieren und *Deine* Tochter richtet Euer Land zugrunde! – Und der wird immer noch fiedeln – nur unterbrochen, weil's ihm zu kalt, zu warm, zu satt, zu hungrig, zu ... – na, Du weißt schon ... – ist! Der müßte aber einen sauberen Auftritt hinlegen, daß man ihn mal nicht nur mit sich selbst beschäftigt wahrnimmt ... – also Truldi, krieg' Dich ein! – Wir haben auch ganz anderes zu tun, denn auf den Pfründen der Lila Goldrute ist kein Ausruhen!"
Jetzt schauen erstmals auch wieder Lorbas, Portus und Pruwart von ihren Kaffeetassen auf – die recht intime weibliche Aussprache der beiden adligen Damen war ihnen unangenehm, nur weil sie eingekeilt auf der Küchenbank sitzen und sich nicht verdrücken konnten, sind sie noch hier – insgeheim Minimus Baldi beneidend ... – natürlich nur um seinen gemütlichen Schlaf auf dem Sofa!
„Ich glaube auch, daß uns die Lila Goldrute nur eine kurze Verschnaufpause bringt." Portus führt das Thema jetzt in für ihn emotional schiffbarere

Gewässer zurück. „Nur weil wir hier im Land zur Zeit eine Polit-Clique haben, die die Natur zu ihrem besseren Eigenverbrauch gern schützen möchte, hat die seltene Lila Goldrute, die um Knipsel herum noch ab und zu zu finden ist, und als für's Heilen ‚verwertbar' gilt, uns erst einmal für kurze Zeit davor geschützt, eine Enklave für das ‚Neue Brombata' zu werden. Könnte sein, daß das nicht so lange vorhält – also da sollte uns noch mehr einfallen, damit Knipsel und Knipsel Castle, auch samt Kullerstadt und Vierecktal nicht einfach einkassiert und Fremden übergeben werden!"

„Ganz genau, Portus, so sehe ich das auch!" faßt es Marrá zusammen. „Ständig ist hier was am Brodeln, aus allen Richtungen soll die Burg Hohenknipselstein – Euer lässig ‚Knipsel Castle' genanntes Anwesen – auf moderne Weise eingenommen und erobert werden! So viele Organisationen und Leute reißen sich plötzlich darum: mit dem wilden Wohnen der ersten Asylantengruppe hat es angefangen. Dann waren wir selbst noch so blauäugig, Leute und Organisationen einzuladen, daß sie auf der Burg mindestens eine Dependance eröffnen könnten. Die Regierenden in der Hauptstadt hätten auch gern noch eigene Vereine hier hineingesetzt. Und jetzt noch das unsägliche Zusammentreffen von bombastischer Brombatanischer Über-Revolution und einer Mutter-Tochter-Konkurrenz in Verhökerlande, das bringt die Burg zusammen mit Land und Leuten fast in die Enteignung! – Und uns – nein, *mir* – ist noch immer nichts Eigenes eingefallen, etwas, worauf die Burg wartet, was sie so ausfüllt, daß alles andere die Finger davon läßt, weil es merkt: ‚Da brauchst Du Dich nicht anzustellen – da ist das Passende schon angekommen, jetzt ist es komplett!'"

„Wir haben es noch nicht gefunden, das Originale, was zu Knipsel Castle gehört!" sinniert Lorbas nachdenklich, während auch alle anderen vor sich hingrübeln.

„Verlegen! – Ich habe mich *total* verlegen, auf dem blöden Sofa! Das ist ja härter als liege man im Regal! – Frischer Kaffee wär' jetzt aber auch genehm ..."
Es ist Minimus Baldi, der jetzt vom Sofa geschlüpft in der Türe steht. Gut erfrischt, sich dehnend und streckend überrundet er die anderen in einer Minute, indem er nun den frischsten Eindruck macht und angeekelt auf die dunkle Neige in der durchsichtigen Kaffeekanne späht.
„Mach Dir Deinen Kaffee selbst ..." murmelt Gertrulde. Aber bevor diese unsensible Bemerkung dem jungen Geiger und seiner Frische die ersten Falten aufdrücken kann, erbietet sich überraschend Lorbas und erhebt sich: „Sie haben sich *verlegen* ... – Verlegen! Das ist eine gute Idee! – Dafür mach' ich Ihnen einen frischen Kaffee!"
„Gibt's sicher auch die selbstgebackenen Nugat-Kekschen dazu, Herr Zacke!" Minimus schaut sich saumselig lächelnd nach der Gebäckdose um, während er sich gleich mal auf Lorbas' frei gewordenen Sitzplatz kuschelt.

Verquältes Organizing

„Was wird bei Ihnen gemacht? Waschen, Schneiden, Färben, Legen?" Azubi Gritti ist jetzt in fortgeschrittener Ausbildung, schon so patent, daß sie fremden Kundinnen beim Eintreten in den Salon ‚Haar-Klein' wie eine Chefin sinnvolle Frisier-Vorschläge auf den Kopf zusagen kann.
So fragt dann Nikta Pritz, die dachte, sich für diesen Termin auf alles vorbereitet zu haben, auch verwirrt zurück: „Färben? – Wieso denn Färben ..." Stimmt etwas mit ihrer Haarfarbe nicht, überlegt die AVoKuZuAuMi-Chefin, so daß man da etwas übertünchen müßte ...?! – Die verschnittene Strähne von neulich hat sie bei ihrem Hauptstadtfriseur in die Unauffälligkeit wegstufen lassen ... – Gott sei Dank ist *der* ein ‚Professional'! – So einem Provinzsalon wie dem hier, würde sich Nikta nie und nimmer

anvertrauen – also was denkt die Kleine hier, wen sie vor sich hat!
„Gritti, ich mach' das ..." Sanna Klein tritt hinzu, sie möchte diesen Auftritt so unspektakulär wie möglich halten. Das ist auch das einzige, worin sie sich mit ihrer neuen ‚Kundin' unausgesprochen einig ist ... Denn das war wieder so eine Bombenidee von Arib, diese Amt-Tussi hier herzubestellen ... – okay: draußen in der Scheune, wo sein scheußliches Kunstwerk steht und wo sie, Sanna, ihn und diese ... Bitch neulich halb beim Vö... erwischt hat – also da wär's halt noch beknackter gewesen! – Sie würde ja hier im Salon keinen Kopf mehr unverschnittenen frisiert bekommen, wenn sie mit der Phantasie in der Scheune sein müßte – also sollen die beiden lieber hier im Laden besprechen, welche Vorbereitungen zu Aribs großem Kunst-Tamtam noch nötig sind. Obwohl Sanna nicht die Bohne klar ist, weshalb dieser Typ – an dem sich innerhalb von knapp einem Jahr eigentlich alles bis auf seinen Schnie...– als Fake erwiesen hat – warum der also auf dem Burgvorplatz sein zusammengenageltes Bretterteil aufstellen darf. Was genau daran Kunst ist, kann Sanna schon deshalb nicht beurteilen, weil sie es noch nie richtig sehen durfte. Arib schaut zwar jeden Abend in *ihre* Salon-Abrechnungen – irgendwie hat sich das so eingebürgert, vielleicht weil Zahlen ihm näher sind als Buchstaben ... – aber wenn *sie* mal mitkommen will um das Bretterdings anzugucken, tut er auf scheu, was die Scheune anbetrifft. Dann setzt er den schmachtenden Blick auf, den sie jetzt schon so penetrant an ihm kennt, greift sich mit den Händen ans Herz und schwatzt fremdländisch etwas, was in Ton und Geste keinen Widerspruch zuläßt, wenn man seine arme Seele – oder das, was er dafür herauskramt – nicht verletzen will.
„Der Typ ist hinten ..." sagt sie also nur so laut, wie es beim üblichen Wasserplätschern und der Fönpusterei gerade nötig ist, damit Nikta Pritz es verstehen kann. Dann deutet sie nur mit dem Kopf zum Gang, der ins Hinterzimmer führt. ‚Arib' beim Namen zu nennen,

vermeidet sie schon deshalb, weil der Salon ganz gut besetzt ist und alle alten Frauen in Knipsel von dem für sie geheimnisvollen Fremden nicht genug bekommen können. Aber diese Kundinnen besuchen ihn als Fan-Gemeinde eben nur hier im Laden und haben seine Marotten nicht bei sich zu Hause an der Backe. Gerade hatten schon wieder zwei gefragt: „Wo ist denn heute unser allerliebster Arib?" – Sanna konnte das mit abgewandtem Augenrollen abwiegeln: „Bastelt hinten für's Event ..." erwiderte sie lahm.
„Da könn' Se aber stolz sein drauf – so'n erfolgreichen Freund abbekomm' zu ham ..." schwärmte die alte Frau Winser, woraufhin Frau Schrum, Frau Wetzel und einige andere – die selbst unter der rauschenden Haube noch soooo'ne großen Ohren bekamen – eifrig nickten.
Deshalb ist es wichtig, die doofe Zwiebel vom Zumutungsamt so schnell und unauffällig wie möglich nach hinten durch zu expedieren ...
Das macht Nikta Pritz auch gern mit, denn auch sie hat keine Lust auf blöde Fragen oder eine Neuauflage der peinlichen Situation von neulich in der Scheune.
Beim nach hinten Durchgehen hört sie aber doch noch, wie man die Friseurin ausfragt: „Ach, ist das die Frau, die ihm die Ausstellung aufstellt ...?"
Von wegen, denkt sich Nikta: nichts werde ich ihm ‚aufstellen' ...! – Am liebsten hätte sie ja jemand anderen geschickt, um die Modalitäten für dieses überflüssige Event zu besprechen, aber im Amt grassiert derzeit die Grippe und die einzige, die sie da noch hätte fragen können, wäre Kollegin Janine, Termin-Janine, gewesen. Aber durch den Streit um die voll bekleckerte Bluse und vor allem über die Kompetenz Cocktailtomaten zu essen, ist die Kommunikation zwischen ihnen doch noch eingefroren. Also bei Janine konnte Nikta nicht anfragen, ob sie ihr diesen Termin abnehmen könne.
Telefonisch hätte man's erledigen können, aber ihr Chef Blätterbrot versicherte sich durch einen kurzen Besuch in ihrem Büro, daß sie „... bitte, auf alle Fälle persönlich die besten Bedingungen für dieses schöne

Event ..." beim Künstler vor Ort schaffen möge! – Der alte Sack! Aber sie hat alles in einer kurzen Liste zusammengefaßt, das müßte in fünf Minuten erledigt sein. Dadurch, daß Blätterbrot üppige Ausstattung für mittendrin und drum herum bewilligt hat, wird die Sache leichter. Transportfirma, Catering, Einladungs- und Plakatdruck ... bei all dem hat sie schon auf bewährte Firmen zurückgegriffen, da ist alles schon geordert. Eigentlich muß sie nur noch den Gast, den Künstler, den Vortragenden – eben den einzigen Fremdkörper der Veranstaltung – ‚briefen' und das sollte Routine sein, wie bei fast allen Veranstaltungen, die sie sonst vorbereitet. Die Routine besteht vor allem darin, diese Leute, die immer irgendwie vor Stolz platzen wollen, weil sie endlich mal für sich unter dem Vorwand von Kunst und Kompetenz ein Forum ergattert haben, davon abzuhalten, alle ihre Befindlichkeiten auszuwalzen wie das fette Weihnachtsplätzchen mit dem Nudelholz ...

„Du schon da!"

Nikta schreckt zusammen. Gerade ist sie den schmalen Gang zur Hälfte durch und nach weiter vorn konzentriert, wo im Hinterzimmer der dunkle Arib auf sie warten wird – da schießt er wie ein Flitzbogen aus einer unscheinbaren Tür hinter ihr hervor – das Klo, wie Nikta an der rauschenden Spülung noch hört. Sie springt ein wenig nach vorn, um den Typ nicht gleich total auf der Pelle zu haben.

„Ach, **hier** sind **Sie!**" sagt Nikta mit Betonung auf der Sie-Form – als ob das einem aus Pieselwesien, wo sich alle duzen – irgend etwas klar machen könnte ...

Aber mit Distanz ist es schon gleich wieder Essig: „Nimm mit!" sagt Arib Botabdenosi und hält Nikta gleich mal einen Karton voll mit Gerümpel hin, den er selbst nur mit Mühe so scheint's fassen konnte, um ihn aus der engen Klotür in den Gang zu balancieren. Nikta macht den Fehler, reflexartig die Arme auszubreiten. Schon liegt das schwere, unhandliche Karton-Dings vor ihrer Brust ... – Dann gibt's wenigstens keine Anzüglichkeiten, tröstet sich Nikta,

während Arib nun mit völlig freien Armen gestikulierend den Gang weiter entlang zeigt und sich an ihr vorbeiquetschend vorausläuft.
Endlich! denkt Nikta, als sie das schwere Zeugs auf ihrem Arm im Hinterzimmer erst einmal gegen eine Sessellehne lehnen kann! Arib hat mit einem Fußtritt die Zimmertür geöffnet und obwohl der Raum keine vier Meter vom Friseursalon entfernt liegt, scheint hier eine ganz andere Welt zu walten – man sieht's gleich: es ist Aribs Zimmer!
Die Möbel: Tisch, Stuhl, kleines Sofa, sind zum Teil unbenutzbar gegen die Wand gedreht, nur damit in der Mitte ein scheinbar riesiger Papp- und Bretterverschlag Platz hat.
Nikta erkennt es sofort: es muß der obere Aufsatz zu dem im Schuppen gelagerten brettergenagelten Unterteil sein. Das Dingens hier reicht aber auch schon bis unters Dach und Nikta ist klar, der ‚Künstler' hat wie wild daran herummontiert und nun ist es zu groß geworden, um es durch den schmalen Gang, der auch noch leicht gebogen ist, nach draußen zu bugsieren – Schildbürgertum gibt es wohl auch in Pieselwesien!
Nikta liegt richtig in ihrer Vermutung, denn Arib grinst jetzt: „Ausnageln!" und meint wohl damit, daß er – was besser anzuschauen als zu erklären ist – den Aufsatz in kleine Elemente zerlegen will, die sich dann wieder möglichst einfach nach dem Hinaustragen am Gesamt...*kunst*...werk befestigen lassen sollen.
So steht der Raum schon voller ringförmiger Bretter-Mannschetten, alle gut im Durchmesser von Eß- bis Beistelltisch!
Der Typ hat einfach in seiner Kindheit in Pieselwesien zu viele westliche Spielzeugbausätze gespendet bekommen, geht es Nikta durch den Kopf.
Sie weiß, wie das ist: denn wie oft hat sie in den letzten Jahren durch öffentlichen Aufruf um Spielzeug-Spenden gebeten und da waren sehr oft Kartons mit Bausätzen dabei – häufig waren die noch nagelneu! Da mußte man sich schon fragen: haben die Kinder hierzulande doch lieber vor der Glotze gesessen und

sich virtuell was vornageln lassen, anstatt selbst mal Hand anzulegen?!
Hand anlegen ...
... erst einmal schiebt sie die schwere Kiste von der Sessellehne auf einen kleinen Tisch, damit sie gut steht ...
„No, no, nee, nich ...!" Aribs Protest – scheinbar mehrsprachig – ist als deutliches Mißfallen kaum zu überhören und schon macht's auch ...
KNACK!
Nikta hat die schwere Kiste mit allerlei Werkzeug drinnen, wie sie jetzt sieht, unglücklich auf eine der abgeschraubten Manschetten gestellt, die sie wirklich für einen kleinen Tisch gehalten hatte ... und das hat sich dieser Untersatz nicht gefallen lassen und ist jetzt zusammengebrochen ...
„Du kaputt gemacht ... ist Spitze auf Gunstwerk ..." jammert Arib.
„...Kunstwerk ..." verbessert Nikta mechanisch – weil dieses ‚Gunstwerk' schon optisch wehtut – da muß es einem ja nicht auch noch in den Ohren auf den Zünder gehen.
„Das kriegst Du sicher gleich wieder hin ..." tröstet Nikta den Künstler – auch weil's ihr peinlich ist – nicht daß da noch Sachbeschädigung draus wird ... – obendrein ist sie just wieder ins ‚Du' gerutscht, fällt ihr auf.
„Du halten ..." kommandiert Arib, der jetzt behende die zwei kaputten Einzelteile vom Boden wuchtet und sie zusammenstellt, um sie irgendwie wieder dauerhaft aneinander zu bringen. „Halt schon ...!" geht sein nächstes Kommando direkt an Nikta, die sich wundert, wie klar dieser Mensch immerhin schon das Kommandieren in einer fremden Sprache drauf hat.
„Ich krieg das nicht zusammen ..." ächzt Nikta, die es eben noch für eine kleine Sache hielt, die beiden Halbschalen bei einander zu halten, damit Arib mit bereitliegendem Tape erst einmal, wohl provisorisch, über das Auseinandergebrochene drüberkleben kann. Aber sie muß sich richtig dagegen stemmen, um

beide Teile für den Moment zusammenzuhalten. Dann schwirrt ihr das eine Teil aus der Hand und kippt auf dem Boden scheppernd auf die falsche Seite.
„Wie du ungeschlickt ..."
„Mach' Du doch besser!" – Eigentlich heißt es: ‚Mach Du **es** doch besser!' Nikta ärgert sich, in diese Blabla-Sprache zu fallen, muß sich aber den Daumen halten, denn der tut weh, weil er ihr wohl ungeschickt ins Auseinanderfliegen der Teile geraten ist.
„Dreh um ... und endlich ... feste halt ..." wird Arib ungeduldig.
„Oh, Mann, mein ganzer Nagel ist eingerissen – und vom anderen ist das Painting weg, was 'n Mist, ay!" stöhnt Nikta, nur noch mit Blick auf ihre Finger.
„Du unten halt ..." zischt Arib mit den Brettern kämpfend, aber völlig unbeeindruckt von Niktas Nagel-Problemen.
„Fällt mir nicht ein ..." faucht Nikta zurück.
„Zieh mal an ..." kommandiert Arib, der mit dem festen Tape die beiden Hälften vorerst verbinden will
„... mußt Du runter ...!"
Nikta geht nun wütend in die Hocke, damit die blöde Sache mal zum Ende kommt, und nimmt das ihr von Arib zugewiesene Bretterstück in beide Hände, damit der Künstler die Hände zum Tapen frei hat.
„Das macht man doch mit Arbeitshandschuhen ..." murrt Nikta.
Aber Arib ist schon ganz bei seiner Sache und jetzt kurzzeitig zufrieden, als er schnell das Klebeband abrollen und befestigen kann ... nur noch die Schere zum Abschneiden ... ach, im Werkzeugkasten aus dem Klo ... da muß er sich kurz mal aufrichten und über diese Zipperliese – ja, den Ausdruck gibt's so ähnlich auch in Pieselwesien – drüberbeugen ... aushangeln ... nein, reicht irgendwie nicht ...
... es reicht nicht ...
Arib halb verrenkt wankt ..., wankt weiter ... verliert das Gleichgewicht ... ächzt laut, um sich vielleicht durch Lautstärke noch zu fangen ... Nikta, sieht ihn kommen, kann aber so gebeugt nicht weg ..., zieht zischend die Luft ein, um sie in so etwas wie einem

Vorsichtshalber-schon-mal-Schmerzschrei wieder auszustoßen ...
Arib macht Nikta platt ... Nikta plättet die Bretter ... – die sich das aber nicht ohne lauten Rumpsch gefallen lassen ...
So schnell sind die Damen – auch die älteren – noch nie unter Haube und Fön hervorgebrochen, lockengewickelt und mit fledermausflatternden Frisierumhängen durch den Gang ins Hinterzimmer geprescht. – Ganz ehrlich, jede wußte: da ist was anderes passiert als ein schlimmer Unfall ... – Erster Hilfe bedarf es gar nicht – nur Erster Schaulust!
So sind Sanna Klein und Azubi Gritti die letzten, die in ihrem eigenen Friseurhinterzimmer den Augenschein für bare Münze nehmen.
Zugegeben dazu gehört nicht viel: so wie Arib über Nikta liegt und Nikta, der neben ihrem Fingernagel nun offensichtlich auch zwei Blusenknöpfe nicht gehalten haben, jetzt rücklings auf dem erkennbar zusammengebrochenen Bretterhalbkreis abhängt ... –
Also diesen Künstler-und-Muse-Zusammenbruch für ein interruptes Tête-à-Tête zu halten, dazu gehört wirklich nicht einmal die Phantasie des ‚Abgeschlossenen Romans', den ein paar Damen gerade unter der Haube in ihren Unterhaltungsblättern geschmökert haben.

Fehldruck

So ziehen die Kundinnen im Salon ‚Haar-Klein' an den Haaren herbei die falschen Schlüsse aus dem offensichtlichen Augenschein: Arib ist eben immer noch spitz wie Lumpi ... denken die Damen – tja, auch wenn er Ausländer ist, kann das ja passieren ...
Über Nikta Pritz wissen die Damen ja nichts Genaues, aber so wie die jetzt daliegt, hat sie's wohl drauf angelegt, ist sie wohl ganz scharf auf spitze Lumpis – und das hat sich jetzt Bahn gebrochen!

So glaubt niemand den beiden, daß sie da wirklich nur an Aribs Kunstwerk geschraubt haben ... – am wenigsten Sanna Klein!

Genauso geht es auch ein paar Tage später bei der Vorbesichtigung für das geplante Event auf dem Vorhof von Knipsel Castle zu: alles sieht chaotisch aus, aber jeder denkt ‚Wird schon werden ...' – eben falsche Schlüsse aus dem offensichtlichen Augenschein!
Nikta Pritz hat so gut es ging, alles per Telefonat, Fax, E-Mail oder was es sonst noch an anonymer Organisationstechnik gibt, auf den Weg in dieses vermaledeite Knipsel ankarren lassen.
In drei Tagen soll hier

‚Unser Fest-Event Flucht-Punkte!'

stattfinden und danach ist hoffentlich Ruhe im Karton. Die Chefin des AVoKuZuAuMi hofft, ihrem Amt entsprechend gegen alles Unliebsame vorgebeugt zu haben. Die Einladungen hat sie handverlesen und kurzfristig rausgeschickt – so viele Leute, daß es eine Zumutung wird, müssen hier nicht antanzen! Das Catering, wird Migrationshintergrund haben, sie hat es von außerhalb bestellt – in Knipsel selbst würde sie nicht einmal dem gemeinen Schnittchen trauen! Zwei, drei Sitzreihen für Ehrengäste stehen bereit.
Zum Unterstellen der Ehren-Ehrengäste gibt es ein kleines Regenzelt. Das wird hoffentlich schon durch seine Anwesenheit vorbeugen, daß Platzregen auf Platzhirsche trifft ...
Eine Drei-Mann-Combo – fähig, ein paar Takte ‚ethno-like' zu spielen und für Tusch vorne weg und Rausschmeißer hinten drein – macht die Kultur wett, die sich – für Niktas Geschmack – eben nicht in Aribs häßlichem Bretter-Verhau erschöpfen sollte ...
Ja, doch – das müßte reichen!
Wirkliche Mühe, Aufwand und Engagement sähen anders aus ..., aber Niktas Motivation war ja noch nie wirklich in diese Sache involviert.

Das verpatzte Vorgespräch mit ‚dem Künstler' wollte sie dann per schriftlicher Mitteilung korrespondieren – wenn Flüchtlinge wie Arib etwas haben, dann ist es ja mindestens *ein* Handy, auf dem man sie kontaktieren kann.
Sie schickte ihm also die Adresse einer Kunstgut-Spedition, mit der sie immerhin zuverlässige Erfahrungen im Transport und Aufstellen von größeren Kunstgegenständen gemacht hat. Lapidar hängte sie die Mitteilung dran, sie werde sich selbst um den Termine bei der Firma kümmern, er, Arib, müsse nur sich und das Kunstwerk – ‚diesen verdrehten Bretter-Bastard', das löschte sie wieder – also sich und sein ‚Werk' zum Termin parat halten, damit es nach seinen Anweisungen aus der Garage und dem Friseursalon auf die Burg gebracht werden könne ...
Da simste ihr der Wichs... doch zurück: „... kriege selbst hoch ..."!
Sie bat um Wiederholung der Mitteilung. Ja, derselbe Wortlaut ...
Das speicherte Nikta sofort dreifach ab! – Weil: was Besseres kann ja wohl nicht passieren, als das der Typ den Termin verpeilt und seine maroden Bretter auf dieser abgetakelten Ruine gar nicht erst ankämen. Dann könnte sie ihrem Chef Blätterbrot nachweislich zeigen: der Künstler wollte den Transport selbst übernehmen – und hat sich übernommen ...!
Ach, ja, mit dieser Burg-Oma hatte sie auch noch ein Telefonat, in dem sich herausstellte: die hat nicht nur Flausen im Namen, sondern auch im Gemüt!
Der Fäkalien-Faktor hing nämlich noch in der Luft! Wollte doch das alte Burgfräulein den Klo-Zugang nicht freigeben, weil innen gerade alles renoviert werde.
Nikta hatte keine Lust sich aufzuregen und bestellte dann ein Ensemble Mietklos, die man auf dem großzügigen Parkplatz aufstellen kann.
Dann machte das alte Schrapnell sie immerhin und Gott sei Dank noch auf die Versicherungspflicht aufmerksam. Und in der Tat, als Nikta gestern hinauf

fuhr auf den alten Kasten zum Ortstermin und sich mit irgendeinem wichtigtuerischen Gemeindefutzi traf, obendrein mit komischem Namen, was mit Rupf..., Supf ..., Tupf..., oder so und der Madame Burg-Eule, war klar, daß da noch ein paar provisorische Wege vom Parkplatz zum Vorhof gelegt werden mußten. Es sei denn, alle Besucher sollten diese sandige Düne vom Parkplatz zum Eventplateau hochstolpern müssen. Ansonsten schloß sie die übliche Haftpflichtversicherung ab – klar, die Burg-Schrape wollte sich daran nicht beteiligen, weil sie dieses Event nicht kreiert habe! – Das konnte ihr Nikta noch nicht einmal verübeln – sie selbst hätte es als Burgherrin auch abgelehnt ...
Den Gemeindevorsteher beteiligte sie aber mit einer geringen Summe an den Versicherungsausgaben – das ist die beste Garantie, daß er bei ungeahnten Schwierigkeiten zumindest mit einem Zeh mit im Boot ist.
Künstler Arib hatte sie den Ortstermin zwei Tage vorher mit Bestätigungsmail in den Friseursalon mitgeteilt und dann noch einmal als man zu dritt vor dem Knipsler Kasten stand, gesimst – der ließ sich aber nicht blicken ...

Das alles checkt Nikta gerade durch, an ihrem Schreibtisch in der Hauptstadt sitzend. Wäre Knipsel das schicke Cannes, sie hätte die Tage bis zum Event dort vor Ort verbracht! Aber statt Meeresstrand: schroffer Berg; statt Gourmet-Ambiente: Hausmannskost in einer Kneipe namens ‚Schwarte' und statt weltoffenem Publikum: verdruckste Öhnis – und irgendwo dazwischen ein verquaster ausländischer Bretternagler – nein, danke, und Gute Nacht, Ihr Dorfschranzen!
Was, das denn nun noch ...
Nikta blättert gelangweilt in einem Stapel von den wegen Termindrucks bereits ausgelieferten Einladungen, Plakaten, Flyern. Sie haben alle dasselbe Cover-Motiv: unter dem gezeichneten Gesicht eines für jeden Hiesigen ersichtlich

fremdländischen Mannes, der lächelnd Hammer und Nagel wie zum Einschlagen hochhält, sollte das Motto stehen:

‚*Unser Fest-Event Flucht-Punkte!*'

– Und was steht da jetzt, Nikta kann's kaum glauben:

‚*Unser Rest verpennt Furcht-Funke!*'

Frühstück auf Knipsel Castle

„... *ist nun endlich die Druckerei ‚Breitwand' unter genügend Druck geraten, daß sie ihrem Chef-Layouter gekündigt hat! Dieser argumentierte bis zuletzt, er habe sich – wie er sagt – aus Scherz hinreißen lassen Plakate, Einladungen und Event-Ankündigungen in so fremdenfeindlicher Art zu verunstalten.*
Eine Klage wegen Rufschädigung und vielleicht sogar Volksverhetzung ist nicht auszuschließen und sollte wohl auch eingeleitet werden, damit der Sumpf rechtspopulistischer Verdreher endlich ausgetrocknet wird.
Abzuwarten bleibt natürlich, wie sich nun das bisher so wenig publik gemachte Event eines ausländischen Künstlers gestalten wird. Oder anders: wie alle Verantwortlichen mit der Sorgfaltspflicht umgehen wird, die wir diesen traumatisierten Menschen, ob aus Pieselwesien oder Brombata, entgegenbringen müssen – beide Länder liegen übrigens in direkter Nachbarschaft zueinander. Dieses Event steht jetzt einmal mehr im Fokus auch, weil es auf der Ruine Knipsel Castle stattfindet.
Ist das doch diese baufällige Burg, die hätte schon längst abgeschrieben werden müssen, weil sich weder Gemeinde noch private, adlige Eigentümer darum kümmern. Dieses Relikt gehörte eigentlich schon längst abgerissen. Die zögerlichen, privaten Investoren, aus einem Stand, der längst abgeschafft

ist, die aber untereinander immer noch wie Pech und Schwefel zusammenpappen und staatliche Unterstützung abzocken, anstatt sich selbst und ihre Investitionen irgendwo sinnvoll einzubringen, hätten schon längst liefern müssen: nämlich diese ehemaligen, jetzt nutzlosen Luxusbehausungen dem Staat abtreten müssen zur besseren Nutzung – eben auch für Flüchtlinge! Die, die diesen jetzt so nötigen Prozeß bisher erfolgreich hinausgezögert haben – vermutlich um eine bessere Abfindung für sich herauszuschlagen, möchten wir jedenfalls bei der frischen Performance des jungen, ausländischen Talents lieber nicht zu sehen bekommen ..."

Marrá kommt aus der Küchenecke und schaltet im Vorbeigehen das Radio aus. Dann setzt sie sich an den großen Eßtisch im hinteren Küchenbereich von Knipsel Castle und stellt das Glas Kirschmarmelade - wofür sie aufgestanden ist – mitten auf den Tisch.

„Also ich fang mal an zu liefern – wenn's auch vorerst nur Kirschmarmelade ist ... und diese ‚Ruine', die man dann doch für eine ‚Luxusbehausung' hält, heißt ein für alle mal nicht ‚Knipsel Castle', sondern ‚Burg Hohenknipselstein'! Klar, daß dann natürlich nichts mehr übrig bleibt, wenn man alles Wertvolle abkürzen muß, damit's ins bourgeoise Maul paßt! – Wie soll man sich eigentlich bei dieser Berichterstattung noch abgrenzen können von den ‚Heil!' schreienden Stiefeltretern, die verblendet und voll Haß sind; wenn man selbst weder von ihnen noch von Fremden vereinnahmt werden will?!"

Alle schweigen etwas betroffen – auch weil sie sich den Radiokommentar wie selbstverständlich angehört haben.

„Mittlerweile ist man es fast gewöhnt so etwas in den Medien zu hören – und nichts mehr dazu zu sagen."

Pettar Lascher spricht aus, was alle Übrigen denken.

„Das ist aber verkehrt, denn so haben alle düsteren Zeiten angefangen," erwidert Marrá „man dachte immer: ‚... das vertut sich schon, die werden schon wieder normal ... und vielleicht haben sie auch gar

nicht so unrecht ...'! – Stimmt's nicht? – Seid wahrhaftig!"
Nur ein Brummen und Nicken ist die Antwort, vielmehr wird die selbstgemachte Kirschmarmelade aus Gundi Grundlos' Tante-Emma-Laden herumgereicht, auf die die meisten am Tisch so gewartet haben.
Alle sind sie heute dabei – Knipsel Ca... – also Burg Hohenknipselstein – belebt sich langsam. Nachdem Marrá jetzt schon hier wohnt, Gerne gern täglich so lange bleibt, daß ihn seine Tante nicht mehr hinunter ins Dorf zu Lorbas Wohnung schicken will, Eline und Minimus noch nicht ausgezogen sind, finden es auch die anderen hier schön – zumindest, wenn sie sich an den gedeckten Frühstückstisch setzen können.

„Also ich hatte noch nie etwas gegen Adel, die Haltung zu Höherem war mir sowieso immer zu eigen – fragt sich nur noch, wie ich amtlich zu Portus *Graf von* Tüpfelhund werde – was muß man dafür tun?" der Gemeinderat fragt das ganz selbstverständlich und arglos. Es verwundert ihn, daß selbst Königin Gertrulde ... – also die abgesetzte, ausgewiesene Exil-Königin aus Verhökerlande – das witzig findet. Mit ihrem Jungspund-Geigenspieler – beide sitzen am jeweils anderen Ende des Tisches – kann sie momentan nicht mehr so recht lachen ...

„In so einem Staatswesen wie hier," erläutert sie dann „können Sie gar nichts machen, Portus – Adeliges ist hier schon lange abgeschafft – nur als Namenszusatz darf man's noch tragen, falls man's schon hat und sich darüber exponieren möchte! – Aber die meisten Bürger möchten nicht, daß zu viele es anstreben und so rümpft man die Nase über einen Stand, der früher immerhin im Geistigen, in der Lebensart und sogar – man glaubt es nicht – in der Demut, ein so hohes Niveau hatte, daß Freund, Feind und Schutzbefohlene das gern anerkannt haben!"

„Freunde sind zu den Feinden übergelaufen und Schutzbefohlene gibt es keine mehr, falls es also darum ginge, einer hätte in dieser Hinsicht das Zeug zum Herausragen – wollen wir mal nicht gleich ‚Elite' sagen – dann ist der einfach heute ... schwer zu

,vermitteln' ... – übrigens: Klasse, die Marmelade!" Gerne beißt gleich noch einmal in sein beschmiertes Brötchen. „Um das zu entheddern oder doch einmal zu verdeutlichen, genau dafür wäre eine Adels-Experten-Schule perfekt das Richtige!" Gerne muß schmunzeln, als Marrá und Gertrulde sich anschauen und unisono die Augen verdrehen.
„Auf alle Fälle muß mehr artikuliert werden, mehr differenziert, mehr mit gediegenem Humor geschrieben werden – mehr Burgschreiber müssen eingestellt werden!" Das ist natürlich Eline Buntleder, die da versucht auch ihr Anliegen in der anstehenden Diskussion unterzubringen.
„Paar humorvoll beschriebene Blätter nützen wohl nichts! Um überhaupt wahrgenommen zu werden, müssen die entweder hingesudelt sein oder sie nageln doch besser gleich Bretter zusammen, wie der Spezialist, der uns heute den Vorplatz vollmüllen wird!" Marrá brummelt das nur vor sich hin, denn sie hat im Moment trotz der behaglichen Frühstücksrunde noch ganz andere Sorgen. „Und wenn was schief geht?! – Irgend etwas wird schief gehen, ich merke es jetzt schon ...!"
„Dann ist es nicht Deine Schuld!" Lorbas beißt auch noch einmal beherzt in seine Marmeladenstulle. „Du hast alles zur Verfügung gestellt, was man von Dir verlangen konnte, mit der organisatorischen Vorbereitung warst Du nicht betraut – also wer könnte Dir etwas vorwerfen?"
„Da muß ich zustimmen, Madame, rechtlich sind Sie sogar großzügig, daß sie den Vorplatz für das Bretter-Event hergeben. Auch wenn Gemeinde und Staat immer noch bei der Nutzung von Knips... – der Burg Hohenknipselstein – mitsprechen. Bei alle dem, was jetzt schon für die Renovierung angelaufen ist – die ganze Vorhalle voll erstem Handwerkszeugs ... – also keinen Wohnungseigentümer hätte man bei diesem Zustand zu einem Event nötigen können – auch nicht, wenn's nur einen Nachmittag in Anspruch nehmen soll!" Pruwart Fegepusch hat die Marmelade schon durch und ist jetzt bei seinen Betrachtungen beim

Frühstücksei angekommen, daß er zielsicher köpft – als unterstreiche er damit das Gesagte.
„Barbarisch! – Sie schlagen ihren Eierkopf ab!"
„Lieber, Herr Baldi, es ist nicht direkt *mein* Eierkopf! Sie sind – das merke ich in unserer kurzen Bekanntschaft immer wieder – zu sensibel!"
„Dafür bin ich bei allem, was mir lieb ist strikt und entschieden: wenn der fremde Bretter-Künstler durch sein Hämmern während des Aufbaus seines Lattenturms meine Zirpse verstimmt, dann gnade ihm Gott!" Minimus Baldi hat genug gesehen, gehört und gefrühstückt, er schiebt seinen Stuhl zurück und steht auf: „Ich ziehe mich jetzt zurück ins Turmzimmer – Zirpse beruhigen – sie merkt schon, daß heute etwas anderes hier mitschwingt als sonst ..."

Fest-Erwartungen

„Ich glaube, da kommen sie!" Pettar Lascher reckt den Hals, kann aber vom Vorplatz durch die Büsche hinunter nicht genau erkennen, was für ein Vehikel unten auf dem Parkplatz vorfährt.
„Ich könnte mir auch vorstellen, daß das verpeilte Plakat uns fast mehr Aufmerksamkeit und Besucher bringt, als sonst gekommen wären." Gernes, Überlegungen betreffen schon den in gut drei Stunden – zur schönsten Nachmittagszeit – vorgesehenen Event-Auftakt. Er steht neben Pettar. Beide haben sich bereiterklärt, die eintreffenden Veranstalter, die Aufbauer und ihr Equipment einzuweisen, zu betreuen und willkommen zu heißen – ‚... in dieser Reihenfolge!' hatte Marrá noch geknurrt, was heißen sollte: ‚Seid nur nicht zu freundlich zu denen, die haben uns auch überrumpelt ...'.
„Brauche noch zweiten Kabelwickel!" Igor-Indi-Italo, der Mann vom Bahnhofsschnellimbiß war gleich der erste, der vor der Tür stand. Er hat einen portablen Schnellgrillstand für alles mögliche Grillgut dabei. Das Ding ist nicht schwer und eingeklappt können es zwei Leute über die holprige ‚Prinzenrolle' vom Parkplatz

locker hier hinauf schaffen – ruckzuck war es dann auch aufgebaut: Tütchen Kohle drunter – und die ersten Würstchen brutzeln schon!
Nun wird aber noch ein zweites Gerät den Hügel hoch gewuchtet, man glaubt es nicht: ein portabler Dönerdreher! Und dafür braucht Igor Strom. Der kommt aus der Burg – das ließ sich nicht umgehen, den mußte man zur Verfügung stellen – auch wenn Marrá sich im Stillen schalt, sie habe die Elektriker vor vier Wochen doch zu früh bestellt! Wenn als erstes zu dieser artfremden Sause Strom ohne Gefahr von Überlastung abzapft werden muß – kann doch da was nicht richtig sein ...
Der Dönerdreher erforderte doch etwas kräftigeres Zupacken mehrerer Leute – und man wird auch das kaum glauben: wen hat sich Igor als Paßmänner mitgebracht? – Rabautze und seine Kumpel! Genau die Clique, die ihm neulich das Kanonengulasch gleich ohne Bezahlung aus dem Kessel stibitzen wollte! Pack schlägt sich – Pack verträgt sich!
War man vor kurzem zu dem illustren Ortstermin noch halb sich am Prügeln, so sind die Spritis nun wirklich gute Helfer – außer Bresch, der dürre Zausel, der hat von gestern noch einen im Tee. Allerdings: Pappbecher für die zwei Fäßchen Bier – klar, auch für Kaffee und Limo – und die Plastikbestecke, die kriegt selbst der angetüterte Bresch noch vom Auto bis zum Vorplatz hoch transportiert. – Also, wie doch ein paar regelmäßige Freibier und Körnchen verbindend wirken können – bis zur nächsten Rangelei ... – warten wir's mal ab!
Gerne zeigt Igor den Anschlußkasten außen an der Burg. Der Elektriker hat gut gearbeitet, beim Stecker-Einstülpen dreht der Spieß mit dem Fleischbatzen dran sofort los ... aber Vorsicht, das Teil hat so hochragend noch nicht die gute Standfestigkeit! Da sind noch ein paar Handgriffe ohne Strom gefragt.
Igor und seine Mannen beschäftigen sich eifrig weiter damit, alles für hungrige Eventbesucher herzurichten.
Ob Igor die heutige Aktion auch angemeldet hat, weiß eigentlich keiner so genau ...

„Hat nicht Tante Marrá gesagt, die Tussi von diesem AVo-Kunst-Event hätte eigene Schnittchen bestellt?!" fällt es jetzt Gerne ein und er schaut Pettar fragend an.
„Weiß ich nicht mehr so genau ... na, wenn vom Essen ein bißchen mehr da ist, ist's ja nicht verkehrt!
– Mich wundert aber, wo die mit dem Kunstwerk bleiben! Das Ding ist doch schwer oder zumindest voluminös ... – also was man so gehört hat – das braucht doch seine Zeit, bis es hier hochgewuchtet und zurechtgestellt ist!" brütet Pettar über weiteren Schwierigkeiten, die auftauchen könnten. „Aber, schau mal ... da sind sie wohl – jedenfalls ist's ein größerer Wagen, der auf dem Parkplatz hält!"
„Na, jetzt tut sich was!" Tüpfelhund tritt gefolgt von Lorbas und Pruwart aus der Burgtür, alle drei – doch noch ganz die kleinen Jungs – wollen sich ansehen, was jetzt da für ein Bretter-Kunstwerk herantransportiert wird.
„Wir haben vom Fenster aus gesehen, daß da was Großes die Serpentinen hochkommt!" erklärt nun Pruwart für Gerne und Pettar.
„Dann habt Ihr schon mehr gesehen als wir hier!" Pettar kriegt seinen Hals nicht lang genug gestreckt.
Aber nun kommen tatsächlich zwei, drei – nein, vier – Männer den Hügel hoch.
„Das sind die richtigen Kerle dafür! Wo soll's Klavier denn hin: viele Muckis – aber nicht zuviel im Köpfchen!" grinst Gerne und alle wissen sofort, was er meint, denn die Männer sind durchweg in blau-gelbe Latzhosen gekleidet. Diese Uniform zeigt, wie athletisch sie gebaut sind, wenn auch zwei der Möbelpacker schon angegraute Haare haben. Das sind vermutlich die alten Hasen, die um das Knowhow des Transports von schweren Gütern wissen. Offensichtlich sind alle sehr pfiffig und wollen sich erst einmal erkundigen, wo das Kunstwerk denn hin soll, bevor sie unnütz damit herumwuchten.
„Mahlzeit!" grüßt Gerne – und immer bedacht, sich aufs Gegenüber einzustellen, legt er zwei Finger zum kumpelhaften Gruß an die Stirn.

„Schönen guten Tag!" grüßt der älteste der Blau-Gelben Mannschaft fröhlich zurück – aber ohne den veralteten Finger-Stirn-Gruß zu erwidern.
Gerne, begeistert, daß es jetzt endlich losgeht und daß nun bald mal was zu sehen sein wird, von dem, um das sich alle so viele Gedanken gemacht haben, wird ganz eifrig: „Also hier soll's hin!" Dabei zeigt er auf ein vier mal vier Meter großes Areal, was seine Tante Marrá neulich mit der AVo-Kunsttante zum aufstellen des Bretter-Dingens vereinbart hat. Es ist mit vier Ecksteinen gekennzeichnet.
„Wir hoffen, das reicht zum Aufstellen für das Dingsbum... – für das Kunstwerk!" er sieht die vier Blau-Gelben erwartungsvoll an ...
... wenn die jetzt ein Stöckchen schmeißen, rennt der junge Graf gleich hinterher, geht es Tüpfelhund durch den Sinn und er muß verschmitzt lächeln, genauso wie Lorbas und auch Pruwart.
Pettar ist wie üblich noch ernst und unentschieden, ob er etwas sagen soll oder vielleicht sogar noch mit anpacken muß.
„Nee, guter Mann, das ... ‚Dingensbums' haben wir nicht dabei!" der älteste der Transporteure ohne Ware scheint es zu genießen, mal wo anzukommen und nicht gleich was aufbauen zu müssen.
„Was soll das heißen?" fragt Pettar, der ja schon ahnte, das da was nicht stimmt.
„Also das war ein Fehltermin!" sagt der alte Blau-Gelbe unter leichtem Nicken seiner Begleiter.
„Ist heute der falsche Tag? Ist da was verwechselt worden?" fragt Lorbas entsetzt.
„Nee, der Tag wär' schon richtig gewesen ..."
„Es ist zu groß ..., zu schwer ..., sie kriegen's nicht gewuchtet!" meint Portus die Lösung zu haben.
„Auch nich' ... was glauben Sie, was wir schon wo hin gestemmt haben, da ist auch Ihre hübsche Anhöhe nur eine nette, aber nicht ernste Herausforderung ..."
„... unsere Prinzenrolle ..."
„Na, wenn Dornröschen da immer die gescheiterten Prinzen abwärtsgekullert hat ... also die paar Trittbretter, die jetzt da zum Hinaufstelzen liegen, die

machen's auch nicht wirklich leichter da hoch zu kommen ..." alle drei Transporteure lachen über den netten Prinzen-Witz ihres Vorsprechers.
Tatsächlich hat Marrá sich bemüht und von einigen Handwerkern einen kleinen mit Brettern befestigten Aufgang anlegen lassen, aber stimmt schon: wenn da was Schweres hoch soll, na dann ... juchheherrjemine!
„Also was hat denn dann nicht gestimmt?" will es der ungeduldige Pettar nun doch genau wissen.
„Der Künstler hat ein anderes Räumkommando und das hat uns das Fräulein vom Amt vergessen mitzuteilen – sind wir umsonst bei der angegebenen Adresse in der Garage gewesen. Er will's mit *seinen* Leuten machen ... obwohl ..."
„Wie ...? – Sie sind da umsonst angerückt? Man hat Sie nicht rangelassen, obwohl Sie bestellt waren? Und das Dingens kommt jetzt mit einem anderen Unternehmen?" Lorbas kann's kaum glauben.
„Also für uns ist wichtig: wir waren bestellt von einer ..." der Älteste wendet sich an den Jüngsten der Blau-Gelben, der anscheinend die Koordinaten-Arbeit macht.
„Von einer Frau Nikta Pritz aus dem Ministerium für Zumutungen – spricht ja schon für sich!" antwortet der jüngste Blau-Gelbe, indem er das Wesentliche zusammenfaßt. „Ja, und der Künstler hat zwar ein Kunstwerk, aber ein anderes Unternehmen bestellt, was nicht so selten vorkommt, daß da was doppelt geht, aber wenn Sie mich fragen – diese Truppe da in der Garage ... also so direkt Erfahrung für das Dingens schien' die nicht mitzubringen ..."
Lorbas will noch weiter fragen ...
„Mensch schau mal, gibt schon Griller!" Es ist der andere Graue der Blau-Gelben, dem jetzt Igors Aktivitäten weiter hinten auf dem Platz aufgefallen sind.
„Das is ja 'ne Wucht, Mensch, können wir erst mal was mampfen, bevor wir in Kultur machen ..." nun hat auch der Vierte sich artikuliert.

Die anderen Männer – Lorbas, Portus, Pruwart, Gerne und Pettar – schauen sich verdutzt an, als hätte man sie mit dem von den Transporteuren angeschleppten reinen Nichts vor den Kopf geschlagen.
„Also weswegen sind Sie denn dann noch hergekommen – die ganzen Serpentinen hoch?" faßt es Tüpfelhund für alle Verwunderten zusammen. „An der Fettwurscht vom Bahnhofsbrater kann's ja wohl hoffentlich nicht liegen, daß sich hier alles Fehlgeleitete auf Knipsel Castle trifft.
„I wo, wo denken Sie hin!" erwidert wieder der ganz alte Hase der Transporteure und ruft dann den drei anderen, die schon mal zu Igor rüber schlendern nach: „Mir zwei Curry – ordentlich scharf!" Dann wendet er sich – sicher daß ihm kulinarisch jetzt nichts mehr entgeht – wieder der Empfangsrunde zu.
„Ich hab den ander'n gesagt, wenn wa nu schon ma 'n freien, versiebten Nachmittag in dieser Gegend haben, dann müssen wir uns unbedingt die Burg Hohenknipselstein ansehen! Hier war ich als Kind ma mit'm Ausflug von der Landverschickung, da zeigt man noch was unsre Geschichte hergibt und wie prächtig, die innen eingerichtet ist – da biste echt platt – hab' ich den Jungens gesagt – das lohnt sich – da nimmt man was mit – wo wir doch sonst immer nur was bringen müssen! Deshalb fahr'n wir hier ma hoch, hab ich gesagt! – Wann gibt's denn die nächste Führung – müssen wa uns beeilen mit Bockwurscht essen?"
Lorbas, Tüpfel, Pruwart, Gerne und Pettar sind nun zum zweiten Mal in fünf Minuten so was von erstaunt. Keinem, der sonst ja nicht ums Wort verlegenen Herren, fällt dazu etwas ein.
„Essen Sie mal in Ruhe Ihre Würschtchen – auf unsere Rechnung – und dann können wir Ihnen einen Teil der Burg gern zeigen. Wir richten uns da ganz nach Ihnen!" Es ist Marrá die unbemerkt mit dieser Ankündigung aus der Burg getreten ist.
Tüpfelhund bekommt als erster die Sprache zurück, die es ihm eben verschlagen hat und er raunt der Adligen empört zu: „Beste Marrá, nicht nur von

Flausen-Tulpenscheitel sondern von allen guten Geistern verlassen?! – Hier findet gleich ein Event statt, wer soll denn da eine Burgführung organisieren?!"

Geht's jetzt los?

Der älteste der Transporteure hat sich begeistert bei Marrá bedankt – auch daß sich alle erst einmal auf Kosten des Hauses stärken dürfen.
Das führt gleich wieder zu Verwirrung, denn Rabautze besteht – als derzeit rechte Hand von Igor-Indi-Italo, der noch mitten in der Montage eines frischen Döner-Spießes ist – auf Barzahlung, als die Transporteure zur Burgtür zeigen und sagen ‚die Gräfin' habe sie eingeladen.
„Adel is' aus und abgeschafft!" ist gleich Rabautzes Spruch. „Und die paar übrigen Schmarotzer sind Freiherr *von* Geldwäsche und *zu* Steuerhinterziehung, denen kann man auch nicht trauen! – Also cash für Knackwurst und Bierchen, meine Herren!" Das kommt Rabautze über die Lippen, als manage er diesen Döner-Club seit Jahren und nichts läge ihm mehr am Herzen, als gute Freunde wie Igor vor miesen Zechprellern zu bewahren.
Aber Gerne ist von Marrá gleich gebeten worden, hinüberzugehen und zu bezahlen.
„Warum denn *ich*, wenn *Du* die einlädst?! – Weiß auch gar nicht, ob ich Klimpergeld bei habe …" mault Graf von Frohampel herum.
„Du möchtest doch, daß ich Dich weiterhin gerne Gerne nenne, borg's Dir also kurz von Lorbas!"
„Kann der ja gehen …"
„Gerwenich Nekolup, bitte, das ist Adelsexperten-Schule erste Lektion: *Du* gehst!" Marrás Bitte ist jetzt eindeutig ein Befehl und Gerne trollt sich, da Lorbas, der den Dialog verfolgt hat, ihm sofort Geld in die Hand drückt.
„Über den Ausdruck ‚Klimpergeld' reden wir auch noch mal!" zischt Marrá ihrem Patenkind hinterher,

das sich schlurfend wie ein Erstkläßler jetzt hinüber zum Grillstand trollt.
„*Daran* scheitert es: an der Haltung! – So etwas muß man doch goutieren können, wenn dieser stadtbekannte Quengler sich da aufspielt ... Da steigt man doch nicht jetzt auf seine Bühne, da wartet man doch auf elegantere Möglichkeiten!" gibt Marrá den vier übrigen Freunden zu bedenken, die Gerne mitleidig nachschauen.
„Jetzt kommen sie!" läßt sich Eline aufgeregt vernehmen, die die Burgtür etwas zu begeistert aufreißt und damit Marrá faßt in die Hacken hackt.
„Ich glaube auch, jetzt geht's los!" sagt Gertrulde, die hinter der Burgschreiberin aus der Tür späht. Sie will sich als immer noch abgesetzte Königin lieber ungesehen in der Burg aufhalten, denn sicher wird heute auch Presse auftauchen.
Beide Frauen haben bisher auf den Sitzecken der erhöhten Fenster in der Vorhalle gesessen, dort hat man Einblick auf einige der Serpentinen-Abschnitte und weiß, wann da etwas hochgefahren kommt.
„Ich dachte eigentlich, die wären schon da ..." fragt Eline etwas ratlos, nachdem vorhin Gerne und Pettar sich schon bereit gemacht hatten, den vermuteten Schwertransport zu empfangen.
„Nein, hier läuft heute alles sehr fehlgesteuert ab!" Gerne kommt gerade von seinem unangenehmen Job zurück und ist immer noch angepiekt.
„Ich dachte die Frau Pritz hätte das besser arrangiert!" überlegt Marrá und ihr wird klar, warum sie schon den ganzen Morgen innerlich irgendwie aufgescheucht ist.
„Also warten wir mal, was jetzt hier anrollt. Eigentlich fehlt nach dem Kunstwerk dann nur noch das Catering ... – Da war sie auch etwas verstimmt, die Frau Pritz, als ich ihr die Küche verweigert habe. Aber selbst wenn schon alles pikobello gewesen wäre, hätte ich hier nicht gern Fremde herumwirtschaften lassen. Die Renovierungsarbeiten und daß die Küche so weit weg vom Vorplatz liegt, waren dann aber auch für Frau Pritz akzeptable Gründe."

„Na, paar Gäste werden neben Kunstwerk und Catering wohl auch noch eintrudeln!" gibt Lorbas zu bedenken. „Ich weiß ja, daß Du das Event am liebsten klein halten möchtest – weil Du meinst, dann gehe weniger schief ... – Das ist aber nicht unbedingt eine logische Verknüpfung!"
Marrá verzieht nur die Mundwinkel als uneingestandene Zustimmung.
„Sind das nur zwei kleine Pritschenwagen, die da auf den Parkplatz fahren? Soll da nicht eigentlich richtig was Großes ankommen?! – Komm, wir gucken mal!" Es bedarf keiner anderen Aufforderung, schon hat Gerne bei diesem Vorschlag Pettar Lascher an seiner Seite und beide eilen neugierig zu dem kleinen Abhang, der jetzt allgemein schon ‚Prinzenrolle' heißt. Dort stellen sie sich wie kleine Jungs halb versteckt hinter den Büschen auf und lugen hinunter, was sich auf dem Parkplatz tut.
„Jetzt aber nicht hinterher rufen: ‚Jungens, Ihr bleibt hier!'" Portus Tüpfelhund lächelt Marrá, die den beiden jungen Männern etwas mißbilligend nachschaut, schelmisch an.
„Kann's mir gerade noch verkneifen ..." grummelt sie.
„Lieber Portus, Sie sollten vielleicht auf Ihren Anvertrauten, Pettar, auch mal etwas acht geben, daß er sich nicht in jedem frischen Kuhfladen suhlt wie ein Junghund – Gerne reißt ihn dabei natürlich immer irgendwie mit ...!" Marrá meint das ernst, hat aber ein kleines Lächeln im Mundwinkel.
Lorbas hat ganz andere Sorgen: „Ich weiß nicht, wie Du die Transporteurherren terminlich jetzt durch die Burg führen willst! Hast Du Dich mit dem Versprechen einer sofortigen Burgbesichtigung nicht sehr weit aus dem Turmfenster gelehnt – Rapunzel?!"
„War da ein Clown in der Frühstücksmarmelade? Ihr seid alle so närrisch witzig drauf!" Eline muß lachen. Ihr gefällt die Atmosphäre auf der Burg jetzt immer besser. Unterschiedliche Menschen geben doch viel mehr für Schloßschreiber her als ein einzelner depressiver Geiger ...

Man kommt gar nicht weiter zum Erörtern, denn die beiden ‚Späher' kommen aufgeregt zurück gelaufen. „Ihr glaubt's nicht ..." Gerne ist munter als wäre er ein landverschickter Pfadfinder – nur ein bißchen aus der Puste „... sind mindestens zehn Leute ... Kleinbus ist voll ... und dann noch 'n Mietwagen wie beim Umzug ... is' aber Plane drauf, kann man nich' erkennen, was da ankommt ..."
„... ich hätt' aber gedacht für so'n Kunstwerk müßte es größer sein ..." ergänzt Pettar und beide nicken eifrig bekräftigend.
Marrá kann es nicht lassen – sie weiß es ja selbst, wenn sie nervös ist, neigt sie zum Sarkasmus: „Habt Ihr Jungens prima gemacht, wollt Ihr Euch in der Küche einen Apfelsaft holen ..."
„Is' doch patent, daß man was Wichtiges vorher weiß!" sagt Gerne ärgerlich.
„Dafür seid Ihr jetzt außer Atem und verschwitzt – damit Ihr's drei Sekunden vor den anderen wißt ..." erwidert Marrá und zeigt auf das, was jetzt die Prinzenrolle hochgerollt kommt.

Wir tauschen uns aus ...

„So klein ist es aber nun doch nicht!" gibt Lorbas eine Stunde später zu bedenken – aber er meint damit nicht das Kunstwerk ...

Man könnte meinen, in dieser Stunde wäre viel passiert – auch an Kommunikation ...
Also etwa:
‚Guten Tag, wir sind die und die ...'
‚Freut uns, denn wir sind jene und diese ...'
‚Das ist das Kunstwerk ..., wo soll's denn am besten hin ...'
‚Na, wir dachten hier ... oder doch besser ein Stückchen nach rechts ... oder links ... – Brauchen Sie Hilfe beim Aufstellen ...?'

‚Eigentlich nicht ..., wär' aber schön, wenn wer von Ihnen in der Nähe bliebe ... falls sich doch noch Fragen ergeben ...'
‚Na, klar, machen wir ... – um dann und dann fängt ja die Veranstaltung offiziell an ... alles klar im Ablauf ... soll'n wir's noch mal kurz durchgehen?'
‚Ja, prima, nett von Ihnen ... wir stellen nur mal auf, dann können wir den Ablauf noch mal checken ...' –
Also so lief das alles eben nicht ab!
Statt dessen ging es so zu:

Eine schüchterne Sana Klein kommt als erste auf Marrá zu, die gerade der Gruppe ausländischer Männer – erkennbar an sehr dunklen Haaren und Teint – entgegen geht. Die haben aber gar keine Zeit, denn sie rollen etwas, das wie eine quer gelegte Litfaßsäule aussieht, den Hügel hoch.
„Tag, die wollen das jetzt da aufstellen ..." sagt Sanna verlegen.
„Frau Klein?" Marrá kennt die Friseurin mittlerweile vom Sehen. „Ich bin Marrá von Flau..."
Noch bevor die beiden Frauen aber recht angefangen haben zu reden, erkennt Gerne, daß die Burschen um den Künstler Arib – das ist sicher der Mann im quietschbunten Hemd, der nicht mit anpackt, sondern nur Kommandos gibt – den sperrigen Bretterverschlag, den sie jetzt über die Prinzenrolle hochgerollt haben, nicht an die dafür markierte Stelle setzen wollen.
„Hier ist die Begrenzung, da müssen Sie's aufstellen!" sagt Gerne also gleich und zeigt auf die Einfassungssteine, die Nikta Pritz und Marrá bei der Vorbesichtigung als Kennzeichnung für das Aufstellen markiert haben.
‚Grenze, Grenze ... immer Ihr mit Grenze ...! Ich stellen *hier* auf!" Das ist unverkennbar Arib mit seinen eigenen Vorstellungen.
„Nichts da! *Das* hier ist die von der Amtsfrau vorgesehene Stelle. So ist es auch mit meiner Tante abgesprochen! – Also hier kommt's hin!" Gerne zeigt auf die gut sichtbare Stelle. Er läßt dabei in Wort und

Ton eine deutliche Dominanz erkennen – sicher sogar verständlich für denjenigen, der die Sprache vom Wort her nicht so genau versteht ...
„Scheiß drauf! – *Meine* Kunst in Mitte ... – piß doch *Du* in Ecke ..." hält Arib gut im Tenor der Unterhaltung mit.
Nein, das läuft nicht optimal ...
Gerne führt den ersten Schlag!
Aber Arib – das sind vielleicht seine spontanen Wurzeln – überprüft nicht erst, ob seine Nase blutet, er drischt Gerne unbesehen eine zurück.
Nun wäre Gerne dran, aber jahrzehntelange nicht mehr sehr wehrfähige Adelswurzeln verzögern alles was er entgegensetzen könnte, und so ist Graf von Frohampel überrumpelt von der spontanen Ratzfatz-Gegenwehr eines allzeit bereiten Straßenkämpfers, wie Arib einer ist.
Für Arib, der sich sicher auf seiner Flucht auch oft im wörtlichen Sinne ‚durchschlagen' mußte, ist *schneller* Zuhauen als der Gegner deshalb derzeit eine gut geölte Variante seines Tuns.
Obendrein ist es für Gerne – der nur mal meinte, eine Unverschämtheit auf die Schnelle mit 'ner Schelle klarstellen zu müssen – überraschend, Antworten postwendend und in so gleicher Münze verabreicht zu kriegen ...
Unverschämtheiten können eben auf sehr unterschiedlichen kulturellen Hintergründen beruhen – und doch ganz ähnlich ausgetragen werden.
Arib ist gewohnt vorsichtshalber gleich nachzusetzen – ob aus seinem kulturellen Hintergrund heraus oder aus eigener Natur und so trifft er eben blitzschnell auch gleich noch Gernes zweites Auge!
Es ist erstaunlicherweise Pettar, der sofort vor den schreienden, sich die Augen reibenden Gerne tritt.
Dazu hat er sich eine lange Latte gegriffen, die beim Transport des Kunstwerks abgefallen ist: „Stop jetzt!" schreit er martialisch – so wie noch niemand bisher in dieser Geschichte, den Büromenschen Pettar erlebt hat. Er hält dabei die Latte wie eine Schranke vor Arib und dessen nun hinzurennenden Kumpels, die nur

schnell noch die Brettersäule ohne Schaden absetzen mußten.
"Stop!" Lorbas, Portus und Pruwart – eigentlich alte Herren – flankieren schreiend die beiden Enden der langen Latte, so daß die Szene jetzt tatsächlich wie am Schlagbaum einer Grenze aussieht ... –
So schnell kann man Kunst umgestalten ...
Und das wird immer belebter hier, denn wie aus dem Nichts sind auch die vier blau-gelben Transporteure da, die eigentlich gerade noch am anderen Ende des Vorplatzes ihr Bierchen tranken und auf eine so schnelle Eskalation nicht gefaßt waren – sie hatten ja hier fest mit Künstelei und nicht mit Klopperei gerechnet ...
Arib ist noch unsicher, aber auch noch wütend, weiß seine Kumpels hinter sich und ignoriert das rote Rinnsal aus seiner Nase. Gegen die vier Figuren vor ihm, die in letzter Zeit sicher keine Wehrübung gegen unberechenbare physische Gewalt mitgemacht haben, gegen die hat er alle Chancen zu gewinnen – warum sollte er da auf so etwas wie ‚Stop!' hören. Die vier – für ihn blau-gelb ‚Uniformierten' – denen er vorhin schon an der Garage so schwer klarmachen konnte, daß er sie nicht braucht, die sind schon ein anderes Kaliber ...
„Arib, laß doch sein!" Sanna Klein kommt nun aufgeregt auf ihren Liebhaber zugerannt. Von dieser Eskalation ist auch sie überrumpelt, hat mit so etwas nicht gerechnet! Sie kennt Arib nun schon ein Dreivierteljahr, hat auch immer noch in Maßen Verständnis – denn für ihn ging es in letzter Zeit nicht darum, sportlich fair zu sein – sonst wäre er vielleicht gar nicht hier angekommen. Aber so schnell läßt man eben diese Reflexe des ersten Zuschlagens, die einem bisher immer geholfen haben, auch auf vermeintlich sicherem Boden nicht los ... –
Auf diese Stolperfalle in der Reaktion ihrer fremden Gäste sind die hiesigen Einwohner – sicher nicht nur hier in Knipsel – mit ihrem Willkommenskultur-Portfolio so gar nicht vorbereitet – vielmehr macht es sie so richtig platt – ja, auch mal im doppelten Sinne!

Marrá, die – muß sie sich eingestehen – so plötzlich nun doch nicht mit dem Drama, das sie den ganzen Tag schon ahnte, gerechnet hat, ist in jeder Faser präsent. *Sie* ist es, die sich noch vor Portus, Lorbas, Pruwart und Pettar stellt und entscheidet wohl allein mit dieser Entschiedenheit, daß Arib nicht noch einmal zuschlägt – alte Frauen schlägt man nicht! – Und bei dieser Frau – das erkennt selbst Arib – entscheidet nicht das Physische den Kampf.
Was bis jetzt unbeachtet blieb: Eline, Gertrulde – und man glaubt es nicht, Minimus Baldi – aus dem Elfenbeinturm hervorgelockt – kümmern sich um den sich windenden Gerne, der immer noch schreit und die Hände vor den Augen hat.
„Sie stellen es jetzt *hier* auf, wo es vorgesehen ist – oder gar nicht!" Marrá könnte diese leise gesprochene Anweisung jetzt nicht körperlich durchsetzen – trotzdem gibt es keinen Widerspruch.

Darum also sagt Lorbas eine Stunde später: „So klein ist es aber nun doch nicht!" und meint damit natürlich Gernes angeschwollenes Auge. Eines hat der Schlag Aribs wirklich voll erwischt und es schwillt jetzt zu wie bei einem Preisboxer. Das andere hat – wie man es auch von den künstlichen, menschlichen Revierkämpfen kennt – einen ‚Cut' an der Augenbraue abbekommen. Die Damen kümmern sich um den Verletzten und es ist vor allem Gertrulde, die als Oberster Befehlshaber – ehemaliger ... – der Armee von Verhökerlande eine Grundausbildung in allen Waffengattungen hinlegen mußte und daher auch in den ganz praktischen Hilfen für all das, was man in diesen Einsätzen kaputt machen kann, geschult ist.
Selbstverständlich versorgt auch Sanna Aribs Nase – auch ihr hat man – Genfer Konventionen reichen sogar bis nach Knipsel – Wasser und Verbandsmaterial zur Verfügung gestellt. Arib wollte aber bis auf ein Taschentuch nichts und schubste seine Helferin eher barsch beiseite, um statt dessen den Aufbau seines Kunstwerkes zu beaufsichtigen.

Seine Pieselwesischen Freunde, die er sich für seine Kunstaktion zusammentelefoniert hat, sind mit Feuereifer dabei.

Auf dem Burgvorplatz steht jetzt so etwas wie ein übergroßer, unausgereifter Prototyp der ersten Litfaßsäule in eher eckigem Design mit Allerleirauh-Resten als Außenwand. So kommt der doch sehr unregelmäßig zusammengenagelte Container aus Latten, Brettern, Holzstücken – Pappe ist wohl auch dabei – auf den ersten Blick beim Betrachter an. Aber ganz oben – keiner kann das von hier unten genau erkennen – endet das ganze Dings wie eine angebrannte und dann stümperhaft gelöschte Zigarre – irgendwie ausgefranst ...
Aber die meiste Sorgfalt haben die Aufbauhelfer wohl in den Innenteil des Kunstwerkes gesteckt, dort haben sie eine große, metallene, abgedeckte Schüssel eingelassen, die aussieht wie ein sehr tiefer, abgedeckter Wok. Diese Vorrichtung soll vermutlich der Hülle von innen Halt geben und sie stabilisieren, damit das Kunstwerk den Eindruck von ‚Marodness' hervorruft, ohne es im Zusammenbrechen nachweisen zu müssen.
Einige auf dem Vorplatz haben die große, abgedeckte Einlassung gesehen und gleich ihre Wünsche dran geheftet: Rabautze könnte sich vorstellen, daß da vielleicht ein Fäßchen Bier drin ist, was man nach der Anstrengung des Kunstgenusses wegzischen kann ...
Eline hofft insgeheim es könnten Kamellen drinnen sein, denn über all den Einkaufswünschen von Minimus hat sie zu oft vergessen, sich selbst ein Schokoladchen oder etwas ähnlich Süßes mitzubringen ...
Gertrulde würde sich wünschen, die Fremden hätten vielleicht kleine Prospekte gedruckt, in denen sie Verhökerlande – gut vielleicht auch Knipsel – danken, daß man sich immer darum bemüht hat, Kunstprojekte zu unterstützen. Vielleicht erinnerten sich dann mehr Menschen, was sie, Gertrulde, gern für die Kunst getan hat – als sie noch regierende Königin war ...

Stimmung

„Ich schlag ihm gleich noch eine in die Fresse!"
„Du bist raus aus dem Zirkus – den Job als Preisboxer bekommst du sowieso nicht!"
„Ich geh' sehr wohl wieder raus, das wird der Kaffer mir büßen!"
„Niemand wird *Dir* etwas büßen, wenn Du Dich derart lausedumm anstellst!"
Marrá reicht Gerne ein neues Kühltuch, während sie beide in der Vorhalle von Knipsel Castle gerade diese sehr differenzierte Lagebetrachtung erörtern, als Lorbas die Tür öffnet und vom Hof den Kopf hineinstreckt: „Die ersten Gäste kommen, Marrá, Du solltest vielleicht dabei sein!"
„Wenn ich nur eines Deiner blauen Augen draußen sehe, bekommst du auch noch den Hintern voll!"
Marrá ist sich da ganz sicher und blickt in das Gesicht ihres Patenkindes, das jetzt in der Färbung der Maske eines Pandas ähnelt – und nach dieser Ansage auch noch die Schmollschnute dazu formt. „Pettar, achten Sie doch bitte darauf, daß Zorn und Stolz hier keine explosive Mischung eingehen und Du bitte auch, Truldi! – Wo ist unser Musiker?"
„Hat sich wieder ins Turmzimmer zurückgezogen – es nimmt ihn zu sehr mit, was hier abgeht ..." erwidert Gerne bissig.
„Also auf den, bitte, auch aufpassen! – Da weiß man nie ..."
Zu dieser Aufforderung nickt vor allem Eline mit dem Kopf, die sich dem Geiger ja immer noch am meisten verbunden fühlt.
Pettar und Gertrulde, die neben Gerne in einem der Vorhallensessel, nahe den Seitenfenstern sitzen, nicken ebenfalls.
„Obendrein bekommen wir Besuch von der Presse!" verkündet Pettar, der immer einen Blick durchs Fenster wirft.
Marrá schaut schnell in seine Blickrichtung. „Damit hat man rechnen müssen! – Und obendrein die, die das Gras wachsen hören und das dann auch noch in

Kullereck-TV zeigen ..." kommentiert sie Zippa Lindwusts Ankommen auf dem Vorplatz. „Heute hat sie sogar *zwei* Kameramänner dabei ... – und man wird ihr das Berichterstatten nicht verbieten können, ohne daß man sich selbst dumm ins Licht setzt ... – Sei's drum! – Aber deshalb will ich jetzt keinen Aufruhr mehr!" Marrás letzter Satz geht etwas lauter in Gernes Richtung.
„Da haben wir noch Glück gehabt, daß das Gerangel nicht live in die Hauptstadt geflimmert ist!" überlegt Marrá etwas grummelnd.
Draußen sieht sich Zippa Lindwust gerade um, wo sie sich und ihre Begleiter am besten positionieren kann.

„Ich glaube, jetzt kommt noch neuer Besuch ..." Pettar zeigt auf die Prinzenanhöhe, wo neben einem stetig tröpfelnden Rinnsal fremder, auswärtiger Touristenbesucher, die wohl von dem Event in den Medien erfahren haben, jetzt auch neue, schon bekannte Besucher hinaufgestiefelt kommen ...

Marrá ist schon draußen bei Lorbas, Pruwart und Portus, gerade rechtzeitig, denn eben kommt Nikta Pritz mit einem älteren Herrn die Anhöhe herauf. Ihrem Gesicht ist schon anzusehen, daß sie nicht in Eventlaune ist und nun muß sie auch noch feststellen, daß ihre für heute gewählten High Heels in dieser unbefestigten Anhöhe steckenbleiben – das tut schon einem lockeren Auftritt Abbruch – und obendrein muß man den Abbruch dann ganz real noch an den Schuh-Stöckeln fürchten ...
„Guten Tag, Frau Pritz, willkommen!" bemüht sich Marrá.
„Ja, hallo ...!" Nikta versucht aus ihren offenen Schuhen den fehlgeleiteten Sand herauszuschütteln.
„Herzlichen, guten Tag, Sie müssen die Schloßherrin sein, Frau von Laus und Eitelscheitel, nicht wahr! Ich freue mich, mein Name ist Blätterbrot, ich bin der Chef der Abteilung, der auch Frau Pritz mit ihren vorbeugenden Hintergründen angeschlossen ist! –

Was für ein ausgefallenes Ambiente! – Ach, und das ist wohl das Kunstwerk ..."
Blätterbrot hat sich auf dem sich langsam mit Menschen füllenden Vorhof umgesehen: die paar noch unbesetzten Stuhlreihen am kleinen Podium, der Baldachin mit immerhin festlich arrangierten Stehtischen und weiter hinten, wo Rabautze und Igor gerade wieder versuchen den Dönerspieß drehfest einzuklemmen. Da diese mobile Dönerstation im Stehen wohl ihre Tücken hat, hat man sich entschlossen, sie waagerecht aufzustellen und den Spieß längs einzuklemmen – bei Grillhendln und Spanferkel klappt das ja auch immer ...
Also für jemanden, wie Blätterbrot, der immer nur so etwas wie Hauptstadt-Kunst gewöhnt ist, könnte der verquere Dönerspieß durchaus wie eine zünftige Provinz-Kunst-Installation aussehen!
„Äh, ja ..." Marrá läßt es mal gleich sein, ihren Namen klarzustellen – es gibt Wichtigeres ... „... nein, das dort drüben soll die Gäste später kulinarisch erfreuen. Das Kunstobjekt steht gleich hinter Ihnen!"
Blätterbrot dreht sich in die von Marrá angegebene Richtung und sieht ein paar Meter entfernt diesen Verschnitt von Litfaßsäule und Zigarre stehen.
„Oh ..., ja ..." Blätterbrot scheint doch anderes in jeder Hinsicht erwartet zu haben „... die innovative Kunst wird sich mir sicher auch hier noch erschließen ..." bleibt er aber optimistisch und fügt fast amüsiert hinzu: „Da dachte ich gerade noch: hier muß wohl einiges aufgeräumt werden ... – ha, ist ja putzig! – Frau Pritz hat mich nämlich informiert, was für ein maroder Kasten das hier in Zipsel ist ..." – Damit ist für alle Umstehenden unmißverständlich Knipsel Castle gemeint.
Das hat nun auch schon wieder Graswachstums-Lauscherin Zippa vernommen. „Herr Blätterbrot, schön daß die Hauptstadt hier auch mal Präsenz zeigt. Unsere Zuschauer und Zuhörer sind jetzt natürlich interessiert, wie Sie zu dieser Ansicht kommen ... haben Sie schon Pläne, ‚den Kasten' abzureißen und vielleicht durch eine Containerstadt

für die erwarteten Flüchtlinge aus Brombata zu ersetzen? – Ist dieses Kunst-Event endlich der Kehraus für überaltertes Gemäuer?" Marrá kann für einen Augenblick begreifen, daß man dem Impuls des unkontrollierten Zuschlagens anheim fallen kann! Aber da könnte sie sich jetzt gar nicht so schnell entscheiden, ob es Zippa Lindwust, Nikta Pritz oder Blätterbrot zuerst treffen würde ...
Anstatt sich also diesem Impuls hinzugeben, streift sie Nikta für ihre lustlose Vorbereitung nur mit einem vernichtenden Blick. Den nimmt diese noch nicht einmal wahr, weil sie mit gekräuselter Stirn gerade wieder dabei ist, einen ihrer Fingernägel zu inspizieren: hat sie sich den etwa eben beim Zurechtzupfen ihres Kostüms eingerissen?! – Katastrophe!
Marrá gelingt es, Zippa Lindwust abzudrängen, indem sie den noch in der ‚Äh'-Phase einer Antwort steckenden Blätterbrot rigoros am Ärmel gepackt in eine andere Richtung dreht und auf die Zinnen der Burg zeigt: „Das Anwesen ist keineswegs ... marode, wie Sie oder Frau Pritz es wohl oberflächlich wahrgenommen haben. Vielmehr ist es im letzten Herbst durch wild kampierende Menschen in seiner Eigenart verwohnt worden! – Für diese Art von ‚Kunstwerk' ..." Marrá zeigt jetzt auf Aribs Litfaßsäule „... trage ich keinerlei Verantwortung! Im Gegenteil, da Sie mich gerade so dezidiert darauf ansprechen: *ich* hätte mir für die Burg und das Werk, eine andere Vorführform als dieses ... ‚Event' gewünscht! – Frau Pritz habe ich das neulich schon mitgeteilt!"
Nun muß Nikta doch mal aufsehen von ihrem händischen Malheur. „Und ich habe *Ihnen* gesagt, Herr Blätterbrot hätte es eben gern hier und heute so!" Nikta – ein eingerissener Fingernagel kann ihr den ganzen Tag ver*n*ageln ... ver*h*ageln ... – hat überhaupt keine Lust mehr für den einen oder anderen etwas zu beschönigen oder auf sich zu nehmen.
„Na, ja, desolat und abgewrackt kann doch auch sehr reizvoll sein – also wenn's gut in Szene gesetzt ist.

Hier draußen auf dem Land sind Sie ja quasi noch am Üben!" Blätterbrots Laune – man merkt's – leidet nicht unter abgebrochenen Nägeln.
"Stimmt, das Desolate ist uns eigentlich fremd ..." erwidert Marrá "... wie so Vieles, was man uns hier mittlerweile aufdrückt – und ich habe auch nicht die Absicht das einzuüben. Ich habe den Behörden schon mitgeteilt, daß ich die Verantwortung für Knipsel Cas... – für Burg Hohenknipselstein – jetzt wieder allein übernehmen möchte. Wegen ein paar Zuschüssen habe ich keine Lust mir immer solche ‚Kunstausstellungen' ..." Marrá zögert und ihr fällt Gernes ‚Pandamaske' ein "... aufs Auge drücken zu lassen! – Aber lassen wir das jetzt ... Dort drüben sind die Stühle für die Ehrengäste, wenn Sie beide dort Platz nehmen wollen, von dort können Sie dann, Herr Blätterbrot, auch das Begrüßungswort vortragen – ich schätze mal, wir beginnen pünktlich in einer knappen halben Stunde. Sie sehen ja, jetzt kommen auch noch mehr Zuschauer und der von Ihnen, Frau Pritz geordete Catering-Service ist nun auch schon eingetroffen – da wird sicher gleich eine Erfrischung für Sie bereit sein."
Marrá begleitet die beiden so unterschiedlich aufgelegten Menschen noch zu den Ehrensitzen.
Zippa Lindwust, deren hingehaltenes Mikrophon den kleinen Dialog trotz Abdrängens noch ganz gut mitbekommen hat, wendet sich nun zur Kameralinse eines ihrer Mitarbeiter und will gleich noch kommentieren, damit die Zuschauer alles in den rechten Hals bekommen ...
"Zippa, ich hab's nicht drin ... irgend 'ne Störung, wir müssen das noch mal überprüfen ... – könn' die sich vielleicht noch mal in paar Minuten beharken ..." so informiert sie der Kameramann, während er schon an seinen portablen Geräten schraubt und fahrig in die Richtung der sich entfernenden Ehrengäste zeigt.
"Ich glaub's ja wohl nich'! – Einmal kommt ein Murmeltier-Regierungsfuzzi aus seinem Büro in die frei Wildbahn und ihr kriegt euren Kasten nicht auf Aufnahme ... kein Wunder, daß man in dieser Provinz

nie investigativ arbeiten kann ..." Zippa stampft wütend auf und schmeißt das Mikro den beiden Kollegen vor die Füße.
Während es sich Blätterbrot so weit es in dieser Provinz möglich ist, von Marrá begleitet, in der VIP-Sitzreihe, gemütlich macht, sieht sich Nikta doch genötigt, die etwas hektischen Catering-Leute zu checken und der mittlerweile eingetroffenen Drei-Mann-Combo ein paar Einweisungen zu geben. Beim Häppchen-Service stellt sich heraus, man hat erst eine falsche Abfahrt genommen, ist dann die ersten Serpentinen hoch, dachte aber man sei wieder falsch, weil ‚das Haarnadeln' gar keine Ende nahm, war dann schon wieder auf dem halben Weg hinab, als man einen zufällig vorbeikommenden Einheimischen fragte ... – na, wie's so geht, wenn man sich erst einmal verfranst hat!
Stichwort: ‚Verfranst' ...
„Ist das jetzt das ... ‚Kunstwerk'?!" fragt Nikta, so wie sie jetzt im Schlenderschritt auf Arib zukommt.
„Mein Performance ... niemand machen kaputt!" antwortet Arib schon wieder im verbalen Verteidigungsmodus und dreht sich zu Nikta um.
„Was denn mit Dir passiert?!" Nikta sieht seine angeschlagene Nase.
„Scheiß Nazi-Typ! Ist aber kapuut jetz ...!"
„Haben hier schon die Neo-Nazis die Veranstaltung gestört?" Nikta ist besorgt, bei so etwas müßte sie gleich noch die Polizei holen. Polizeipräsenz hat sie nicht angefordert, weil sie von einem quasi privaten Event ausging. Aber durch diesen populistischen Fehl-Drucker ist die gesamte Reklame mehr in die Presse geraten als nötig gewesen wäre. Die Leute überlegen sich gar nicht, was sie mit ihren Aktionen lostreten – plötzlich driftet's hier vielleicht noch in populistische Volksfeststimmung ... – schon mit erster Prügelei, noch ehe es offiziell begonnen hat ...
„Er hat sich mit dem Junggrafen geprügelt!" gibt Sanna der AVoKuZuAuMi-Leiterin unlustig Auskunft.
„Echt?" fragt Nikta erstaunt, aber nicht wirklich überrascht. „Weswegen?"

„Na, wo's aufgestellt werden soll ..." erwidert Sanna lahm. „Wär'n Sie rechtzeitig hier gewesen, hätten Sie's live erlebt!"
„Ich hab' doch markiert, wo's hin soll!" rechtfertigt sich Nikta. „Hier wo's jetzt steht – so what?!"
„So what ...?!" Arib übernimmt jetzt wieder die Konversation „Keiner hier sehen was von meine Gunstwerk ... zu wegseits ... nich in Mitte getrifft ..."
„Quatsch, hier steht's jedem im Weg ..., da rennt jeder gegen ... und was willst Du denn treffen – den Geschmack der Leute?!" Nikta lacht trocken. „Na, dann ma los, Mister Artist!" Damit wendet sie sich ab, gar nicht bewußt, daß Sanna Klein sich gerade noch vor Arib stellen kann, damit der nicht wieder was handgreiflich Dummes macht – genug Adrenalin saust ihm dazu wohl immer noch durchs Blut. Sein „Scheiß-Votze..." kann aber auch Sanna nicht verhindern.
Nikta dreht sich noch einmal Grimasse ziehend um – und ist es wirklich nur, daß sie zu erneuter Nagelbetrachtung den Finger erhebt, der ausgerechnet der Mittelfinger ist ...

Inzwischen sind doch auch einige andere Gäste als nur Touris eingetroffen ...
Die Knipsler wollen schon auch sehen, wozu sie **nicht** eingeladen sind, wozu man ihre Schnittchen, Getränke und Schmankerln mal wieder **nicht** gebucht hat, aber so einer, wie der freche Igor mit seinem alten Bahnhofsfett einfach erscheinen darf. Vor fast einem Jahr, zum Herbstfest, war es ja ähnlich – da ist es nicht so schön ausgegangen ... – und was man an Vorausstimmung mitbekommt, schwelt auch heute wieder etwas im Hintergrund ...
Watsches, von der ‚Schwarte', Gundi aus ihrem Tante-Emma-Laden, Franz Stullensegen vom ‚Knipsler Hicks' und Bauer Harfe mit Frau Hegeltraut, sind nur die uns bekanntesten Knipsler.
Alle stehen irgendwie an die Seite gedrückt herum – wie im vormals prächtigsten Teil ihres eigenen Dorfes nicht willkommen.

„Tut mir mal einen Gefallen," Marrá tritt zu Lorbas, Portus und Pruwart, die ein wenig unschlüssig an der Burgtüre stehen „wir haben doch da hinter der Vorhallentür noch Bier, Sekt, Saft und irgend etwas an Knabberzeugs zu stehen. Ein riesiger Schwung unbenutzte, noch verpackte Einwegbecher haben die letzten Gäste noch dagelassen, liegen auch hinter der Tür und alles ist in diesem Handkarren. Zieht das doch hier auf den Vorhof und ich bitte jetzt die verschreckten Einheimischen an die noch von uns aufgestellten langen Tische da hinten und dann sollen sie wenigstens eine Erfrischung bekommen. Wäre nett, wenn Ihr Euch dann dazusetzen würdet. – Ich habe das Interesse der Knipsler an ihrer Burg wohl doch unterschätzt.

Gesagt – getan!

Die Knipsler lassen sich auch nicht lange bitten: immerhin durch einige Einkehrbesuche in die Gaststätten und Läden kennt man jetzt die Frau von Flausen-Tulpenscheitel und deren zum Teil illustren Anhang. Der Einsiedler Lorbas ist auch viel umgänglicher geworden und sogar Gemeinderat Tüpfelhund und sein Assistent sind jetzt so oft wie sonst nie in Knipsel gutgelaunt anzutreffen. Der Rechtsanwalt ist neu, aber nicht unsympathisch – und die tragisch abgesetzte Königin hat alle Sympathien dieser Landbevölkerung, auch wenn sie sich aus verständlichen Gründen hier bis jetzt nicht zeigt ...

Nach ein paar Minuten ist die Stimmung an den langen Biertischen, wo jetzt alle noch ankommenden Knipsler hingeleitet werden, vom ganzen Vorplatz die beste.

Sogar die Friseurdamen haben dem Azubi Gritti etwas Spritgeld gegeben, damit es sie in ihrem Kleinwagen, fast übereinander gestapelt, heute hier hinauf fährt. Alle haben sich gestern noch frisch stylen lassen ... – Und wenn man heute schaut: die müssen alle im Stehen geschlafen haben – so perfekt wie die Löckchen liegen!

Die Sympathien der ‚Haar-Klein'-Kundinnen sind natürlich bei Arib, aber heute eben auch bei Friseurin

Sanna Klein – das ist eine aus ihrem Dorf – die den Heimatlosen Arib so uneigennützig unterstützt, auch wenn's mitunter große Herausforderungen gibt: Sanna schafft das ...! – So meinen ihre Kundinnen ... Nach dem Eklat mit Nikta Pritz von vor einigen Tagen, im Hinterzimmer des Friseursalons, hat Arib doch etwas an Sympathien eingebüßt. Die meisten älteren Kundinnen, gaben dann um Sanna zu trösten auch eigene Erfahrungen aus ihrem Leben zum besten, Situationen, in denen Männer ‚mit dem falschen Hirn gedacht hatten ...', wie es Frau Wetzel nannte. Und die Schickse von diesem blöden Amt, die ist ja erstens fremd hier und zweiten ja die Schlimmste, wenn sie den Arib derart anmacht – auch wenn sie seine Kunst groß rausbringt ...
Es gibt also überall viel zu bedenken ...

Das Feuer schüren

„Daß sich jemand um Carmen-Elisa kümmert!" gerade fällt es Marrá noch ein, was sie schon den ganzen Tag über anmahnen wollte. Dazu guckt sie kurz bei halb geöffneter Tür noch einmal in die Vorhalle – Gertrulde, Eline und Pettar müssen ja nicht die gesamte Zeit an Gerne herumpflegen.
Aber Marrá spricht ins Leere – niemand sitzt mehr in den Sesseln der Vorhalle ... –
Wo sind die denn hin? – Die werden doch nicht selbst auf die Idee gekommen sein, daß Huhn zu dritt beruhigen zu wollen?!
„Wir sind hier!" Gertrulde ist es, die von der kleinen Empore auf der Wendeltreppe hinunterruft. „Wir haben uns hier eingerichtet, kann man am besten den Vorplatz überblicken. „Hier stehen sogar ein paar Stühle, willst Du nicht auch herkommen, anstatt Dich unten aufzureiben, Marrá, meine Liebe?!"
„Nein," antwortet Marrá nervös „nur daß ihr vor lauter Sensationslust auch das Huhn im Blick behaltet, ich möchte es nicht am Dönerstand oder bei den

ungehobelten Kerls vorfinden! – Bekommt Ihr das gebacken, daß niemand das Huhn brät?!"
„Ja, doch, kannst Dich drauf verlassen, Tante Marrá!" Gerne sagt das im Ton desjenigen, der nur darauf wartet, offene Rechnungen noch zu begleichen. Die Provokation eines unrechtmäßig gebratenen Huhns käme ihm da gerade recht – dem Huhn sicher nicht ...
„Prävention – nicht Eskalation!" faßt es Marrá zusammen. „Vielleicht schaut jetzt schon einmal jemand nach dem Tier – bevor man später meint Vergeltung üben zu müssen ..."
„Ich mach' das! – Hier ist sowieso noch nichts los – vielmehr sitzen alle in getrennten Lagern, wie's von hier oben aussieht!" Es ist Pettar Lascher, der im Moment überall zu sein scheint und sich fürs Huhn-Sitting anbietet und gleichzeitig diese scharfe Analyse zum besten gibt: „Also von hier oben sieht es so aus, als säßen die Knipsler separat bei Bier und Brezeln. Die Offiziellen, die ja alle irgendwie noch nie hier gewesen sind, die verkosten eben die ersten Häppchen vom Catering und spülen mit Prickelbrause nach und dann ein paar Meter weiter die ausländische Kunstfraktion, die die Zigarren-Litfaßsäule nicht aus den Augen läßt. Zwischendrin einige Touristen. Mein Tüpfel steht mit Lorbas und Pruwart unschlüssig als Mini-Minderheit mittendrin."
„Ja, es fühlt sich unten auch genauso unangenehm an, wie es von oben aussieht – und wenn ich jetzt wenigstens hier an dieser Front beruhigt sein kann, weil Sie sich ja gleich um Carmen-Elisa kümmern – dann geselle ich mich jetzt auch zur Gruppe von ,*Ihrem* Tüpfel' mit dazu! – Ach, neben dem Huhn behaltet doch, bitte, wie gesagt auch unseren Geiger im Auge – ... wird man immer nervös, wenn man ihn länger nicht hat geigen hören, nicht daß es ihn nervlich zu sehr mitnimmt, wenn andere sich aufreiben!"
„Baldi hat sich ins Turmzimmer zurückgezogen und wenn er da raus will, muß er hier an uns vorbei – eigentlich können wir *ihm* doch das Huhn aufs Auge

drücken ..." schlägt Gerne etwas angebittert vor – wegen ‚Auge' und ‚drücken' ...
„Nein, keinesfalls! Nachher muß Carmen-Elisa noch *ihm* beistehen, das möchte ich ihr nicht zumuten! – Haben wir das jetzt geklärt?! – Ich muß wieder hinaus, mich zur Minderheit auf dem eigenen Burghof gesellen!"
„Ja, mach Dir keine Sorgen, Marrá!" Truldi versucht ihre Freundin zu beruhigen, ist mit Gerne aber schon wieder beim Fensterausblick, während Pettar schnell die Treppe hinunterspringt und den Weg durch die Zimmer nach hinten zur Huhn-Voliere einschlägt.
„Warten Sie doch, bitte, mit dem Auftakt noch, bis ich Liesel nach hier vorn mitgebracht habe!" japst er Marrá beim Vorbeirennen zu.
„Soll ich noch Kissen besorgen, damit Ihr Euch gemütlich aus dem Fenster lümmeln könnt, wie alte Ratschen?! – Wenn man von ‚Carmen-Elisa' zu ‚Liesel' wird, ist ja schon alles zu spät!" damit ist Marrá wieder ... – man könnte sagen ‚aus dem Häuschen'!

„Da ist sie ja ..." Lorbas zeigt Pruwart und Portus, daß Marrá gerade aus der Burg auf ihre Gruppe zusteuert.
„Wo warst Du denn?" fragt er, als sie in Hörweite ist.
„Ich glaube, die Offiziellen wollen jetzt loslegen!"
„Ja, sollen sie mal ... ich mußte noch sehen, ob hinten alles in Ordnung ist ..."
„Ich weiß gar nicht warum Du so nervös bist?" erwidert Lorbas.
„Irgend etwas gefällt mir nicht, aber ich weiß nicht, wo der Hase im Pfeffer steckt ..."
„Du solltest vielleicht doch mal zu der Gruppe der Offiziellen gehen, die haben sich tüchtig vermehrt! Man hat wohl doch den und jenen Offiziellen aus der Hauptstadt eingeladen, um zu zeigen, was alles Schönes in der Provinz abgeht!" rät Lorbas nachdenklich.
„Man hat mich nicht gebeten, zum offiziellen Teil etwas beizutragen, aber wir wollen es ja jetzt mal hinter uns bringen ..."

Marrá, nun wieder ganz ‚von Flausen-Tulpenscheitel' schlägt den Weg hinüber zum Podium ein.
Die Litfaßsäule steht durch die seitliche Biertischplazierung der Knipsler Einheimischen doch fast in der Mitte des Burgvorplatzes.
„Sie möchten jetzt beginnen?" fragt Marrá Nikta Pritz, die sich verkrampft an ihrem Sektglas vorm Cateringstand festhält.
„Ja, es wäre ganz nett, wenn Sie uns begrüßen könnten ..." natürlich fällt ihr die Zumutung dieser Bitte auf, denn Marrás Burg ist ja nur überrumpelter Weise zum Event-Place erkoren worden „... also Herr Blätterbrot fände das sehr nett von Ihnen!" ergänzt Nikta schnell.
„Na, gut ..." Marrá wendet sich zum Podium „... das Mikro geht?"
„Denke doch ..." Nikta hat den Verschaller nun auch nicht geprüft, was soll sie denn noch alles managen?!
Marrás Stimme erfüllt aber gut den ganzen Platz, als Sie aufs Podium tritt.
„Meine von weit her angereisten Damen und Herren aus der Hauptstadt, sehr geehrter Künstler und Kunstaufsteller, liebe Gäste von auswärts ..." bisher war es kühler Businesston, aber nun zieht Marrá die Stimme nach oben, wie es Ehrengästen gebührt „... liebe Knipsler und Freunde aus Kullerstadt und Vierecktal, herzlich willkommen auf Burg Hohenknipselstein!"
Zarter Anstandsbeifall kommt aus der offiziellen Ecke. Die Crew um den Künstler ist vor Unverständnis ratlos, man wartet lieber erst einmal ab, was da noch kommt. Aber die Knipsler Ecke an den Biertischen klatscht sich fast die Hände kaputt. Überrannt von dieser Veranstaltung, zu der sie als Einwohner gar nicht geladen sind, nichts beisteuern durften und auch nichts dran verdienen sollten, wo nur ihre Burg, Knipsel Castle gebraucht wird, um etwas – ihnen völlig Fremdes – vorzuführen, damit es bei angereisten Leuten aus der Hauptstadt Eindruck machen soll – werden sie nun doch noch erwähnt!

In ihrer knipsel-eigenen Vertrantheit kamen sie ja gar nicht auf die Idee mal so mops-frech einfach, wie Igor vom Bahnhofsimbiß, mit dem eigenen Mobil-Grill vorzufahren, um wenigstens für Dreifuffzig was zu verhökern. Vermutlich hätte es sich auch nicht gelohnt, so verdruckst, wie die Hauptstadtgäste in ihrer Ecke sitzen und am selbst bestellten Fingerfood knabbern ...
Also wenn sie dann jemand in ihrer eigenen Heimat so liebenswürdig begrüßt, jemand, der zu ihnen gehört – so kann man das von Marrá ja jetzt fast schon behaupten – dann kriegen sich die Knipsler und ihre Freunde aus Vierecktal und Kullerstadt vor Hochgefühl kaum noch ein ...
„... darf ich Ihnen heute also viel Freude wünschen und übergebe jetzt das Mikrophon – nur das Mikrophon – mit Sekt und anderen Getränken sind Sie bereits versorgt – an die Organisatoren dieser Veranstaltung! – Dankeschön!"
Marrá tritt mit einem leichten Lächeln vom Podium und merkt, daß sich Nikta Pritz und ihr Chef Blätterbrot so gar nicht einig sind, wer jetzt hier übernehmen soll – Blätterbrot, so sieht man seiner Miene an – fühlt sich noch nicht exzellent genug angekündigt. So kommt also Nikta ans Mikro – man ahnt: sie wird es kurz machen ...
„Guten Tag, meine Damen und Herren, mein Name ist Nikta Pritz, ich leite in der Hauptstadt das ‚Amt zur Vorbeugung kultureller Zumutungen für Ausländer und Menschen mit Migrationshintergrund' – kurz ‚AVoKuZuAuMi' genannt ..."
Ein leichtes – aber deutlich als Protestmurmeln einzustufendes – Murren kommt aus der Knipsler Ecke. Bei Protest – zumal von Populisten – kann Nikta wieder ganz gut: „Ich sehe schon, auch bis hierher ist der Sinn dieser so notwendigen Einrichtung noch nicht in vollem Umfang durchgedrungen. Na, das wird sich sicher durch die jüngsten Geschehnisse in Brombata ändern. Diese Auswirkungen werden demnächst sicher auch bis hierher ins schöne Krispel kommen – es liegt an Ihnen, ob Sie das wie die

‚perfekte Welle' trifft! – So wie ich es aber jetzt erlebe, wird es hier bei Ihnen niederkommen wie ein gewaltiger Tsunami! – Aber wir alle müssen umdenken ..."
Jetzt gibt es erste schräge Pfiffe von den Biertischen – Pfeifen ist man hier eigentlich nicht gewöhnt – Knipsel hat keinen Fußballverein, es finden keine Rockkonzerte statt und bisher gab's auch wenig Anlaß, öffentliches Pfeifen, sei es aus Begeisterung oder Protest zu üben. Der Einzige, der das noch gut kann, mit zwei Fingern im Mund, ist Rabautze. Der war zwar gerade dabei sich ein nächstes Bierchen am Stand von Igor zu genehmigen und hat momentan auch nicht so recht mitbekommen, worum es geht, aber wenn's Protest ist – und das ist hier eindeutig – dann ist er unterstützend mit von der Partie. Vorhin schon hatten er und seine Jungens den Zoff mit dem Kaffer versäumt – also da gilt es nachzuholen ...
„In dieser Haltung ist es natürlich kein Wunder, daß Sie auch bisher nicht mitbekommen haben, wie ein ganz großartiger Künstler in Ihrer Mitte angekommen ist! Arib Botabdenosi ..." Nikta muß kurz orten, wo denn der Macho, den sie hier auch noch so hoch gelobt ankündigen muß, sich gerade verkrümelt hat, ach, da, seitlich am ‚Kunstwerk', sie zeigt vage in diese Richtung „... Arib lebt jetzt schon eine Weile hier und hat viele stille Stunden dazu genutzt, sein künstlerisches Talent, hier in der Fremde unter den widrigsten Umständen heranreifen zu lassen ..."
Wieder brandet ein widerborstiges Gemurmel an – noch keine Jahrhundertwelle, aber stetig zunehmendes Plätschern ...
„Aber lassen wir statt meiner Worte lieber seine Taten sprechen. Arib, vielleicht sind Sie so nett und erklären mal kurz allen Nicht-Kunstverständigen – davon haben wir ja einige hier – wie man Ihr Kunstwerk am besten begreifen kann ..., ja, bringen Sie ruhig jemand mit, der vielleicht der Krispler Sprache und Einstellung mächtig ist ..." –
Nee, hätte der nicht einen von seinen Kumpels mitbringen können?! Nikta glaubt es nicht: der

schleppt die frigide Frisier-Maus mit vors Mikro ... na, soll'n die ma schön sehen, wie sie selbst zurecht kommen!
Fix ist Nikta wieder runter vom Podium und läuft einem wild fuchtelnden Blätterbrot in die Arme: *„Ich bin doch dran, Frau Pritz, was machen Sie denn ... die Grinsebacke von Künstler kriegt doch kein Wort raus!"*
„'Grinsebacke' nehme ich mal jetzt als Kosewort und nicht als Zumutung, Herr Blätterbrot!" beschert ihm Nikta gleich verbal eins vor den Latz und greift sich noch ein frisches Glas Sekt – anders kann man Provinz ja nicht ertragen!
Das Mikro scheint zu verwaisen, denn Sanna Klein will partout nicht aufs Podium treten, um den Menschen, unter denen sie nun schon jahrelang lebt, erklären zu müssen, was einer von weit weg und ganz anders gescheitelt, hier bei ihnen in Knipsel – immer noch K*n*ipsel und nicht K*r*ispel – was der ihnen also beibringen und hier vom Stapel lassen will als Kunst.
Immer wieder greift Arib Sanna am Arm, will sie vom Sitz, vom selbst gewählten Katzentisch ganz außen an der Knipsler Seite hochziehen. Dabei wird er, wie es seine Art ist, gleich wieder recht heftig, als er das rigorose Sträuben von Sanna – was ihm bei anderen Gelegenheiten eigentlich ganz gut gefällt – heute und hier, wo er besser nicht noch einmal zu handgreiflich auffällt, nicht überwinden kann.
„Laß locker, Du Sack!"
Den Zuruf muß Arib sofort beherzigen, denn ohne ihm die Wahl zu lassen, sondern zeitgleich mit dieser Anweisung, tritt ihm Rabautze von hinten voll mit dem Stiefel in die Wade. Selbst Arib, der schon einiges in seiner Heimat an Gewalt regungslos eingesteckt hat, kann nicht anders als aufzuschreien.
Welche Abgründe da in allen schlummern, zeigt sich auch oben am Treppenabsatz des jetzt offenen Burgfensters: Gerne – Graf von Frohampel – jubelt auf: „Ja, Du Arschloch, da war mal einer konsequenter als ich!"

„Gerne, bitte, nicht!" weißt ihn seine Mutter Gertrulde, die jetzt doch mit aufgesprungen ist, zurecht.
„Setz Dich mal nicht auf den hohen Thron …" wendet sich Gerne jetzt leiser, aber durchaus emotional angeheizt an seine Mutter „… Du würd'st doch Zernia für die Aktion daheim auch gern eine scheuern! – Jeder hat schon seine eigenen roten Tücher, Mama!"
– Er nennt sie sonst nie ‚Mama' …
Pettar, immer noch der weiche, etwas lasche Standard-Mitteleuropäer, der neben Mutter und Sohn sitzt, empfindet schon die Szene da unten als sehr belastend, aber der Austausch hier oben setzt ihm ehrlich zu. Sanft streicht er über die Federn von Carmen-Elisa – ‚Liesel' – die bis jetzt ruhig bei ihm im Arm hockte, aber nun auch unruhig wird.
„Jetzt müssen wir was tun, es wird alles unübersichtlich!" raunt Marrá Lorbas, Portus und Pruwart zu, dann eilt sie zum Mikrophon und will den verbalen Weg wählen.
Nikta, die ja auch mit Deeskalation vertraut ist, gibt der Drei-Mann-Combo ein Zeichen und gerade als Marrá das Micro erreicht, trompeten, klampfen und keyboarden die drei ihre Paradenummer los. Sie wissen: die kennt jeder und dadurch kommt sie eigentlich auch immer gut an: ‚Ein bißchen drauf muß sein …' – die Nummer, die sonst von ‚drauf auf die Semmel' bis ‚drauf auf die gute Laune' alles zuläßt, facht aber hier und heute in ihrem Rambazamba alle Unausgewogenheiten noch einmal so richtig an …
Ja, mei …, wieviel Gespür soll man von anderen verlangen, die in den verquasten, hiesigen Verhältnissen auf nichts Böses gefaßt sind …
Was aber kaum einer beobachtet, Arib, noch vom Schmerz zu wehrlos, um Rabautze eine reinzuhauen, gibt seinen Freunden ein Zeichen: ‚Wartet nicht länger, zündet jetzt!' – Das tun sie auch …

Lesen Sie ruhig weiter, daß ist zwar eine satirische Geschichte – aber sinnlose, reale Gewalt hat uns schon zu oft getroffen! – In dieser Geschichte ist die Lesart eine andere …

Federn lassen

Immerhin: mit einem ziemlichen Bums, auf den keine der Streitseiten gefaßt ist, bricht der obere Teil der Litfaßsäule – der schon wie eine ausgefranste Zigarre aussah – auseinander! Für alle unbegreiflich, wird ein überaus voluminöser Batzen von Fusseln hoch in die Luft geschleudert, wo er sich nun entfaltet und als riesiges Flusengestöber in einer seltsam undurchdringlichen Wolke langsam auf wirklich alle Menschen des Burgvorhofs herabschwebend wieder nieder kommt.
Die Reaktion ist aber doch zuerst die volle Panik!
Niemand hat so etwas schon gesehen! – Was ist das?
Es könnte weh tun, ätzen, verseuchen ...
Nikta läßt erschrocken ihr Sektglas fallen, als da etwas von dem aus dem Kunstwerk herausgeknallten Zeugs hineinfliegt ...
Blätterbrot muß niesen, niesen, niesen ... er kommt gar nicht dazu, das Herabwehende näher zu inspizieren, ob es ihm gefährlich werden könnte.
Die Combo muß abbrechen ... zu mehr Musik ‚drauf' – wie's im Lied angeregt wird – reicht's nicht mit den zusehends verstopften Instrumenten!
Selbst Rabautze ist überrascht und wedelt unwirsch vor seinem Gesicht herum, als Arib ausholen will, den Abgelenkten zu schlagen, bekommt aber auch er ein Büschel vors Gesicht und trifft daneben. Einen nächsten Schlag kann er sich wegen der neu aufflammenden Schmerzen in der Wade vorerst nicht leisten ...
Die Knipsler sind von den Bänken aufgesprungen – diese Reaktion haben sie mit den hauptstädtischen Promigästen auf den Sitzreihen am Podium und den umstehenden Touristen gemein. Es bricht jetzt ein Schreien und Rennen aus ... Panik eben ...
Wenn etwas sich verändert, mit dem man nicht gerechnet hat – und es vorerst ungewiß ist, wohin es sich verändert – vielleicht nicht ins Angenehme – dann will man's eben nicht haben ...

Nach weiteren zähen Sekunden entwirrt sich dann aber einiges! Innerhalb einer halben Minute bewährt es sich am besten: den Atem auspusten, mit den Händen vor dem Gesicht leicht wedeln und die Augen fürs Erste zukneisten!
„Was ist das?" fragt Lorbas pustend und prustend, denn den Mund aufmachen, Sprechen und durch den Mund einatmen ist ... wie man sagen würde ‚kontraproduktiv'.
„Weiß nicht ..." für Portus hat sich irgendwie leichtes Hin- und Herspringen bewährt ...
„Wie Kissenschlacht ..." ächzt Pruwart hervor „... nur irgendwie nicht so federig!"
„Was machen die da unten, was ist das für Zeug, was da aus dem Kunstwerk herausexplodiert ist? – Wir müssen runter, helfen ..." Eline, Pettar und Gertrulde sind samt Liesel hier oben sitzend die einzigen, die – bis auf Gerne mit seinen blauen Augen – alles einigermaßen klar erkennen könnten, aber sie haben eben auch nicht den haptischen Eindruck, der sicher zur Einschätzung der Situation ein wichtiger wäre ...
„Bleib noch hier, ich kann mir denken, was es ist ..." sagt Pettar ruhig, weiter Carmen-Elisas Federkleid streichelnd.
Marra kann und will es nicht glauben – sie ist nicht der Paniktyp – vielmehr sieht sie sich Schwierigkeiten immer erst genau an und was sie da in den Händen hält, sieht und fühlt, das will sie nicht glauben – nicht auf Burg Hohenknipselstein ...
Eine aber weiß sofort – vor allen anderen – was da auf sie alle nieder regnet: Sanna Klein weiß es von berufswegen – aber dann geht ihr leider auch noch auf, wie daß, was sie trotz besseren Wissens für unmöglich hält, hierher gekommen ist ...
Wie lange ist Arib in Knipsel? Ein Dreivierteljahr – fast so lange baut er an ‚seinem Kunstwerk' – und genau so lange hat er all die Haare im Salon ‚Haar-Klein' zusammengefegt ... –

Aber auch Sanna weiß nicht, wie sie die Menschen so schnell beruhigen soll, daß es *nur* Haarbüschel sind, die auf sie herabschweben ...
Gerade als alle noch voll in der Verwirrung sind und die einen beginnen, die anderen durch ungeschickte Bewegungen oder Weglaufen-Wollen umzurennen, kommt der Trost von oben. Seltsam fest und stetig, kommt deutlich, zuerst leise, über den ganzen Platz hinweg, wie überirdisch herbeigeweht, dann voller werdend, eine ruhig tragende Geigenmelodie ...
Gott sei Dank – alle kommen langsam wieder zu sich!

Freigepustet!

„Bäh ... iiigitt!" faßt es Pettar zusammen.
„Das sagt einer, der gar nichts abbekommen hat!" erwidert Portus Tüpfelhund.
„Lieber ‚Igitt!' als tot oder verletzt!" wendet Pruwart, der Praktiker, ein. „In heutigen Zeiten hätte da auch anderes losgehen können als eine Haarfussel-Bombe!"
Man läßt einige Tage später am Küchentisch von Knipsel Castle die Ereignisse mit etwas Abstand noch einmal Revue passieren ...
„Aber wenn man sich das vorstellt: die Haare von Frau Wetzel, die Löckchen von Frau Winser, das gefärbte Zeug von Frau Schrum ... auf Kleidung und Haut, in Nase und Mund ..."
„... und ein paar von Deinen eigenen Strubbeln werden die anderen auch abbekommen haben ..." gibt Marrá Lorbas zu bedenken.
„Aber es ist schon so: auf dem eigenen Kopf und noch dran, sind Haare was Schickes, aber zu Flusen abgeschnitten, vom Boden zusammengekehrt in krautigen Büscheln, also damit möchte man eben nicht geteert und gefedert werden!" Gertrulde ist da sehr nachdenklich geworden und fährt fort: „Wohl deshalb gab es gleich die offizielle Erklärung der Brombataner an Knipsel: wo's Haare regnet – wollen sie nicht hin flüchten – nicht mal eine Enklave

möchten sie hier geschenkt haben! Also diese Idee von Zernia, sich Gunst und Einfluß zu verschaffen, indem sie fremdes Land verschenkt, ist vom Tisch! – Einer sieht's als Machtzuwachs und Segen, andere als Ungemach und Vertreibungsstrategie ... Aber alle finden diesen seltsamen Vorfall unpassend und man läßt Burg Hohenknipselstein für die ‚schönen' Projekte der Zuwanderung jetzt sozusagen außen vor..."
„... unpassend und ein bißchen ‚spooky' ..." ergänzt Eline. „Jeder, der dabei war, berichtet, es sei einerseits gespenstisch und andererseits so was wie verzaubernd gewesen ..."
„... verzaubernd oder entzaubernd – aber für einen Moment, als man nach dem Knall dachte ‚Jetzt ist es aus!' – und dann ging es doch weiter, war es auch grandios! – Daß das Haare sind – fremde Haare, auch irgendwie eklig – das kam dann erst noch einen Moment später als Empfinden hoch!" Lorbas versetzt sich in Gedanken noch einmal in das seltsame Erlebnis.
„Ich habe mal gelesen, daß Haarreste unwahrscheinlich gut das Wachstum fördern, wenn sie in die Erde kommen! So wie man es auch von Hornspänen oder Pinguinköteln kennt! Das wäre doch für den Knipsel-Berg wunderbar!" Es ist Eline, die da weiter als nur bis zur nächsten Haarspitze denkt ...
„Haare sind ja nicht umsonst in vielen Legenden Leben und Kraft! – Das könnten wir auch über das schreiben, was wir vorhaben ..." Gerne schaut aus seinen nun langsam abschwellenden Augen bunt hervor. – Wir erklären gleich, was er damit meint ...
„An diesen Gewißheiten konnten sich aber die meisten von uns in dem Moment nicht so recht erfreuen ... – so panisch wie wir reagiert haben!" überlegt Tüpfelhund noch. „Wir hatten vielleicht Glück, daß es doch nicht auf eine aktuelle Versteigerung hinauslief! Obwohl ich jetzt habe läuten hören, die Litfaßsäule – oder was davon übrig ist, soll auf jeden Fall unter den Auktionshammer kommen – sonst kommt sie in die Tonne. Arib ist ja nun auf und davon mit seinen Kumpels, aber wenn die sich besinnen,

könnte es sicher noch ein Tamtam um die Eigentumsrechte geben!"
„Na, hör' mal: die haben unsere Haare verwendet ..." wendet Lorbas ein.
„Also ich glaube, wenn Du die nicht gleich einforderst nach dem Abschneiden, dann gehören sie dem Friseur!" überlegt Tüpfelhund.
„Ja, dafür daß er sie wegwirft – aber nicht für so eine Verpluster-Maschine verwendet – noch dazu mit Haaren von anderen Menschen ..." überlegt Lorbas doch noch weiter.
„Wenigstens ist sie aber schon abtransportiert, diese Litfaßsäule' denn die beiden Offiziellen, die Zumutungs-Dame und ihr Chef, die müssen das Dings natürlich untersuchen lassen. Auch daraufhin, ob die ganze Veranstaltung vielleicht für die *einheimische* Bevölkerung eine Zumutung war ... – immerhin war auch die Presse da, dann kann man die Flusen nicht so einfach unter den Teppich kehren ..."
Portus ist beruhigt.
„Wie auch immer, durch dieses seltsame Ereignis sind Knipsel und die Burg von der Belastung erlöst, sich fremdem Wunsch und Wille unterwerfen zu müssen und können abwarten, was von sich aus hier entstehen will! – So eine gute Fügung – als habe da jemand seine Hand drüber ..." sagt Marrá versonnen.
Plötzlich fliegt die Küchentür in Knipsel Castle auf und alle rund um den großen Tisch zucken ein wenig zusammen – bei allem Plötzlichen ist man jetzt ein wenig schreckhaft geworden ...
„Sie wollen sie haben!"
Damit stürzt euphorisch aufgeladen Minimus Baldi in den Raum. Ihn zumindest scheint das Haarbüschel-Feuerwerk verwandelt zu haben: fröhlich, freundlich, optimistisch, immer neue Melodien erst vor sich hinträllernd, dann geigend, belebt er seitdem die Burg. Allen anderen – vorher mitmenschlich belastet durch Minimus' Tristesse – geht nun aber seine ‚Die-Welt-ist-schön!'-Kehrtwendung mit all ihrem jubeljauchzenden Lobgesumse auch wieder auf die

Nerven. Das Kreuz der Künstler: immer irgendwie antizyklisch!
„Sie wollen sie unbedingt!" jubelt Minimus nochmals, setzt sich auf einen noch freien Stuhl und schenkt sich – vor einer Woche noch undenkbar – ein sattes Viertel Wein in einen der noch leeren Weinpokale, die Marrá im Keller gefunden hat und mitsamt einiger vorzüglicher Flaschen ‚Knipsler-Selbstgekeltert' zur heutigen Lagebesprechung bereitgestellt hat.
Minimus setzt den Kelch erst ab als er schon halbgeleert ist.
„Du weißt: zu schnell und zu viel bekommt Dir nicht…" wendet Gertrulde leise mahnend ein – auch zwischen den beiden scheint es eine Annäherung gegeben zu haben, seit diesem Haarbüschel-Event.
„Es beflügelt mich!" seufzt Minimus in die Runde und erklärt dann etwas ausführlicher: „Sie wollen mein Opus – als Solo und dann noch mit Orchester!"
„Wer denn ‚Sie'?" fragt Gerne doch wieder skeptisch und erklärt es gleich, was ihn stutzig macht: „Musikproduzenten, die sich jetzt an Dich ranschleimen, Sensationsmanager, die die Story aufbauschen, heimtückischer Bockmist, den Du zufällig mit Musik unterlegt hast … – worauf läuft das wohl hinaus? Ich sag's dir: Schneiden, Legen und verpufft!" Gerne kennt im Klartext kein Erbarmen.
Aber Minimus läßt sich auch davon derzeit nicht irritieren. Er leert noch den Rest Wein aus seinem Pokal: „Ich werde es allen zeigen! – Sie nennen es schon die ‚Haar-Monie'!" Minimus Baldi schaut versonnen zum Deckenleuchter und summt schon wieder eine neue Variation seiner Improvisation vom Turmfenster, die er minutenlang geigte, als unten die Haarreste stoben und die Menschen auf dem Burghof in Panik zu geraten drohten. Es ist wirklich eine zauberhafte, ganz eigene Melodie – und auf Zirpse gespielt, hatte sie in dieser Situation wirklich etwas Überirdisches – nicht nur weil das Turmfenster so hoch oben liegt … Am Ende hatten alle ‚Behaarten' auf dem Vorplatz die lästigen Fusseln vergessen und applaudierten.

„Sie wissen schon, daß die Bank Ihnen zwar nach diesem spektakulären Auftritt wieder neue Konditionen einräumen will – aber letztlich wird Zirpse wahrscheinlich eine Leihgabe bleiben ..."
„Eine Leihgabe, die ich aus der Unterwelt einer Bankenwelt hinein ins helle Licht von Knipsel Castle erlöst habe ... – Ist der Wein schon alle?!" Minimus durstig nach Leben, Lust und Lieblingswein, kann momentan nichts so leicht erschüttern – nur verwundern, daß auch andere sich aus dem gleichen Füllhorn laben ..."Ich hätt' auch Hunger ... was gibt's denn heute?"
„Das, was Du uns auftischst für den Gaumen – und mal nicht für die Ohren – Du hattest Dich gestern für heute zum Kochen gemeldet ..." wirft Pettar lapidar ein. Seit dem gemeinsamen bestandenen Abenteuer um Gernes blaue Augen duzt er sich mit dem Grafen und dem Geiger – so fast gleichaltrig wie sie alle sind.
„Ach, war das *heute*, wo ich etwas kochen wollte ..."
„Ja, so ist es, daß es heute war!" erwidert Gerne nüchtern. „Was wird's denn geben? – Du weißt schon: wir unmusikalischen Typen essen's mit dem Mund und nicht mit den Ohren!"
„Das kann man als wirklicher Künstler einfach nicht so festlegen, wann man inspiriert ist zur Essenszubereitung ..." überlegt Minimus jetzt doch bemüht um einen Ausweg.
„... kann man nicht so festlegen, wann der Magen knurrt ..." versucht Gerne ironisch zu helfen.
„Wir können ja runter in die ‚Schwarte' fahren, die lieben uns jetzt alle, nach der schmissigen Eröffnungsrede der Burgherrin!" Tüpfelhund hat sich auch verändert – auf einmal will er gar nicht mehr aus Knipsel weg, so gut gefällt's ihm hier – und klar, ein kleines Turmzimmer auf Höhe der halben Wendeltreppe hat er sich nach Marrás herzlicher Offerte schon ausgesucht als Gemeinderats-Dependance, aber auch als Refugium. Sogar Pettar darf da für sich einen Sessel hineinstellen.
„Ja, das kam sehr gut an, daß Du die Einheimischen so herzlich begrüßt hast, Marrá!" Gertrulde weiß ja

wie man das Volk gewinnen kann – auch wenn es ihr, hier immer noch im Exil – ganz schmerzlich in Erinnerung kommt, was sie selbst bei ihrem eigenen Volk vermasselt hat.
Sicher: Zernias Stern sinkt nach dem vermasselten Wohlfahrts-Coup für brombatanische Flüchtlinge, aber die Mehrheiten in Verhökerlander sind noch nicht eindeutig geklärt. Gertrulde hat ein Angebot der Regierung bekommen, sich bei Thronverzicht in der Heimat auf eine ausgelatschte Burg im Hinterland zurückziehen zu dürfen. Als man ihr eine Depesche mit diesem Angebot zustellte, hatte sie daraufhin zu Marrá gesagt: „Dann kann ich ja auch hier bleiben ...!" – Was Marrá not amused aufnahm, der implizierte Vergleich Knipsel Castle und eine ausgelatschte Burg am Saum von Verhökerlande seien gleichwertig, kränkte sie ein wenig. „So war's doch nicht gemeint ..." tröstete Freundin Truldi sie dann aber schnell. „Laß uns doch mal über die Restaurierung der Möbel sprechen, ich kenne mich doch da ein wenig aus!" kam ihr dann die Idee. So hatte Gertrulde Marrá vorgeschlagen, ob sie dem dorfeigenen Tischler nicht bei der Wiederherstellung der Möbel und Räume mit Kenntnis zur Seite stehen könnte – solange sie als Exil-Königin hier leben wolle und nicht als ausgelatschte Königin zuhause im Abseits. Wie zur Bekräftigung dieses Vorhabens hatte sich Hago Hafersturm bei Gertrulde nach dem Pressebericht des Haarsturms auf ‚Knipsel Castel' gemeldet. Beide wollen sich für ihre Freude am Möbelentwerfen mal hier auf der Burg zusammensetzen ...
Überhaupt hatte sich jetzt alles in den paar Tagen nach dem Event ganz gut ergeben – fast als hätte das eigentlich häßliche Beflattertwerden mit anderer Leuts Kopffusseln eine magische Befreiung ausgelöst.
Nicht nur Minimus hat wieder eine Perspektive, nämlich seine neu komponierte Geigenvariation herauszubringen, auch Eline, Gerne und Lorbas hatten plötzlich eine Idee: eine Zeitschrift über Literatur und Lesen im adligen Landhaus-Stil wollen sie kreieren und verlegen – darauf war Lorbas schon

neulich gekommen, als Minimus sich auf seinem Sofa ‚verlegen' hatte.
Gerne – ganz begeistert – mußte zugeben, daß dieses Projekt seine Adelsexperten-Schule noch toppen wird! Pettar will diese Zeitschrift um das Weltlich-Bodenständige, was er als Gemeindesekretär erlebt, ergänzen und Pruwart, der beabsichtigt, sich zur Ruhe zu setzen und bei der Adelskron Bank auszusteigen, wird das Rechtliche und den Vertrieb betreuen.
Die Zeitschrift soll ‚Schwinge & Schnabel' heißen, ‚Mit spitzer Feder lesen ...'
Pruwart und Tüpfelhund wollen sich auch um die rechtlich-formalen Bedingungen für Knipsel Castle kümmern und vor allem, wie man auch Handwerk und Bäuerlichem aus der Umgebung auf Knipsel Castle einen Platz geben kann, auch deshalb, weil man – wenn das Gröbste restauriert ist – einen Teil der Burg wieder den Besuchern zugänglich machen will.
Also die Geschichte geht jetzt nicht deshalb als das aus, was man 'gut' nennen würde, weil Marrá genügend Geld hat, um Burg, Freunde und Zeitung locker aus dem Ärmel zu schütteln! – Vielmehr müssen immer noch alle etwas dazutun, damit die ‚schnöde' Existenz gesichert ist – aber jetzt hat sich jedem ein bißchen mehr erschlossen, wofür er geeignet ist und dadurch geht es leichter ...
„... nun müssen wir gar nicht mehr Marotten-Motten und Flausch-Flügel-Fledermäuse gegeneinander ausspielen ..." so hatte es Tüpfelhund erklärt.
„Eine große Erleichterung!" seufzte Marrá.
Marrá hatte dann ein paar Tage nach dem Event doch noch den interessierten Möbelpackern eine persönliche Führung durch die Burg arrangiert, einige Zimmer, vor allem oben im Turm waren ja gut vorzeigbar und alle waren dann trotz des Durcheinanders vom durchschimmernden alten Glanz Knipsel Castles begeistert. Also wenn es bald mal Möbel herzubringen – oder auch Gertruldes und Hago Hafersturms Werke vielleicht auszuliefern gibt – weiß

man schon, welche Spedition man gern damit beauftragen wird!

Marrá persönlich wird sich um die Tradition der Lila Goldrute kümmern und erkunden, wozu sie gut sein kann: vom schmackhaften Knödel bis vielleicht zum Heilmittel. Und Marrás zweites Steckenpferd wird die Pflege und Hege von Huhn Carmen-Elisa sein. Pruwart Fegepusch ist schon dabei, den von Britte und Matti angestrengten Prozeß gegen Lorbas auszuhebeln, so daß das Huhn bei einer gütlichen Einigung der Parteien quasi durch eine Schmerzensgeld-Ablöse rechtmäßig auf Knipsel Castle bleiben kann.

Schon deshalb, weil neulich Ernte-Waldi etwas schüchtern vor dem Burgtor stand. Er hatte nicht nur einige Gläschen Oberschlag und Honig dabei, sondern auch einen prächtigen Hahn, den sein Schwager wohl schon schlachten wollte ... Aber da war Waldis Frau Erne die Geschichte von ‚Carmen-Castle-Elisa' – wie sie es nannte – eingefallen und sie schickte ihren Mann postwendend mit der Morgengabe des Hahns hoch zur Burg.

Man hatte Glück ... also das, was man – weil man es in den Zusammenhängen nicht übersieht – unscharf als ‚Glück' betitelt: Elisa verstand sich sofort mit dem angekommenen Gefährten und beide scharren nun im Hinterhof oder man trifft sie beim Flattern rund um die Burg ...

Klar, daß Schwager, Waldi und Frau Erne zu einem Extra-Frühschoppen eingeladen wurden, für den man in der Schwarte ein paar schöne Happen bestellte ...

Wenn man es jetzt so sieht, fragt man sich: warum ging das nicht schon vorher so einfach, warum waren alle irgendwie bockbeinig und wie verwunschen?!

Muß man vielleicht bereit sein, sich ins Verheddertte verstricken zu lassen, um es zu lösen ...

Einige sind ja auch noch mitten drin: Arib ist mit seinen Freunden auf und davon. Sanna Klein ist erleichtert, die Haare in ihrem Geschäft wieder allein zusammenzufegen – aber Glück ist das doch noch nicht.

Nikta Pritz analysiert mit ihrem Chef Blätterbrot, was denn dieses Event so verschmissen hat – obendrein hat sie Janines Bluse zurückbekommen – immer noch ungewaschen! Kantinen-Chefkoch Oskar weigert sich nach Rücksprache mit der Amtskantinen-Gewerkschaft die Rechnung für die Reinigung zu übernehmen.

Rabautze und seine Kumpels pendeln jetzt wieder zwischen Trafokasten, ihrem beliebten Treffpunkt, und der Imbißstation von Igor hin und her.

Gitter-Grütze hat sein Start-up ‚Rent a Knacki' in die Hauptstadt verlegt – das mußte mehr an den rechten Fleck gerückt werden – als hier in der Provinz zu versauern ...

So hat sich für diejenigen, die sich hier angefunden haben, manches erfüllt und für einige ist noch ein bißchen was offen geblieben, dem sie ein Heim geben könnten und das sie vielleicht erst hierher gezogen hat, noch bevor sie selbst sich der Idee dahinter klar werden konnten.

Daheim sind sie nun alle in Knipsel, drum herum in Kullerstadt und Vierecktal und oben drauf, auf Knipsel Castle – also Burg Hohenknipselstein!

Und ich, Ihr Erzähler, der öfter einmal aufgetauchte, lilagesträhnte Pater Domdolus, habe die Erfahrung, die auf Knipsel Castle so lange verwahrt war, wieder offenbaren können, so daß sie vielleicht jetzt erlöst werden kann ...